La espera

Michael Connelly
La espera

Traducido del inglés por Javier Guerrero Gimeno

 TUBOLSILLO

Título original: *The Waiting*

Primera edición en TuBolsillo: enero de 2026

Diseño de colección: Summa Branding
Diseño de cubierta: Compañía
Ilustración: Silja Goetz
Adaptación para esta edición: REGA

PAPEL DE FIBRA
CERTIFICADA

Copyright © 2024 by Hieronymus, Inc.
© de la traducción: Javier Guerrero Gimeno, 2024
© de esta edición: TuBolsillo (Grupo Anaya, S. A.), 2026
Calle Valentín Beato, 21
28037 Madrid

ISBN: 979-13-87739-16-4
Depósito legal: M-18985-2025
Printed in Spain

A Mary Meme *Mercer, con todo mi agradecimiento*

Lunes, 7:28

1

Le gustaba esperar la ola más que surfearla. De cara a los acantilados, sentada a horcajadas en la tabla, buscando con las caderas el ritmo de ascenso y descenso de la superficie del agua. Como si montara a caballo: le hizo pensar en Kaupo Boy y en cuando era niña. Había una veneración al momento anterior a la llegada de la siguiente serie de olas, cuando tocaba agacharse y remar.

Miró el reloj. Le daba tiempo a una más. La surfearía hasta donde pudiera. Pero saboreó el momento de flotar sin más, cerrando los ojos e inclinando la cabeza hacia el cielo. El sol ya asomaba por encima de los acantilados y le calentaba la cara.

—No te había visto nunca por aquí.

Ballard abrió los ojos. Era el tipo de la tabla One World. Uno de la vieja escuela: sin traje de neopreno, sin correa, con la piel bronceada como madera de cerezo. Se preparó para el postureo territorial de macho que sabía que iba a llegar.

—Normalmente voy a Topanga —dijo ella—, pero esta mañana no había olas allí.

No mencionó que había consultado una app que informaba de las olas. A los de la vieja escuela nunca se les ocurriría usar una app.

El tipo estaba unos seis metros a su izquierda, surfeando las olas bajas lateralmente para poder mirarla a ella. No había muchas mujeres en Staircases. Era un sitio para los que controlaban, con muchas rocas con la marea baja. Tenías que saber lo que hacías, y Ballard lo sabía. No se había cruzado en el tubo de nadie, no se había salido de una ola demasiado pronto. Si el tipo pensaba darle lecciones, le cerraría la boca rápidamente.

—Soy Van.

—Renée.

—Bueno, ¿quieres desayunar en Paradise Cove después?

Un poco atrevido, pero estaba bien.

—No puedo —dijo—. Una serie más y luego tengo trabajo. Pero gracias.

—A la próxima, tal vez —dijo Van.

Antes de que la conversación se pusiera más incómoda, alguien más atrás empezó a remar y alineó su tabla con la ola que llegaba. Fue como cuando un pájaro se sobresalta y hace que toda la bandada emprenda el vuelo. Ballard miró por encima del hombro y vio que la siguiente serie era buena. Se echó adelante y subió las piernas a la tabla. Empezó a remar. Brazadas fuertes, con los dedos juntos para coger velocidad. Hundiendo los brazos. No quería perderse la ola, y menos delante de Van.

Miró a su izquierda y lo vio remando brazada a brazada a su mismo ritmo. Iba a presionarla, a mostrarle quién mandaba allí.

Ballard remó con más fuerza, notando que le ardían los hombros. La tabla empezó a elevarse con la ola y ella saltó para quedar en cuclillas en la línea central. Colocó el pie izquierdo atrás y se puso en pie justo cuando la ola alcanzaba su punto más alto. Bajó la punta de la tabla y empezó a cortar la ola.

Oyó la voz de Van detrás, llamándola *goofy*.

Ballard abrió los brazos para equilibrarse, clavó la tabla para girar y subir el muro de la ola antes de volver a bajar y seguirla hasta el final. Durante ocho segundos, todo en el mundo desapareció. Solo estaban ella y el océano. El agua. Nada más.

Se estaba deslizando sobre la espuma cuando recordó a Van y miró por encima del hombro para buscarlo. No estaba a la vista, pero entonces asomó su cabeza en la ola junto con su tabla roja. Levantó la mano y Ballard le dijo adiós con la cabeza. Saltó al agua, levantó la tabla y caminó hacia la orilla.

Ya se había bajado el traje de neopreno hasta las caderas cuando rodeó las dunas y llegó al aparcamiento. La combinación de sol y viento empezaba a secarle la piel. Apoyó la tabla contra el lateral del Defender y buscó la cajita magnética que usaba para ocultar las llaves en el hueco de la rueda trasera.

No estaba.

Se agachó y miró alrededor del neumático para ver si la encontraba en el asfalto.

Nada.

Se inclinó para mirar bien en el hueco, con la esperanza de que hubiera puesto la cajita en otro sitio.

Había desaparecido.

—Mierda.

Se levantó deprisa y se acercó a la puerta. Tiró de la maneta y la puerta se abrió: no estaba cerrada con llave.

—Mierda, mierda, mierda.

La llave y la cajita magnética estaban en el asiento del conductor. Vio que la guantera estaba abierta. Metió el cuerpo en el interior, buscó debajo del asiento del conductor y pasó la mano adelante y atrás por la alfombrilla del suelo.

Su teléfono, su pistola, su cartera y su placa habían desaparecido. Metió la mano más al fondo por debajo del asiento y sacó sus esposas y un revólver Ruger de siete balas que aparentemente el ladrón había pasado por alto.

Ballard se levantó y miró a su alrededor por el aparcamiento. No había nadie. Solo la fila de coches y caravanas que pertenecían a los surfistas que seguían en el agua.

—Su puta madre —murmuró.

2

Después de que le robaran la cartera que contenía su documento de identificación, Ballard no podía pasar por el torno de acceso al Centro Ahmanson del Departamento de Policía de Los Ángeles, así que condujo hasta el aparcamiento repleto que había detrás del centro de formación y llamó a Colleen Hatteras desde su teléfono nuevo. Hatteras respondió con un tono de urgencia.

—Renée, ¿dónde estás? ¿La reunión no era a las nueve?

—Estoy en el aparcamiento de atrás. Quiero que me dejes entrar por la puerta de incendios, Colleen.

—¿Estás segura? Si el capitán...

—Estoy segura. Tú abre la puerta y yo ya lo arreglaré con el capitán. ¿Siguen todos ahí?

—Eh, sí. Creo que Anders ha ido a la cafetería, pero no ha dicho que vaya a marcharse.

—Vale, dile a Tom o a Paul que vayan a buscarlo mientras me abres la puerta. Tardo dos minutos.

—¿Qué ha pasado? No has llamado y no has contestado nuestras llamadas. Estábamos empezando a preocuparnos.

Ballard bajó del Defender y se encaminó a la puerta trasera del complejo. Ya estaba exasperada con Colleen y todavía no había comenzado la jornada.

—Tranquilízate, Colleen —dijo—. No pasa nada. He perdido el móvil y la cartera en la playa. He tenido que pasar por casa a buscar una tarjeta de crédito y luego por la Apple Store para comprar un móvil nuevo. Por favor, ábreme la puerta. Ya casi he llegado y voy a colgar.

Colgó antes de que Colleen tuviera ocasión de replicar, porque sabía que lo haría. Se acercó a la salida de incendios, cerrándose la chaqueta para que no se notara tanto que no llevaba la placa en el cinturón.

Colleen abrió la puerta y sonó una alarma estridente. Ballard se apresuró a pasar y cerrar la puerta. El sonido se cortó.

—¿Cómo has perdido el teléfono y la cartera? ¿Te han robado?

—Es una historia larga, Colleen. ¿Están todos aquí?

—Tom ha ido a buscar a Anders.

—Perfecto, empezaremos en cuanto vuelvan.

La salida de incendios estaba detrás del archivo donde se almacenaban los expedientes de los casos de homicidio. Por delante de Colleen, Ballard recorrió la última fila de estanterías y se adentró en el recinto de la Unidad de Casos Abiertos. El centro del espacio estaba dominado por lo que llamaban la «Balsa»: ocho escritorios reunidos con mamparas de separación entre ellos. En las paredes laterales había archivadores y pizarras blancas con información sobre las investigaciones en curso.

—Siento llegar tarde —anunció Ballard al llegar a su escritorio, en un extremo de la Balsa—. Empezaremos en cuanto vuelvan Tom y Anders.

Ballard se sentó y se conectó a su terminal del ordenador municipal. Accedió al portal de contraseñas del departamento y abrió la base de datos que contenía los atestados de todo el condado. Buscó informes sobre robos en vehículos en las playas del condado y enseguida vio varios casos. A partir de ahí, seleccionó una lista de los robos ocurridos en playas populares entre los practicantes de surf. Ballard llevaba practicando surf en la costa del sur de California, de Trestles a Dockweiler, desde que tenía dieciséis años. Conocía todas las playas y vio un patrón de denuncias de RVM (robos en vehículos de motor) en lugares donde sabía que los aparcamientos no podían verse desde el océano.

Eso le hizo saber tres cosas. Primero, que probablemente se trataba del mismo ladrón o grupo de ladrones. Segundo, estaban familiarizados con el surf y probablemente incluso eran surfistas. Y tercero, como los robos se repartían por toda la costa y por varias jurisdicciones, los distintos departamentos policiales no se habían percatado del patrón. Los robos se consideraban delitos individuales.

Ballard empezó a leer los resúmenes de los atestados para ver si algún testigo había visto algo que resultara de utilidad, si se habían encontrado huellas dactilares de algún sospechoso o si se había hecho algún seguimiento de la denuncia inicial de los delitos. Ninguno de los robos era lo bastante importante como para suscitar el interés policial. Carteras, móviles, dinero en efectivo y tablas de surf de repuesto eran los objetos más robados. Ballard sabía que, tomados por separado, los casos probablemente morían con la denuncia inicial. Como dictaba el protocolo, irían a parar a algún departamento de robos en vehículos, pero, sin una descripción del sospechoso, una huella dactilar o al menos una matrícula parcial del coche de huida, las denuncias terminarían en las grandes fauces de los delitos menores que no merecían demasiada atención por parte del aparato de justicia. Era la historia de la modernidad. Las denuncias se presentaban más que nada para cobrar el seguro. En cuanto a la policía, era un simple desperdicio de papel.

Colleen asomó la cabeza por encima de la mampara que separaba el escritorio de Ballard del suyo. Desde su ángulo, Colleen no podía ver la pantalla de la detective.

—¿En qué estás trabajando? —preguntó.

Ballard cerró la sesión de búsqueda.

—Solo estaba mirando el correo —dijo—. ¿Están todos listos?

—Anders está aquí —dijo Colleen.

Ballard se levantó para dirigirse al equipo.

3

Aparte de Ballard, que era agente jurada a tiempo completo, los otros miembros de la Unidad de Casos Abiertos eran todos voluntarios. Dos años atrás, siguiendo la tendencia que había llevado a departamentos de policía de todo el país con problemas de presupuesto a recurrir a detectives retirados para investigar casos abiertos, Ballard había sido nombrada responsable para reactivar esa unidad del Departamento de Policía de Los Ángeles. También era responsable de reclutar personal, lo que implicaba convencer a la gente de que aportara sus aptitudes a un noble esfuerzo al menos un día por semana, a cambio de cincuenta dólares al mes para cubrir gastos. Por fin había llegado a un punto en el que estaba satisfecha con el equipo que había formado.

En la Balsa estaban Tom Laffont, retirado del FBI; Lilia Aghzafi, que había trabajado veinte años en la policía metropolitana de Las Vegas; y Paul Masser, que había sido fiscal en la fiscalía del distrito. Colleen Hatteras nunca había sido policía, sino una madre y ama de casa que se aficionó a la genealogía genética e hizo cursos en línea sobre su aplicación a la investigación policial. Era una guerrera implacable ante el teclado y también en entrometerse en la vida privada de los demás miembros del equipo, sobre todo de Ballard. Además, se describía a sí misma como una persona empática que nunca rehuía expresar las sensaciones que percibía en la gente. Ballard soportaba este aspecto de la personalidad de Colleen a regañadientes por la capacidad que tenía para trabajar en casos.

El miembro más reciente de la unidad era Anders Persson, aún más bicho raro que Hatteras. Su experiencia se limitaba a un trabajo como voluntario en la Autoridad Policial Sueca en Estocolmo, su ciudad natal. Con solo veintiocho años, Persson dirigía una empresa de software con sede en Los Ángeles por la noche y ayudaba al equipo de Casos Abiertos durante el día. Si Hatteras era la experta en buscar historias familiares y conexiones genéticas, Persson era el hombre al que acudir cuando se trataba de navegar por internet para encontrar a personas que habían hecho todo lo posible para evitar ser localizadas. Juntos, Hatteras y Persson formaban un equipo formidable que complementaba a los miembros de la unidad con verdadera experiencia policial y de investigación. Y aunque la unidad todavía estaba recuperándose de un duro golpe a su reputación, resultado de un primer caso que había salido mal, Ballard sentía que el equipo ya funcionaba como un motor bien ajustado. En la Balsa había sitio para dos voluntarios más, pero Ballard estaba satisfecha con lo que estaban consiguiendo. La unidad resolvía una media de tres casos abiertos de asesinato al mes. Era una gota en el océano, teniendo en cuenta que las estanterías de los archivos situados detrás de la Balsa contenían los expedientes de seis mil casos de asesinato sin resolver, pero no dejaba de ser un buen punto de partida.

Ballard se acercó a la pizarra para comenzar la reunión. Normalmente, habría dejado la chaqueta sobre la silla, pero se la dejó puesta para ocultar el hecho de que no llevaba la placa.

Se utilizaban cuatro pizarras alineadas para llevar a cabo un seguimiento de las investigaciones en distintos grados de avance. Todos los lunes por la mañana, el equipo se reunía para hablar de sus progresos. En la primera pizarra figuraban todos los casos en los que había pruebas que debían someterse a análisis forenses y tecnológicos. Esto significaba principalmente ADN, huellas dactilares y, en ocasiones, pruebas balísticas. Los tribunales de California no habían aprobado la aplicación del ADN en los procesos penales hasta principios de la década de 1990, y el análisis genético había avanzado mucho en los últimos años. Por esta razón, los casos abiertos de las tres últimas décadas del siglo anterior eran terreno abonado para la revisión. Además, las bases de datos de huellas dactilares se habían ampliado enormemente. Las bases de datos de balística iban algo más rezagadas y no eran tan útiles, pero en los casos con armas de fuego implicadas no podían pasarse por alto.

Lo que echaba arena en el depósito de gasolina de ese motor bien ajustado de la unidad era que muchos de los casos eran tan antiguos que los asesinos que el equipo identificaba ya estaban muertos o encarcelados. Eso aportaba respuestas a familias que aún estaban de duelo, pero dejaban la sensación de que la justicia se quedaba corta y llegaba tarde. Y a los miembros de la Unidad de Casos Abiertos se les negaba lo que todo investigador deseaba y necesitaba al final de un caso: la oportunidad de enfrentarse al criminal que se escondía tras el asesinato. Por eso el equipo se centraba en la investigación de los llamados «casos vivos», en los que se creía que el asesino seguía con vida y en libertad. Aunque el archivo contenía registros de crímenes sin resolver que se remontaban a principios del siglo xx, Ballard dispuso que el equipo trabajara solo en los casos registrados desde 1975.

Ballard examinó la primera pizarra para ver si se había añadido algún caso nuevo. Cada miembro del equipo que en ese momento no estuviera trabajando en una investigación se encargaba de sacar casos del archivo y revisarlos para un posible seguimiento.

—Bien, ¿alguien ha añadido algo nuevo a nuestra lista? —preguntó.

Tras una ronda de respuestas negativas por parte de la Balsa, Laffont levantó la mano.

—Creo que podré añadir uno esta semana —dijo—. Espero tener noticias de Darcy hoy, si hay suerte.

Darcy Troy era la genetista asignada a la Unidad de Casos Abiertos. Era bueno contar con una persona a la que acudir en el laboratorio, pero Troy no estaba asignada a la unidad en exclusiva. Las investigaciones de casos más recientes tenían prioridad, y Troy debía encargarse de los análisis de ADN de esos casos antes que de cualquier cosa que llegara de la Balsa. En ocasiones, la espera resultaba frustrante.

—¿Cuál es el caso? —preguntó Ballard.

—Un asesinato con agresión sexual del año 91 —dijo Laffont—. Un caso muy feo. No es que haya alguno que no lo sea, pero el tipo la agredió varias veces antes de estrangularla. Eyaculó fuera, pero dejó algo en su ropa. Se ocupa Darcy. La semana pasada dijo que tendría algo esta semana.

—Bien —dijo Ballard—. ¿Cuál es el nombre de la víctima?

—Shaquilla Washington —dijo Laffont—. Un caso del sur. No llamó mucho la atención en su día.

Ballard asintió. No hacía falta decir que los archivos estaban desproporcionadamente cargados de casos que no habían recibido mucha atención porque correspondían a las comunidades minoritarias de las zonas sur y este de la ciudad. Este hecho podía deberse, en parte, a que había más asesinatos en esas comunidades y a que allí la carga de trabajo de los detectives era la más pesada de la ciudad. Ahora bien, también podía explicarse por la falta de compromiso con esas comunidades y la ausencia de empatía con las víctimas. Ballard no había notado ninguna de esas deficiencias en Laffont. Cuando tenía tiempo de entrar en los archivos y sacar casos para revisarlos, a menudo buscaba informes de la zona sur. Era blanco y se acercaba a los sesenta, y rara vez había trabajado en la zona sur como agente del FBI asignado a la oficina de campo de Los Ángeles. Veía su trabajo actual como una forma de equilibrar en parte la balanza. Ballard lo respetaba por eso.

—Esperemos que Darcy consiga algo —dijo.

Siguió revisando las pizarras y los casos con su equipo, hasta llegar a la última pizarra, en la que figuraban los casos más activos en cuanto a detenciones pendientes, procesamientos o cierres. El último de la lista pertenecía a Masser.

Se trataba del asesinato de la empleada de una tienda de Hollywood en 1997. Un hombre con pasamontañas entró en la tienda, ordenó a la dependienta que pusiera todo el dinero de la caja en el mostrador y le disparó en el pecho. La mujer murió en el acto. El asesino se metió en un coche que lo esperaba y huyó. Según varios testigos de dentro y fuera de la tienda, la conductora era una mujer blanca con una larga melena negra. El coche se describió como un sedán granate, y un testigo proporcionó los dos primeros dígitos de la matrícula.

Había una cámara de vídeo en el interior de la tienda, y una revisión de la cinta reveló que el arma se disparó mientras el sospechoso recogía el dinero que la mujer había puesto en el mostrador. Al parecer fue un disparo accidental que sobresaltó incluso al atracador, que se dio la vuelta y salió corriendo de la tienda, dejando atrás la mitad del dinero.

Los dígitos de la matrícula y la descripción del coche condujeron finalmente a los investigadores, a través de los registros de Tráfico, hasta un hombre llamado Donald Russell, propietario de un Honda Accord granate cuya matrícula empezaba por esos dos dígitos. Russell estaba en paro y tenía antecedentes por detenciones relacionadas con las drogas. Vivía con su esposa, que también tenía un historial de detenciones por drogas. Ella, no obstante, tenía el pelo corto y rubio. Ambos fueron interrogados, pero negaron estar implicados en el atraco y el homicidio. Proporcionaron una coartada que los investigadores no pudieron ni confirmar ni refutar. Los detectives llevaron el caso a la fiscalía, pero los fiscales se negaron a presentar cargos, aduciendo que no había suficientes pruebas para convencer a un jurado y obtener un veredicto de culpabilidad. No se consiguieron más pruebas y el caso se enquistó, hasta que Paul Masser, de la Unidad de Casos Abiertos, sacó el expediente de una estantería del archivo.

Masser revisó el caso y enseguida se dio cuenta de que no contenía el tipo de pruebas tradicionales que pueden dar un buen impulso a un caso sin resolver. No había huellas dactilares ni ADN de la escena del crimen. La bala se extrajo del cadáver de la empleada, pero no servía para la tecnología balística moderna, porque se había aplastado al impactar contra la columna vertebral de la víctima, lo que la hacía inútil para compararla con la información de NIBIN, la base de datos nacional de balística. Y no se había recuperado ningún arma con la que comparar la bala.

Masser localizó a los sospechosos, que seguían viviendo en Los Ángeles, y averiguó dos cosas que podrían resultar útiles un cuarto de siglo después de que se cometiera el homicidio. La primera era que la pareja ya no era pareja; se habían divorciado cinco años después del crimen. La segunda, que descubrió a través de las redes sociales, era que la ahora exesposa, Maxine Russell, era una adicta en recuperación que recientemente había celebrado veinte años de sobriedad en su página de Facebook.

Masser, basándose en su experiencia como fiscal, sabía que el divorcio de la pareja significaba que el privilegio conyugal legal ya no era aplicable. La ley establecía que una esposa o marido no podía testificar contra su cónyuge sin la aprobación de este, pero la protección se limitaba a los años del matrimonio, lo cual abría la oportunidad de enfrentar a la exmujer con el que había sido su esposo. Masser, por su experiencia con un familiar adicto en recuperación, también sabía que la mayoría de los programas de rehabilitación animaban a los participantes a llevar diarios como parte de sus pasos hacia la sobriedad.

Con la información recopilada en la investigación original, Masser redactó una orden de registro del apartamento donde vivía Maxine Russell y convenció a un juez para que la firmara. La orden incluía todos los diarios y documentos escritos por la sospechosa, así como fotos familiares en las que aparecía Maxine con el pelo largo y oscuro. En una estantería del salón, Masser encontró varios diarios que Maxine había escrito durante los años de su sobriedad. En una de las anotaciones describía el atraco que había salido mal y en otra expresaba su sentimiento de culpa por haber estado implicada en la pérdida de una vida, aunque ella afirmaba que había sido un accidente. Además, un álbum de fotos encontrado en un armario contenía fotos de Maxine que se remontaban a cuando era niña. En muchas, llevaba el pelo largo y oscuro.

Maxine había sido detenida hacía dos semanas y seguía en la cárcel, porque no podía afrontar la fianza, fijada en dos millones de dólares. El departamento no había publicitado la detención, que hasta el momento había escapado a la atención de la prensa. Era el momento de que Masser siguiera adelante con la segunda parte de la estrategia del caso.

—Voy a reunirme con John esta tarde —explicó Masser al grupo—. Iremos a visitar a la abogada de Maxine para ver si quiere llegar a un acuerdo. Después de dos semanas, probablemente se esté haciendo a la idea de que no quiere pasar el resto de su vida entre rejas.

John era John Lewin, el ayudante del fiscal del distrito asignado a procesar los casos de la unidad. En la cobertura informativa que a menudo provocaba la resolución de casos muy antiguos, los medios locales habían apodado a Lewin el «Rey de los Casos Abiertos».

—¿Ha llamado a su exmarido desde la cárcel? —preguntó Ballard.

—No en las líneas que se registran —dijo Masser—. No creo que él sepa que la han detenido.

—¿Qué le va a ofrecer John? —preguntó Laffont.

—No sé por dónde empezará —respondió Masser—, pero me ha dicho que llegará a la inmunidad total si entrega al ex.

—¿Y crees que lo hará? —dijo Laffont.

—Sí, creo que sí —afirmó Masser—. Intenté sacar el expediente del divorcio, pero es confidencial. Desde el divorcio, ella ha pedido dos veces órdenes de alejamiento. Parece que ya no siente mucho amor por él. Va a cantar.

—Eso espero —dijo Ballard—. Avísame en cuanto lo sepas.

—Recibido —dijo Masser.

—De acuerdo, entonces, eso es todo —dijo Ballard—. Siento haber llegado tarde y agradezco que todo el mundo se haya quedado. A escarbar y resolver casos.

Ballard siempre terminaba la reunión semanal con el mismo mensaje, extraído de una canción de Muse que le encantaba: «Escarba». El eslogan podía leerse en un cartel en la pared de su cabina. Era su código tanto en la vida como en los casos.

4

De nuevo en su escritorio, Ballard sacó uno de los atestados que había revisado antes. Correspondía al robo de un coche ocurrido en la playa de Topanga hacía unos meses. Lo que captó de nuevo su atención fue una anotación del agente en el sumario en la que decía que había un vendedor de fruta en el aparcamiento donde se produjo el robo. El vendedor declaró que no había visto nada, pero el agente anotó su nombre y número de teléfono para hacer un seguimiento. Ballard copió la información del vendedor de fruta y de la víctima del robo en una libretita. La víctima se llamaba Seth Dawson. Denunció que, además de su iPhone 15 nuevo, se habían llevado un reloj Breitling valorado en tres mil dólares, regalo de su padre. Esos dos objetos hacían que el delito pasara la frontera del hurto y se adentrara en el terreno de los delitos graves.

Mientras se guardaba la libretita en el bolsillo de la chaqueta, Colleen volvió a asomar la cabeza por encima de la mampara.

—¿Has olvidado algo hoy?

Ballard pensó inmediatamente en la reunión de equipo y se preguntó qué podía haber pasado por alto.

—No lo creo —dijo—. ¿Como qué?

Colleen bajó la voz para susurrar.

—Como tu placa, por ejemplo.

Ballard se llevó la mano a la cadera derecha como si quisiera palpar la placa que llevaba en el cinturón.

—Mierda, tienes razón —dijo—. Está en mi coche, debajo del asiento. La cogeré cuando salga. Gracias por fijarte, Colleen.

—De nada —dijo Hatteras.

Una de las dos líneas del teléfono fijo de Ballard empezó a parpadear.

—¿Puedes cogerlo? —preguntó a Colleen.

—Claro —dijo Hatteras.

Hatteras desapareció de su campo visual y cogió el teléfono. Luego habló con Ballard sin asomar la cabeza por encima de la mampara.

—Es Darcy Troy por la línea uno. Dice que es importante.

Ballard pulsó el botón y descolgó.

—Darcy, déjame adivinar. ¿Shaquilla Washington?

—¿Shaquilla Wa…? No, es por otra cosa. Acabamos de dar con el Violador de la Almohada.

Ballard no dijo nada mientras sentía que un escalofrío le recorría la columna.

—¿Renée?

—Sí, lo siento, estoy aquí. ¿Dónde lo tienen?

—No lo tienen. Es una coincidencia con la búsqueda familiar que pusiste el año pasado.

—Explícate.

—La División de West Valley detuvo a un tipo por un incidente doméstico. Le tomaron una muestra y la enviamos al Departamento de Justicia. Resultó ser una coincidencia familiar en el caso de Abby Sinclair.

El caso fue uno de los primeros que Ballard sometió a análisis genético comparativo tras reactivar la unidad dos años atrás. El Violador de la Almohada había aterrorizado a la ciudad durante cinco años a principios de siglo. Decenas de mujeres fueron agredidas en sus casas. Todas estaban dormidas y se despertaban cuando el violador les tapaba la cabeza con una funda de almohada para impedir que lo vieran. Tras la violación, el agresor asfixiaba a las víctimas hasta dejarlas inconscientes, las ataba con bridas de plástico y escapaba.

Se formó un operativo, pero nunca se detuvo a nadie. El reinado del terror culminó con el asesinato de Abby Sinclair, la última víctima conocida, en 2005. Fue demasiado lejos con Sinclair, asfixiándola hasta la muerte tras la agresión sexual. Después de eso, las violaciones cesaron, y no se volvió a saber nada del Violador de la Almohada.

—¿Una coincidencia familiar de qué grado? —preguntó Ballard.

—De primer grado —dijo Troy—. Es probable que el tipo al que detuvieron sea hijo del Violador de la Almohada.

Ballard asintió con la cabeza. Notaba que aumentaba su frecuencia cardíaca a medida que la adrenalina inundaba su torrente sanguíneo.

—¿Hace cuánto fue la detención por la disputa doméstica?

—Nueve semanas.

—Uf.

—Es lo que tardan en procesar los frotis con las muestras y poner la información en la base de datos del Departamento de Justicia. No tienen prioridad como el ADN de la escena del crimen. Gracias a Dios que pediste esa búsqueda familiar.

Ballard se había incorporado al departamento y había estado en la academia y más tarde había patrullado de uniforme durante los años en que el Violador de la Almohada había aterrorizado a la ciudad. Ella y su compañero fueron los primeros en llegar a la escena del asesinato de Abby Sinclair. Era la primera escena de un asesinato en la que Ballard había estado y, aunque siguieron muchas más, la imagen del cuerpo desnudo de Abby Sinclair en su cama, con la funda de almohada sobre la cabeza, se le había quedado grabada. Fue el primer caso que sacó de la biblioteca de las almas perdidas, como llamaba al archivo que contenía los expedientes de homicidios.

—De acuerdo, Darcy —dijo—. Dame lo que tengas sobre el doméstico.

Ballard anotó la información, agradeció a Troy la llamada y colgó. Se levantó para ver quién quedaba en la Balsa. Aunque las reuniones de personal de los lunes por la mañana eran obligatorias, los investigadores solo debían trabajar un día a la semana, y a menudo se marchaban después de la reunión, optando por cumplir con su compromiso en otros días. Ballard solo vio a Hatteras y a Persson. Sabía que a Aghzafi le gustaba trabajar los jueves o los viernes, y Masser probablemente se había marchado para reunirse con el fiscal y el abogado defensor en el caso de Maxine Russell. No vio a Laffont, pero esperaba que solo hubiera salido a tomar un café o a ir al baño, porque iba a necesitarlo.

—Vamos a ver, Anders, Colleen, escuchad —dijo—. Tenemos un caso con el que quiero que vayamos a por todas.

Consultó sus notas antes de continuar.

—Quiero que investiguéis a Nicholas Purcell, nacido el 29 de enero del 2000. Lo detuvieron por un incidente doméstico hace nueve semanas en West Valley. Quiero saberlo todo sobre él: dónde vive, dónde trabaja, qué clase de incidente fue, todo.

—¿Cuál es el caso? —preguntó Persson.

—Hace unos veinte años, hubo un criminal en serie llamado el Violador de la Almohada —dijo Ballard—. Agredió a varias mujeres a lo largo de cinco años. Hablo de decenas de víctimas. Finalmente mató a una y luego se perdió de vista. Nunca lo atraparon. Ese asesinato… Ese es nuestro caso.

—Pero espera —dijo Hatteras—. Si Nicholas Purcell nació en el año 2000, entonces...

—No puede ser nuestro hombre —concluyó Ballard—. Exacto, no lo es. Nuestro hombre es su padre. Tenemos una coincidencia familiar. El padre de Purcell es el Violador de la Almohada. A través de su hijo, lo encontramos, obtenemos su ADN, y partimos de ahí.

—Guay —dijo Persson.

Ballard lo miró un momento, sin saber qué parte de todo aquello le parecía guay al sueco. Lo atribuyó a que no estaba hablando su lengua materna. Asintió con la cabeza y se dirigió hacia los archivos. Al pasar escuchó que Hatteras y Persson hablaban de cómo dividirse el trabajo que ella les había asignado.

Los casos de los archivos estaban organizados primero por años y luego alfabéticamente por los apellidos de las víctimas. Ballard tuvo que desplazar las estanterías para acceder a los casos de 2005. El expediente de Abby Sinclair era en realidad una caja. Contenía registros de la investigación del asesinato y de las cuarenta y seis agresiones sexuales que habían comenzado en el 2000. Era una caja de cartón con asas. Ballard la sacó de la estantería y la cargó hasta su escritorio.

Tanto Hatteras como Persson habían girado sus sillas y la esperaban cuando salió de los archivos. Ballard aún no podía interpretar a Persson tan bien como a Hatteras, con la que llevaba dos años trabajando, pero supo por la expresión de esta que algo iba mal.

—¿Qué pasa? —preguntó.

—Bueno, hemos encontrado a Nicholas Purcell —dijo Hatteras—. También creemos que tenemos a su padre.

—¡Qué rapidez! ¿Cuál es el problema?

—Echa un vistazo.

Hatteras se levantó para que su jefa pudiera ver la pantalla. Renée dejó la caja que llevaba sobre la silla y se inclinó para mirar la pantalla. Era una foto en la página de Facebook de Nick Purcell en la que se veía a una familia reunida en torno a una tarta de cumpleaños.

—He retrocedido tres años para encontrar esto —dijo Hatteras.

—Bien, ¿qué estoy viendo? —inquirió Ballard.

—Lee el pie de foto —dijo Hatteras—. Es el cumpleaños de Nick. Veintiuno. El de la derecha es su padre.

Ballard estudió al padre. Le asaltó un leve destello de reconocimiento, pero no sabía de dónde lo conocía. Parecía un cincuentón en buena forma, de rostro rubicundo y abundante cabello oscuro. Llevaba una camisa de golf a rayas con las mangas ceñidas a los bíceps.

—¿Quién es? —preguntó Ballard.

—Es juez —soltó Persson, adelantándose a su compañera.

—Es el presidente del Tribunal Superior de Los Ángeles —agregó Hatteras—. El honorable Jonathan Purcell.

Ballard comprendió de qué lo conocía.

—¿Has sacado el informe sobre el doméstico?

—Lo tengo aquí —dijo Persson—, pero ya te adelanto que no se presentaron cargos.

—La fiscalía lo rechazó —dijo Hatteras—. Puede que el juez contactara con ellos.

Ballard le dirigió una mirada para advertirle que era peligroso decir ese tipo de cosas.

Se acercó al escritorio de Persson y se inclinó para leer su pantalla. Persson se levantó y ella se sentó a hojear el sumario redactado por el agente que había efectuado la detención. Buscaba los detalles de la presunta agresión y lo que la había elevado a delito grave. La víctima se identificaba como Sara Santana, de veintiún años, que aseguró que su novio Nicholas Purcell se enfadó con ella y la estranguló hasta dejarla inconsciente porque volvió tarde del trabajo. Ballard se desplazó más abajo para ver qué pruebas, si las había, se habían recogido. Decía que el agente había tomado fotos del cuello de la víctima y de su mano izquierda, porque ella dijo que se había roto dos uñas mientras se resistía para apartar las manos de Purcell de su cuello.

—¿Las fotos no están en el informe?

—No hay fotos —dijo Persson.

—¿Deberían estar ahí? —preguntó Hatteras.

—Si el agente las tomó con su teléfono, deberían estar adjuntas —dijo Ballard—. Forma parte del protocolo en los casos domésticos.

—Me pregunto si lo hizo y si el fiscal las vio —dijo Hatteras.

—Esa es la cuestión —coincidió Ballard. Se levantó, cogió la caja y se dirigió a su escritorio—. Así que, escuchadme —dijo—: ninguno de vosotros habla de este caso fuera de esta sala. Nadie más sabe nada del caso ni del juez ni de nada de eso. ¿Entendido?

Hatteras y Persson asintieron sombríamente.

—Bien —dijo Ballard—. Anders, envíame ese informe.

Dejó la caja sobre el escritorio y levantó la tapa. Contenía seis carpetas de plástico, colocadas con el lomo hacia arriba, con las fechas marcadas y en orden. Recordó de su primer examen, dos años atrás, que las cinco primeras carpetas contenían informes del operativo sobre la serie de agresiones atribuidas al Violador de la Almohada. La sexta carpeta estaba dedicada al último caso, el asesinato de Abby Sinclair. Sacó esa carpeta de la caja y se sentó para volver a familiarizarse con la investigación.

Pero antes de abrir la carpeta, abrió la lista de contactos de su móvil y llamó a Laffont.

—¿Qué pasa, Renée?

—¿Te has ido?

—Sí, pensé que habíamos terminado. Había quedado con una amiga para comer. Pensaba volver cuando tuviera noticias de Darcy. Haré mis horas después.

—Te necesito aquí después de tu almuerzo. Tenemos un caso gordo y quiero que nos pongamos en marcha hoy.

—Claro. También podría volver ahora. Solo estoy a diez minutos. Me he parado a charlar con el capitán LaBrava. Me vio en el aparcamiento y me preguntó por la alarma de la puerta de esta mañana.

LaBrava era el responsable de operaciones del Centro Ahmanson. Eso lo ponía a cargo del edificio, pero no de la Unidad de Casos Abiertos, que dependía de la División de Robos y Homicidios, con sede en el centro de la ciudad.

—Joder con el tío y la puerta de atrás —dijo Ballard—. ¿No tiene cosas más importantes de las que preocuparse?

—Debería —dijo Laffont—. Pero creo que lo he calmado. Le he dicho que teníamos una lagartija en los archivos y que intentábamos salvarla sacándola de la forma más rápida posible.

—¿Una lagartija? ¿Y se ha tragado eso?

—No lo sé, pero le ha dado una razón para dejarlo. No creo que lo vuelva a mencionar.

—Ya veremos.

—¿Cuál es el caso gordo?

Ballard le contó que uno de los primeros casos que ella, como jefa de la unidad, había enviado al laboratorio para comparar ADN familiar acababa de dar un resultado coincidente. Y que ese resultado acababa de conducir hasta el presidente del Tribunal Superior de Los Ángeles.

Laffont silbó, lo bastante alto como para que Ballard tuviera que apartarse el móvil de la oreja.

—¿Alguna vez compareciste ante Purcell? —preguntó Laffont.

—No, que yo recuerde —dijo Ballard—. Creo que se dedicaba sobre todo a lo civil. Y ahora es el presidente, pero más que nada es un cargo administrativo.

—Lástima que no esté en los tribunales. Me gustaría echarle un vistazo.

—Bueno, lo harás. Quiero conseguir su ADN lo antes posible.

—¿Subrepticiamente?

—A menos que conozcas otra forma. No creo que ir al juzgado, llamar a la puerta de su despacho y decir «Oiga, señoría, ¿le importa si tomamos una muestra?» vaya a funcionar.

—No, yo tampoco lo creo. Entonces, ¿qué estás pensando?

Con una pista sólida en un gran caso sin resolver, Ballard no quería retrasar la investigación ni un día, ni una hora, ni siquiera un minuto. Era un caso al que había dado prioridad desde el día en que reactivó la unidad.

—Mira, no lo he pensado mucho, pero los jueces aparcan en un garaje debajo del edificio del tribunal penal. Estoy pensando en seguirlo cuando salga y vemos qué hacemos.

—Buen plan. ¿Seguro que puedo mantener mi cita para almorzar y volver después? No tendremos que ir al centro hasta las cuatro o así, ¿verdad?

—Sí, pero quiero que estés familiarizado con el caso. Acabo de sacar la caja.

—Volveré a las dos, ¿qué te parece?

—Bien. También tengo un almuerzo programado. Nos vemos esta tarde.

—No vamos a hacer esto solos, ¿verdad?

—No, voy a tratar de que Paul y Lilia vuelvan.

—Bien. Nos vemos a las dos.

—Perfecto.

Ballard colgó y miró el reloj. Tenía media hora antes de salir para su cita. Abrió el portátil y se conectó a internet para comprobar las compras recientes de las tarjetas de crédito que llevaba en la cartera. Esperaba que se hubiera utilizado al menos una de las tarjetas y poder rastrear la compra hasta el ladrón, pero no había ninguna actividad nueva en ninguna de las dos.

Se echó hacia atrás y pensó en ello. Normalmente, los ladrones vendían rápidamente las tarjetas robadas y sus números a un segundo nivel de delincuentes que trabajaban en una carrera contrarreloj antes de que la víctima del robo cancelara las tarjetas. Al parecer, eso aún no había ocurrido. Decepcionada, pensó en las posibles razones y se preguntó si debía cancelar las tarjetas o dejarlas activas para mantener el potencial de generar alguna pista.

Hatteras asomó la cabeza por encima de la mampara, pero no dijo nada.

—¿Qué pasa, Colleen?

—No sé si necesitas que haga algo.

—No, voy a salir para una cita. No hace falta que te quedes.

—¿Estás segura?

—Sí.

—De acuerdo, entonces.

Ballard volvió a mirar la pantalla e inició el procedimiento para denunciar el robo de sus tarjetas de crédito y solicitar otras nuevas.

5

La consulta de la doctora Cathy Elingburg estaba al norte del aeropuerto, en Playa Vista, una zona conocida como Silicon Beach por todas las empresas tecnológicas y *start-ups* que había allí. Los pacientes de Elingburg eran principalmente jóvenes tecnólogos con paranoia competitiva y trastornos del sueño. Por lo que Ballard sabía, ella era la única policía entre los pacientes de Elingburg, y así era como lo prefería. No quería que nadie con placa supiera que cada semana iba a ver a un terapeuta. Aun en pleno siglo XXI, que un policía acudiera a un terapeuta seguía siendo visto como un signo de debilidad por otros policías.

Ballard llegó pronto y se sentó en la sala de espera. Estudió los diplomas enmarcados de la Universidad de Carolina del Norte en Chapel Hill y de Elon. Ambos estaban expedidos a nombre de Helen Catherine Sharpe, lo que indicaba que Elingburg era su apellido de casada. En los casi ocho meses que llevaba viéndola, Ballard no había llegado a preguntarse cómo alguien que había estudiado en Carolina del Norte había acabado en Silicon Beach.

A las doce, Ballard oyó que la puerta de la consulta se abría y se cerraba. El despacho estaba diseñado para que un paciente que salía no pasara por la sala de espera donde estaba sentado el siguiente. Era una intimidad que Ballard apreciaba.

Al cabo de unos momentos, la puerta de la consulta se abrió y la doctora recibió a Ballard en el espacio rectangular. A la izquierda había un escritorio; a la derecha, una zona de asientos que parecía una sala de estar básica, con dos sofás, uno a cada lado de una mesa de centro, y una silla en cada extremo. Tenían por costumbre sentarse frente a frente en los sofás, y Ballard ocupó su sitio habitual.

—¿Agua? —preguntó Elingburg—. ¿Café?

—No, gracias —dijo Ballard.

Elingburg empezó comentando que el lunes siguiente era festivo, el Día de los Presidentes. Le dijo a Ballard que ese día no atendería a pacientes en la consulta y que podía trasladar su cita a otro día o hacer una visita por Zoom en la que Elingburg se conectaría desde su casa. Se decidieron por una cita en la oficina el martes siguiente y empezaron con la sesión.

—Vamos a comenzar. ¿Cómo te ha ido el día?

—Bueno, no ha empezado bien. Quiero decir, al principio iba bien, estaba en el océano, pero luego se ha ido a la mierda.

—¿Qué ha pasado? ¿El trabajo?

—No, el trabajo en realidad está bien. Pero me robaron mientras estaba en el agua. Fui a Staircases porque las aplicaciones decían que era donde había mejores olas. Pero allí aparcas detrás de los acantilados. No puedes ver tu coche desde el agua, y alguien estaba vigilando. Tenía que haber alguien. Me vieron esconder la llave. Cuando volví del agua, me habían robado la placa, la cartera con las tarjetas de crédito y la identificación policial, y el arma.

—Dios mío.

—Ah, sí, y el teléfono. He pasado parte de la mañana en la tienda de Apple. Así que no ha sido un buen comienzo.

—¿Qué pasa ahora? ¿Se lo dices a tu jefe y ellos investigan?

—No se lo he dicho a nadie. Se supone que debo informar, pero si lo hago podría perder mi trabajo.

—¿Qué? No es culpa tuya.

—No importa. Si fuera un hombre y lo denunciara, podría ganarme fama de despistado. Pero conmigo no estoy tan segura. Como ya hemos hablado, estoy en una situación delicada. Hay gente esperando a que meta la pata para trasladarme al quinto pino o deshacerse de mí. El trabajo que tengo ahora es donde necesito estar. Es donde sé que marco la diferencia. Así que no puedo denunciarlo porque puede ser lo que los lleve a decir: «¿Sabes qué? Vamos a hacer un cambio».

—Pero no puedes ir por ahí sin placa ni arma.

—Tengo un arma de reserva y un revólver que no sé por qué el ladrón no encontró. —Ballard se abrió la chaqueta para mostrar el arma de reserva que llevaba enfundada en la cadera.

—¿Y la placa?

—Bueno, tengo que recuperarla.

—¿Cómo?

—Voy a localizar a quien coño se la haya llevado.

Elingburg se limitó a asentir como si estuviera considerando si le parecía un buen plan o no.

—De todos modos, después las cosas mejoraron —dijo Ballard—. Tenemos un buen caso entre manos.

—¿Qué es un buen caso? —preguntó Elingburg.

—En general, un caso en el que el sospechoso aún tiene pulso. Y además está por ahí viviendo su vida y pensando que se ha salido con la suya. Alguien a quien puedas esposar.

—Te da un buen subidón.

—Claro que sí. De eso se trata.

Elingburg volvió a asentir y cambió de tema.

—¿Alguna novedad sobre tu madre?

—No. Nada.

Lo último que Ballard había sabido de su madre era que vivía en algún lugar de Maui, la isla hawaiana donde Renée había sido abandonada a los trece años..., hasta que Tutu la había encontrado y se la había llevado a California.

Hacía seis meses que los incendios habían arrasado Maui. La localidad de Lahaina quedó destruida por el fuego y hasta el momento se habían recuperado los restos de casi un centenar de personas entre las cenizas. Muchos cadáveres permanecían sin identificar. Se creía que Makani Ballard vivía en la zona este de la isla, lejos de los incendios, pero probablemente frecuentaba Lahaina para ir de compras y buscar trabajo. De momento, figuraba entre los desaparecidos.

—Llamé a Dan, mi contacto en Maui, la semana pasada, pero no hay novedades —dijo Ballard—. Siguen teniendo tantos CNI que esto va a durar meses.

—¿CNI?

—Cadáveres no identificados.

—Ah.

—En el mundo policial tenemos siglas para todo. Mi contacto allí trabaja para algo llamado OINC.

—¿Qué significa?

—Operativo de Identificación y Notificación de Cadáveres. Es un nombre horrible, así que lo acortamos con siglas que hacen gracia.

—Es comprensible. Esto de no saber nada de tu madre, ni siquiera si está viva, ¿ha suavizado en parte tus sentimientos hacia ella?

Detrás del sofá de Elingburg, en la pared, había estanterías llenas de libros, figuritas y otros adornos. También había un espejo enmarcado sobre un soporte que, según le había explicado Elingburg a Ballard, se utilizaba en sesiones de terapia con clientes que tenían problemas de imagen corporal. En ese momento, Ballard podía verse en el espejo mientras pensaba en la pregunta de Elingburg. Vio el estrés en sus ojos oscuros y se dio cuenta de que había estado tan absorta por el robo de su placa y su pistola aquella mañana que se había olvidado de recogerse el pelo, castigado por el sol, en una coleta antes de ir a trabajar. Le caía sobre los hombros, despeinado y enmarañado.

—Suavizar mis sentimientos... —dijo Ballard—. No, la verdad es que no. Siento que, si se ha ido, he perdido la oportunidad de obtener una respuesta de ella.

—¿Una respuesta a qué? —preguntó Elingburg.

—Bueno, a por qué coño se fue a las colinas y me dejó así.

—Quieres decir que te abandonó.

Ballard asintió.

—Supongo que es un poco difícil decir eso de tu propia madre.

—Culparte a ti misma es algo de lo que hemos estado hablando desde que viniste a verme —dijo Elingburg—. No es culpa tuya, Renée. Tú no hiciste nada para merecer lo que te hizo tu madre.

—Pero no entiendo por qué ella no vio lo suficiente en mí para quedarse. Quiero decir, teníamos una casa, teníamos el mar, teníamos un caballo. Ella me tenía, pero de alguna manera... no era suficiente para ella.

Había un cuaderno y un bolígrafo sobre la mesita. Por primera vez durante la sesión, Elingburg los cogió y escribió algo.

—¿Qué has escrito?

—Trauma vicario.

—¿Qué significa?

—Que compartes el trauma de otra persona. Los trabajos en los que se ven tragedias y traumas todo el tiempo (policías, bomberos, personal de urgencias, soldados) tienen un efecto de segundo nivel en las personas que los hacen.

—¿Y a los terapeutas? ¿Les afecta?

—A veces, sí.

—¿Qué tiene que ver con mi madre?

—Bueno… Creo que inconscientemente has enmascarado el trauma de perder a tu padre y el hecho de que tu madre te abandonara con el trauma vicario de tu trabajo. Asumir el dolor ajeno camufla el propio. Y ese fue tu escudo durante muchos años, hasta que la muerte de tu abuela te dejó sin nadie más que tu madre perdida no se sabe dónde. Está saliendo a la superficie, y eso es lo que causa tu insomnio. Todo está aflorando a la mente consciente.

Ballard pensó en ello. Era cierto que había sentido la necesidad de hablar con alguien poco después de la muerte de Tutu. Era curioso que hubiera estado hablando de su madre por entregas semanales cuando los incendios arrasaron Maui y posiblemente acabaron con su vida. Era casi como si la rabia y el dolor que había vomitado en las sesiones hubieran encendido las llamas.

—Entonces —dijo finalmente Ballard—, ¿qué hago con eso?

—Bueno, como te he estado diciendo todo el tiempo, tienes que dejar de culparte por las decisiones de tu madre —dijo Elingburg—. Has de recordar que tu padre os abandonó a las dos. Su…

—Espera un momento. Se ahogó. No nos abandonó.

—Tienes razón. No fue un abandono intencionado. No fue una elección, como la de tu madre. Se ahogó. Pero murió llevando un estilo de vida que sabía que podía ser peligroso. Así que su muerte fue como un abandono para las dos. Tu madre lo gestionó mal, pero, mira, algunas personas no son tan fuertes como otras. Tú eres fuerte, Renée. Por eso has cargado con este peso en tu mente, pero a veces la mente se cansa y baja sus defensas, y las cosas salen a la luz.

Ballard guardó silencio mientras reflexionaba. Había llegado a Elingburg un mes después de que Tutu falleciera en paz en un hospital para enfermos terminales. El insomnio había comenzado poco después de la muerte de su abuela, y una búsqueda en Google había dado como resultado que Elingburg era experta en trastornos del sueño.

—Y sé que hoy ha sido un día malo con el robo de tus cosas en la playa —dijo Elingburg—. Pero no dejes que eso te disuada. El agua es tu salvación. Tienes que salir al agua todo lo que puedas.

—No te preocupes. Lo haré.

6

A las cinco de la tarde, Ballard estaba apostada en su Defender delante del EAP, el Edificio de Administración de la Policía, en la calle Primera. Tenía una visión sin obstáculos de la ligera pendiente de Spring Street, en la puerta de salida del garaje situado bajo el edificio de los juzgados de lo penal. Tom Laffont estaba en su coche particular en la esquina de Spring y Temple, en lo alto de la pendiente de Spring y Temple. Paul Masser se había posicionado en una de las sillas rosas de Grand Park, junto al edificio del tribunal. Eso lo ponía en el punto más próximo a la salida del garaje donde aparcaban los jueces. Su ángulo le permitiría ver las matrículas de los vehículos que salían. Buscaban un Mercedes C 300 Coupé que pertenecía a Jonathan Purcell. Era tan negro como la toga de un juez, según Anders Persson, que había conseguido la matrícula en el Departamento de Tráfico.

Lilia Aghzafi estaba apostada en su coche en Temple para poder dar la vuelta y recoger a Masser en cuanto se localizara el coche de Purcell y se iniciara la vigilancia.

Ballard cogió su radio y pulsó el botón de hablar.

—¿Todo el mundo tiene los ojos abiertos?

Recibió un clic de micrófono de cada uno de los miembros del equipo. Satisfecha, cogió su móvil y llamó a un número que había anotado en su libreta. Puso el teléfono en altavoz para no tener que apartar la vista de la salida del garaje del juzgado.

La llamada fue inmediatamente al buzón de voz.

—Este mensaje es para Seth Dawson —dijo Ballard—. Soy la detective Renée Ballard, del Departamento de Policía de Los Ángeles. Estoy haciendo un seguimiento del robo de un coche ocurrido en la autopista de la costa del Pacífico, a la altura de Topanga, en noviembre. Me gustaría hacerle algunas preguntas. Puede localizarme en cualquier momento en este número. Le agradecería que me devolviera la llamada.

Colgó y repasó sus palabras. Dawson tendría una grabación en la que ella hablaba de una investigación que no le correspondía llevar a cabo, lo cual podría ser problemático si las cosas le estallaban en la cara. No obstante, la forma en que había formulado el mensaje le daba una salida plausible, porque nunca había dicho que estuviera llevando a cabo una investigación, solo que quería hacerle preguntas.

La voz de Masser crepitó en la radio

—Mercedes negro subiendo por la rampa.

Ballard cogió los prismáticos de la consola central y enfocó la salida del garaje de Spring Street. El Mercedes negro no tardó en aparecer y se detuvo un momento mientras el conductor esperaba para hacer el giro. Era una calle de sentido único. El conductor tenía que ir a la derecha y acercarse a la posición de Ballard.

Ballard se impacientó esperando a que Masser informara. Cogió la radio sin despegar los ojos de los prismáticos.

—¿Tenemos la matrícula?

Esperó y luego movió ligeramente los prismáticos hacia la izquierda para localizar a Masser. Vio que salía del parque y acercaba la boca a la manga de la chaqueta, pero no lo oyó por la radio.

—¿Alguien recibe audio de Paul? —espetó en la radio—. Está hablando, pero no oigo nada.

—No hay audio de Paul —confirmó Laffont.

—No se oye —dijo Aghzafi.

Ballard tenía que pensar con rapidez. El Mercedes había girado por Spring y estaba llegando al semáforo de la Primera. El hecho de que Masser hubiera salido de Grand Park y estuviera en la acera indicaba que el Mercedes negro era el vehículo que buscaban. Pulsó el micrófono.

—Lilia, ve a buscar a Paul y nos informas de la matrícula. ¿Me recibes?

—Recibido.

El Mercedes giró a la derecha en la calle Primera y se dirigió hacia Broadway. Ballard arrancó el Defender y se pasó al carril izquierdo. Tenía que hacer un giro de ciento ochenta grados, y a las cinco de la tarde el tráfico de vehículos en sentido contrario era muy denso. Volvió a llevarse la radio a la boca.

—Tom, ¿estás en movimiento?

—No, espero órdenes.

—Mierda, en marcha. Estoy atascada. Ha ido al norte por la Primera hacia Broadway. Síguelo.

—En marcha.

Ballard vio un hueco en el tráfico y dejó caer la radio en la consola central para poder utilizar las dos manos para mover el volante y dar media vuelta. Se dirigió hacia el cruce de Spring, buscando el Mercedes una manzana más adelante. Lo vio circulando por Broadway. Supuso que se dirigía a la entrada de la autovía 101. Desde allí, enseguida se llegaba a un nudo de carreteras donde Purcell podía tomar cualquier dirección y perderse de vista.

Ballard tuvo que pisar el freno cuando el coche que tenía delante se detuvo antes de tiempo en un semáforo en ámbar. Dio un manotazo al volante.

—¡Idiota!

Justo en ese momento vio que el Ioniq blanco de Laffont giraba y se dirigía hacia Broadway seguido por el Volvo de Aghzafi. Cogió de nuevo la radio.

—Lilia, ¿Paul ha confirmado la matrícula? —Esperó.

—Sí, confirmada.

Ballard asintió para sí misma.

—Bien. Tom, ¿tienes al objetivo? Me he comido un semáforo.

—Afirmativo, lo tengo.

El semáforo se puso en verde y Ballard esperó a que el coche que tenía delante se pusiera en marcha. Oyó la voz de Lilia en la radio.

—Y nosotros vamos justo detrás. No perdáis de vista al objetivo —dijo.

—De acuerdo, dejad un poco de espacio —dijo Ballard—. Creo que vamos a la autovía. —Aceleró el Defender para adelantar al vehículo lento y giró hacia Broadway.

Laffont empezó a dar detalles por la radio.

—Vale, estamos en la rotonda de la autovía, girando hacia el norte ahora mismo.

Ballard maldijo al encontrarse con el semáforo de Temple en rojo. Supuso que el Mercedes estaba en la autovía cambiando de carril y acercándose rápidamente al nudo de la 110.

—Tom, ¿hacia dónde vamos? —dijo por radio.

—Ciento diez norte —respondió Laffont—. A Pasadena, parece.

«No corras tanto», pensó Ballard. La 110 norte conducía a las autovías de Glendale y Golden State. A esas alturas, Purcell —si es que era Purcell— podía estar yendo a cualquier parte. Pulsó su micrófono.

—¿Alguien ha podido ver al conductor? ¿Hemos confirmado el objetivo? —Esperó.

Al parecer, Lilia le había dado la radio a Masser, porque Ballard le oyó decir:

—Es él. Lo he visto cuando ha bajado la ventanilla para hablar con el vigilante del garaje. Siento lo de mi radio.

Tenían fotos de Purcell de la página de Facebook de su hijo y de una reseña que Hatteras había encontrado en internet. Había aparecido en el *Los Angeles Legal Journal* cuando fue nombrado presidente del Tribunal Superior. La reseña daba algunos detalles del juez, pero no revelaba dónde vivía. No tenían ni la foto ni la dirección de su permiso de conducir, porque el Departamento de Tráfico los había bloqueado por motivos de seguridad. Era una práctica habitual entre los cuerpos policiales y la judicatura. Incluso la matrícula del coche que habían conseguido tenía como dirección un apartado de correos.

Finalmente, Ballard accedió a la autovía y empezó a avanzar. No tardó en ver el Volvo de Aghzafi. Estaba a punto de decir a los demás que lo había alcanzado cuando sonó su teléfono. Era Hatteras.

—Colleen, ¿qué pasa?

—¿Cómo va?

—Estamos en eso ahora mismo. ¿Qué necesitas?

—Solo quería que supieras que he empezado a trabajar en el patrón genealógico de ADN de Purcell.

—Bien, ¿qué significa eso?

—Es un árbol genealógico genético.

—Bien…, ¿algo bueno?

—Estoy empezando.

—Bueno, entonces, ¿qué tal si me avisas si encuentras algo que pueda servir como pista en la investigación?

—Por supuesto. Lo haré. ¿Estáis siguiendo al juez ahora? Oigo que estás en el coche.

—Sí, lo estamos siguiendo, y necesito concentrarme en esto, Colleen. Así que, si no hay nada más, voy a colgar.

—Vale, buena suerte. Cuéntame cómo va.

—¿Vendrás mañana?

—Claro. Quiero seguir construyendo este árbol.

—Entonces hablaremos mañana.

Ballard colgó por fin. Hatteras tenía la capacidad de llevar su paciencia al límite. Sin embargo, era buena en lo que hacía…, si se concentraba en eso. Más de una vez, Ballard había pensado en decirle a Hatteras que no iba a funcionar y que iba a sacarla del equipo. Pero los casos abiertos muchas veces terminaban en la genealogía genética de la investigación, y todo lo que hacía molesta a Hatteras —las vibraciones sobrenaturales, hacer demasiadas preguntas, traspasar los límites, meter las narices en todas partes— era lo que la hacía buena en el trabajo de GGI. Así que Ballard la soportaba porque la recompensa merecía la pena.

También sentía debilidad por Hatteras porque conocía el motivo por el que trabajar en casos sin resolver significaba tanto para ella. En septiembre, la segunda de sus dos hijas se había ido a la universidad, y poco después su marido se había marchado de casa y le había pedido el divorcio después de veintitrés años. Colleen explicó que no fue una sorpresa, porque el matrimonio había dejado de funcionar hacía años y se mantenía más que nada por sus hijas. Y el drástico descenso de la actividad en casa se tradujo en un aumento de su actividad en el Centro Ahmanson.

Purcell permaneció en la 110, pasando de largo las salidas que conectaban con las autovías de Glendale y Golden State, hasta la salida de Orange Grove, en Pasadena. Laffont, que conducía el coche que encabezaba la vigilancia, informó de la salida, y todos los coches de la unidad lo siguieron. Como era hora punta, había tantos vehículos que a Ballard no le preocupaba que Purcell se diera cuenta de que lo estaban siguiendo. Sus esfuerzos también se vieron camuflados por la caída de la noche. Si Purcell miraba por los retrovisores, vería faros detrás de él, pero ningún vehículo identificable.

Después de salir de la 110, Purcell giró un par de veces a la derecha y pronto se encontró en Arroyo Drive, avanzando lentamente en dirección norte a través de un barrio antiguo y acomodado con casas a la derecha y el arroyo Seco a la izquierda. Había menos tráfico ahí, y Ballard ordenó a su equipo que redujera la velocidad y dejara más espacio. Un minuto después, Laffont informó por radio de que Purcell se había metido en un sendero de entrada en la esquina de Hermosa.

—Paso de largo —anunció.

Ballard pensó en un plan y lo comunicó por radio.

—Tom, aparca. Vuelve a pie por el lado oeste. Lilia, tú giras a la derecha en Hermosa y te paras. Tom, estaré contigo en un minuto.

Mientras terminaba de comunicar sus órdenes, vio que Lilia ponía el intermitente para girar a la derecha media manzana más adelante. El Volvo dobló hacia Hermosa. Ballard siguió recto y, al pasar junto a la casa de la esquina, vio un garaje abierto e iluminado al final del sendero de entrada. El Mercedes negro estaba en la plaza de la izquierda, junto a un todoterreno, y Purcell estaba saliendo con un maletín en la mano.

Ballard siguió conduciendo hasta que vio el coche de Laffont aparcado junto a la acera, tres casas más abajo. Se detuvo detrás, delante de una casa estilo Craftsman sin ninguna luz y con el cartel de una inmobiliaria en el jardín que decía EN FIDEICOMISO. Bajó del coche y cruzó la calle hacia el lado de arroyo Seco. Había un sendero entre los árboles que discurría por la ladera de encima del arroyo. No vio a Laffont hasta que casi había vuelto a Hermosa y se sobresaltó cuando él salió de entre las sombras.

—¿Quieres asustarme? —preguntó Ballard.

—Eh, no —dijo Laffont—. Solo intento pasar desapercibido.

Hablaban en susurros a pesar de que estaban a más de cien metros de la casa de Purcell.

—¿Lo has visto? —preguntó Ballard.

—No lo he vuelto a ver desde que ha cerrado el garaje. Las luces de la casa ya estaban encendidas. ¿Qué te parece? ¿Se quedará toda la noche?

—Es posible. No lo sé. —Ballard tenía la radio en la mano. Susurró en ella—. Lilia, ¿cuál es tu ángulo? ¿Ves alguna actividad?

Bajó el volumen antes de que hubiera respuesta. Cuando se oyó la voz de Aghzafi, Ballard levantó la radio y ella y Laffont inclinaron la cabeza para escuchar.

—Tenemos visibilidad de algunas ventanas traseras. Parece la cocina. Hay dos personas hablando, un hombre y una mujer.

Ballard miró a Laffont. Empezaba a pensar que la vigilancia iba a fracasar.

—¿Haciendo la cena? —preguntó Laffont.

—Probablemente —dijo Ballard—. Mira, si están apalancados, puede que mañana volvamos a hacer esto, así que voy a enviaros a ti y a Lilia a casa. Yo me quedaré con Paul un rato más.

—No me importa quedarme. ¿Por qué no los mandas a los dos a casa? Ya están en el mismo coche.

—No, por si acaso, quiero a Paul aquí.

Lo que no se dijo, pero había quedado establecido en las anteriores capturas subrepticias de ADN del equipo, era que Masser, un exfiscal que conocía las reglas de integridad de las pruebas, era el mejor testigo para declarar sobre la recogida de ADN. Podía hacer frente a cualquier cuestionamiento de un abogado defensor sobre los procedimientos seguidos en la recogida y conservación de pruebas genéticas.

Ballard usó la radio para pedirle a Lilia que dejara a Masser en su coche y se dirigiera a casa después de entregarle la radio a su compañero. Laffont se marchó poco después, diciendo a Ballard que lo llamara si el juez decidía salir.

Ballard y Masser permanecieron en las sombras de los árboles al otro lado de la calle de la casa de Purcell. En dos ocasiones durante su vigilancia, un vecino se acercó paseando un perro y les dirigió miradas suspicaces. Pero nadie les preguntó qué hacían allí.

—Vamos a darle otra media hora y luego lo dejamos —dijo Ballard—. Es lunes por la noche. La gente no sale los lunes por la noche en Pasadena.

Masser señaló al otro lado de la calle.

—No estés tan segura —dijo.

Ballard siguió la dirección que indicaba el dedo del exfiscal y vio que la puerta del garaje se levantaba y que la luz del interior se había encendido. Vio dos pares de piernas y, cuando la puerta terminó de subir, distinguió a Purcell abriéndole la puerta del acompañante del Mercedes a una mujer vestida con un traje pantalón morado.

—Noche loca en Pasadena, supongo —dijo—. Voy a por el coche. Tú quédate aquí para ver hacia qué lado van.

—Perfecto —dijo Masser.

7

Quince minutos más tarde habían seguido al Mercedes por el barrio antiguo de Pasadena hasta un restaurante llamado Parkway Grill, donde un aparcacoches se llevó el Mercedes. La pareja entró en el restaurante. Ballard se había detenido en un lugar donde estaba prohibido hacerlo, pero que les ofrecía un buen ángulo de la puerta principal del restaurante.

—¿Qué opinas?

—Será un entorno rico en ADN —dijo Masser—. La cuestión es cómo hacemos la captura sin que lo noten.

—Exacto. Vamos a entrar a ver qué vemos.

—¿Estás segura?

—Si no pinta bien, empezamos de nuevo mañana.

—¿Refuerzos?

Ballard pensó en llamar otra vez a Laffont y Aghzafi, pero decidió no hacerlo.

—Creo que podemos manejarlo.

—Tú mandas.

Ballard arrancó el Defender y se metió en el carril de aparcacoches del restaurante. Los aparcacoches se acercaron al vehículo por ambos lados y abrieron las puertas. Ballard le dijo al hombre que le aguantaba la puerta que tenía que sacar algo de la parte de atrás. Cogió dos bolsas de plástico para pruebas de una caja de cartón y se las guardó en el bolsillo de la chaqueta. Sabía que podría haber más de una oportunidad de recoger ADN de Purcell dentro del restaurante. De otra caja sacó unos guantes de látex y se los metió en el otro bolsillo.

Entraron en el restaurante. Había una barra a la derecha y un comedor abarrotado a la izquierda. Ballard vio que llevaban a Purcell y a la mujer, que supuso que era su esposa, a una mesa situada en la parte delantera de la sala. Detrás del mostrador de entrada había un grupo de mujeres jóvenes con elegantes vestidos negros. Una de ellas preguntó en qué podía ayudar, aunque lo dijo en un tono que transmitía su poder supremo en la concesión de mesas para cenar.

—¿Hay mesa para dos? —preguntó Ballard.

—¿Tienen reserva?

—No, no tenemos.

—Ahora mismo el tiempo de espera para una mesa sin reserva es de cuarenta y cinco minutos. Puedo sentarles en la barra, que se atiende por orden de llegada. Allí ofrecemos el menú completo.

—Perfecto.

Se acercaron a la barra y encontraron dos taburetes libres en el extremo más cercano al comedor. Desde allí, Ballard podía ver claramente la mesa de Purcell en el espejo que había detrás del estante donde se exhibían botellas de distintos *bourbons*.

—Bueno, ¿pedimos? —preguntó Masser.

—Mejor —dijo Ballard—. Van a cenar y podríamos llamar la atención si no lo hacemos.

Estudiaron los menús. Cuando se acercó el camarero, Ballard pidió lubina y una tónica con una lima y un chorrito de zumo de arándanos, que sabía que pasaría por una bebida alcohólica. Masser pidió lo mismo. En el espejo observaron que decantaban una botella de vino en la mesa de Purcell. Ballard se acomodó para lo que podría ser una larga noche. Esperaba que la comida fuera buena. Había oído hablar del restaurante, pero rara vez iba hasta Pasadena a comer.

—¿Te parece bien? —preguntó Ballard—. ¿Cómo está tu mujer?

—Está bien —dijo Masser—. Le he enviado un mensaje.

Probaron las bebidas sin alcohol que les sirvió el camarero y Ballard empezó a pensar en el caso.

—Colleen me ha dicho que ya está construyendo un árbol genealógico genético.

—¿Por qué? Si Purcell es nuestro hombre, no necesitaremos un árbol.

—Cierto, pero la mantendrá ocupada.

Masser se echó a reír.

—Y tanto —dijo—. Eh, mira.

Ballard se fijó en el espejo. La mujer —presumiblemente la señora Purcell, posiblemente la madre de Nicholas Purcell— se había levantado y caminaba hacia la barra.

—Nos han descubierto —dijo Masser, con un tono de pánico en su susurro—. ¿Qué hacemos?

—Espera —dijo Ballard—. Vamos a ver qué... —Vio que la mujer hacía un giro al final de la barra y se metía por un pasillo a la izquierda.

—Va al baño —dijo Ballard.

—Ha ido de poco —dijo Masser.

—No le quites ojo a Purcell. Yo la seguiré a ella.

—¿Estás segura?

—Sí.

Ballard se levantó, dejando la servilleta en el taburete, recorrió el pasillo y empujó la puerta del baño. Había cuatro cabinas y dos lavabos. Tres de las puertas estaban entreabiertas, y la cuarta, cerrada. Vio los bajos del traje pantalón morado bajo la puerta cerrada. Se acercó a uno de los lavabos contiguos, se abrochó la chaqueta para no dejar al descubierto su arma, sacó un pañuelo de papel de una caja y se inclinó sobre el lavabo hacia el espejo.

Esperó hasta que oyó que tiraban de la cadena de la cuarta cabina.

Ballard empezó a frotarse el ojo izquierdo con el pañuelo. La puerta de la cabina se abrió y la mujer de la mesa del juez Purcell salió y se dirigió al otro lavabo. Ballard siguió frotándose y la mujer empezó a lavarse las manos.

—Espero que lo pague —dijo la mujer.

—¿Perdón? —dijo Ballard.

—El que te haya roto el corazón. Espero que se lo rompan a él peor todavía.

—Oh. No, solo estoy tratando de recolocarme la lentilla.

—Ah, lo siento.

—No importa.

La mujer terminó de lavarse y cerró el grifo. Sacó toallitas de papel de un dispensador, se secó las manos con ellas y las tiró a un hueco para la basura recortado en la encimera. Metió la mano en un bolsillo del traje pantalón, sacó un pintalabios de un estuche dorado y se retocó el carmín. Después, dejó caer el pañuelo de papel por el agujero de la encimera.

Ballard se apartó del lavabo y se alisó el pelo mientras se miraba en el espejo. La mujer se volvió hacia la puerta.

—Buenas noches —dijo.

—Buenas noches —dijo Ballard.

Cuando volvió a la barra dos minutos más tarde, su lubina la estaba esperando. Masser ya se estaba comiendo la suya.

—Lo siento, no podía esperar, tenía muy buena pinta. ¿Qué ha pasado en el baño?

—He cogido un pañuelo con su pintalabios —dijo Ballard. Se palpó el bolsillo de la chaqueta.

—¿Por qué?

—Porque no sé quién es.

—¿Qué significa eso?

—Tuve la oportunidad. No sabemos quién es. ¿Es la madre de Nicholas Purcell? ¿Una madrastra? Necesitamos saber quiénes son los jugadores, y yo tenía dos bolsas de pruebas. La cuestión es si vamos a poder usar la segunda.

—Pues, mira, se van.

Ballard miró el espejo.

—Qué rápido —dijo—. ¿Han cenado algo?

—Solo aperitivos y sopa —dijo Masser—. Luego el juez ha recibido una llamada en el móvil y han pedido la cuenta.

—Habrá pasado algo.

—Parece que sí.

Mirando por el espejo de la barra, Ballard vio que un camarero iba a la mesa de los Purcell y le daba al juez una bolsa para llevar.

Sacó la segunda bolsa para pruebas genéticas del bolsillo y se la entregó a Paul por debajo de la barra.

—¿Tienes guantes? —preguntó.

—Ya llevo uno puesto —dijo Masser.

—Bien. ¿Qué vas a buscar?

—Antes de recibir la llamada, ya tenía la sopa. Iré a por la cuchara.

Ballard asintió. Masser empezó a levantarse del taburete. Ballard le puso la mano en el brazo para detenerlo.

—Todavía no —dijo—. Espera. Deja que salgan.

—Pero podrían recoger la mesa —dijo Masser—. Hay gente esperando.

Ballard le mantuvo la mano en el brazo. En el espejo observó a la pareja, que avanzaba hacia la puerta. Miró su mesa vacía con la servilleta del juez arrugada encima. Giró sobre su taburete para verlos marcharse.

Pero no salieron.

El juez se detuvo frente al trío de jóvenes recepcionistas para entablar conversación. Era un cliente habitual y probablemente estaba explicando el motivo de su salida anticipada. Todas las recepcionistas pusieron cara de fingida empatía y comprensión. Ballard miró la mesa. Un camarero se detuvo un momento sobre ella y luego recogió la funda con la cuenta que el juez había dejado.

Ballard volvió a mirar al juez. Seguía hablando.

—Tenemos que hacerlo —le instó Masser.

—Mierda —dijo Ballard—. De acuerdo, adelante. Intenta que no te vean.

—Sí, claro.

—Ya me entiendes.

Masser se dirigió al comedor justo cuando un ayudante de camarero se acercaba a la mesa del juez. Masser sacó su teléfono del bolsillo con la mano en la que no llevaba guante y caminó con la cabeza gacha, mirando la pantalla. Él y el ayudante de camarero convergieron en la mesa, y Masser tropezó y se precipitó sobre ella, inclinando la parte superior de su cuerpo sobre la silla que había ocupado el juez. Se echó hacia atrás y se disculpó, levantando el teléfono a modo de explicación y para desviar la atención del ayudante de camarero de su otra mano.

Masser volvió a la barra y se sentó.

—¿Aprendiste ese movimiento en la escuela de magia? —preguntó Ballard.

—Oh, sí —dijo Masser—. Una mano distrae mientras la otra esconde el conejo.

Ballard miró hacia abajo y vio que Masser tenía la bolsa de pruebas abierta entre las piernas y estaba colocando en ella la cuchara. Miró al espejo y vio que el juez y su mujer salían por fin. Hizo un gesto al camarero y le pidió la cuenta.

Miró la cena que no había probado. La lubina estaba acompañada por una salsa *beurre blanc* y parecía en su punto de cocción.

—Tenemos lo que necesitamos —dijo Masser—. No estarás pensando en dejarte el pescado, ¿verdad?

—Quiero ver por qué se han ido sin cenar —dijo Ballard.

—Entonces dame el ticket del aparcacoches. Come un poco mientras voy a por el coche.

Ballard metió la mano en un bolsillo y se lo entregó. El camarero trajo la cuenta y ella puso dinero en efectivo para pagarla. Luego comió tres bocados de pescado —estaba delicioso— y salió por la puerta hacia el vehículo que la esperaba.

Siguieron el Mercedes del juez y se sorprendieron cuando volvió a la casa de Arroyo. Había un coche parado en la calle, frente a la casa. Tenía las luces encendidas y los gases de escape del motor humeaban en el aire fresco de la noche. Era un coche que Ballard reconoció de inmediato como el vehículo de un detective. Al acercarse, las puertas se abrieron y dos hombres empezaron a bajar. Los faros del Defender los iluminaron y Ballard reconoció al hombre del lado del conductor.

—Sigue —dijo.

—Bueno, no estaba pensando en pararme a saludar —dijo Masser.

—Lo siento.

—No importa. ¿Quiénes son?

—RyH.

—¿Robos y Homicidios? ¿Por qué le habrán interrumpido la cena?

—Por una orden de búsqueda. Será un caso que no puede esperar.

—Entonces, ¿qué hacemos?

—Creo que lo dejamos por esta noche. Probablemente se quede en casa después de esto, y ya tenemos lo que hemos venido a buscar.

—Tú decides.

—Sí.

—Has reconocido a esos dos tipos, ¿no?

—A uno de ellos. Gil Perado. Es perro viejo.

—¿Tienes una historia con él?

Ballard no contestó, así que Masser lo hizo por ella.

—Claro que sí. Tienes una historia con todo el mundo.

—Tenía. Volvamos al centro. A tu coche. Quiero que lleves las muestras a Darcy Troy mañana a primera hora.

—Está bien, pero normalmente lo haces tú.

—Tengo algo que hacer por la mañana. Y no quiero retrasos en llevarlo al laboratorio. Llamaré a Darcy. Ella estará esperando.

—Entendido.

—Después del laboratorio, necesito que busques el certificado de nacimiento de Nicholas Purcell. Hemos de tener en cuenta todas las posibilidades, asegurarnos de que es el hijo del juez. Puede que tengas que ir a Norwalk para eso. Necesitaremos la fecha en que se presentó el certificado de nacimiento para estar seguros.

Las oficinas principales del registro del condado estaban en Norwalk, en el sur del condado. Aunque Ballard sabía por casos anteriores que era difícil y llevaba mucho tiempo eludir la confidencialidad de los registros de adopción, la fecha en que se presentaba un certificado de nacimiento en el registro —es decir, cuántos días habían transcurrido desde el nacimiento— era un claro indicador de si se había producido una adopción.

—Claro, iré directamente allí desde el laboratorio —dijo Masser.

—Gracias —dijo Ballard—. Puede que llegue tarde, pero cuéntame lo que consigues.

—Claro.

Martes, 12:14

8

Ballard se despertó al oír su teléfono en la mesilla de noche. Miró el número, pero no lo reconoció. Contestó de todos modos.

—Ballard.

—Soy Seth.

—Bien. ¿Qué Seth?

—Dawson. Me dejó un mensaje, dijo que llamara en cualquier momento. Acabo de salir del trabajo.

Ballard lo recordó.

—Ah, sí, claro. Lo siento, dejo muchos mensajes para mucha gente. Bueno, quería hacerle unas preguntas sobre el ro...

—¿Los han pillado?

—Eh, no. Pero ¿por qué dice «los»? —Ballard se incorporó y apoyó los pies en el suelo. Encendió la luz de la mesilla de noche y cogió la libreta que tenía al lado.

—Tuvo que ser más de uno —dijo Dawson— para abrir todos esos coches esa mañana. Al menos, eso es lo que dijo el policía.

—Espere un momento —dijo Ballard—. ¿Robaron en más de un coche? Solo tengo su denuncia.

—Sí, verá, fui el único que esperó a que llegara la policía. Tardaron como una hora. Pero yo tenía seguro, así que sabía que necesitaba hacer la denuncia. Los otros tipos se cansaron de esperar y se fueron.

—¿A cuántos más robaron?

—Éramos cuatro, contándome a mí.

—¿Recuerda qué se llevaron de los otros coches?

—Creo que solo teléfonos, tal vez un poco de dinero en efectivo.

—¿Conoce a los otros tres?

—La verdad es que no. Quiero decir, los vi en el agua, pero realmente no hablamos. Básicamente, nos mantuvimos fuera de la trayectoria del otro.

—Bien, Seth. El informe policial dice que vive en Venice. ¿Va a Topanga a menudo?

—Casi nunca. Y después de esa mierda, nunca más. Mi seguro tenía un máximo de quinientos dólares, así que me salió caro.

—Entiendo. ¿Perdió un teléfono y un reloj?

—Sí, el Breitling era de mi padre. Le costó tres mil.

—Estoy seguro de que tenía un gran valor sentimental para usted.

—Sí.

—Si casi nunca iba a la playa de Topanga, ¿por qué fue esa mañana?

—En Venice el agua era una balsa de aceite. Así que miré en la aplicación y me dijo dónde estaban las olas esa mañana. Fui.

—¿Qué aplicación usa?

—Usaba Dawn Patrol, pero luego cambié a Surf's Up. Creo, si mal no recuerdo..., sí, había cambiado para entonces. Sería Surf's Up.

Era la misma aplicación que Ballard usaba y que la había llevado a Staircases el día anterior por la mañana. Lo anotó en su libreta, aunque sabía que no lo olvidaría. Era una pista sólida. Si los ladrones utilizaban una aplicación de surf para determinar en qué playas había buenas olas que atraían surfistas, ella podría hacer lo mismo en su búsqueda de quienquiera que le hubiera robado la placa y la pistola.

—Ha dicho que acaba de salir del trabajo —dijo ella—. ¿Dónde trabaja, Seth?

—En FedEx, en el aeropuerto —dijo él—. Soy coordinador de carga. Me aseguro de que los paquetes correctos vayan a los aviones correctos que van a los aeropuertos correctos. Es solo un trabajo.

—¿Trabaja de noche para tener el día para surfear?

—Exacto.

—Sé de qué va. Escuche, apreciaría que mantuviera esta conversación entre nosotros. Es una investigación activa, así que sería mejor que la gente no supiera lo que estamos haciendo.

—De acuerdo.

—Gracias por su tiempo. Estaré en contacto cuando atrapemos a estos tipos.

—Genial.

Ballard colgó y reflexionó un momento. La pista de la aplicación de surf la llenó de energía. Volvió a tumbarse en la cama. Solo tardó treinta segundos en darse cuenta de que no iba a dormir. Se levantó para ducharse.

9

Surf's Up informaba de que, por segundo día consecutivo, la playa de Staircases era el lugar con las mejores olas del sur de California. Aunque Ballard no creía que los ladrones que buscaba fueran los delincuentes más listos que había perseguido, sí pensó que seguramente serían lo bastante listos como para no volver al mismo sitio un día después de haber robado la placa y la pistola de una agente de policía. De todos modos, se dirigió a la PCH, la autopista de la costa del Pacífico, para observar el lugar con una mirada que ya conocía mejor la situación.

Había pasado buena parte de la noche trabajando en línea, cotejando las denuncias de robos con el historial de olas de la aplicación Surf's Up. Con una sola excepción, todos los robos denunciados por un surfista en los doce meses anteriores se habían producido en la playa donde la aplicación decía que se encontraban las mejores olas. Cuando terminó su análisis, quedó claro que los ladrones —y ella también estaba convencida de que había más de uno— utilizaban la aplicación Surf's Up para planear sus golpes.

De modo que estaba conduciendo hacia Staircases antes de que amaneciera, basándose en la remota posibilidad de que los ladrones no fueran tan listos como había supuesto.

Todavía estaba oscuro cuando llegó. La zona de aparcamiento detrás de los acantilados estaba vacía. Salió del aparcamiento y caminó a lo largo de él, observando la cadena montañosa que había detrás. Tenía que haber un punto de observación desde el que se vieran tanto el agua como el aparcamiento. Eso permitiría a los ladrones ver a sus víctimas escondiendo las llaves de sus vehículos y saber exactamente cuándo salían al agua para actuar.

El acantilado entre el aparcamiento y el océano tenía su punto más elevado en el extremo norte. Ballard supo instintivamente que sería el mejor punto de observación. Encendió una minilinterna que había sacado de su bolsa y subió por la pendiente arenosa. En lo alto encontró un pequeño calvero entre la hierba desde el que se divisaba la zona de aparcamiento y la playa. Latas, botellas y otros desperdicios parecían darle la razón.

La mayoría de los desechos estaban tirados en la arena o en la hierba que la rodeaba. Pero había una lata de Red Bull en pie. Las cenizas alrededor del orificio del tapón indicaban que se había utilizado como cenicero. A Ballard le pareció inusual, teniendo en cuenta que el lugar estaba al aire libre y las cenizas podían esparcirse fácilmente con el viento.

Se puso los guantes de látex y cogió la lata por el borde con dos dedos para no emborronar posibles huellas. Agitó suavemente la lata, que parecía vacía de líquido, pero había algo dentro. Supuso que sería una colilla o el filtro de un porro. Sacó una bolsa de pruebas del bolsillo y metió la lata en ella. No era imposible que los ladrones hubieran tocado esa lata, pero era una posibilidad remota. Aun así, con los años había aprendido a seguir sus corazonadas. A veces daban resultado.

Al mirar al agua a través de la playa vio a un surfista que ya estaba allí a primera hora de la mañana. No llevaba traje de neopreno y Ballard supo que era Van, su pretendiente para el desayuno.

Ballard deseó estar allí y no en un acantilado con una bolsa de pruebas en la mano. Se preguntó si llegaría el día en que no llevara guantes de látex ni bolsas para pruebas en los bolsillos.

Volvió al aparcamiento y vio que había otro vehículo, una furgoneta Volkswagen de época pintada de azul claro con ribetes blancos. Tenía ventanas por todas partes y portaequipajes en el techo. Tenía que ser la furgoneta de Van, y se preguntó si Van era realmente su nombre o un apodo. En todo caso, le cayó mejor por la furgoneta y por su conexión con la cultura del surf del pasado.

Volvió al Defender y tomó la PCH hasta la autovía 10, que la llevaría atravesando el centro de la ciudad hasta la Universidad Estatal de California, donde se encontraba el laboratorio forense del departamento.

De camino, se detuvo en la playa de Topanga y echó un vistazo, pero no había surfistas ni mucha acción. Buscó al frutero mencionado en el informe policial de Dawson, pero no lo vio, y no iba a esperar a ver si aparecía. La lata de Red Bull que había en la bolsa de pruebas, en el asiento de al lado, ocupaba sus pensamientos y quería llevarla al laboratorio sin más demora.

La PCH se curvaba hacia el este a través del túnel de Santa Mónica y daba acceso a la autovía 10. Veinte minutos más tarde atravesaba el centro y tomaba la salida hacia el complejo de laboratorios que la policía de Los Ángeles compartía con el departamento del sheriff. La unidad de huellas estaba en la primera planta, y, al igual que en el laboratorio de ADN situado tres plantas más arriba, la Unidad de Casos Abiertos tenía allí un técnico asignado para gestionar sus solicitudes de huellas. Sin embargo, el criminalista Federico Beltrán no era tan servicial como Darcy Troy. Ballard esperaba que, si acudía en persona a entregar una prueba para su examen, podría evitar retrasos.

Después de aparcar, sacó el teléfono y llamó a Paul Masser. No quería encontrárselo en el edificio y tener que explicarle de qué iba eso de la lata de Red Bull. Cuando contestó, se dio cuenta de que estaba en un coche en marcha.

—Oye, ¿has llegado ya al laboratorio? —le preguntó.

—Acabo de salir. Darcy dijo que hoy pasaría las muestras.

—¿Muestras?

—Le di las dos. Anoche me dijiste que sería bueno identificar a la mujer y obtener su firma genética.

Ballard asintió, aunque sabía que él no podía verla.

—Está bien, pero ¿retrasará a Darcy tener dos muestras que enviar al Departamento de Justicia?

—No veo por qué, pero, si quieres que vuelva a llamarla y le diga que espere con el pintalabios, lo haré.

—No, no importa. Le estoy dando demasiadas vueltas.

—Dijo que sería rápido.

—Bien. ¿Adónde te diriges ahora?

—A Norwalk, a buscar el certificado de nacimiento de Nicholas Purcell, si nació aquí en el condado. Después de eso, de vuelta al redil.

—Bien, te veré allí más tarde. Tengo un recado que hacer esta mañana. Dile a Colleen que no se asuste si llego tarde.

—Seguro que lo hará.

Ballard colgó y se dio cuenta de que tenía un problema: necesitaba su identificación para entrar en el edificio. Había estado tantas veces en el laboratorio a lo largo de su carrera que conocía a todos y cada uno de los vigilantes de seguridad de la entrada principal. Más de una vez la habían dejado pasar sin enseñarle la placa, pero siempre la llevaba encima. Solo le faltaba que hubiera un vigilante nuevo y se lo pidiera.

Pensó en posibles soluciones durante unos instantes y luego salió y abrió la puerta de atrás del Defender. Allí tenía una caja de plástico que contenía su equipo para la escena del crimen: monos, botas de goma, guantes, gorros, rotuladores, además de libretas y una cámara. Apenas había necesitado nada de eso en su trabajo en la Unidad de Casos Abiertos, porque las escenas del crimen de esas investigaciones habían desaparecido hacía tiempo. Pero en ese momento lo necesitaba. Puso la bolsa que contenía la lata de Red Bull encima de la caja, cerró la puerta del Defender de una patada y cargó con todo hasta el edificio.

Al franquear las puertas automáticas, Ballard exageró el peso de la caja e intentó pasar deprisa junto al mostrador de facturación, donde había un vigilante de seguridad. Lo reconoció, pero era bastante nuevo y tal vez no la reconociera a ella. Leyó rápidamente su placa de identificación (Eastwood) mientras pasaba, y eso le ayudó recordar su evidente apodo.

—Oye, Clint —dijo—. Ballard, de Casos Abiertos, voy a ver a Rico en Huellas. ¿Me apuntas?

—Claro —dijo Eastwood—. ¿Número de placa?

—Siete-seis-cinco-ocho.

—Solo te falta un nueve.

—¿Qué?

—Para la escalera.

Ballard soltó una risa forzada.

—Ah, sí, claro. ¿Puedes darle a la puerta?

—Claro que puedo. ¿Necesitas ayuda con eso? Parece pesado.

—No, me apaño. Gracias.

Eastwood desbloqueó la puerta automática y esta se abrió. Ballard estaba dentro. Caminó por el pasillo hasta la sección de huellas dactilares y dejó la caja de la escena del crimen junto a la puerta. Entró con la bolsa de pruebas que contenía la lata.

Federico Beltrán ya estaba en su cubículo comparando dos huellas, una al lado de la otra, en una gran pantalla de ordenador. Ballard sabía que ese era el último paso para certificar una coincidencia. El ordenador extraía las coincidencias de todas las bases de datos a las que estaba suscrito el departamento en todo el país, pero correspondía al técnico verificar la exactitud de las coincidencias y tomar la decisión.

—Rico, mi técnico de huellas favorito —dijo Ballard—. ¿Cómo estás esta espléndida mañana?

Beltrán levantó la vista hacia Ballard, que se había apoyado en la mampara baja a la derecha de su pantalla.

—Ballard. Estoy ocupado esta espléndida mañana.

—Bueno, voy a tener que ocuparte un poco más —dijo Ballard.

Levantó la mano desde detrás de la mampara para que él pudiera ver la bolsa de pruebas que contenía la lata. Beltrán refunfuñó, tal y como ella esperaba.

—Venga, va —dijo ella—. Anímate. Es solo una cosa. Podría ser mucho peor.

—Déjalo en el escritorio y me ocuparé —dijo Beltrán.

—En realidad, necesito esto con prioridad, Federico. Voy a esperar.

—No puedes. Estoy en medio de un caso.

—Y veo que estás acabando, así que termina con eso y empieza con el mío. Eres nuestro hombre y la clave para resolver este caso. Podrías ser un héroe, y no olvidaremos mencionarte en el comunicado de prensa.

—Cierto. Nunca recibimos los elogios. Acaparáis toda la gloria.

—Esta vez no. Solo necesito que vaporices esta lata y veas lo que obtienes. Dos horas como mucho, y si hay algún elogio que repartir, tu nombre estará el primero en la lista.

—Sí, ya he oído eso antes y creo que fue de ti.

Pero Beltrán se apartó de su pantalla y cogió la bolsa de Ballard. Lo tenía.

—¿Cuál es el número del caso? —preguntó él—. Tendré que ver si hay un vaporizador libre.

El vaporizador era la vitrina donde se exponían pequeños objetos al cianoacrilato vaporizado, que se cristalizaba en las crestas de las huellas dactilares, marcándolas y volviéndolas blancas. Luego podían recogerse con cinta adhesiva o fotografiarse y compararse con otras huellas de las bases de datos.

Pero el hecho de que el vaporizador estuviera libre no era el problema inmediato de Ballard. Todos los trabajos enviados a la sección de huellas dactilares para su procesamiento y comparación debían archivarse con un número de caso. El problema era que Ballard no tenía número de caso, porque no había ninguna investigación oficial sobre el robo de su placa, pistola y otras pertenencias. Debía tener cuidado con qué número de caso legítimo dar. Si le daba a Beltrán el número de un caso que se resolviera algún día, su petición de un análisis de huellas pasaría a formar parte de las pruebas a compartir durante un proceso judicial y podría bastar a un abogado defensor para cuestionar la integridad de la investigación.

Por eso Ballard se había preparado con un caso de asesinato que nunca se resolvería. Le dio a Beltrán el número 88-0394 y el nombre de Jeffrey Haskell. Beltrán anotó la información y se dio cuenta de que el caso tenía más de tres décadas.

—¿Del 88? —dijo—. ¿Cómo puede ser esto una prioridad?

—Te diré cómo —dijo Ballard—. Porque un sospechoso al que vigilamos ayer tocó esa lata de Red Bull y necesito conocer su identidad y ver si conecta con algún otro caso.

Lo cierto era que el caso de 1988 había sido revisado por miembros de la Unidad de Casos Abiertos a principios de año y Ballard había aprobado la evaluación de que no era resoluble mediante ninguna herramienta forense contemporánea. No había ADN. No había balística. No había huellas dactilares. No había testigos ni tampoco un arma del crimen. El caso era el asesinato de un chico de veintidós años de Malibú llamado Jeffrey Haskell, que había ido hasta una zona muy conflictiva de South Central para comprar drogas en unos bloques de pisos. En lugar de conseguir droga, le robaron, lo apuñalaron con un instrumento desconocido y lo dejaron desangrándose en el coche que le había prestado su madre tras decirle que iba a una librería. Más de treinta años después, no había pistas que seguir ni sospechosos. Era un caso sin resolver que estaba destinado a permanecer para siempre en un estante de los archivos.

No todos los casos podían resolverse. Ballard lo sabía, pero también conocía el valor de un número de caso y un nombre que podían utilizarse para conseguir que se hicieran análisis de laboratorio sobre elementos que no formaban parte de una investigación activa. Había memorizado el nombre de Jeffrey Haskell y su número de caso. Sabía que nunca conseguiría justicia para Haskell, pero, de una forma que solo ella conocía, él podría ayudar a resolver otro delito.

—Está bien —dijo Beltrán—. Tengo tu móvil. Te llamaré si consigo algo.

—No, me quedo —dijo Ballard—. Así sé que no lo aparcarás en cuanto salga por la puerta.

—No voy a hacer eso.

—Eso dices.

—Pues muy bien. Quédate todo el tiempo que quieras. Yo voy a vaporizarlo.

Se levantó, cogió la bolsa de pruebas y se dirigió a las puertas del laboratorio, al fondo de la sala. Ballard sabía que no podía seguirlo. Había protocolos estrictos para garantizar que no hubiera personal no esencial que contaminara pruebas del laboratorio.

—¿Me avisarás cuando tengas algo? —le preguntó. Odiaba que su tono rozara la súplica.

—Ya te he dicho que sí —dijo Beltrán sin cambiar el paso ni volverse hacia ella.

Ballard lo vio cruzar las puertas y luego consultó la hora en su teléfono. Eran solo las 8:20, y si salía enseguida podría llegar al Centro Ahmanson antes de que nadie —aparte de Colleen Hatteras— se diera cuenta de que llegaba tarde.

10

Hatteras dejó que su jefa entrara en la unidad por la puerta de emergencia, y Ballard fue directa al teléfono que tenía en su escritorio, al fondo de la Balsa. Beltrán no había respondido a una llamada suya en el trayecto hasta el lado oeste, y Ballard creía que se debía a que conocía su número de móvil y decidió no hacerle caso cuando lo vio en la pantalla del identificador de llamadas.

Renée marcó el número de la línea directa del técnico de huellas e intentó respirar más despacio. Estaba frustrada con Beltrán, pero sabía que no era el momento de enfrentarse a él. Se trataba de una investigación extraoficial sobre la que no quería llamar la atención. Como esperaba, Beltrán descolgó al primer tono. Ballard se tragó su frustración y utilizó su voz rutinaria.

—Rico, soy Ballard. Solo quería saber si tienes algo para mí.

—Sí, lo que tengo que decirte, Ballard, es que me has hecho perder el tiempo.

—Ah, ¿sí? ¿Cómo es eso?

—No hay forma de que este sea tu hombre del caso del 88. Ni siquiera había nacido en el 88.

Ballard se dio cuenta de que le había dicho a Beltrán que la lata de Red Bull había sido manipulada por un sospechoso del caso. Fue un paso en falso. Intentó cubrir la discrepancia con una réplica rápida.

—Entonces, ¿quién es?

—Las huellas de esa lata corresponden a un tal Dean Delsey, de veintidós putos años. No puedes apartarme de las movidas importantes que tengo entre manos para dedicarme a estas largas historias que son una completa pérdida de tiempo.

Ballard estaba que se subía por las paredes, pero se mantuvo en silencio.

—Ballard, ¿estás ahí?

—Sí, estoy aquí. Dame su fecha de nacimiento y cualquier otra cosa que hayas encontrado.

Beltrán le dio a regañadientes la fecha de nacimiento de Delsey y añadió que tenía antecedentes por delitos menores y agresiones. No había ido a la cárcel, pero estaba en libertad condicional por una condena por robo de coches.

—Gracias —dijo Ballard con nula sinceridad—. Lo que haré será hablar con Doreen y pedirle que a partir de ahora asigne los casos abiertos a otro técnico de huellas.

Aunque se trataba de una investigación extraoficial, Ballard sintió que tenía que trazar una línea con Beltrán, porque su actitud podía entorpecer las investigaciones legítimas de su unidad. Doreen era Doreen Hudson, desde hacía mucho tiempo directora del laboratorio criminalístico del Departamento de Policía de Los Ángeles, y una mujer que, sin duda, había soportado su cuota de tácticas masculinas obstruccionistas en su ascenso desde criminalista del nivel más bajo casi cuatro décadas antes. Al referirse a ella por su nombre de pila, Ballard estaba dando a entender que conocía bien a Hudson y que no se podía jugar con la soror idad. La verdad era que no conocía a Hudson lo suficiente como para llamarla directamente y quejarse de Beltrán o pedir que le asignaran un nuevo técnico. Contaba con que Beltrán no lo supiera.

—Oh, bueno, no tienes por qué hacer eso —dijo Beltrán con rapidez—. Podemos...

—No hay problema —le cortó Ballard con voz dulce—. Si crees que lo que estamos haciendo aquí es una completa pérdida de tiempo, entonces no congeniamos y me encargaré de eso. Que te vaya bien.

Antes de que Beltrán pudiera responder, Ballard pulsó el botón para desconectar la llamada.

—Guau, ¿quién era? —preguntó Hatteras.

Ballard levantó la cabeza y vio a Hatteras mirando por encima de la mampara, como de costumbre.

—No importa, Colleen —dijo Ballard—. Un imbécil. ¿Ha vuelto ya Paul?

—Aquí estoy —dijo Masser.

Ballard giró en su silla y lo vio entrar. Levantó un documento y fue directo a la mesa de Ballard.

—Tengo el certificado de nacimiento —dijo.

Dejó el documento sobre el escritorio de Ballard y señaló la fecha de nacimiento de Nicholas Purcell, y luego una segunda fecha en una casilla marcada que decía REGISTRADO. El certificado de nacimiento se había registrado dos días después del nacimiento en el Centro Médico St. Joseph de Burbank.

—¿Qué significa? —preguntó Hatteras.

—Significa que Nicholas Purcell no fue adoptado —dijo Masser—. Para adoptar, un juez tiene que aprobarlo y se emite un nuevo certificado de nacimiento. Lo que lo delata es que suelen pasar semanas entre la fecha de nacimiento y la de inscripción en el registro del condado. Dos días entre ambas fechas significa que no hay adopción. Nicholas es hijo de Jonathan y Vivian Purcell.

—Entonces eso significa... ¿que el juez es definitivamente nuestro hombre? —dijo Hatteras.

Masser asintió.

—Eso parece —dijo.

—Pero nos ceñimos al protocolo —insistió Ballard—. Esperamos la confirmación del ADN.

—Y deberíamos tenerla para el viernes —precisó Masser.

—Actuaremos entonces —concluyó Ballard.

Se sumieron en un solemne silencio durante unos segundos, con la gravedad de saber que iban a por un juez del Tribunal Superior pesando sobre ellos. Masser rompió por fin el silencio, pero solo para añadir más peso a los pensamientos de todos ellos.

—Las repercusiones serán enormes —dijo—. Cualquier caso sobre el que haya dictado sentencia será susceptible de apelación. Supongo que es una suerte que haya estado siempre del lado civil. Aun así, las apelaciones que salgan de esto crearán un atasco de años.

—No es asunto nuestro —dijo Ballard—. Si es él, es él, y lo detenemos.

—Desde luego —dijo Masser.

Hatteras carraspeó para llamar la atención de Ballard.

—¿Qué pasa, Colleen?

—Bueno, una cosa que deberías saber es que he estado construyendo un patrón de herencia genética utilizando...

—¿Te refieres a un árbol genealógico?

—Sí, el árbol genético, comenzando con la secuencia de ADN que obtuvimos de Darcy.

—El ADN de Nicholas.

—Exacto. Y lo extraño es que no estoy conectando nada con el juez hasta ahora.

—¿Qué estás diciendo? ¿Puede que queramos talar el árbol que no toca?

—Gracioso, pero sí, algo no encaja. Siento que debería estar haciendo conexiones, y hasta ahora no están ahí.

—Bueno, sigue con eso, Colleen. Probablemente hasta el viernes no sabremos nada seguro sobre el ADN.

—De acuerdo, jefa.

—Y no me llames así.

—De acuerdo, Renée.

—Mejor.

Hatteras se dejó caer detrás de la mampara para volver al trabajo, y Masser se dirigió también a su módulo. Ballard consultó la información que había anotado durante la llamada con Beltrán.

Abrió el enlace de Tráfico y tecleó el nombre y la fecha de nacimiento de Dean Delsey. Sabía que estaba creando un registro de búsqueda en Tráfico que podría encontrarse en el caso de que su investigación extraoficial le estallara en la cara. A diferencia de las búsquedas de denuncias policiales que había llevado a cabo durante la noche, el departamento supervisaba con asiduidad las búsquedas en la base de datos de Tráfico debido a que en el pasado se habían cometido abusos por parte de agentes que aceptaban dinero en efectivo por llevar a cabo ese tipo de búsquedas para investigadores privados y abogados. Pero Delsey era la única pista con la que contaba Ballard en ese momento y estaba dispuesta a arriesgarse. Confiaba en que, en caso de que la interrogaran, sería capaz de inventar una tapadera adecuada.

La dirección que constaba en el carnet de conducir de Delsey estaba en Park Court, justo al lado de Speedway, en Venice. Eso encajaba con el perfil que estaba construyendo en su mente de las personas que le habían robado. Delsey era un delincuente de poca monta que vivía cerca de la playa y de la cultura del surf de la que abusaba. La foto del carnet de conducir también lo corroboraba. Era blanco, con el pelo decolorado por el sol y la tez colorada de un surfista.

El hecho de que las huellas dactilares de Delsey estuvieran en una lata encontrada en un pequeño calvero de un acantilado con vistas a una playa excelente para practicar surf no era prueba de nada. Pero Ballard tenía la convicción de que se acercaba a su objetivo.

Pensó en algo y cogió el teléfono de la mesa, luego se lo pensó mejor y utilizó su móvil. Le serviría de test. Llamó a la línea directa de Beltrán, y esta vez él cogió la llamada de su móvil inmediatamente.

—Hola, detective, creo que se nos ha cortado antes.

—No, en realidad, he colgado.

—Oh. ¿Has hablado ya con la directora?

—No, todavía no. Lo haré más tarde. Pero olvidé preguntarte antes... ¿Descubriste lo que había en la lata de Red Bull?

—Sí, estaba escribiendo el informe para ti. Había dos colillas y el filtro de un porro de cannabis. Lo conservé todo. ¿Necesitas que lo empaquete todo y lo envíe a genética?

—No, guárdalo ahí y pasaré en algún momento a buscarlo.

—Lo tendré aquí cuando lo necesites.

—Gracias, Rico. —Colgó.

No estaba segura de si prefería al viejo Rico resentido o al nuevo Rico servil, pero confirmar que había un porro en la lata de Red Bull era una información que podría serle útil cuando se enfrentara a Delsey.

—¿Paul? —dijo en voz alta, sin mirar por encima de la mampara.

Masser apareció por encima de la divisoria.

—Gracias por todo lo de esta mañana. ¿Puedes ocuparte del negocio un rato? Voy a hacer un recado.

—No hay problema. Quiero hacer más investigaciones legales sobre el juez Purcell.

—¿A qué te refieres?

—Bueno, mirar los juicios de los que se ha ocupado, cómo ha fallado. No sé..., estoy fascinado. Qué doble vida, asumiendo que sea nuestro hombre. ¿Sabías que fue nombrado juez el mismo año en que el Violador de la Almohada dejó de estar activo?

—Sí, lo vi.

—De todos modos, quiero saber todo lo que haya que saber sobre él.

—Bien. Cuando estés listo, nos reuniremos todos para hablar de lo que tienes.

—Por mí, bien.

Ballard se levantó.

—Vale, ya volveré.

Estaba a punto de alejarse cuando sonó el teléfono de la mesa. Se agachó y contestó.

—Casos Abiertos.

—Landry, de recepción. Tiene visita. Agente Bosch.

Ballard se quedó paralizada un momento.

—¿Hombre o mujer? —preguntó.

—Una mujer —dijo Landry—. Madeline Bosch. ¿La hago pasar?

—Eh, no, saldré yo.

—Se lo diré.

Ballard colgó y se quedó un momento mirando el teléfono.

—¿Qué pasa? —preguntó Hatteras, que otra vez se había levantado—. Parece que has visto un fantasma.

Ballard negó con la cabeza.

—No, no, estoy bien —dijo Ballard.

Caminó hacia la puerta de la unidad, con la inquietud aumentando a cada paso. Una vez que salió, recorrió el largo pasillo central del complejo hasta la entrada, donde había un mostrador de recepción y una fila de sillas. El Centro Ahmanson era el principal centro de formación del departamento de policía, y la mayoría de los días muchas de esas sillas estaban ocupadas por personas que aspiraban a llevar placa.

Maddie Bosch estaba allí en ropa de calle. No parecía haber tensión ni tristeza en su rostro.

—Maddie, ¿está bien Harry? —preguntó Ballard.

Maddie se levantó.

—Eh, sí, que yo sepa —dijo—. Hace un par de días que no hablo con él. ¿Has oído algo?

—No —dijo Ballard—. Es que he pensado que, si venías a verme en persona, podría haber...

—No, perdona si te he asustado, no he venido por eso. Por lo que sé, papá está bien. Es Harry.

—Vale, bien.

Harry Bosch, que había sido una especie de mentor para Ballard y había trabajado en la Unidad de Casos Abiertos en sus inicios, estaba luchando contra el cáncer y Ballard no había recibido noticias suyas recientemente.

—Estoy aquí porque quiero ser voluntaria —dijo Maddie.

Ballard no se lo esperaba.

—¿Qué? ¿Quieres decir en la unidad?

—Sí, en la unidad —dijo Maddie—. Tengo cuatro días de trabajo y tres libres en la División Hollywood, y me tienen trabajando en el turno de tarde de viernes a lunes. Me queda mucho tiempo libre durante la semana y, no sé, he pensado que esto podría ser bueno. Quiero ser detective algún día y esto puede darme experiencia.

—¿Lo has hablado con Harry?

—No. Harry se retiró y yo tomo mis propias decisiones.

—Claro. Perdón, no quería...

—No importa. No necesito su permiso. Me gustaría ser voluntaria. ¿Podemos hablar de eso? ¿Tienes tiempo?

—Sí, claro. Vamos a la cafetería para que podamos sentarnos y hablar un poco más en privado. En la cuadra no hay mucha intimidad.

Recorrieron el vestíbulo principal y giraron a la derecha hacia un pasillo que conducía a la cafetería. Ballard pidió un café, y Maddie, un té caliente. La cafetería estaba casi desierta a esa hora entre el desayuno y el almuerzo. Había un mar de mesas vacías y eligieron una que les proporcionaría la máxima discreción para su conversación.

—No había vuelto aquí desde que estuve en la academia —dijo Maddie.

—Yo me formé en la vieja sede de Chavez Ravine —dijo Ballard.

—Casi nunca voy allí.

—Bueno, supongo que sabes lo que hacemos aquí.

—Eh, trabajáis en casos sin resolver. Asesinatos en su mayoría. Que yo sepa, tenéis ahí todos los expedientes. Los revisáis para ver si puede usarse la tecnología forense moderna para identificar sospechosos y dar un cierre al dolor de las familias que han perdido a alguien.

—Cerramos los casos, pero no estoy segura de que podamos dar un cierre a las familias. Damos respuestas, pero las respuestas no acaban con el dolor de la gente.

—Harry siempre decía lo mismo.

—Pues ya lo sabes. Mucha de la gente que quiere ser voluntaria en la unidad viene con un caso específico en mente. Como un amigo o un familiar, alguien del barrio donde crecieron. ¿Tú estás pensando en algún caso?

—No, la verdad es que no.

—Bueno, sé que podría hablar con Harry para una recomendación...

—Preferiría que no lo hicieras. Realmente me gustaría hacer esto por mi cuenta.

—Lo entiendo, pero Harry es amigo mío y creo que sería raro que no le dijera al menos que vamos a trabajar juntas.

—¿Puedes hacerlo después de decidirte? He traído una solicitud. —Sacó una hoja impresa del bolsillo y la desplegó—. Aquí están los nombres y números de mis supervisores —dijo—. Está mi agente de formación, aunque ya no soy novata. Ella podría decirte que aprendo deprisa y que reacciono bien bajo presión.

Ballard cogió el papel y lo miró. No reconoció ninguno de los nombres, a pesar de que, hasta hacía pocos años, había estado destinada en la División de Hollywood como detective del turno de noche.

—Vaya, parece que ha habido una renovación completa del personal de mando desde que estuve allí —dijo.

—Sí, casi todo el mundo es nuevo —dijo Maddie.

Ballard asintió y siguió mirando el papel.

—Entonces, ¿qué te parece? —la urgió Maddie.

Ballard levantó la vista hacia ella.

—Bueno, antes quiero que sepas un par de cosas —dijo—: espero que los miembros de la unidad trabajen un día a la semana. Prefiero dos, pero acepto uno. No tienen por qué ser turnos de ocho horas, pero quiero verte por aquí al menos una vez a la semana. ¿Será un problema?

—No, en absoluto —dijo Maddie—. Ya te he dicho que tengo mucho tiempo libre. El único conflicto de horarios que puede haber es si tengo un juicio. Pero eso no ocurre a menudo. ¿Qué más?

—Si estás investigando un caso, te quedas con él o lo descartas. Y si no estás llevando ninguno, quiero que saques casos del archivo y los revises para ver si hay alguna posibilidad de hacer algo. Tenemos todo un protocolo para determinar eso. Pero hay seis mil casos sin resolver que se remontan a 1960. Ahora mismo tenemos debilidad por los ochenta y principios de los noventa. Los casos son lo bastante recientes como para que pueda haber un sospechoso vivo, y se trabajó en ellos antes de que el ADN formara parte del panorama.

—Entendido.

—¿Tienes alguna pregunta?

—Los casos de aquí, ¿se remontan solo a 1960?

—No, tenemos casos de mucho antes, pero nuestro punto de corte es 1975. Con cualquier caso anterior es improbable que alguien involucrado esté vivo, tanto sospechosos como familia inmediata.

—Oh, claro. Lo entiendo.

—Sí. Entonces, ¿algo más que pueda responder?

—La verdad es que no..., excepto ¿cuándo decidirás si me aceptas?

—Bueno, tengo que hacer un par de cosas primero. Tengo que hablar con mi capitán y ver si aprueba que se contrate a alguien que ya está a tiempo completo en el departamento. Eso no ha ocurrido antes. Pero te lo diré a ti y se lo diré a él: sería muy positivo tener en la unidad a una persona más con placa. Me quitaría muchas cosas de encima. Surgen muchos asuntos que solo se pueden resolver con una, como hacer detenciones o testificar ante un tribunal. Y yo soy la única. Estaría bien tenerte en la unidad. Muy bien, de hecho.

—Perfecto. Espero que puedas convencer al capitán.

—Yo también.

Ballard le tendió a Maddie el papel que ella le había dado.

—¿Estas personas saben que podría llamarlas? —preguntó.

—En realidad, no —dijo Maddie—. ¿Se lo digo?

—Eh, no, será mejor que los llame en frío. ¿Quieres ver la unidad y dónde estarás si esto sale bien? Un par de los otros voluntarios están aquí hoy.

—Claro.

—Bien, vamos.

11

Ballard aparcó en Speedway delante de la puerta de un garaje en la parte posterior de una residencia tapiada. Tres carteles en el destartalado portón gris advertían de las consecuencias de bloquearlo. Pero Ballard no pensaba abandonar su vehículo. Ese punto le ofrecía una vista privilegiada del apartamento de Dean Delsey en el segundo piso de un complejo en decadencia que se había construido setenta y cinco años antes y se había diseñado para que pareciera un barco. Las ventanas del complejo eran redondas como ojos de buey, y la esquina exterior delantera del muro de contención que rodeaba la propiedad tenía anclas sujetas como si fuera la proa de un barco. Antes de tomar posición para vigilar, Ballard había caminado por el complejo de apartamentos y había determinado que la dirección del carnet de conducir de Delsey se correspondía con el apartamento situado en el extremo este de la segunda planta.

En un balcón que daba a Speedway había tres o cuatro tablas de surf apiladas contra la pared lateral. Ballard vio que la puerta corredera que daba acceso al apartamento estaba abierta y oyó una música tenue e inidentificable.

Había alguien en casa.

Ballard se preparó para lo que sabía que podría ser una vigilancia de horas. No estaba segura de cuál sería su siguiente paso, pero esperaba, como mínimo, poder ver a Delsey antes de dar por terminada la jornada.

Pensó en algo que debería haber hecho antes de salir del Centro Ahmanson y decidió arriesgarse a involucrar a Hatteras en sus acciones extraoficiales. La llamó al móvil.

—Renée, ¿estás bien?

—Estoy bien. Pero necesito que hagas algo por mí.

—Claro.

—Mira, ve a mi terminal. Debería estar conectado.

—Vale.

Ballard esperó hasta que Colleen dijo que estaba en su mesa y que su terminal seguía conectado a la red del departamento. A continuación, dio indicaciones a Hatteras para que accediera a la base de datos de Tráfico y pusiera la dirección de Delsey en el buscador para ver si la misma dirección aparecía en el permiso de conducir de otra persona.

—Salen dos nombres —dijo Hatteras.

—Uno es Dean Delsey —dijo Ballard—. Dame el otro.

—Robert Delsey. Será su hermano. O, espera, no, puede ser su padre. Es mayor.

—¿Cuál es su fecha de nacimiento?

Hatteras dio una fecha de nacimiento en 1981, con lo cual Robert doblaba la edad de Dean. Ese dato también duplicó el interés de Ballard en la pareja. Otro caso de padre e hijo, el segundo en dos días. Ballard no se fiaba mucho de las supuestas coincidencias —eso se lo había enseñado Harry Bosch—, pero pensó que esto sí que lo era.

Indicó a Hatteras que abriera una búsqueda en el índice de antecedentes penales del departamento, y ella la informó de que Robert Delsey tenía antecedentes mucho más extensos que los de Dean. Incluían nueve años de cárcel por agresión con arma mortal. Nueve años significaba que no había sido una pelea de bar o una disputa relacionada con el surf. Le decía a Ballard que probablemente había estado a punto de matar a alguien, y eso significaba que era un hombre peligroso.

Le pidió a Hatteras que sacara una foto de Robert Delsey de la pantalla del ordenador y se la enviara por el móvil.

—¿En qué andas metida? —preguntó Hatteras.

—Es solo un viejo caso en el que trabajé antes de llegar a la unidad —dijo Ballard, que tenía la respuesta preparada—. Nada por lo que tengas que preocuparte. Envíame esa foto, y gracias, Colleen. —Colgó antes de que Hatteras le planteara otra pregunta.

Ballard recibió la foto y estudió a Robert Delsey. La conexión genética con Dean Delsey era evidente. Lo más probable era que fueran padre e hijo. El rostro y la piel de Robert reflejaban los efectos de más años de sol y sal. Ballard pensó en su propio padre y en las arrugas profundamente bronceadas grabadas en las comisuras de sus ojos de color castaño oscuro: tenía los mismos ojos que su actor favorito, Charles Bronson.

Ballard se quedó sentada veinte minutos pendiente de una decisión que tenía que tomar antes de coger por fin el teléfono y llamar a un nombre de su lista de favoritos. Harry Bosch contestó con su saludo habitual.

—¿Todo bien?

—Todo bien. ¿Y tú?

—Ninguna queja.

—¿Estás ocupado?

—No demasiado. No te lo creerás, he estado viendo *El abogado del Lincoln* sin parar.

—¿Todavía trabajas con el verdadero abogado del Lincoln?

—De vez en cuando, si me necesita.

—¿Y cómo vas de salud, Harry?

—Aguantando. Las últimas analíticas salieron limpias.

—Me alegro de oírlo.

—Bueno, ¿y tú qué?

—Quería ver cómo estabas. No sabía nada de ti, y hay algo de lo que necesito hablarte.

—Claro.

—Es sobre Maddie y es un poco incómodo.

—¿Qué pasa?

—Bueno, Maddie ha venido y se ha ofrecido de voluntaria para la brigada.

—¿En Casos Abiertos?

—Sí, mi brigada.

—Entendido, ¿cuál es la parte incómoda?

—Bueno, no quería que te lo dijera porque está, bueno, reivindicando su independencia, y probablemente no está segura de cómo te lo tomarías. Pero me pone en una situación incómoda, porque no es algo que quiera ocultarte. No quiero meterme entre vosotros dos. Estoy segura de que te lo contará. Si el capitán la aprueba, vamos.

—¿Dijo por qué quiere hacer esto?

—Bueno, creo que es bastante evidente. Quiere ser como tú, Harry. Quiere ser detective, y esto no le vendrá mal. Podría darle un impulso.

Bosch se quedó callado y Ballard se lo imaginó sentado en su casa, en lo alto de la colina, pensando en su hija.

—¿Sigues ahí, Harry?

—Estoy aquí. ¿Qué opinas tú? ¿La quieres en la unidad? Es joven. No sabe lo que no sabe.

—Eso está claro, pero, egoístamente, la quiero. Llevo meses diciéndole al capitán que necesito alguien más con placa en la unidad. Tengo que hacer demasiadas cosas legales. Las lecturas de derechos, los testimonios, las órdenes de registro. Me quita demasiado tiempo. Así que, sí, la aceptaría. Pero lo pararé aquí mismo si me lo pides, Harry.

Bosch dudó, pero solo un momento.

—No, la elección no es mía, es de ella. Tiene que seguir su estrella. ¿No es eso lo que dicen los niños?

—Siempre que estés seguro.

—Estoy seguro. Pero cuídala, Renée. Mantenla a salvo. Y no me refiero a las balas. De todas las otras cosas. De entrar en la oscuridad. Está ahí, en esos casos sin resolver en los que trabajas.

—Lo sé y lo haré, Harry.

—Gracias.

Hubo una pausa incómoda.

—Entonces, ¿seguro que estás bien? —preguntó Ballard.

—Al ciento por ciento —respondió Bosch.

—Bien, entonces vamos a cenar o a comer pronto.

—Claro.

Ballard colgó. Sabía que Bosch, a su manera, había intentado mantener a su hija a salvo de la oscuridad que se había metido en su interior. Pero era una batalla interminable. Pensó en lo que había dicho la doctora Elingburg sobre el trauma vicario. En ocasiones, no era vicario. En ocasiones, lo tenías delante de tus narices.

En cuanto dejó caer el teléfono en el portavasos, sonó. Pensó que sería Bosch, pero en la pantalla apareció el nombre del capitán Gandle, su jefe en Robos y Homicidios. Durante unos segundos pensó en no contestar, pero sabía que, se tratara de lo que se tratase, tendría que ocuparse de ello. Contestó la llamada.

—Capitán.

—Ballard, ¿qué cojones? ¿Seguiste al presidente del Tribunal Superior para conseguir una muestra de ADN?

—¿Quién le ha dicho eso?

—No importa quién me lo haya dicho. ¿No pensaste en pedirme permiso para hacerlo?

—Capitán, tengo un mandato suyo de seguir los casos adonde me lleven. ¿Recuerda habérmelo dicho?

—Sí, pero no hablé de poner al presidente de un tribunal bajo vigilancia sin que al menos notifiques a tu superior lo que estás haciendo. ¿Tienes idea de la mierda que nos caerá encima si esto se tuerce?

—Es sospechoso de un asesinato y varias violaciones. No se va a torcer. Si el ADN coincide, lo detendremos, y no me importa quién sea.

—Ballard... —Gandle se quedó callado.

Ballard necesitaba saber cómo había conseguido la información el capitán. Si tenía una filtración en la unidad, tenía que cerrarla.

—Mire —dijo—, no sé lo que le han dicho, pero tenemos una coincidencia familiar con el Violador de la Almohada. Seguro que recuerda el caso: un violador en serie que acabó asesinando a una mujer. Hace dos meses detuvieron a un hombre por una denuncia de violencia doméstica. Le hicieron un frotis, y la muestra genética acabó en el CODIS y señaló a su padre como el Violador de la Almohada. Tenemos el certificado de nacimiento del hijo, y el juez es su padre. No hay adopción. Entonces, ¿qué se suponía que debíamos hacer? ¿No seguir adelante? De ninguna manera.

—No, se suponía que deberías haberme llamado y haberme dicho: «Capitán, tenemos una situación delicada aquí». Los dos, tú y yo, habríamos decidido qué hacer a partir de ahí.

—No había que decidir qué hacer. Es un sospechoso, y que sea juez no significa que no fuera un violador y asesino hace veinte años o que no lo sea ahora. Hicimos exactamente lo que teníamos que hacer: conseguimos su ADN, y el viernes sabremos si se confirma que es él. Lo que quiero saber ahora es quién le habló de esto.

—¿Por qué te importa?

—Porque necesito saber en quién confiar en mi unidad con información confidencial. Si esto sale del departamento y llega al juez antes del viernes, tendremos un problema.

—Fue Kelly Latham, ¿de acuerdo?

La directora del laboratorio de ADN y jefa de Darcy Troy. Ballard supo inmediatamente que Paul Masser había dado demasiada información a Troy al dejar las muestras de ADN en el laboratorio. Eso hizo que Ballard respirara un poco más tranquila. No creía que Masser fuera consciente de que los detalles que le había dado a Troy acabarían en manos de su jefa y luego darían el salto al capitán responsable de la Unidad de Casos Abiertos.

—Me has jodido bien, Renée —dijo Gandle—. Tengo una información que desearía no tener. Porque debería darme la vuelta e informar de esto a la décima planta ahora mismo.

En la décima planta del EAP estaban los despachos del jefe de policía y de la mayor parte del personal de mando del departamento. Una de las cosas que más le gustaban a Ballard de su trabajo era que, en el Centro Ahmanson, estaba alejada de todo eso. Allí solo tenía que preocuparse de un comandante, y este se preocupaba más de las alarmas de la puerta de incendios que de ninguna otra cosa.

—Haga lo que tenga que hacer, capitán —dijo—. Pero en su caso esperaría a tener noticias del Departamento de Justicia, porque, cuando confirmemos la coincidencia, vamos a tener que concebir un plan de detención, y será entonces cuando pueda meter a la décima planta en esto.

Gandle dudó.

—¿Para el viernes, crees? —preguntó.

—Nuestro enlace con el laboratorio le metió prisa —dijo Ballard, decidiendo no mencionar el nombre de Darcy Troy.

—De acuerdo, pero quiero estar informado de cada movimiento que hagas desde ahora hasta entonces.

—Bueno, eso es fácil. No haremos ningún movimiento hasta que tengamos los resultados. Mi encargada de GGI está construyendo un árbol genético, pero eso es trabajo de internet. No vamos a ir a la casa de nadie.

—¿Es Hatteras? Dile que pare la GGI. No hagas nada más hasta que estén los resultados. ¿Entendido?

—Sí, entendido.

—¿Qué estás haciendo ahora?

—Estoy sentada en mi coche haciendo llamadas sobre una posible voluntaria. Se lo haré saber si resulta y quiero incorporarla.

—Una mujer, eso está bien. Solo asegúrate de que pueda abrir una puerta de una patada.

—Ya sé que puede, capitán.

—Bien. Tenme al corriente.

Gandle colgó y Ballard se quedó sentada mirando a través del parabrisas, revisando mentalmente la llamada y confiando en haber esquivado un problema con el capitán. Pasó un buen rato antes de que se diera cuenta de que había un hombre en el balcón del apartamento de Delsey.

Cogió los prismáticos de la consola central y lo enfocó.

Era Dean. Llevaba una camisa hawaiana azul y blanca. Parecía mayor que en la foto del carnet de conducir, y tenía el pelo más corto, pero sin duda era un veinteañero, no un cuarentón. Tenía una botella de cerveza en la mano, se estaba fumando un porro y soltaba el humo a Speedway. Ballard lo observó, esperando a ver si se le unía en el balcón su padre o alguien más del apartamento. Pero nadie salió.

Dean Delsey terminó de fumar y arrojó lo que quedaba del porro a la calle. Luego volvió a desaparecer.

Ballard hizo unas rápidas cuentas de detective. Daba la impresión de que Dean Delsey estaba solo en el apartamento. Si el padre y el hijo eran los responsables de la cadena de robos, era lógico que, entre los dos, fuera más fácil quebrar al hijo. Tenía antecedentes, pero el sistema le había dado repetidas segundas oportunidades. El padre había cumplido condenas duras. Dean estaba en libertad condicional; Robert, en libertad regulada. Dean era el eslabón más débil.

Ballard metió la mano bajo el asiento y cogió las esposas, luego bajó la visera y salió del coche.

12

Ballard se acercó sigilosamente a la puerta del apartamento 211 y pegó la oreja derecha a la jamba. Oyó música en el interior, pero no pudo identificarla.

Dio un paso atrás y trató de ver si había una mirilla o una cámara de seguridad. No había nada. Golpeó con fuerza la puerta con el lateral del puño.

—¡Condicional, abre!

Volvió a inclinarse hacia delante, pero no oyó ningún movimiento en el interior: ni la cisterna del váter, ni los pasos de alguien que se apresuraba a esconder algo de contrabando. Volvió a aporrear la puerta, esta vez con más fuerza.

—Departamento de Libertad Condicional. Abre la puerta o la echaremos abajo.

Oyó que se cortaba la música y pasos de alguien que se acercaba. Desenfundó el arma y la mantuvo a un lado.

Se abrió la puerta y apareció el hombre al que había visto en el balcón.

—No está aquí —dijo.

—Atrás —ordenó Ballard.

Dean Delsey vio el arma a su lado y levantó las manos mientras retrocedía.

—Buf, no hace falta —dijo—. Bobby no está aquí.

—¿Eres Dean Delsey? —preguntó Ballard.

—Sí, soy yo, pero...

—Contra la pared. Ahora.

—Vale, vale.

Delsey se volvió, separó las manos a la altura de los hombros y las apoyó en la pared, un movimiento que claramente había hecho en el pasado. Ballard utilizó un pie para separarle más las piernas. Enfundó la pistola y luego le puso una mano en la espalda para mantenerlo en posición mientras utilizaba la otra para cachearlo.

—¿Dónde está tu padre?

—No lo sé. Salió, no me dijo adónde.

—¿Cuándo vuelve?

—No me lo dijo.

—La mano derecha detrás de la espalda.

—Mira, no hace falta...

—La mano derecha detrás de la espalda. Ahora.

Delsey obedeció. Ballard sacó las esposas de la cinturilla de la parte trasera del pantalón y le colocó una alrededor de la muñeca.

—Ahora la izquierda.

Delsey volvió a obedecer, pero no sin quejarse.

—Solo digo que, si estás aquí por él, no tienes por qué esposarme —dijo.

—¿Quién ha dicho que estoy aquí por él? —dijo Ballard—. Muévete.

Lo apartó de la pared y lo acompañó hasta el centro del salón del apartamento. Había un sofá raído, una silla ergonómica destartalada con el polipiel agrietado y abierto en los reposabrazos, y un televisor de pantalla plana silenciado sintonizado en un canal de música.

—De rodillas —ordenó Ballard.

—Venga ya —protestó Delsey.

—De rodillas.

—Joder.

Delsey se dejó caer de rodillas sobre el suelo de terrazo sin alfombrar. Ballard agarró la cadena que unía las esposas con una mano y el cuello trasero de la camisa hawaiana del joven con la otra.

—Bien, ahora voy a tumbarte boca abajo. Lo hago por mi seguridad y por la tuya.

—Sí, una mierda.

Ballard lo empujó hacia delante y él se dejó caer con facilidad.

—¿De qué va esto? —protestó Delsey—. ¿Estás aquí por mí o por él?

—Por ti, Dino —dijo Ballard—. Y podría meterte en el calabozo ahora mismo. Te he visto bebiendo y fumando en el balcón hace diez minutos.

—Tengo noticias para ti: tengo más de veintiún años, y el uso recreativo de la marihuana es legal.

—Y yo tengo noticias para ti: lee los términos de tu sentencia suspendida. Nada de alcohol ni drogas, ni siquiera legales, sin permiso del tribunal. ¿Quieres enseñarme tu permiso judicial para colocarte?

Esperó. Delsey guardó silencio.

—Lo suponía. Estás jodido, amigo mío. Te tengo.

—Al cuerno con eso. Quiero ver una identificación ahora mismo.

—Eso tiene gracia. Yo también quiero ver una identificación. La mía. Pero tú te la llevaste.

Delsey se tensó para mirar a Ballard, que estaba a su lado. Ella vio que la reconocía por la tarjeta de identificación de la policía de Los Ángeles que había robado del coche.

—Sí —dijo Ballard—, no me ha costado mucho encontrarte.

—No sé de qué me hablas —dijo Delsey.

—Claro que sí. Pero te diré una cosa. Hoy es tu día de suerte, Dino. Si lo haces bien, no tendrás que pisar la cárcel. Si no, esperaremos aquí a que el viejo y querido papá vuelva a casa y veremos si es él el que prefiere hacer un trato. Todavía tiene cinco años de condena pendiente. Tú tienes dieciocho meses en tu sentencia suspendida. Supongo que te tirará a los pies de los caballos para librarse de volver a Soledad a comerse otros cinco.

Delsey guardó silencio. Ballard esperó.

—¿Qué quieres? —preguntó por fin.

Ballard se acercó, se sentó en el sofá y se inclinó hacia él, que tenía la cara sobre el terrazo, girada hacia un lado.

—Quiero que me devuelvas todo —dijo.

—Imposible —dijo Delsey.

—¿Por qué?

—Porque no nos lo quedamos, ¿vale? Quiero decir que aún conservo la cartera y el documento de identidad, pero todo lo demás hace tiempo que desapareció, así que no tienes suerte, agente.

—En ese caso, el que no tiene suerte eres tú. Tienes una única oportunidad aquí, Dino. Dime dónde está y te suelto. Nadie tiene por qué saberlo, ni siquiera tu padre.

Delsey se lo pensó. Al cabo de un momento, Ballard le apremió.

—El reloj corre —dijo—. Si tu padre entre por esa puerta, puede pasar cualquier cosa. ¿Qué va a ser, Dino?

—Odio eso —dijo Delsey—. ¿Quieres dejar de llamarme así?

—Bien. ¿Qué va a ser, Dean? ¿Te quito las esposas o te llevo al calabozo? Se me está acabando la buena voluntad.

—Mierda.

—Sí, lo entiendo. La vida es una mierda. Pero es lo que hay, Dean. Así que decide.

—De acuerdo. Se lo llevamos todo a un tipo en la playa. Nos da dinero en efectivo. Eso es todo.

—¿Qué tipo?

—Se llama Lionel, pero se hace llamar el León. No sé su apellido. Está conectado con gente chunga. Mi padre conoció a su padre en Soledad.

—¿Dónde está exactamente?

—En el Eldorado. Vive en una habitación y hace negocios en otra que está al otro lado del pasillo.

Ballard conocía el Eldorado. Era un hotel de mala muerte a unas diez calles de Speedway.

—¿Cómo te pones en contacto con él? —preguntó.

—Mi padre le manda mensajes cuando tenemos cosas —dijo Delsey—. Nada más.

—¿Le llevaste cosas ayer después de robarme en Staircases?

—Bobby lo hizo, sí.

—¿Qué clase de seguridad tiene el León?

—Creo que hay un tipo allí. Pero no estoy seguro. Siempre va mi padre.

—¿Cuál es su número?

—No lo sé. Nunca le he mandado un mensaje.

—Entonces supongo que tendremos que esperar aquí a que Bobby aparezca. Pero entonces sabrá que te chivaste. ¿Eso va a ser un problema?

—Mira, no sé el número porque cambia todo el tiempo. Pero sé dónde está el número del lunes.

—¿Dónde?

—En la habitación de Bob..., de mi padre. Hay una mesita de noche al lado de la cama. Tiene una libreta en el cajón y tacha el número viejo y escribe el nuevo cada vez.

—Y has dicho que todavía tienes mi cartera con mi tarjeta de identificación. ¿Dónde está?

—En mi habitación. Hay una mesita en el mismo sitio.

La mayoría de los delincuentes no eran muy listos. Ballard sabía que las más de las veces era la estupidez de un delincuente, más que el gran trabajo de un detective, lo que llevaba a resolver los casos. Delsey e hijo no eran ejemplos de una mente criminal brillante.

Ballard miró a su alrededor y vio una botella de Corona en una barra que daba acceso a la cocina. La cogió y la llevó al salón. La colocó con cuidado en la espalda de Delsey, entre los omóplatos.

—Si te mueves, lo sabré —dijo—. Y no te conviene que eso pase.

Ballard entró en un corto pasillo que conducía a dos dormitorios con un cuarto de baño entre ellos. En el primero, encontró su cartera con el documento de identidad en el cajón superior de la mesilla de noche. Le sorprendió el alivio que sintió al recuperarla. La placa era lo más importante y seguía sin tenerla, pero el documento de identidad le permitía pasar el control de seguridad de todas las instalaciones de la ciudad. Podría volver a utilizar la entrada principal del Centro Ahmanson. Todas las tarjetas de crédito que había en la cartera habían desaparecido, pero el permiso de conducir seguía detrás de la ventanilla de plástico. Eso le levantó el ánimo.

Ballard echó un vistazo al salón para asegurarse de que Delsey no se había movido, luego fue al otro dormitorio, abrió el cajón de la mesilla de noche y encontró la libreta. Bobby Delsey había anotado siete números de teléfono; seis de ellos estaban tachados. Mientras Ballard marcaba el séptimo número en su teléfono, se preguntó cuánto tiempo llevaría el dúo Delsey robando a los surfistas y vendiendo la mercancía a través del León. Arrancó la página del bloc y se la guardó en el bolsillo, con la esperanza de que cortara la comunicación entre el León y el dúo Delsey.

Cuando volvió a guardar la libreta en el cajón, vio un reloj con correa de metal que había quedado oculto tras la libreta. Lo sacó y estudió la esfera. Tenía una marca: Breitling. Se dio cuenta de que probablemente era el reloj robado a Seth Dawson. El reloj que le había regalado su padre. Le dio la vuelta y miró el reverso. Había una inscripción: «Para Seth, de papá, 25-12-21».

Se lo pasó por la mano y se lo ajustó en la muñeca.

Cuando volvió al salón, vio que la botella de cerveza seguía en su sitio, entre los omóplatos de Delsey.

—Tú y tu padre estabais utilizando la aplicación Surf's Up para elegir vuestras ubicaciones —dijo.

—¿Es una pregunta? —dijo Delsey.

—En realidad, no. Solo te digo que estoy al tanto de tu juego. ¿Se utiliza algún código cuando se envía un mensaje de texto al León?

—No lo sé. Eso lo hacía siempre mi padre.

—No te muevas. —Puso un pie a cada lado del cuerpo del joven y usó una llave para quitarle las esposas.

—Deberías haber metido más la mano debajo del asiento —dijo—. Habrías encontrado mis esposas.

—No fui yo —dijo Delsey—. Fue mi padre. Yo solo estaba vigilando.

—Qué equipo. Supongo que en realidad conocías a algunos de los surfistas a los que desvalijaste.

Delsey no dijo nada. Quizá se sentía culpable, pero Ballard lo dudaba.

—No le hables de mí a tu padre ni a nadie. Si avisas al León, te juro que volveré a buscarte. Y no va a gustar.

—No voy a decir nada.

—Y le diré al León que fuiste tú quien lo delató. Tú y Bobby tampoco querréis eso.

—Te he dicho que no voy a decir nada.

—Y no vas a robar a más surfistas. Estaré leyendo las denuncias todos los días. Un robo más en una playa de surf y yo mismo armaré un caso contra ti.

—¿Cómo le digo a mi padre que tenemos que parar sin hablarle de ti?

—Solo dile que tu oficial de libertad condicional vino e hizo preguntas sobre los robos. Convence a tu padre de que es hora de pasar página.

—Es fácil para ti decirlo.

—No tengo demasiada compasión por ti, Dino. De hecho, quiero meteros a ti y a tu puto padre en la cárcel y tirar la llave. Pero esta vez has tenido suerte. No volverá a pasar conmigo.

Ballard salió del apartamento. Había bajado un tramo de escaleras cuando oyó el ruido de la botella de cerveza rodando por el suelo de terrazo del apartamento.

Cuando volvió a Speedway y se dirigió hacia su coche, vio una grúa aparcada delante; estaban bajando el gancho. Un hombre con el pelo blanco recogido en una coleta estaba entre el coche y la puerta del garaje que bloqueaba. Llevaba gafas de sol y tenía los brazos cruzados sobre el pecho mientras observaba cómo el conductor de la grúa bajaba el gancho. Ballard se acercó al trote antes de que enganchara su Defender.

—¡Eh, espere! —gritó por encima del ruido del camión—. Ya lo saco.

—¡Llega demasiado tarde! —le gritó el hombre de los brazos cruzados—. Está claramente señalizado con «Prohibido aparcar». ¿Por qué la gente no hace caso de las señales?

Ballard se metió en el espacio que separaba el garaje del coche. El hombre descruzó los brazos y levantó las manos como si quisiera detener su avance.

—Lo siento —dijo—. Hizo caso omiso de las advertencias y tendrá que pagar la grúa si quiere recuperarlo.

Ballard levantó la tarjeta de identificación que acababa de recuperar.

—Estaba en un asunto policial —dijo—. Hablando de señales, ¿no vio la señal en la visera?

—¿Qué señal? —preguntó el hombre.

—Vaya a mirar.

—Lo haré.

El hombre rodeó el Defender para llegar a la parte delantera y tuvo que estirar el cuello para ver el cartel que decía POLICÍA DE LOS ÁNGELES. ASUNTO OFICIAL pegado a la visera. Ballard lo siguió y desbloqueó el cierre del coche con la llave.

—Eso es demasiado pequeño —dijo el hombre—. Nadie se puede fijar en eso.

Ballard abrió la puerta del lado del conductor y el hombre le puso la mano en el brazo para impedir que subiera. Ballard reaccionó con rapidez, sobre todo por instinto y en parte por la rabia que sentía por tener que dejar escapar al dúo Delsey. Agarró al hombre por la muñeca con la mano izquierda, le sujetó el codo con la derecha y lo hizo girar con fuerza contra la puerta del copiloto del Defender.

—¿Quiere que lo detenga por agredir a una agente de policía?

—¿Agresión? Eso no es una agresión. Usted me ha agredido.

—Me ha tocado. No ha sido consentido. Eso es agresión.

—Mire...

—No, mire usted. Vuelva a entrar y prepárele la trampa del aparcamiento a otro.

El hombre se quedó con la boca abierta.

—Claro que lo sé —dijo Ballard—. Se lleva un buen pellizco de la grúa. —Lo soltó.

El hombre se dio la vuelta y se dirigió en silencio hacia el operario de la grúa, negando con la cabeza.

Ballard subió al Defender y lo puso en marcha.

13

Ballard tenía visión de la entrada del Eldorado desde el lugar donde había estacionado en zona prohibida en el cruce de Paloma y Speedway. Había mucho tráfico peatonal que entraba y salía del hotel de una estrella, en su mayoría gente joven. Ballard supuso que en el Eldorado había otros negocios además del del León. Si el León pagaba en efectivo por artículos robados, seguramente habría un sitio cercano donde gastar ese dinero. Probablemente, los productos que se vendían eran drogas y sexo.

Costaba hacerse una idea de las medidas de seguridad desde fuera. Ballard sabía que tendría que entrar a ciegas y, por primera vez, empezó a cuestionarse sus maniobras extraoficiales para recuperar su placa y su pistola. Pensó que tal vez habría sido mejor denunciar el robo y asumir las consecuencias.

Ya era demasiado tarde.

Vio que un adolescente blanco y delgado entraba en el hotel con una bolsa de ordenador portátil. Ballard supuso que pertenecía al padre o la madre del chico y que lo malvendería para conseguir una dosis de fentanilo o metanfetamina. El Eldorado estaba en el escalón más bajo del olvido.

Abrió la aplicación de mensajes de su teléfono y escribió un mensaje al León.

León, soy Bobby D. Teléfono nuevo. Te envío a mi novia. Buen golpe hoy: iPhone 15 y GoPro Hero 12. Nuevos. Turistas alemanes estúpidos. Mi novia está en camino. ¿A qué habitación ha de ir?

Esperó a ver si había una respuesta. Llegó al cabo de dos minutos.

Si eres Bobby, ¿qué me diste la última vez?

El León no era bobo. Ballard tenía que confiar en que los Delsey no le hubieran vendido nada más después del robo en Staircases. Tecleó lo que sabía.

Placa y Glock.

Volvió a esperar a que le dieran el visto bueno, que llegó un minuto después.

Habitación 11. Trae el móvil, no la gopro. Tengo demasiadas.

Ballard entendió que había pasado la prueba. Bajó del coche y volvió a entrar, pero esta vez en el asiento trasero. Allí tenía una caja llena de ropa que utilizaba en vigilancias y capturas subrepticias de ADN. A veces tenía que cambiarse de ropa durante una vigilancia para evitar que el objetivo la descubriera.

Las ventanillas traseras del Defender estaban tintadas y podía cambiarse sin preocuparse de que la vieran los transeúntes. Se puso unos vaqueros rotos y una blusa campesina con bordados mexicanos en el escote. Se calzó unas botas Old Gringo que le quedaban anchas en la pantorrilla y le hacían parecer un poco estevada, pero el espacio extra le dejaba sitio para su Ruger. Sabía que probablemente la registraría la seguridad del León, pero podría pasar el arma de la bota.

Completó su nuevo aspecto con una gorra de los Dodgers blanqueada por el sol. Antes de salir del coche, llamó a Tom Laffont. Respondió enseguida.

—¿Qué pasa?

—Necesito que me hagas un favor.

—De acuerdo.

—Anota esta dirección. Si no te llamo dentro de treinta minutos, llama a la División del Pacífico y envía refuerzos.

—Bien. ¿Quieres refuerzos ahora? Puedo estar ahí dentro de media hora.

—No, es solo por precaución. Tengo que hacer un interrogatorio de un viejo caso de Robos y Homicidios. Es un hotelucho chungo, pero no debería pasarme nada. Entro y salgo en treinta minutos.

—¿Estás segura?

—Sí.

Le dio la dirección del Eldorado y el número de habitación que le había dicho el León. Después de colgar, puso el temporizador de su teléfono en veintinueve minutos. Sabía que Laffont sería preciso y llamaría a la División del Pacífico en el punto exacto de los treinta minutos si Ballard no se ponía en contacto con él antes.

Bajó del coche, lo cerró con llave y se dirigió a la entrada del motel.

El vestíbulo del Eldorado no estaba pensado para pasar el rato. No había sillas ni bancos, ni siquiera mostradores en los que apoyarse. El empleado de recepción estaba detrás de un cristal con una ranura para las tarjetas de crédito y el dinero en efectivo. El hombre estaba leyendo un libro y no pareció reparar en Ballard cuando entró.

Ballard vio un ascensor a la izquierda y un pasillo a la derecha. Un cartel en la pared le indicó que las habitaciones que iban de la 1 a la 12 estaban a lo largo del pasillo. Se dirigió hacia allí, pero tuvo que apartarse cuando pasó el chico que había visto antes con el portátil, ya con las manos vacías. Había hecho su transacción.

El pasillo estaba escasamente iluminado; los números de las habitaciones se elevaban a medida que ella caminaba. Ballard vio a un hombre sentado en una silla al final del pasillo. Calculó que estaba entre las habitaciones 11 y 12. Se levantó antes de que ella llegara. Era negro, medía más de un metro ochenta, era corpulento y vestía completamente de negro. Llevaba una pistola enfundada en la cadera, a la vista de todos los que se acercaban.

—Vengo a ver al León —anunció Ballard.

El guardaespaldas levantó los brazos para indicarle que hiciera lo mismo. Ballard obedeció y él la cacheó sin deferencia a su sexo. Le pasó las manos por ambas piernas, pero no fue concienzudo al pasar por encima de las botas porque le resultaba difícil agacharse y bajar las manos hasta ahí. Cuando el gorila terminó, Ballard llamó a la puerta de la habitación 11 y se hizo a un lado.

La puerta se abrió y apareció un hombre blanco sonriente. Era muy delgado y se había hecho unas rastas en el cabello, teñido de rubio. No aparentaba más de veinticinco años. Llevaba una camiseta de los Dodgers con el dorsal de Ohtani, bermudas, calcetines blancos y chanclas negras. Alrededor del cuello, en una gruesa cadena de oro, lucía un medallón de gran tamaño con la cabeza de un león de ojos esmeralda.

—¿Eres la chica de Bobby D.? Soy el León.

—¿Puedo entrar? —preguntó Ballard.

—Claro. Ponte cómoda.

Ballard entró en lo que parecía una habitación básica de hotel de tres por tres adaptada para un uso no previsto. La cama estaba girada y apoyada contra la pared del fondo para hacer sitio a las mesas plegables en las que se apilaba el botín de la semana. Había teléfonos, ordenadores portátiles, cámaras, consolas de juegos electrónicos y cubos de plástico llenos de diversos objetos. Uno contenía frascos de medicamentos. Otro tenía la tapa cerrada, pero a través del plástico blanco se veían las formas de las pistolas. En una mesa se amontonaban bolsos de marca y vaqueros, todavía con las etiquetas de precio puestas. La habitación era claramente el destino de artículos robados y hurtados de toda la ciudad.

El León cerró la puerta tras Ballard y ella oyó el clic de la cerradura.

—Ves algo que te gusta —dijo—. Es tuyo. Gratis.

Ballard se volvió y lo miró. Él extendió el brazo como el presentador de un concurso para mostrar el tesoro extendido sobre las mesas. Se le subió la camisa por la cadera derecha y Ballard vio la empuñadura nacarada de una pistola que sobresalía de la cinturilla de sus bermudas.

—Estoy seguro de que podríamos llegar a un acuerdo, tú y yo —dijo—. No creo que a Bobby le importe demasiado, ¿eh? Quiero decir, me encantan las mujeres mayores. Saben lo que un hombre necesita.

—Eh, solo me dijo que te vendiera algo —dijo Ballard.

El León extendió ambos brazos y recorrió con la mirada el cuerpo de Ballard.

—Bueno, ahora veo que solo tienes una cosa para intercambiar, cielo. ¿Qué te parece si cruzamos el pasillo hasta mi chocita privada para disfrutar un poco de esta noche?

—Creo que solo quiero hacer un trato. Tengo el teléfono que me ha dado Bobby en el maletero.

Ballard se agachó y se subió la pernera de los vaqueros.

—Eh, espera —dijo el León, presintiendo el peligro.

Pero ya era demasiado tarde. El León fue a por su pistola, pero Ballard ya tenía la Ruger en la mano y le apoyó el cañón en el cuello.

—No lo hagas —ordenó Ballard.

El León empezó a levantar las manos. Ballard vio que el miedo asomaba a sus ojos.

—Vale, vale —dijo—. Tranquila.

—Cállate —dijo ella—. Si haces ruido, acabarás muerto.

—Le arrebató la pistola de la cintura con su mano libre.

—Eh, venga —dijo él—. Vamos a ser amigos.

Ballard dio un paso atrás y le apuntó al pecho con la pistola grande y con la pequeña.

—Al suelo —dijo—. Ahora.

Sin bajar los brazos, el León apoyó una rodilla en el suelo y luego la otra.

—Lionel, ¿eh? —dijo Ballard—. ¿Cuál es tu apellido?

—¿Por qué te importa? —dijo el León—. ¿Qué es lo que quieres?

—Buena pregunta. Bobby D. te trajo ayer una pistola y una placa. ¿Dónde están?

Los ojos del León se abrieron de par en par.

—¡Mierda! Eras tú. Era tu placa. Bobby me dijo que se la habían quitado a una pava surfista que era poli. —Soltó una breve carcajada aguda.

Ballard sintió que se inundaba de rabia y se abalanzó sobre él, tirándolo de espaldas al suelo. Al cabo de un instante estaba encima de él y esta vez le clavó el cañón de la propia pistola del tipo en el cuello.

—Te he hecho una pregunta, Lionel. Si quieres salir vivo de esta habitación, será mejor que empieces a decirme lo que...

—Vale, vale, vale. Tranquilízate. Podemos hacer un trato.

—No me interesa hacer ningún trato. ¿Dónde está la placa? ¿Dónde está la pistola?

Ella se apartó de él y le arrastró el cañón de la pistola por el torso hasta el muslo, donde lo sujetó.

—Habla —dijo ella—. O vas a perder una pierna.

—Vale, vale, la pistola está en la caja —dijo—. Justo detrás de ti. Cógela, es tuya.

—La placa.

—Eh, yo, eh, ya vendí la placa. Pero podemos recuperarla.

—¿A quién se la vendiste?

—A un tipo, un cliente que me compra armas. Me había estado diciendo que buscaba una placa y por eso contacté con él cuando tuve una.

—¿Para qué quería la placa?

—No lo sé. No es asunto mío. Probablemente quería estafar a los camellos. Pararlos, quitarles su mierda.

Ballard se levantó y le hizo una señal al León para que volviera a ponerse de rodillas.

—Quédate ahí —le ordenó.

Retrocedió hasta la caja y levantó la tapa. Miró las armas que había dentro hasta que vio una Glock 17 de acero azulado. Dejó su Ruger sobre la mesa y cogió la Glock. Comprobó la corredera y encontró allí sus iniciales, grabadas en la armería de la academia el día que tomó posesión del arma.

Utilizó la pistola para indicarle al León que se diera la vuelta.

—De cara a la pared, Lionel —dijo.

El León no se movió.

—¿Por qué? —preguntó—. No vas a matarme. Eres poli.

—He dicho que te pongas de cara a la puta pared —dijo Ballard—. Ahora.

—Vale, vale.

—¡Ahora!

El León giró sobre sus rodillas y se puso de cara a la pared. Pero Ballard había hablado en voz demasiado alta. Se oyó un golpe seco en la puerta y luego la voz apagada del guardaespaldas del León.

—¿Todo bien ahí dentro, jefe?

—Dile que estás bien —susurró Ballard.

—Sí —dijo Lionel—, todo va bien.

Ballard dejó el arma del León en la caja y luego metió el cargador en su Glock. Estaba lleno de balas.

—Has dicho que sabes cómo recuperar la placa —dijo ella—. ¿Cómo?

—Es fácil —respondió el León—. El tipo que quería la placa también me dijo que buscaba una SIG mini.

—¿Qué es eso?

—Una SIG Sauer MPX. Un subfusil. Usa cargadores de treinta balas y puede hacer mucho daño.

—¿La necesita para robar a camellos?

—Eso era solo una suposición. No sé para qué la quiere. No es asunto mío.

Ballard supo instintivamente que quienquiera que tuviera su placa estaba planeando algo más gordo que desplumar a traficantes de drogas. Perseguir lo que le habían robado la había llevado al centro de algo, algo que no podía dejar estar.

Ballard tomó una decisión.

Se acercó a la mesa con los bolsos de diseño y eligió uno de Prada. Comprobó la posición de Lionel antes de tocarlo.

—Pon la frente contra la pared, Lionel —dijo—. Ahora mismo.

Él obedeció. Ballard abrió la cremallera del bolso de Prada y sacó todo el relleno de papel. Se pasó la correa por el hombro, metió la pistola en el bolso y mantuvo la mano sobre este.

—Bien, ahora nos vamos —dijo.

—¿Qué?

—Tú y yo vamos a salir de aquí y tú vas a decirle a tu chico de ahí fuera que todo está bien y que se ocupe del negocio hasta que vuelvas. Si dices algo más, a alguien le van a pegar un tiro, Lionel, y no será a mí.

—¿Por qué no te vas? Me aseguraré de que no intente detenerte.

—Eso estaría bien, pero te necesitaré cuando salgamos.

—¿Para qué?

—Hablaremos de eso cuando lleguemos. ¿Llevas el teléfono encima?

—Sí.

—Bien. Vámonos. Tú ve delante. Dile a tu chico que me acompañas.

—Lo que tú digas.

El León abrió la puerta e inmediatamente su guardaespaldas se levantó de su silla en el pasillo.

—Vuelvo enseguida, grandote —dijo—. Voy a acompañar a la señora a la puerta.

Lionel se dirigió al vestíbulo. Ballard sonrió al guardaespaldas y siguió al León. El camino hasta el final del vestíbulo le pareció eterno, pero sabía que si se daba la vuelta para ver qué hacía el gorila podría darle a entender que algo iba mal.

Cruzaron el vestíbulo y salieron a la calle.

—¿Y ahora qué? —preguntó Lionel.

—Tengo algo en el coche que quiero enseñarte —dijo Ballard—. Está por aquí.

Caminaron hasta Speedway, donde estaba aparcado el Defender. Ballard abrió la puerta del conductor y sacó la pistola del bolso. Se inclinó hacia el interior del coche, metió el bolso y buscó las esposas bajo el asiento del conductor. Se volvió hacia Lionel, cuyos ojos se abrieron de par en par al ver las esposas.

—¿Qué coño?

—Pon las manos sobre el coche.

—Espera, ¿me vas a detener? Estoy intentando ayudarte.

Se dio la vuelta para echar a correr, pero Ballard estaba preparada para el movimiento. Lo agarró del cuello de la camisa y de la gruesa cadena de oro que llevaba. Tiró de él y lo derribó. Le apoyó una rodilla en la columna y se metió la pistola en la cintura de los vaqueros. Le colocó el brazo derecho a la espalda, lo esposó y luego fue a por el izquierdo.

—¿Cuáles son los cargos? —gritó Lionel.

Ballard no pudo evitar reírse.

—¿De verdad me lo preguntas? —dijo Ballard—. Empecemos con el cargo de posesión de propiedad robada. Ese bolso de Prada todavía tiene una etiqueta de Nordstrom con el precio. Dos mil pavos, Lionel. Eso ya es delito y te mete en una celda.

Ballard revisó los bolsillos de Lionel y sacó un juego de llaves, un fajo de billetes y un teléfono. Necesitaba ese teléfono para que su plan funcionara.

—Ahora en marcha —dijo—. Si me ayudas, podrás hacer que todo esto se olvide.

—Que te jodan —dijo Lionel—. Ni de coña te voy a ayudar a hacer nada.

—Veremos si cambias de opinión después de una noche en una celda.

—Tengo un abogado. Me sacará en una hora. ¿Has oído hablar del abogado del Lincoln, zorra?

—Sí, he oído hablar de él. Pero lo que pasa con los abogados es que tienen que poder encontrarte para sacarte.

El León no tenía respuesta para eso.

—Vamos —dijo Ballard—. Levántate.

14

Ballard llamó a la puerta de la casa de Woodrow Wilson. Estaba oscuro, pero las luces estaban encendidas detrás de las ventanas. Estaba levantando el puño para llamar por segunda vez cuando la puerta se abrió y allí estaba Harry Bosch.

—Renée, ¿estás bien?

—Ahora sí. Necesito ayuda, Harry. Y creo que eres el único en quien puedo confiar.

—¿Se trata de Maddie?

—No, no tiene nada que ver con Maddie.

—Pasa.

Dio un paso atrás y Ballard entró.

Miércoles, 11:15

15

El comprador de placas se retrasaba quince minutos. Ballard empezaba a ponerse nerviosa. Volvió a mirar a Bosch con los prismáticos. Lo vio en el Cherokee tamborileando el volante con los dedos. Él también estaba nervioso. Si el comprador de placas no aparecía, no tenían plan B.

El Cherokee estaba aparcado en un descampado del extenso aparcamiento de playa de Ocean Park, en Santa Mónica. En una mañana nublada de miércoles, el aparcamiento solo atraía a un puñado de entusiastas de la playa. Estaba tan vacío que un club local de hockey sobre patines había instalado sus porterías y delimitado un campo con conos naranjas para jugar un partido al fondo del aparcamiento.

Ballard vio que se abría la puerta del Cherokee. Bosch bajó y tuvo cuidado de no mirar en su dirección. Ella había aparcado en Ocean Boulevard, lo cual le proporcionaba una vista en ángulo descendente del aparcamiento. Habían elegido el punto de encuentro por esa posición de vigilancia y porque el aparcamiento solo tenía una entrada y una salida.

Bosch llevaba en la mano el móvil con el que se habían puesto en contacto con el comprador anónimo de la placa. Lionel Boden había proporcionado el número después de decidir que lo que más le convenía era cooperar. Bosch se apoyó en el coche, levantó una pierna y apoyó el talón en la rueda delantera. Empezó a teclear en el teléfono. Ballard comprendió que se había bajado del coche para que ella viera lo que estaba haciendo: mandarle un mensaje al comprador de la placa, probablemente para preguntarle dónde diablos estaba.

Antes de que Bosch terminara de escribir el mensaje, Ballard vio que una furgoneta Ford blanca cruzaba las líneas blancas en el asfalto vacío y se dirigía hacia Bosch. No acababa de entrar en el aparcamiento, sino que había estado allí, aparcada cerca de los vehículos de los jugadores de hockey sobre patines. Ballard había pensado que se trataba de la furgoneta que llevaba el material del grupo, pero en ese momento se dirigía hacia la posición de Bosch.

Ballard levantó los prismáticos y observó cómo la furgoneta rodeaba el coche de Bosch y se detenía delante de él. En los paneles de la furgoneta no había ninguna marca y solo había logrado echar un vistazo fugaz a la matrícula. Se fijó en que era de color amarillo brillante con un dibujo o letras rojas, pero quedó fuera de su campo visual cuando la furgoneta rodeó a Bosch y su Cherokee. El único estado que recordaba que tuviera matrículas de color amarillo brillante era Nuevo México.

La furgoneta tenía las viseras bajadas y desde su posición Ballard solo alcanzaba a ver la barba del conductor. Se quedó en la furgoneta y habló con Bosch a través de una ventanilla abierta.

Bosch respondió al conductor abriéndose la cazadora de color verde militar para mostrar su camiseta, con publicidad de una organización dedicada a prevenir los suicidios de veteranos. La había elegido pensando que el comprador de la placa podría ser un veterano que tenía experiencia con las armas. A continuación, Bosch se subió la camiseta, dejando al descubierto su torso para demostrar que no llevaba ningún micrófono ni ninguna arma. A través de los prismáticos, Ballard vio las costillas de Bosch y se dio cuenta de que había perdido mucho peso durante su tratamiento contra el cáncer. Sintió inmediatamente una punzada de culpabilidad por haberlo metido en su problema.

La conversación en el aparcamiento continuó brevemente antes de que Bosch se apartara del coche y diera un paso hacia la furgoneta.

—No subas a la furgoneta, Harry —dijo Ballard en voz alta.

Bosch acercó su teléfono al conductor y Ballard dejó escapar un suspiro. Solo estaba mostrando las fotos de subfusiles que habían descargado en el teléfono para lo que creían que sería la artimaña con el comprador de la placa. Bosch incluso le ofreció el teléfono para que pudiera pasar las fotos. Era una maniobra con vistas a obtener huellas dactilares, pero el conductor era demasiado listo para eso, o ya había visto suficientes fotos. Lo rechazó.

La conversación terminó pronto. A través de los prismáticos, Ballard vio que Bosch le hacía un gesto con la cabeza al conductor. Fue la señal para que Ballard supiera que iban a ponerse de acuerdo.

La furgoneta se alejó y Bosch se quedó allí un momento. Luego se volvió hacia su Cherokee. Ballard pulsó el botón de arranque y puso el Defender en marcha. Estaba preparada para seguir a la furgoneta en cuanto saliera del aparcamiento. Bosch también se pondría en marcha, pero se mantendría más atrás, puesto que el conductor de la furgoneta ya había visto su coche de treinta años.

Ballard se había dejado el pelo suelto para que no se viera el auricular Bluetooth que llevaba. Cuando Bosch llamó, ella contestó sin apartar la mirada de la furgoneta.

—¿Cómo ha ido?

—Ha dicho que acepta —dijo Bosch—. Quiere cuatro. Pero podría estar mintiendo. Ha dicho que lo prepararía para hacer un intercambio mañana.

—¿Has podido mirar dentro de la furgoneta? ¿Estaba solo?

—No quería quedar en evidencia. Pero creo que estaba solo.

—He visto que has intentado conseguir sus huellas.

—Sí, no ha funcionado.

La furgoneta blanca salió del aparcamiento y giró a la izquierda en Ocean. Ballard esperó a que se despejara el tráfico e hizo un giro de ciento ochenta grados para iniciar el seguimiento.

—¿Cómo era? —preguntó Ballard—. Quiero decir, ¿temible? ¿Es peligroso?

—Eh..., puede ser —dijo Bosch—. Cuarenta, cuarenta y cinco años, blanco, barba espesa. Parecía en forma, sin barriga, pero por lo que vi podría llevar una silla de ruedas en la parte trasera de la furgoneta. Se quedó al volante.

—¿Ha dicho su nombre?

—No, ningún nombre.

—Te vi retrasarte cuando se iba. ¿Has conseguido la matrícula?

—No hay matrícula. Tiene una bandera de Gadsden. Con la serpiente de cascabel.

—«No me pises.»

—Eso mismo.

Esto le decía a Ballard que el comprador de la placa aseguraba ser un ciudadano soberano, o se hacía pasar por uno. Sabía por los boletines del FBI y las alertas de inteligencia de la policía de Los Ángeles que los soberanos eran considerados extremistas antigubernamentales que no reconocían ninguna autoridad fiscal, de concesión de licencias o policial. La última alerta que recordaba afirmaba que el número de soberanos en el país se había incrementado notablemente desde los terremotos ideológicos gemelos de la pandemia de covid y la insurrección fallida en el Capitolio. La alerta había concluido con la advertencia de que todos los soberanos debían considerarse armados y que las fuerzas del orden debían acercarse con extrema precaución.

Ballard se fijó en la furgoneta que iba delante y aceleró el Defender para acercarse y no perderla en un semáforo.

—También lleva una pegatina en el parachoques —dijo Bosch—. «Tu vacuna es un arma biológica».

—Qué bonito —dijo Ballard.

—A estos locos les gusta acumular armas y hablan mucho, pero en general se limitan a no pagar impuestos y no tienen ingresos, propiedades ni coches.

—No es el caso aquí, no lo creo. Está tramando algo.

—¿Estás segura?

—No, pero ¿por qué comprar armas ilegalmente cuando no tienes que hacerlo? ¿Por qué va a comprar una placa un tipo que supuestamente no reconoce la autoridad de la policía?

—Bien pensado.

Los dos se quedaron callados un buen rato mientras pensaban en el comprador de la placa y en lo que podría estar planeando. Finalmente, Bosch dijo:

—Ya he salido del aparcamiento. Me quedaré atrás, pero ¿hacia dónde vas?

—Al norte por Ocean. Llegando a Broadway ahora.

—Bien, voy cinco por detrás y lo reduciré a dos.

—Buena idea. Mantén la línea abierta.

Ballard mantuvo la vista en la furgoneta blanca, que estaba unas dos manzanas por delante de ella, con tráfico moderado. Permanecía atenta a la cuenta atrás de los pasos de peatones y mantenía un ritmo que le garantizara no tener que parar por un semáforo.

Vio que la furgoneta pasaba al carril de giro a la izquierda y se preparó para seguirla.

—Harry, está bajando por California Incline.

—Entendido.

Los coches se amontonaron en el carril de giro y Ballard acabó solo tres coches por detrás de la furgoneta. Vislumbró al comprador de la placa en el espejo retrovisor rectangular de esta. Llevaba gafas de sol.

La flecha se puso verde y la furgoneta giró. Ballard la siguió, manteniendo la separación de tres coches cuando la calle se fundió con la PCH. La furgoneta pasó al carril interior, indicando a Ballard que el tipo no iba a girar pronto.

—En la PCH, en dirección a Malibú.

—Me he comido el semáforo de Incline. Todo tuyo por ahora.

—No hay problema.

Ballard pensó en hacia dónde podría dirigirse el comprador de la placa. Sabía que últimamente los soberanos se llevaban bien con la mayoría de los otros grupos extremistas, desde la Nación Aria a los Guardianes del Juramento, pasando por un montón de grupos que habían asaltado el Capitolio tres años antes. Eso no encajaba del todo con Malibú, pero más allá de Malibú estaba el condado de Ventura y pueblos como Oxnard y Fillmore, donde se sabía que tales grupos tenían raíces.

Sin embargo, el comprador de la placa se detuvo muy lejos del condado de Ventura o incluso de Malibú. Justo después de Sunset Beach, todavía dentro de los límites de la ciudad de Los Ángeles, la furgoneta se paró frente a la playa de Castle Rock. Estacionó detrás de una gran autocaravana que estaba aparcada en una fila de más de estas, caravanas más pequeñas y furgonetas, bajo los acantilados de Pacific Palisades.

Ballard tuvo la impresión de que alguien había estado esperando allí a la furgoneta y había movido un cono naranja que habían utilizado para reservar la plaza, de modo que el comprador de la placa pudiera estacionar. Pasó de largo para no llamar la atención.

—Harry, acaba de parar en el lado este en Castle Rock. He pasado de largo y buscaré la forma de volver.

—Entendido. Encontraré un lugar cercano donde pararme. Dame un punto de encuentro cuando lo tengas.

Ballard se metió en el carril de giro a la izquierda y atajó rápidamente por un hueco en el tráfico que circulaba en sentido contrario hacia el aparcamiento del lado de la playa de la PCH. Se abrió paso por el aparcamiento y encontró un sitio que le brindaba visibilidad sobre la furgoneta blanca, más allá de los cuatro carriles de la autopista.

—Me he metido en el aparcamiento del lado de la playa —dijo—. Veo la furgoneta, pero no al tipo.

Bosch no respondió, pero Ballard supuso que estaba maniobrando y quería tener las manos libres. No era un tipo de Bluetooth y auriculares.

Renée cogió los prismáticos e intentó ver el interior de la furgoneta a través del parabrisas, pero había cortinas colgadas detrás de los asientos delanteros. No había reparado en ellas antes y pensó que el comprador de la placa podría haber entrado en la parte trasera de la furgoneta y cerrado las cortinas.

—Harry, ¿cuál es tu ubicación?

Su respuesta fue un golpe en la ventanilla del copiloto. Ballard desbloqueó la puerta y Bosch subió.

—¿Lo ves? —preguntó.

—No, creo que está en la parte de atrás —explicó Ballard—. Hay cortinas detrás de los asientos delanteros. ¿Las has visto cuando has hablado con él?

—No me he fijado.

—La otra cosa es que parece que conocía ese lugar. Como si lo estuvieran esperando.

—¿Has visto a alguien más hablar con él?

—Creo que alguien movió un cono que bloqueaba el sitio para él. Pero he tenido que pasar y no he podido verlo.

—Entonces, ¿eso es un estacionamiento reservado para autocaravanas?

—No lo creo. Probablemente, solo es un campamento de vagabundos.

El Ayuntamiento no aplicaba la mayoría de las leyes destinadas a reducir el número de personas que vivían en la calle. A pesar de los toques de queda y las leyes sobre la obstrucción de las aceras, los campamentos proliferaban. El incumplimiento de las normas de estacionamiento nocturno había creado una población de personas sin hogar que vivían en furgonetas y caravanas que se alineaban en las vías públicas por la noche.

—Genial —dijo Bosch—. Ahora tenemos terroristas sin techo.

—¿De verdad crees que es eso? —preguntó Ballard—. ¿Un terrorista?

—Yo no lo descartaría. Si ha descargado la mierda de los soberanos, podría ser uno de ellos. Mucha gente así asaltó el Capitolio.

Ballard no dijo nada. Siguió mirando al otro lado de la calle, con su visión de la furgoneta repetidamente interrumpida por los coches que pasaban.

—¿Qué opinas? —preguntó Bosch.

—Creo que hay muchas posibilidades de que mi placa esté en esa furgoneta —dijo Ballard—. Esperando a que yo vaya a buscarla.

16

Pasaron cuatro horas antes de que el comprador de la placa emergiera a través de las cortinas de su furgoneta y abriera la puerta para salir. Entretanto, Ballard miró la *webcam* de la guardería de mascotas donde dejaba a su perro, Pinto, cuando estaba en el trabajo, y atendió llamadas de Colleen Hatteras, Tom Laffont y Maddie Bosch. A Hatteras y Laffont les dijo que estaba trabajando en asuntos no relacionados con casos abiertos y que no esperaran verla en la oficina hasta el jueves. A Maddie Bosch le dijo que al día siguiente podía empezar a trabajar con el equipo. Podía ocupar la mesa que había utilizado su padre el año anterior y empezar a estudiar casos.

Ballard tuvo la precaución de no llamar voluntaria a Maddie, porque no lo era. Había recibido autorización del capitán Gandle para incorporar a la joven al equipo siempre que el sindicato de la policía diera su aprobación. Ese fue el paso más difícil, porque el sindicato, que representaba a los agentes del departamento, no estaba por la labor de permitir que sus miembros hicieran trabajo policial no remunerado y se opuso a tal precedente. Ballard lo solventó acordando pagar a Madeline Bosch cuatro horas extra a la semana como miembro de la unidad. Si decidía trabajar más de esas cuatro horas, eso quedaba entre ella y el sindicato. Ballard sabía que podía afrontar el pago de las horas extras con el dinero de una subvención que el Instituto Nacional de Justicia había concedido para revisar casos sin resolver. Era dinero que podía utilizar a su discreción y decidió que tener a Maddie Bosch y su poder como agente jurada en la unidad merecía la pena. Podía pagarle a Maddie cuatro horas a la semana durante al menos cinco años antes de que se acabara el dinero de la subvención.

—Se ha cambiado de ropa —anunció Bosch, que estaba observando a través de los prismáticos de Ballard.

—Probablemente también se ha echado una buena siesta —dijo Ballard—. ¿Qué está haciendo?

—Habla con el tipo de la autocaravana que está delante de la furgoneta —explicó Bosch—. Parece que se conocen mucho.

—¿Por qué no? Son vecinos. Probablemente, llevan meses acampados ahí, sin que nadie del Ayuntamiento haga nada.

—¿Cuánto crees que cuesta de promedio una casa en la playa, por esta zona? ¿Un par de millones?

—Fácil. Probablemente, el doble.

—Tienen que estar encantados de tener a esta gente aquí.

—Harry, eso es una forma cruel de describir a los que no tienen casa.

—Supongo que no soy muy *woke*.

—Ah, ¿no? ¡Qué sorpresa!

Ballard sabía que Bosch no era cruel. Sin embargo, como muchos en Los Ángeles, estaba perdiendo la paciencia y la empatía al ver cómo la ciudad que amaba se sumía en el caos a causa de un problema para el que el Gobierno y sus ciudadanos no parecían tener solución.

Se sumieron en un silencio incómodo mientras Ballard pensaba en el precio de la casa de dos plantas que había comprado a una manzana de la playa en Paradise Cove el año anterior. Había necesitado toda la herencia de su abuela y los ingresos de la venta de su casa en Ventura para comprar en lo que se conocía como el parque de caravanas más caro del mundo.

Aun así, no se arrepentía. Solo las puestas de sol ya valían lo que había pagado de entrada.

—Bueno, ¿cuál es el plan? —preguntó Bosch.

—No hay plan —dijo Ballard—. Voy a vigilar y esperar. Si tengo una oportunidad con esa furgoneta, la aprovecharé. Pero es cosa mía. No tienes por qué quedarte, Harry. Gracias por tu ayuda.

—No, me quedo. Quiero saber qué trama este tipo. Es que pensaba que tendrías que irte a una cita y te iba a decir que me quedaría a vigilar.

—¿Una cita?

—Es San Valentín. Pensaba que tal vez...

—Ah, no, nada de citas. Eres mi cita, si te quedas.

—Encantado. Ojalá tuviera flores.

Pasó una hora de charla intermitente. Ballard volvió a verificar cómo estaba Pinto y envió un mensaje a la guardería canina para informarlos de que probablemente se quedaría a pasar la noche.

El sol se ocultó tras el océano. Vieron al comprador de la placa entrar y salir de la furgoneta, mezclándose con gente de otros vehículos aparcados a lo largo de la calle. Ballard y Bosch se turnaron para usar los baños públicos de la playa, y finalmente su tapadera empezó a irse al traste a medida que la gente de la playa se fue marchando al ponerse sol. Pronto el Defender destacó como uno de los últimos coches del aparcamiento.

—Tenemos que movernos —dijo Ballard—. Aquí estamos a la vista de todos.

—¿Adónde? —preguntó Bosch.

—Esa es la cuestión. No veo un ángulo mejor para la furgoneta. Podríamos cruzar la calle y aparcar, pero no la veríamos.

—Así que tal vez nos quedemos aquí.

Ballard sopesó la idea de no moverse.

—Mira —dijo—, voy a dar un paseo por allí, a ver qué
puedo ver y oír.

—¿Estás segura? —preguntó Bosch—. Si te ve, no podrás
intentarlo mañana ni otro día.

—Aquí tengo algunas cosas que me ayudarán con eso. Voy
a intentarlo.

—Tú decides.

El tono de Bosch daba a entender que pensaba que Ballard
estaba tomando la decisión equivocada, pero ella salió y
abrió la puerta trasera del coche para llegar a su caja de disfraces. Se quitó la chaqueta y se puso una sudadera gris vieja
con capucha. Se colocó la gorra de los Dodgers con la visera
deshilachada que había llevado en el Eldorado y se subió la
capucha. Por último, se quitó la cartuchera con la Glock que
llevaba en la cadera y la metió en la caja.

—¿Vas a ir desarmada? —preguntó Bosch.

—Tengo mi pistola de bota —dijo Ballard—. Voy a ir una
manzana hacia el norte, luego atravesaré como si hubiera estado caminando. Tengo el auricular puesto y te llamaré al
acercarme.

—Entendido. Ten cuidado.

—Siempre.

Ballard se encaminó al extremo norte del aparcamiento,
que estaba al menos a cien metros de la furgoneta del comprador de placas. Esperó cinco minutos antes de que el tráfico le permitiera cruzar. Luego caminó en dirección sur, hacia
la fila de vehículos aparcados. Mantuvo la cabeza gacha y las
manos en los bolsillos delanteros de la sudadera, una de
ellas con el teléfono.

Al acercarse, sacó el teléfono y llamó a Bosch. Él contestó enseguida.

—Te veo —dijo—. Has tardado bastante.

—He tenido que esperar para cruzar —dijo Ballard—. ¿Ves a nuestro hombre por algún lado?

—La furgoneta está a oscuras. Creo que está en una de las caravanas.

—Intentaré ver algo.

Ballard podía mirar a través de los parabrisas delanteros de las autocaravanas aparcadas, lo que le daba un ángulo limitado de las actividades del interior. Pasó por delante de dos caravanas pequeñas y otra grande, y todas estaban a oscuras. La siguiente autocaravana tenía las luces interiores encendidas, pero parecía vacía.

Entonces vio dónde estaba todo el mundo. Dos espacios más abajo, había una autocaravana aparcada en un lugar donde el acantilado adoptaba una forma cóncava que ofrecía espacio para formar un círculo de sillas plegables alrededor de una parrilla encendida. La luz del fuego iluminaba los rostros de varios hombres y mujeres sentados en las sillas, entre ellos un tipo con barba que Ballard creyó que era el comprador de la placa.

Informó de todo a Bosch en voz baja mientras se acercaba al círculo.

—Se han hecho una hoguera al otro lado de una de las caravanas —dijo—. Creo que nuestro hombre está aquí.

—Vale —dijo Bosch—. ¿Qué vas a hacer?

—Voy a pasarme a ver si la furgoneta no está cerrada con llave.

—No creo que sea buena idea.

Ballard estaba demasiado cerca de la hoguera para arriesgarse a hablar con Bosch. Agachó la cabeza y rodeó el círculo de los reunidos. No había acera. Tenía que pasar entre la fila de campistas y el acantilado, de lo contrario se encontraría en los carriles de la autopista. Contó cinco hombres y dos mujeres sentados alrededor de la parrilla encendida. No estaban cocinando nada, solo calentándose. Uno de los hombres le gritó al pasar.

—Hola, cariño, ¿quieres una cerveza?

Ballard no logró distinguir quién lo había dicho.

—No, gracias —dijo Ballard. Siguió adelante, sin volverse hacia el grupo.

—Entonces, ¿qué tal si te llevo? —dijo la misma voz.

Ballard no respondió.

—En mi regazo —añadió el hombre.

El grupo se echó a reír a carcajadas. Incluso las mujeres se unieron, y una de ellas soltó una carcajada aguda que se elevó por encima del ruido del tráfico de la autopista.

Ballard pasó junto a otras dos camionetas camperizadas llenas de pegatinas. La mayoría tenían eslóganes ocurrentes que se burlaban de las ideologías liberales o del presidente en ejercicio, o de ambos. Pasó junto a una autocaravana de diez metros de largo con un nombre pintado en el lateral: «Guerrero de la carretera». Ballard se rio para sus adentros, recordando un juego al que jugaba de adolescente con Tutu cuando conducían por una autopista. Añadían la palabra «anal» en los nombres de las autocaravanas.

—¿Qué tiene tanta gracia? —preguntó Bosch.

—Nada, nada —dijo Ballard—. Estoy pasando al lado del Guerrero Anal de la Carretera.

—¿Qué?

—No importa. Luego te lo cuento. Voy a echar un vistazo a la furgoneta.

Ballard pasó por delante de la caravana y empezó a caminar por el otro lado de la fila de vehículos. Eso la situó a pocos metros del tráfico y bajo el resplandor cegador de los faros de los coches que pasaban.

Llegó a la furgoneta blanca y vio que el interior estaba completamente a oscuras. Se acercó a la puerta del conductor.

—No está cerrada —anunció—. Voy a entrar. ¿Me recibes?

—Te veo —dijo Bosch—. Pero no me parece buena idea.

—No puede verme desde ahí y necesitamos saber qué trama.

—Sigo pensando que no es una buena idea.

—Vamos, Harry. Sabes que tú harías lo mismo.

Ballard subió al asiento del conductor y miró con cautela a través del parabrisas en dirección al círculo. Desde ese ángulo, solo podía ver a una de las personas sentadas, una mujer en una silla plegable con un portavasos incorporado para la cerveza.

Ballard echó un rápido vistazo a la guantera y a los compartimentos de almacenamiento de la parte delantera. No encontró su placa, pero en un portavasos había un llavero con dos llaves tradicionales y otra de mando a distancia. En el llavero ponía YOU-STORE-IT y daba una dirección en Lincoln Boulevard, en Santa Mónica. Los números 22 y 23 estaban grabados en las llaves.

Ballard abrió las cortinas de detrás de los asientos y se metió en la parte trasera. Las ventanillas estaban tintadas y el interior estaba completamente oscuro. La cara de Ballard entró en contacto con algo húmedo y esponjoso.

—Mierda.

Trató de encender la luz de su teléfono.

—¿Qué pasa? —dijo Bosch—. ¿Qué pasa?

Ballard encendió la luz. Había una toalla de playa húmeda colgando de un tendedero improvisado, una cuerda que recorría la furgoneta en diagonal desde la esquina trasera. El peso de la toalla de rayas grises y blancas hacía que la cuerda se combara en la parte central.

—Renée, ¿qué te pasa? —repitió Bosch, alzando la voz.

—Nada —dijo ella—. Me he dado con una toalla mojada en un tendedero. Es asqueroso. Pero estoy atrás y tengo la luz del móvil encendida. Avísame si ves algo a través de las cortinas.

Hizo un rápido barrido con la luz por la parte trasera de la furgoneta.

—¿Algo? —preguntó.

—No mucho —dijo Bosch—. Pero estoy mucho más lejos que la gente de la hoguera.

—Seré rápida.

—¿Qué ves?

Pasó la luz por el espacio lentamente.

—Un colchón al fondo —dijo—. Parece que está encima de una plataforma de madera fijada a la furgoneta. Es un cajón grande de madera contrachapada para guardar cosas. La cama no está hecha. Hay ropa en redes colgadas en las paredes laterales.

Ballard se movió hacia el fondo. La cama no estaba hecha: una sábana colgaba del colchón sobre el borde del cajón de madera. Ballard apartó la sábana para ver si había un pestillo o un tirador para abrir el cajón.

Había un candado.

—Mierda —soltó.

—¿Qué pasa? —preguntó Bosch, con pánico en la voz.

—La cama está sobre un mueble fijado. Pero hay un candado.

—¿Has traído ganzúas?

—No, pero es de combinación.

—¿Ves alguna bisagra?

—Espera.

Ballard dejó el teléfono en el suelo enmoquetado de la furgoneta y se acercó a la cama. El colchón no tenía más de diez centímetros de grosor. No le costó mucho levantarlo y echarlo hacia atrás para poder examinar la parte superior del cajón de madera.

Había una costura a media altura en la parte superior y dos bisagras metálicas. Acercó la luz a una de ellas y vio tres tornillos que sujetaban ambos lados de la bisagra.

—Dos bisagras, tres tornillos cada una —dijo—. Necesito un destornillador de estrella.

—Tardarías demasiado —dijo Bosch—. Sal de ahí. Ya se nos ocurrirá otra cosa.

Ballard barrió con la luz todo el compartimento trasero de la furgoneta. En el suelo, bajo el respaldo del asiento del conductor, había una caja metálica roja que, o bien era para herramientas, o bien para material de primeros auxilios. Se acercó a gatas, sacó la caja y abrió la tapa. Contenía herramientas, y había un destornillador de estrella enganchado en la parte superior.

—Tengo aquí un destornillador, cortesía de nuestro comprador de placas.

—Date prisa, Renée. Voy a cambiar de posición para ver si tengo una visión directa de los imbéciles de la hoguera.

Ballard sonrió.

—Tengo que quitar seis tornillos —dijo—. Iré lo más deprisa que pueda.

Volvió al cajón y se puso a trabajar. Era un mueble casero, y los tornillos que fijaban las bisagras a la madera contrachapada se habían aflojado con el tiempo debido a las repetidas aperturas y cierres de la tapa. Giraron con facilidad y Ballard sacó los seis en un momento.

—¿Cómo vamos? —preguntó—. Ya he sacado los tornillos y voy a abrir la tapa.

—Tengo visión del círculo —dijo Bosch—. No puedo ver a todo el mundo, pero si alguien se mueve hacia la furgoneta lo veré.

—Bien.

—Pero no pierdas el tiempo. Mira a ver qué hay y lárgate.

Ballard no respondió. Levantó el teléfono con una mano para iluminar y levantó la tapa con la otra. La dobló hacia abajo sobre el candado.

El cajón estaba lleno hasta arriba de ropa doblada de cualquier manera. Iluminó a un lado y a otro. Había varios pares de vaqueros, chaquetas y zapatos. Sin soltar el móvil, empezó a coger la ropa y a sacarla del cajón, escarbando hasta el fondo.

Pronto vio un brillo metálico y empezó a descubrir armas. Había rifles, pistolas, cajas de munición, cuchillos de combate y mucho más.

—Aquí hay armas suficientes para empezar una pequeña guerra —dijo Ballard—, pero aún necesita cuatro subfusiles. Este tipo es...

Dejó de hablar cuando dio la vuelta a un chaleco de asalto con placas metálicas y vio las siglas del Departamento de Policía de Los Ángeles por delante y por detrás.

—¿Qué? —dijo Bosch—. Te he perdido.

—Tiene un chaleco de los SWAT de la policía. ¿Qué coño está tramando este tío?

—Ya lo averiguaremos. ¿Y tu placa?

—No está aquí, o no la veo.

—Bien, entonces, ¿por qué no sales echando leches? Ahora, Renée.

—No puedo dejarlo así. Sabrá que hemos estado aquí. Necesito dejar todo como lo encontré.

—Vas a conseguir que me dé un ataque al corazón.

—Estoy bien, Harry.

—Por ahora. Date prisa.

—Sí, papá.

Ballard dejó el teléfono junto a la rodilla para poder volver a meter todo en el cajón. Tuvo que doblar con cuidado algunas prendas de nuevo para que quedaran como las había encontrado. Cerró la tapa y empezó a atornillar las bisagras.

Acababa de pasar a la segunda bisagra cuando oyó la voz de Bosch en su auricular.

—Renée, escúchame. Viene hacia la furgoneta. Él y otro tipo. Es demasiado tarde para salir. Tienes que esconderte.

—¿Esconderme? Es una furgoneta, Harry.

—Ya lo sé, pero están justo ahí. Escóndete. ¡Ahora!

Ballard dejó la bisagra y volvió a bajar el colchón. Cogió su teléfono y apagó la luz, luego se subió al colchón, hizo un ovillo con una manta aislante y apoyó las dos almohadas a ambos lados. Se deslizó entre la pila y las puertas traseras de la furgoneta. En la oscuridad, buscó un tirador que pudiera utilizar para abrir las puertas traseras si necesitaba escapar, pero no vio nada. El tirador estaba por debajo del nivel del cajón de almacenamiento.

Se agachó, se subió la pernera izquierda de los vaqueros y sacó la Ruger de la funda del tobillo.

Oyó las voces de dos hombres fuera de la furgoneta. Las puertas delanteras se abrieron y los hombres subieron.

17

Si los dos hombres de la parte delantera de la furgoneta sabían que Ballard estaba escondida atrás, no dieron ninguna señal de ello. Ninguno abrió la cortina para mirar. Ballard oyó que el motor arrancaba y sintió que la furgoneta se ponía en movimiento. El conductor salió a la autopista de la costa y empezó a dirigirse hacia el norte. Ballard oyó la voz de pánico de Bosch en sus oídos.

—Renée, voy detrás de ti en el Defender —dijo—. ¿Puedes hablar? Probablemente no. ¿Y mensajes de texto? Necesito alguna señal tuya o tengo que parar esto. Ya se me ocurrirá cómo hacerlo. Si no recibo algo de ti en tres minutos, voy a parar la furgoneta, aunque tenga que sacarla de la autopista.

Ballard levantó ligeramente la cabeza y miró por encima de la pila de ropa de cama hacia la parte delantera de la furgoneta. Las cortinas seguían cerradas y, a juzgar por la charla entre el conductor y el pasajero, no sabían nada de su presencia. Sacó el teléfono del bolsillo, verificó que estaba silenciado y envió un mensaje de texto a Bosch para decirle que de momento iba bien.

Código 4. No pares la furgo.

Esperó a que Bosch contestara.

—Vale, he recibido tu mensaje —dijo—. Pero, si dices mi nombre, será la señal para que actúe. Si algo se tuerce, di mi nombre. No sé si puedes ver por dónde van, pero ahora mismo es hacia el norte (en realidad, supongo que ahora es más hacia el oeste), por la PCH a través de Malibú.

Ballard sabía lo que quería decir. La mayor parte de la costa de Malibú estaba orientada al sur. Por eso muchas de sus playas eran buenas para hacer surf.

Pensó en algo y le envió otro mensaje a Bosch.

Los oigo cuando hablan. Envíale un mensaje sobre las SIG para que hablen.

Bosch acusó recibo verbalmente y ella esperó a que llegara el mensaje. Pronto oyó un ping y los hombres de delante empezaron a hablar.

—Lee esto, estoy conduciendo. Es del tipo de la pistola.

—Dice: «Tengo otra oferta. ¿Todavía necesitas cuatro?». Qué cabrón, solo quiere subir el precio.

—No importa, no vamos a pagar. Dile que sí, que necesitamos cuatro y que podemos hacer el intercambio mañana. Dile que también necesitamos cartucheras de hombro y cargadores.

Se hizo el silencio; Ballard supuso que el pasajero estaba tecleando el texto. Pronto Bosch le dijo que habían respondido y que querían comprar cuatro subfusiles al día siguiente.

—Quieren cartucheras y cargadores extra —dijo—. No sé qué se traen entre manos, pero parece que van a llevar varias armas y mucha munición.

La furgoneta se detuvo y Ballard se quedó helada, preguntándose si habían oído un ruido de atrás.

—Estáis en un semáforo —dijo Bosch—. Las Flores Canyon.

Ballard lo visualizó. Conducía por esa ruta todos los días para ir y volver del trabajo, y cuando se dirigía al sur para hacer surf. Estaban en la playa de La Costa, luego vendría Carbon, el muelle y después la laguna de Malibú.

La furgoneta volvió a ponerse en marcha. Ballard pensó en lo que había oído y comprendió que, si no iban a pagar por los subfusiles, eso significaba que iban a robar o matar al vendedor. Pero, con la integridad de su plan —fuera cual fuera— en juego, parecía poco probable que solo fueran a robarle.

Pronto la furgoneta aminoró la marcha y luego se desvió hacia la derecha y se detuvo. Ballard adivinó que se habían metido en una plaza de aparcamiento.

—Estará bonito y abarrotado el lunes —dijo el conductor.

—Perfecto —dijo el otro hombre.

—¿Volvemos?

—Vamos a pasarnos por Mickey D's de camino.

La furgoneta se puso de nuevo en marcha y casi de inmediato hizo un giro de ciento ochenta grados. Ballard no estaba preparada, y la fuerza centrífuga la propulsó contra el fondo del vehículo e impactó con un ruido sordo. Se quedó paralizada y luego dejó escapar el aire lentamente, intentando desinflar su cuerpo, bajar lo más posible detrás de la pila de ropa de cama y almohadas.

La luz del compartimento trasero cambió y Ballard supo que alguien miraba a través de la cortina. Luego volvió la oscuridad.

—Tienes que atar tus cosas, tío.

—Ya las ato. Creo que es la rueda de repuesto. Está debajo y se suelta.

Menos de un minuto después, la furgoneta hizo un giro de noventa grados y Bosch susurró en el oído de Ballard que estaban en el carril de autoservicio de un McDonald's.

Ballard escuchó mientras pedían siete menús. Pagaron y esperaron a que les pasaran el pedido por la ventanilla. Ballard no podía verlo, pero se lo imaginaba. Entonces hablaron los hombres de delante.

—Esto hará que lo de Las Vegas parezca un juego de niños —dijo uno—. La precisión que tiene, buf.

—Y tanto —dijo el otro.

Pronto tuvieron su comida y volvieron a ponerse en marcha; salieron del autoservicio y giraron a la izquierda por la PCH. El olor a McDonald's llenaba la furgoneta, y Ballard oyó la voz de Bosch a través de su auricular.

—Parece que vuelven al campamento con la comida —dijo Harry.

Pero Ballard apenas lo oyó. Estaba concentrada en lo que había oído desde la parte delantera de la furgoneta y en lo que significaba.

Diez minutos después hubo otro giro de ciento ochenta grados y la furgoneta aparcó. Ballard supo que habían vuelto al lugar original en la fila de campistas. La comida caliente la salvó de ser descubierta, porque los hombres salieron de la furgoneta sin investigar más a fondo el sonido que habían oído procedente de la parte trasera.

—¿Estoy a salvo? —susurró.

—Vuelven a la hoguera con la comida —dijo Bosch—. Sal de ahí.

—Aún no. Tengo que terminar de poner las bisagras.

—Pues date prisa. La suerte es fluida, y tú has tenido bastante hasta ahora.

—Claro.

Ballard se bajó de la cama y echó el colchón hacia atrás para acceder a la parte superior del cajón y a las bisagras. Había dejado allí el destornillador y los tornillos, y el colchón los había mantenido en su sitio. Tardó menos de cinco minutos en volver a anclar la última bisagra y colocarlo todo en su lugar.

—¿Cómo pinta fuera de la furgoneta?

—Está despejado —dijo Bosch—. Usa la puerta del lado del conductor y no tendrán ángulo para verte.

—Entendido —dijo ella—. ¿Dónde estás?

—En el estacionamiento del otro lado de la calle.

—Voy.

Cinco minutos más tarde, Ballard estaba a salvo al otro lado de la calle. Bosch continuaba al volante de su Defender, así que ella tomó el asiento del pasajero.

—Antes de dar el primer giro en redondo para ir al McDonald's, han parado un minuto más o menos —dijo ella—. ¿Dónde estábamos?

—Sí, he tenido que pasar a su lado —dijo Bosch—. Estaban delante de un local vacío. Tenía pinta de que había sido un sitio de los que venden cubos de pollo frito.

La descripción no coincidía con nada de lo que recordaba Ballard.

—¿Qué había al otro lado de la calle? —preguntó.

—El muelle de Malibú —dijo Bosch.

—Mierda.

—¿Qué?

—Hablaron de lo abarrotado que estaría el lunes.

—El lunes es festivo, el Día de los Presidentes. Mucha gente va a la playa si hace calor. Y hay dos restaurantes en el muelle. ¿Qué van a hacer?

—Sea lo que sea, dijeron que haría que lo de Las Vegas pareciera un juego de niños.

—¿El tiroteo masivo en el concierto?

—Supongo que se referían a eso. ¿Ya tienen un arsenal y ahora quieren subfusiles y munición extra? Tiene que ser algo así. Hablaron de «la precisión». Supongo que eso significa que será un asalto de cerca, no un tiroteo desde una estructura lejana como en Las Vegas.

Bosch se quedó en silencio.

—Al menos sabemos cuándo piensan hacerlo —dijo Ballard.

—Tienes razón —dijo Bosch.

Estaba mirando fijamente al otro lado de la calle, a la hilera de vehículos que había llamado «el campamento».

La autocaravana más grande les impedía ver el fuego, pero el resplandor que desprendía trepaba por la pared rocosa del acantilado, por encima de la cámper.

—¿Cuántos de ellos crees que están implicados en esto? —preguntó.

—No lo sé —dijo Ballard—. Pidieron siete menús en el McDonald's. Cuando pasé junto a su hoguera, todos parecían muy unidos. Eran cinco hombres y dos mujeres. A lo mejor están todos metidos, o a lo mejor son solo los dos de la furgoneta.

Bosch asintió.

—Quieren las armas —dijo—. A lo mejor es ahí donde preparamos la detención.

—Hablaron de eso después de que les mandaras un mensaje —dijo Ballard—. Y no piensan pagar por las armas.

Bosch volvió a asentir. Sabía lo que eso significaba.

—Esto se ha vuelto demasiado grande —dijo Ballard—. Empezó conmigo buscando a un ladronzuelo que robaba en coches y tenía mi placa, y ahora estamos hablando de posible terrorismo interno. No podemos quedarnos de brazos cruzados.

—Cuanto más grande sea este asunto, mayores serán las consecuencias para ti —dijo Bosch—. Si los medios se enteran y descubren que tu placa fue a parar a manos de terroristas que iban a tirotear el muelle...

—Lo sé, lo sé, tendré suerte si me vuelven a poner en la sesión nocturna de Hollywood.

—Tendrás suerte si te vuelven a poner a patrullar en Devonshire.

—Gracias por ser tan comprensivo, Harry.

—Lo siento, pero no apoyo el suicidio profesional. No cuando es tu carrera.

—¿Y qué sugieres?

—No lo sé, pero lo bueno es que tenemos algo de tiempo. Tú misma los oíste. El lunes es el día. Eso nos da cuatro días para que se nos ocurra un plan.

—¿Y si no se nos ocurre?

—Entonces, de acuerdo, llama a las tropas.

Ballard asintió.

—Está bien —dijo—. Pero no voy a esperar hasta la noche del domingo. Dos días, Harry. Resolvemos esto en dos días o lo llevo a la OAOE y al departamento del sheriff.

La Oficina Antiterrorista y de Operaciones Especiales se ocupaba de todas las amenazas organizadas a la seguridad pública. El departamento del sheriff tenía jurisdicción sobre Malibú y el muelle.

—Me parece bien —dijo Bosch.

—Entonces, ¿cuál es nuestro siguiente paso? —preguntó Ballard.

Señaló al otro lado de la calle, hacia la caravana.

—Intentamos averiguar quién es esta gente —dijo—. Y por qué necesitaban una placa.

Ballard asintió.

—Conozco un lugar por el que podríamos empezar —dijo—. Había un llavero en la furgoneta con llaves de un You-Store-It de Santa Mónica. Creo que nuestro comprador de placas tiene allí un par de taquillas. Había números en las llaves.

—Parece una buena pista —dijo Bosch—. Vamos a comprobarlo.

18

El You-Store-It estaba en Lincoln, a una calle de la entrada en sentido este de la autovía 10 en Santa Mónica. Cuando llegaron Ballard y Bosch, ya hacía rato que la oficina había cerrado, pero el establecimiento ofrecía acceso las veinticuatro horas a quienes alquilaban un trastero. Todo lo que se necesitaba para abrir las puertas de cristal era el llavero que te daban cuando alquilabas el espacio. Vieron una furgoneta aparcada cerca de la entrada y a un hombre de pie junto al portón trasero abierto; estaba descargando cubos de pintura de quince litros en una carretilla. Eso le dio una idea a Bosch.

—¿Qué herramientas tienes?

—¿Quieres decir aquí en el coche? —preguntó Ballard.

—Sí, ¿qué herramientas?

—En realidad, ninguna.

—¿No tienes gato?

—Sí, hay un gato. Pensé que te referías a una caja de herramientas.

—Dame la palanca del gato, y necesitaré el sombrero y la capucha.

—¿Qué vas a hacer?

—Voy a entrar con ese pintor, así que démonos prisa.

Ambos salieron y se dirigieron a la parte trasera del Defender. La rueda de repuesto y las herramientas para cambiar neumáticos estaban debajo del suelo del maletero. Ballard tuvo que sacar su kit de la escena del crimen y el cubo de plástico que contenía el material de surf para acceder a él. Mientras tanto, Bosch puso la caja de disfraces en el suelo y empezó a mirar su contenido.

—No sé cuál es tu plan, pero va a haber cámaras ahí dentro —dijo Ballard.

—Lo sé —dijo Bosch—. Por eso necesito tu gorra y tu sudadera.

Ballard levantó el suelo y cogió una bolsa de cuero enrollada que contenía herramientas para cambiar neumáticos.

—Déjame ver —dijo.

Ballard sacó la palanca de neumático de la bolsa y se la entregó. Medía cuarenta y cinco centímetros y tenía una curva cerca de un extremo. El otro extremo se estrechaba hasta formar un borde plano que podía utilizarse como cuña para quitar los tapacubos.

—Perfecto —dijo Bosch—. Dame la gorra y la sudadera.

Metió la palanca en la caja con la ropa y cogió la gorra de los Dodgers de Ballard. Se la puso y se bajó la visera sobre la frente. Miró hacia la furgoneta y Ballard lo siguió con la mirada. El hombre estaba cerrando el portón trasero. La carretilla estaba llena de cubos de pintura listos para ser almacenados hasta el siguiente trabajo.

—Deprisa, mete la sudadera en la caja —dijo Bosch.

Ballard la sacó y la metió en la caja.

—Bien, ¿cuáles eran los números de las llaves que viste? —preguntó Bosch.

—Veintidós y veintitrés —dijo Ballard.

—¿Qué vas a...?

—Perfecto. Tengo que irme.

Se alejó, llevando la caja con las dos manos.

—Espera, ¿qué quieres que haga? —preguntó Ballard.

—Quédate ahí —dijo Bosch—. Te llamaré cuando esté listo.

—¿Listo para qué?

Bosch no contestó. Aceleró el paso y siguió al hombre que empujaba la carretilla hacia las puertas de cristal. Ballard vio que el tipo levantaba la mano y acercaba un mando a un lector electrónico situado al lado de la entrada.

Las puertas dobles se abrieron. El hombre volvió a empujar la carretilla, y Bosch lo siguió.

—Aguante la puerta —dijo.

Levantó la caja para que le tapara la parte inferior de la cara cuando el hombre se volvió para ver quién había hablado.

Este no se alarmó. Incluso quitó una mano de la barra de la carretilla e hizo una señal a Bosch para que entrara.

Ballard sonrió. Le recordó su jugada de antes para entrar en el laboratorio.

«Es el puto amo», se dijo.

Las puertas automáticas se cerraron y Bosch desapareció en el interior. Ballard vio que se encendían las luces de las instalaciones, seguramente con circuitos activados por movimiento.

Ballard cerró el portón del Defender, se dirigió a la parte delantera, se apoyó en el guardabarros y esperó. Pasaron varios minutos. Cuando vio que las puertas automáticas volvían a abrirse, fue el hombre de la furgoneta el que salió. Lo vio subir a su vehículo y alejarse del aparcamiento del almacén. Solo quedaba Bosch dentro, y Ballard empezó a preocuparse. Sacó su teléfono y lo llamó, pero no obtuvo respuesta.

Llamó dos veces más, con el mismo resultado, y empezó a inquietarse por que el esfuerzo físico del día hubiera afectado a Bosch. Sabía que no podía dejarlo allí, pero no sabía qué hacer. A la cuarta llamada le dejó un mensaje: «Harry, ¿qué pasa? Llámame».

Ya no estaba apoyada despreocupadamente en el guardabarros. Empezó a pasearse con la cabeza gacha, pensando en cómo avisar de la emergencia a la policía de Santa Mónica. No importaba cómo lo hiciera, llamar a la policía no terminaría bien para ella ni para Bosch.

Estaba de espaldas a las puertas automáticas cuando por fin oyó que Bosch la llamaba. Se volvió bruscamente y lo vio de pie junto a la puerta abierta, haciéndole señas para que entrara. Ella se dirigió a paso ligero hacia la entrada, pero aminoró la marcha al acercarse.

—Es seguro —dijo—. Puedes pasar.

Ballard entró despacio.

—¿Qué pasa con...?

—Me he ocupado de las cámaras.

Señaló hacia arriba mientras se adentraba en un pasillo central que daba a varios pasillos secundarios de trasteros. Ballard levantó la vista y vio su gorra de los Dodgers colocada sobre una cámara montada en lo alto de la pared.

—Por aquí —dijo Bosch.

Ella lo siguió hasta el primer pasillo de la derecha. Bosch giró a la izquierda y se dirigió al pasillo sin vacilar. Ballard entró detrás de él y vio la capucha de su sudadera tapando otra cámara.

—El número veintidós y el veintitrés están al fondo —informó Bosch.

Mientras lo seguía, Ballard observó que cada uno de los trasteros por los que pasaban tenía una puerta enrollable de acero que se cerraba con un candado a través de medio aro atornillado al suelo de hormigón. Cuando alcanzó a Bosch al final del pasillo, él estaba de pie junto a dos puertas abiertas, una al lado de la otra. La palanca de neumáticos estaba en el suelo, junto a uno de los medios aros rotos que habían arrancado del hormigón.

—Harry, ¿qué has hecho?

—Queríamos ver lo que tenía el tipo. Ahora podemos.

—Pero quienquiera que dirija este lugar probablemente lo llamará mañana, y entonces sabrá que alguien está tras él.

—No, porque le dirán que la suya fue una de las varias unidades que abrieron.

Señaló al otro lado del pasillo. Ballard vio que había arrancado del hormigón los candados de otras tres unidades y sus correspondientes medios aros. Se volvió hacia Bosch y notó el sudor en su frente y en las mejillas. Había tenido que esforzarse para romper las medidas de seguridad de los trasteros.

—Probablemente no deberíamos perder el tiempo —dijo.

—No —dijo Ballard—. No deberíamos.

—Tú ocúpate de la veintidós, y yo, de la veintitrés. Date prisa.

—Entendido.

Ambos desaparecieron en sus respectivos trasteros. La unidad 22 era del tamaño de un modesto vestidor o de una celda de prisión. Había cajas de cartón, cada una de ellas marcada con un listado de su contenido, apiladas a ambos lados. Ballard buscó en las pilas de cajas alguna que pudiera ser importante para la investigación y también una prueba de la fiabilidad del contenido de la lista.

Encontró una en la parte superior de una pila de cuatro cajas marcada como «Impuestos 2012-2022». Tiró de la caja para bajarla al suelo. Era pesada. Cuando le quitó la tapa, vio que estaba llena de expedientes con diferentes años marcados en las pestañas. Sacó la última carpeta, marcada con el año 2022, la abrió y encontró una fotocopia de una declaración de la renta.

—Aquí tengo declaraciones de renta —dijo en voz alta.

—¿Cómo se llama? —respondió Bosch.

—Thomas Dehaven.

—Tengo ese nombre en un par de cosas por aquí. Debe de ser el que compró tu placa.

—Mira esto. Estoy viendo una declaración de Hacienda del año pasado. Si es nuestro hombre, entonces eso de la matrícula soberana y todo lo demás es una pantomima. Es un farsante.

—¿Cuál es la dirección?

—Coeur d'Alene, Idaho.

—Haz una foto y sigamos. No podemos quedarnos aquí toda la noche.

—Entendido. La suerte es fluida.

—Así es.

Ballard sacó una foto de la declaración de impuestos con el móvil. Volvió a dejar el archivo en su sitio y puso la tapa en la caja. Contó las cajas almacenadas en el trastero. Había dieciséis a lo largo de un lado y otras trece en la pared opuesta. La mayoría estaban marcadas como «Libros», seguidos de una clasificación de ficción o no ficción. Empezó por las cajas de no ficción y, al abrirlas, encontró en cada una de ellas una hilera de volúmenes con el lomo hacia fuera. Thomas Dehaven prefería el misterio y el terror contemporáneos. Ballard vio los nombres de varios autores que reconoció, algunos de los cuales incluso había leído: Child, Coben, Carson, Burke, Crumley, Grafton, Koryta, Goldberg, Wambaugh y muchos otros.

—El tío no lee a Chandler —dijo.

—¿Qué quieres decir? —dijo Bosch.

—Aquí hay una colección de libros, sobre todo de misterio y *true crime*. Pero nada de Chandler.

—Él se lo pierde.

—¿Qué tienes ahí?

—Un montón de basura. Ropa, material de esquí, cañas de pescar y...

El sonido de las puertas automáticas que se abrían y cerraban en la entrada del edificio interrumpió su informe. Alguien había entrado.

Ballard salió de la unidad 22 y se dirigió al pasillo. Bosch ya estaba allí. Se quedaron escuchando y oyeron voces apagadas. Había más de una persona dentro. Bosch extendió la mano para impedir que Ballard hablara, aunque ella ya sabía que debía guardar silencio.

Se oyó un golpe metálico y luego el sonido áspero de la persiana metálica de una puerta que subía. La persona que había entrado se había metido por otro de los pasillos hacia un trastero.

—La suerte es fluida —susurró Ballard.

—¿Cuánto tiempo más necesitas? —susurró Bosch.

—Me quedan cuatro cajas.

—Yo tengo más o menos lo mismo. Vamos a terminar.

—En silencio.

Volvieron a sus respectivas unidades. Ballard revisó rápidamente las últimas cuatro cajas de la suya. Contenían artículos domésticos, como ollas y sartenes, utensilios de cocina, vajilla y trastos que podrían haber salido de las estanterías de una cocina: saleros y pimenteros de Acción de Gracias con forma de peregrinos, una taza de café con la foto de ficha policial del anterior presidente y las palabras PRESIDENTIAL MUG, y cuatro posavasos de cerámica que decían KEEP CALM AND CARRY sobre la silueta de una pistola, una pistola distinta en cada uno.

Ballard oyó que la persiana enrollable del otro pasillo se cerraba con un golpe seco. Salió del almacén y escuchó. Volvió a oír voces apagadas mientras los que habían entrado antes se dirigían a la salida.

Bosch también se quedó en el umbral de la unidad 23, escuchando. Cuando oyó que las puertas automáticas de la entrada se abrían y se cerraban, hizo una seña a Ballard y volvió al trabajo. Ballard lo siguió al interior de la 23. No estaba tan ordenada como la 22, aunque Ballard no podía saber si eso se debía al registro de Bosch, o a si antes ya estaba así.

—¿Hay algo en la veintidós?

—No desde que encontré las declaraciones de renta en la primera caja que abrí —dijo Ballard—. ¿Y aquí?

—No, solo eso. —Señaló una pila de tres cajas de cartón.

Encima había un joyero blanco. Ballard se acercó y lo abrió. El interior de la tapa era un espejo. Debajo había secciones forradas de fieltro que contenían pulseras y pendientes de oro y plata. Ballard rara vez llevaba joyas y no estaba preparada para juzgar el valor de lo que estaba viendo.

—¿Por qué sacas esto?

—Porque tenemos que llevarnos algo si queremos convencerlo de que ha sido un robo aleatorio —dijo Bosch.

—Vamos. Una cosa es entrar aquí, pero no quiero llevarme nada. Esa es una línea que no creo que pueda cruzar.

—No tienes por qué hacerlo. Lo haré yo.

—Harry, hemos...

—Mira, estos imbéciles... están tramando algo. Algo gordo. Hace una hora tú misma lo has dicho. Algo que va a requerir cuatro subfusiles. Así que cruzaré cualquier línea que tenga que cruzar si eso impide que suceda lo que planean. Y no voy a arrepentirme ni por un momento.

Ballard comprendió y asintió.

—Está bien —dijo.

—Entonces, he terminado aquí dentro —dijo Bosch—. No hay placa.

—No, no hay placa.

—Empiezo a creer que sé dónde está.

—¿Dónde?

Bosch cerró el joyero y se lo puso bajo el brazo, listo para irse. Pateó la pila de cajas.

—Enganchada a su cinturón o en una cadena al cuello —dijo—. Puede que forme parte de su plan, pero también es su tarjeta para salir de la cárcel.

—¿Qué quieres decir? —preguntó Ballard.

—Si lo paran en algún sitio, enseña la placa —dijo Bosch—. Dice que está trabajando, tal vez dice que está trabajando encubierto. La utiliza para no terminar con las esposas puestas.

Ballard pensó que tenía que haber un propósito mayor para querer la placa.

—Tal vez —dijo.

—Conozco una forma de comprobarlo —dijo Bosch.

—¿Cómo?

—Vámonos de aquí y te lo cuento.

Jueves, 8:39

19

Ballard y Bosch estaban apretujados en un lado de un reservado de la cafetería Mary and Robbs, en Westwood. El otro lado estaba vacío.

Bosch miró su reloj.

—¿Estás segura de que este tipo va a aparecer?

—Nunca me ha dejado plantada. Estará llegando.

—¿Quieres decir que no te ha dejado plantada en una cita? ¿Ese tipo de cosas?

—No, Harry. Es una relación estrictamente profesional.

—¿Confías en él?

—No lo habría llamado si no confiara en él. Gordon es un buen tipo. Ha ayudado a la unidad en muchos casos. Es evidente que el FBI se mueve más deprisa que nosotros en otros estados, porque tienen agentes en todas partes. Y es un hecho que los asesinos que creen que se han salido con la suya tienden a no quedarse en el mismo sitio. Se largan, y tener a alguien al que acudir en el FBI vale oro. Sé que tu relación con el FBI era... tensa, pero antes era antes y ahora es ahora.

—«Tensa.» Me parece que te quedas corta.

El camarero trajo una taza de café para Ballard y té negro para Bosch.

—¿Y esto del té? —preguntó Ballard—. Tú siempre fuiste de café.

—No lo sé —dijo Bosch, encogiéndose de hombros—. La gente cambia.

Ella asintió y lo observó por encima del borde de su taza mientras daba un sorbo. Parecía agotado y, una vez más, se sintió culpable por haberlo involucrado en lo que fuera en que se habían metido.

—¿Te encuentras bien, Harry?

—Estoy bien.

—Pareces cansado. Tal vez deberíamos...

—Ya te he dicho que estoy bien. Si no lo estuviera, te lo diría. ¿Cuál es el plan? ¿Le damos esto al tipo y nos vamos?

—Veremos cómo quiere manejarlo. Pero tiene que prometerme lo de la placa o no le daré nada. ¿Te parece bien?

—Me parece bien, pero creo que, si hay una manera de que te reconozcan el mérito por atrapar a este tipo, eso ayudaría, bueno, a asegurar tu posición dentro del departamento.

Ballard negó con la cabeza.

—Es lo que uno pensaría —dijo—. Pero probablemente ocurriría justamente lo contrario. Me reprenderían por salirme de mi carril.

Ballard podía ver la puerta principal, pero sabía que había una entrada trasera al restaurante que estaba en la ruta directa a la oficina de campo del FBI, situada a tres manzanas, en Wilshire Boulevard.

Dio la vuelta a la carpeta que había sobre la mesa y miró la foto de Thomas Dehaven que había sacado de los registros del Departamento de Tráfico de Idaho. Cerró la carpeta cuando levantó la vista y vio a Gordon Olmstead acercándose a la cabina. No estaba segura de por dónde había entrado.

Antes de sentarse, Olmstead tendió la mano derecha a Renée.

—Feliz Año Nuevo —dijo.

Ella le estrechó la mano.

—Feliz Año Nuevo, Gordon —dijo ella—. Él es Harry Bosch. Harry, el agente Gordon Olmstead, del FBI.

Los dos hombres se estrecharon la mano y Olmstead se sentó frente a ellos. Era un agente veterano, al que le faltaban pocos años para retirarse. Trabajaba en la división de fugitivos tras una larga carrera con destinos en casi todas las secciones de la oficina de campo de Los Ángeles.

—Tengo que decir que estoy muy intrigado —dijo Olmstead—. No tenemos a muchos de los insurrectos por aquí.

Ese había sido el cebo de Ballard. Le había dicho que podía entregarle a un hombre buscado por una orden federal por sus actividades durante el asalto al Capitolio en 2021.

En ese momento, Ballard le deslizó la carpeta por la mesa. Fue un error de cálculo. Olmstead empezó a abrirla justo cuando el camarero se acercó a la mesa para preguntarle si quería café. Olmstead dijo que no tomaría nada y esperó a que el camarero se alejara antes de abrir la carpeta.

Dentro había dos documentos impresos. El de encima era una fotocopia del permiso de conducir de Thomas Dehaven, expedido cuatro años antes en Idaho. Entonces tenía treinta y nueve años e iba bien afeitado. Pero Bosch había confirmado la identidad. Dehaven era el hombre con el que había quedado en el aparcamiento de la playa para hablar de subfusiles.

Olmstead estudió el documento brevemente y luego pasó a la segunda hoja, que era una copia impresa del cartel del FBI en el que se buscaba a Dehaven. Se lo acusaba de asesinato, sedición y agresión a un agente de la ley. En el cartel aparecía de forma destacada la misma foto del permiso de conducir de Idaho, además de otras dos instantáneas de Dehaven en el interior del edificio del Capitolio el 6 de enero de 2021. Una de las fotos lo mostraba posando en la tribuna de oradores de la Cámara de Representantes. La otra era una instantánea tomada a las puertas del Capitolio que mostraba a Dehaven, resaltado por un círculo, rociando un producto químico por debajo del casco de protección de un agente de la policía del Capitolio.

—¿Me estás diciendo que este tipo está aquí en Los Ángeles? —inquirió Olmstead.

—Sí —dijo Ballard.

—¿Y puedes llevarme hasta él?

—Sí.

Olmstead estudió la lista de crímenes del cartel de se busca.

—Le tenéis ganas —dijo Bosch—. Mató a su exmujer porque ella llamó al FBI después de verlo por televisión en el Capitolio.

—De alguna manera se enteró —dijo Ballard—. La mató y desde entonces está fugado.

—¿Y cómo diste con él? —preguntó Olmstead.

—Probablemente no me creerías si te lo contara —respondió Ballard.

—Si voy a hacer algo con esto, necesito saberlo —dijo Olmstead.

Ballard se volvió hacia Bosch para asegurarse de que seguía apoyándola. Asintió sin dudarlo.

—Podría y debería dar esto a contraterrorismo de la policía de Los Ángeles —dijo—. Así que, si te lo doy, necesito dos garantías.

—Vamos a oírlas —dijo Olmstead.

—Primero, mi nombre no aparece en ningún sitio —dijo Ballard—. Te lo dijo un confidente o un ciudadano preocupado que vio la foto del tipo en una oficina de correos o en internet o algo así.

—Puedo hacerlo, pero ¿por qué? —inquirió Olmstead.

—Por la condición número dos —dijo Ballard—. Dehaven tiene mi placa. Lo detienes, la coges y me la devuelves. No se menciona en ningún informe.

—Espera, ¿qué? —dijo Olmstead—. ¿Tiene tu placa? ¿Cómo?

—Esa es la historia que no te creerías si te la contara —dijo Ballard.

—Bueno, creo que será mejor que me la cuentes de todos modos —dijo Olmstead.

—Me robaron la placa el lunes mientras hacía surf cerca de la playa de Dockweiler —dijo Ballard—. Hay una zona de surf llamada Staircases. Mientras estaba en el agua, dos capullos entraron en mi coche. Los localicé, pero no antes de que se deshicieran de la placa. Se la vendieron a un tipo que trapichea con estas cosas, que luego se la vendió a Dehaven.

—¿No lo denunciaste? —preguntó Olmstead—. No puede ser para tanto, ¿no?

—Para mí, sí lo sería —dijo Ballard—. Basta con decir que hay gente en el departamento que lo utilizaría en mi contra. Sería mi billete para un traslado y una terapia de autopista. El resumen es que me encanta mi trabajo, Gordon, y se me da bien. Quiero conservarlo.

—Vale, lo entiendo —dijo Olmstead—. Y sé de primera mano que eres buena en tu trabajo. ¿Dónde tiene Dehaven tu placa?

—La lleva encima, creemos —dijo Ballard.

—¿Por qué piensas eso? —preguntó Olmstead.

Ballard miró a Bosch. No iba a revelar ninguna de las líneas que había cruzado, por mucho que confiara en Olmstead.

—Simplemente, lo pensamos —dijo—. O la lleva encima, o la tiene cerca. No necesitas saber más.

Olmstead miró de Ballard a Bosch y luego de nuevo a Ballard.

—Vale, no iremos por ahí —dijo—. Pero déjame ver si lo tengo claro. Se supone que tengo que detener a este tipo, coger la placa y entregártela. Eso implicaría entregarte una prueba.

—No será prueba de nada de lo que se lo acuse —dijo Ballard—. Pero hay algo más. Dehaven quería la placa porque está planeando algo. Tiene armas y quiere comprar más. Subfusiles.

—¿Qué está planeando? —preguntó Olmstead.

—No estamos seguros —dijo Bosch—. Pero estamos a cuatro días del Día de los Presidentes, y él y uno de sus amigos han estado vigilando el muelle de Malibú. En sus palabras, van a «hacer que lo de Las Vegas parezca un juego de niños».

—Un tiroteo masivo —dijo Olmstead.

Bosch y Ballard asintieron.

—Cielo santo, ¿de verdad habéis oído decir eso? —preguntó Olmstead.

Bosch y Ballard volvieron a asentir.

—Y yo seré vuestro informante confidencial —dijo Bosch.

La piel alrededor de los ojos de Olmstead se tensó cuando comprendió el peso que tenía todo aquello.

—De acuerdo, ¿dónde está Thomas Dehaven ahora mismo? —preguntó Olmstead.

—No necesitas saber eso —dijo Bosch—. Lo que necesitas saber es que quiere comprarme subfusiles. Yo organizo el encuentro, y allí es donde lo detienes. Antes del lunes.

—Espera, no —dijo Ballard.

Eso no había formado parte del plan que ella y Bosch habían discutido antes de ponerse en contacto con Olmstead. El plan era contarle al agente lo de las caravanas en la autopista de la costa.

—Eso es demasiado peligroso, Harry —dijo Ballard—. Tenemos que preparar una detención controlada donde él...

—Quieres tu placa, ¿verdad? —dijo Bosch—. La tendrás cuando venga a por las armas. La usará para robarme. La sacará, dirá que es de la policía de Los Ángeles y se llevará las minis.

Ballard se dio cuenta de que Bosch tal vez hubiera resuelto el enigma de por qué Dehaven necesitaba una placa. En cuanto lo dijo, supo que encajaba y que su plan era la mejor manera de recuperar la placa y detener a Dehaven.

—Harry, ¿estás seguro? —preguntó.

—Sí, va a funcionar —dijo Bosch.

—Bien, de acuerdo —dijo Ballard, mirando fijamente a Olmstead—. Pero esto tiene que ser en un lugar al aire libre, en un lugar seguro, donde nada salga mal.

—Podemos hacerlo —dijo Olmstead.

—¿Puedes conseguirnos cuatro subfusiles SIG Sauer MPX sin los percutores? —preguntó Bosch.

Olmstead se detuvo un momento ante esa pregunta.

—Vamos, sois del FBI —lo incitó Bosch.

—No prometo nada —dijo Olmstead—, pero podemos intentarlo.

20

Lilia Aghzafi, Paul Masser y Colleen Hatteras estaban en sus puestos en la Balsa cuando Ballard llegó a la unidad. Se sintió obligada a explicar sus largas ausencias durante la semana, aunque sin revelar lo que realmente había estado haciendo. Se puso de pie en el extremo de la Balsa y se dirigió al grupo.

—Hola a todos —comenzó—. Solo quiero decir que esta semana no he pasado mucho por aquí, porque he estado involucrada en un caso que no sale de esta unidad. Me han metido en él; está a punto de terminar y las cosas deberían volver a la normalidad.

—¿Qué caso? —preguntó Hatteras—. Quizá podamos ayudar.

—Es un caso delicado, Colleen, así que no puedo hablar de él —dijo Ballard—. Básicamente, recibí un chivatazo de un confidente que me había dado información antes de que pusiéramos en marcha la unidad. Tuve que ocuparme de eso, pero ahora he pasado la información y estoy otra vez aquí. Y, hablando de estar aquí, tenemos un nuevo miembro del equipo que se suponía que iba a llegar hoy. ¿Alguien ha visto a Maddie Bosch?

—Ya ha venido —dijo Masser—. Está en la sala de confinamiento mirando casos antiguos.

La sala de confinamiento era como llamaban a la sala de interrogatorios reconvertida en almacén de expedientes de casos de homicidio y pruebas de casos delicados. Estaba cerrada, pero en la unidad todos sabían dónde escondía la llave Ballard: debajo del calendario en su escritorio.

—¿Quién la dejó entrar ahí? —preguntó Ballard.

—Quería ver los casos antiguos —dijo Hatteras—. He pensado que podía darle la llave.

—Está bien —dijo Ballard—. ¿Por qué no vas a buscarla, Colleen, y repasamos las pizarras? Ya sé que no es lunes, pero no nos reuniremos el lunes, porque es fiesta, y creo que a Maddie le vendrá bien ver cómo hacemos el seguimiento de los casos.

Ballard sabía que también era una forma de pasar tiempo con la unidad, de hacer que todos sintieran que todo iba como siempre, cuando, en realidad, su mente estaba en otra parte y nada iba como siempre.

Hatteras fue a buscar a Maddie. Ballard dirigió su atención a Masser.

—Paul, supongo que no hemos sabido nada de Darcy ni del Departamento de Justicia.

—Aún no —dijo Masser—. Esperemos que mañana. Es como aquella vieja canción de Tom Petty.

—¿Qué canción?

—*The Waiting*. Esa parte en la que dice que la espera es lo más difícil.

Recitó la letra, pero Ballard movió la cabeza como si no la reconociera.

—Oh, vamos —dijo Masser—. Fue un gran éxito.

Cantó un poco más y luego paró al darse cuenta de que Ballard le estaba tomando el pelo.

—Ah, que te den —dijo.

Ballard y Aghzafi se echaron a reír.

—Sabes que todos los años hacen un concurso de talentos de todas las unidades en el auditorio del EAP —dijo Ballard—. Creo que tendrías posibilidades de ganar un trofeo.

—Ya te lo he dicho: que te den —dijo Masser.

Se estaba ruborizando y Ballard decidió dejarlo estar y cambiar de tema.

—Estuve hablando con un tipo del operativo de bomberos de Maui —dijo—. Eh, sobre los incendios y todos los cadáveres sin identificar que tienen. Me contó que tienen un laboratorio móvil de ADN que llevan a los campos de ceniza, que es todo lo que queda de Lahaina. Ponen lo que pueden encontrar de los restos humanos y hacen comparaciones de ADN en noventa minutos.

—Oh, vaya —dijo Masser.

—Y aquí tardamos días o semanas para conseguir algo —dijo Ballard—. Voy a pedir una subvención para conseguir uno de esos laboratorios para usarlo aquí mismo.

—Eso sería fantástico —intervino Aghzafi—. Empezaríamos a dar caña de verdad.

—Bueno, creo que ya damos caña —dijo Masser.

Ballard asintió al darse cuenta de que Masser probablemente quería preguntarle por qué estaba hablando con un investigador en Maui. Era el único de la unidad a quien había confiado lo de su madre desaparecida.

El incómodo momento terminó cuando Hatteras regresó con Maddie.

—Hola, Maddie —dijo Ballard—. Bienvenida a la unidad.

—Me alegro de estar aquí —dijo Maddie—. Es emocionante.

—¿Has visto algo en la sala de confinamiento que puedas resolver?

—Eh, todavía no.

—Bueno, ¿ya has elegido mesa? Tenemos dos libres en la Balsa.

—Uh, todavía no. ¿La Balsa?

Ballard señaló los módulos de escritorio interconectados.

—Así es como llamamos al montaje que tenemos aquí —dijo—. Todos los escritorios unidos como si formaran una balsa.

—Flotando sobre un mar de casos abiertos —agregó Masser.

Ballard acompañó a Maddie hasta el lado de la Balsa donde había dos escritorios libres.

—Cualquiera de estos —dijo—. Tu padre utilizaba este cuando estaba aquí. Estarías enfrente de Colleen, que te va a enseñar el trabajo de GGI que hacemos.

—De acuerdo —dijo Maddie.

Miró las dos sillas y dudó. Ballard comprendió de qué se trataba y señaló el escritorio que Harry no había utilizado.

—¿Por qué no empiezas tu propio camino?

Maddie asintió. La decisión estaba tomada. Entró en su espacio y apartó la silla para poder sentarse.

—El terminal es antiguo, pero el programa es básicamente el mismo que usas en la comisaría de Hollywood —explicó Ballard—. Pon la misma contraseña. En estas primeras semanas, coordina con Colleen cuándo vais a estar las dos para que te inicie en los procedimientos de la GGI. Creo que tener dos personas con esos conocimientos, y una de ellas con placa, será genial.

—Bien —dijo Maddie—. Eh, también quería preguntarte algo.

—Adelante.

—Bueno, acabo de estar en la sala de confinamiento y me he dado cuenta de que el caso de Elizabeth Short tiene su propio archivador, pero está cerrado.

Ballard sonrió y asintió. No era la primera vez que un miembro de la unidad preguntaba por el caso de la Dalia Negra. El salvaje asesinato de Elizabeth Short en 1947 era el caso sin resolver más famoso de la historia de Los Ángeles.

—Sí, está cerrado porque esos archivadores están casi vacíos —dijo Ballard—. Muchos de los archivos han desaparecido con los años. La mayoría de las pruebas también han desaparecido. Supongo que no importa. Ese nunca se resolverá.

—¿Cómo es que han desaparecido las pruebas? —preguntó Maddie.

—Las robaron policías que tenían acceso a los archivos. Las cartas originales, las declaraciones de los testigos…, todo ha desaparecido. No hay pruebas físicas, salvo la maleta que había allí y que era suya: la guardaba en una taquilla de la estación de autobuses. Pero puedes encontrar la mayor parte de la información que falta en internet. Más de lo que hay en ese archivador.

—Oh.

—Si todavía quieres buscar, te daré la llave. Pero prepárate para la decepción.

—Echaré un vistazo de todos modos. Siempre me ha fascinado ese caso. A mi padre también.

—¿En serio? Harry nunca lo mencionó.

—Creo que le recuerda a su madre.

—Entiendo. Debería haberlo pensado.

Se produjo un silencio incómodo cuando Maddie se dio cuenta de que había hablado demasiado de su padre delante del grupo. Ballard lo rompió.

—Bueno, vamos a empezar a repasar nuestros casos activos —dijo—. He pensado que sería bueno que vieras cómo funcionamos. Normalmente, lo hacemos los lunes, pero hoy es tu primer día, y este próximo lunes es festivo, así que creo que nos pondremos con ello ahora.

—Perfecto —dijo Maddie.

Ballard se colocó delante de las pizarras y empezó la revisión de los casos en los que estaba trabajando el equipo. Pusieron a Maddie al día sobre el asunto del Violador de la Almohada, pero después no hubo muchas novedades, en gran parte porque Ballard se había pasado la mayor parte de la semana buscando su placa. El punto culminante de la ronda vino con Masser.

—Acabo de tener noticias de John Lewin, de la fiscalía, y el abogado de Maxine Russell se ha puesto en contacto —dijo Masser—. Quiere llegar a un acuerdo.

—¿Y entregará a su ex por el disparo en la tienda? —preguntó Ballard.

—Supongo que sí —dijo Masser—. No habrá trato si no lo hace. Se reunirán mañana por la mañana.

—Bien —dijo Ballard—. Mantennos al día.

El resto pasó rápido.

—Mañana esperamos los resultados de Justicia sobre nuestra muestra de ADN del lunes —dijo Ballard—. Si sale como esperamos, tendremos que montar una vigilancia sobre el juez mientras voy al EAP y obtengo el visto bueno para una detención. ¿Quién se apunta?

Todos levantaron la mano. Cada uno de ellos quería participar en la caza, por así decirlo. Hasta Maddie Bosch la levantó, aunque trabajaría en su turno de patrulla el viernes por la noche. Ballard agradeció el entusiasmo del equipo, pero les dijo que era muy poco probable que participaran en la detención.

—Para algo así (un gran caso y un gran sospechoso), nos dirán que nos retiremos, vendrá la SEI, se hará cargo de la vigilancia y efectuará la detención —dijo.

Eso provocó una serie de abucheos. La SEI era la Sección Especial de Investigación, que se encargaba de las detenciones en casos importantes.

—No os preocupéis, nos llevaremos el mérito —dijo Ballard—. Sigue siendo nuestro caso.

Continuó agradeciendo al equipo su dedicación y su duro trabajo. Al terminar la reunión, invitó a Maddie a tomar un café.

La cafetería estaba casi vacía, salvo por una mesa llena de hombres que Ballard sabía que eran instructores de la academia. Ballard tomó un café y Maddie una botella de agua con gas.

—Tu padre está cambiando el café por el té —dijo Ballard.

—¿En serio? —dijo Maddie—. ¿Lo has visto hace poco?

Ballard se dio cuenta de su error.

—Ah, sí, le pedí ayuda en un caso —dijo—. Un consejo. ¿Le has contado lo de unirte a la unidad?

—Aún no —dijo Maddie—. Ahora que es oficial, lo llamaré.

—Bien. Deberías hacerlo. Pero tengo la sensación de que te pasa algo más. Hay algo de lo que no me has hablado. Y por eso quería darte la oportunidad de decírmelo ahora y no más tarde.

—Vaya. Parece que lees el pensamiento.

—Forma parte de esto. ¿Qué está pasando, Maddie?

—Bueno, tienes que escucharme, porque esto va a sonar... raro, supongo. Y no te rías, pero creo que podría haber resuelto el caso de la Dalia Negra.

Ballard no tenía ninguna intención de reírse. Por el fervor con que Maddie lo había dicho, sabía que hablaba muy en serio.

—Cuéntamelo —dijo Ballard.

21

Ballard tardó en entrar en el aparcamiento de Echo Park Storage. Pensó en sus actividades en el You-Store-It de Santa Mónica. No pasó por alto la coincidencia. Cosas no relacionadas pero similares parecían estar ocurriendo a pares.

Aparcó y dejó el coche en marcha mientras hacía otra llamada al número de la línea directa de Gordon Olmstead que le había dado el agente del FBI. Como antes, saltó el buzón de voz.

—Soy Renée —dijo Ballard—. Otra vez. Quería saber qué está pasando. Llámame.

Colgó. Se preguntó si su tono había sonado demasiado suplicante. Notaba una sensación de vacío en el pecho mientras se cuestionaba a sí misma por haber involucrado a Olmstead y al FBI en la investigación sobre Thomas Dehaven. Intentó sacudirse esa sensación llamando a Harry.

Contestó enseguida.

—Solo te llamo para ver si sabes algo de Olmstead.

—Sí, ha llamado hace un rato. Ha dicho que quieren organizar la venta de armas para el sábado por la mañana.

A Ballard le molestó de inmediato que Bosch estuviera informado y ella no. Al mismo tiempo, comprendió que Harry tenía que estar informado, ya que sería el cebo que utilizarían para acabar con Dehaven.

—¿Te parece bien?

—Por mí, cuanto antes, mejor —dijo Bosch—, pero necesitan tiempo para prepararlo todo y elegir sus lugares.

—¿Dónde lo harán?

—Quieren el mismo sitio de la primera reunión, el aparcamiento de la playa. Les dije que el sábado por la mañana no tardaría en llenarse. Es un día de playa para la gente. Pero, bueno, les gusta porque pueden llevar a su gente en coches y todo eso.

—Lo entiendo. ¿Le enviaste los detalles a Dehaven?

—No, Olmstead y la gente del FBI se han apoderado de los mensajes. Pueden hacerlo sin mi teléfono.

—Sí. ¿Cuándo fue la última vez que hablaste con Olmstead o con alguien del FBI?

—Olmstead me ha contado todo esto hace un par de horas. Te llamará cuando lo tengan listo.

—¿Te van a conseguir las armas?

—Eso me ha dicho. Quieren que se cierre el trato, porque será un caso más contra él. Dehaven nunca volverá a pisar la calle.

—Supongo que matar a su ex ya sería suficiente para eso, pero lo entiendo. Quieren más cargos federales. Quieren enterrarlo en esa prisión de máxima seguridad de Colorado.

Ballard vio que un coche entraba en el espacio libre que tenía al lado. Era Maddie Bosch.

—Vale, bueno, parece que Olmstead no me tiene en la lista de los que deben estar informados —dijo Ballard—. Así que hazme saber lo que sepas.

—Claro —dijo Bosch—. Es tu caso, tanto si quieres que te lo reconozcan como si no.

—Ya no. Pero así son las cosas. Hablamos luego, Harry.

—Espera. Iba a llamarte. ¿Maddie ha empezado hoy con la unidad?

—Sí. Ha ido bien. Creo que va a encajar.

—Vale. Genial.

—Me dijo que iba a llamarte hoy para decírtelo.

—Aún no lo ha hecho, pero no pasa nada.

—Sí. Nos vemos, Harry.

—Adiós.

Bosch colgó y Ballard apagó el motor. Se guardó el teléfono en el bolsillo mientras salía. Maddie estaba esperando detrás de su coche, mirando su móvil.

—Así que —dijo Ballard— *¿Quién da más?*, ¿eh? Te habría tenido por una chica de las Kardashian.

—¿Qué? ¿Las Kardashian? No. Y creo que tampoco he visto nunca *¿Quién da más?*

¿Quién da más? era un *reality* en el que la gente pujaba en una subasta por trasteros cuyos propietarios llevaban más de tres meses de retraso en sus pagos. Según la ley de California, el propietario del negocio tenía derecho a subastar o deshacerse del contenido de esos trasteros. El programa era básicamente una búsqueda del tesoro, en la que los que se llevaban la puja esperaban encontrar contenidos valiosos en lo que compraban.

Maddie le había explicado a Ballard que tenía un trastero en Echo Park Storage que había alquilado cuando se mudó al apartamento de su novio y tuvo que guardar los muebles y otras pertenencias de su casa. Quería conservar sus muebles por si la relación no funcionaba. Un día, de camino al trabajo, había pasado por allí para recoger una lámpara que quería llevarse a su nuevo hogar. No llevaba uniforme, pero sí su placa en el cinturón. El encargado vio la placa y le dijo que estaba limpiando un trastero de un moroso y que había encontrado cosas inquietantes dentro. Quería que Maddie echara un vistazo. Lo que Maddie encontró en el trastero hizo que se lo alquilase en el acto y pagar al encargado quinientos dólares por su contenido. Maddie había estado revisándolo en su tiempo libre. Decidió ofrecerse voluntaria para la Unidad de Casos Abiertos después de abrir un archivo etiquetado como BETTY.

—Bien —dijo Ballard—. Vamos a ver lo que tienes.

Aquel era un viejo almacén de ladrillo que, de algún modo, había resistido el paso del tiempo y los terremotos. Ballard supuso que debía de haber sido una fábrica de algún tipo. Podía ver los lugares donde se habían tapiado ventanas para crear una fachada que era un batiburrillo de bloques de cemento, hormigón y ladrillo.

—¿Cuántos años tiene este edificio? —preguntó Ballard.

—Lo construyeron hace casi cien años —dijo Maddie—. Le pregunté al tipo que lo dirige, el señor Waxman. Me dijo que, al principio, aquí fabricaban piezas para la planta de Ford que estaba en Terminal Island. En los años sesenta trasladaron todos estos viejos contenedores y se convirtió en un almacén. La mayoría de ellos tienen paredes separadoras dentro, así que puedes alquilar medio contenedor. Hay una puerta a cada lado.

—El tipo que alquiló la unidad de la que estamos hablando, ¿cuánto tiempo la tuvo?

—Desde los años sesenta: supuestamente, la alquiló entonces y la conservó.

—¿Y qué pasó con él?

—Murió hace unos siete años, pero el alquiler siempre se había pagado a través de un fondo fiduciario. Estaba en su testamento mantenerlo, y cada primero de noviembre se pagaba un año por adelantado. Pero supongo que se acabó el dinero, y el pasado noviembre no llegó ningún pago. Al cabo de tres meses, el señor Waxman fue a limpiarlo, y ese día yo pasé por allí.

Otra coincidencia, pensó Ballard. Entraron por una puerta de garaje que estaba levantada. En el interior, el gran espacio que se había utilizado para la fabricación estaba lleno de hileras independientes de contenedores de transporte, con una oficina en la parte delantera de una de las filas. Las luces colgaban de las vigas, pero no había suficiente iluminación para disimular las sombras. A Ballard le pareció un lugar inquietante. Siniestro.

—Es aquí detrás —anunció Maddie. Cuando pasaron por delante de la oficina, saludó a través de una ventana a un hombre sentado detrás de un escritorio.

—¿Es el tipo que te lo contó? —preguntó Ballard.

—Sí, el señor Waxman —dijo Maddie.

—¿No es el dueño?

—No, solo es el encargado. La dueña es una señora mayor que vive al lado del Teatro Griego. El señor Waxman me dijo que ella podría recordar al tipo que lo alquiló.

—¿No te da miedo este sitio?

—Mucho. Pero está cerca y es barato. No paso mucho tiempo aquí. Quiero decir, no lo hacía antes de que surgiera esto.

—Háblame del tipo que alquiló el trastero.

—Emmitt Thawyer. Lo busqué en nuestras bases de datos y no conseguí nada.

—¿Sawyer?

—No, es como Sawyer pero con *Th*. No hay muchos Thawyer. Lo busqué en Google, pero no encontré nada. El señor Waxman dice que la señora Porter, la dueña, se ocupaba del negocio antes de contratarle y probablemente conoció a Emmitt Thawyer. Por aquel entonces, era fotógrafo o algo así.

Los trasteros individuales no se habían renovado en años. En lugar de puertas metálicas enrollables como las que había en el You-Store-It de Santa Mónica, tenían las puertas dobles originales de los contenedores de transporte, aseguradas con barras y candados. Maddie se detuvo frente a una puerta marcada con el número 17 y sacó un llavero de su cinturón.

—Aquí es —dijo.

Maddie quitó un grueso candado, tiró de la barra de cierre hacia arriba y abrió las pesadas puertas metálicas. El interior del contenedor estaba completamente oscuro. Metió la mano y accionó un interruptor: una fila de bombillas enjauladas en el centro del techo iluminaron el espacio. Ballard esperaba un montón de chatarra y escombros, pero todo estaba perfectamente ordenado, con una hilera de archivadores metálicos a un lado y viejo material fotográfico al otro. Había soportes de luz y trípodes con patas de madera. Al fondo había una mesa de trabajo sobre la que se apoyaban cubetas, jarras medidoras y otro material de revelado.

—Al principio pensé que era como un laboratorio de metanfetamina o algo así —dijo Maddie—. Pero es un laboratorio fotográfico. Y estos archivadores están llenos de negativos y fotos, contratos de trabajo y facturas. Parece que trabajó mucho para catálogos, fotografiando productos y cosas así. Es todo legítimo, excepto lo que está en el último armario. Ese fue el que abrió el señor Waxman.

—Veamos.

—Es horrible.

Maddie extendió la mano hacia el cajón inferior de un archivador, pero Ballard la detuvo.

—Espera —dijo—. ¿Llevabas guantes cuando pasaste por aquí antes?

—Eh, no —dijo Maddie—. Lo siento.

—No pasa nada. No sabías lo que te ibas a encontrar. Toma. —Ballard buscó en su bolsillo unos guantes de látex—. Solo tengo un par —dijo—. Vamos a ponernos un guante cada una.

Lo hicieron y Maddie abrió el cajón del archivador. Emitió un chirrido agudo, que de algún modo le pareció apropiado a Ballard.

El cajón estaba lleno de carpetas colgantes con nombres de mujeres en las pestañas. Estaban ordenadas alfabéticamente y la primera decía BETTY. Maddie la sacó con una mano enguantada y se la dio a Ballard, que la abrió sobre una mesa de trabajo.

La carpeta contenía ocho fotos en blanco y negro, varias de las cuales mostraban el cadáver de una mujer que había sido horriblemente torturada y asesinada. Al instante, Ballard reconoció a Elizabeth Short, la Dalia Negra.

—Oh, Dios mío —dijo en voz baja.

—Sí —dijo Maddie.

22

—¿Es ella? —preguntó Maddie.

—Desde luego, lo parece —dijo Ballard.

Apiló dos bandejas de revelado para hacer sitio y extender las ocho fotos sobre la mesa de trabajo. Los bordes blancos estaban amarillentos a pesar de haber permanecido décadas protegidos de la luz en un archivador. Las imágenes mostraban varias fases de la profanación, tortura y asesinato de una joven. No estaban en orden cronológico, pero Ballard pudo ordenarlas sobre la mesa por el aspecto de las lesiones y heridas. La primera foto mostraba a la mujer antes de que se diera cuenta de lo que estaba a punto de ocurrirle. Estaba sentada en un taburete, con una sonrisa en los labios y vestida únicamente con sujetador y bragas. La siguiente foto era un primer plano de su cara, con ambas mejillas rajadas desde la comisura de los labios y los ojos desorbitados por el miedo y el dolor.

A partir de ahí empeoraba. En la séptima foto se veía el cuerpo ensangrentado sobre un suelo de cemento junto a una alcantarilla. La mujer estaba claramente muerta. Las heridas del cuerpo coincidían con la foto de la autopsia que se había robado hacía tiempo de los archivos de la Dalia Negra y se había publicado en internet, una imagen que Ballard había visto en la red y que tenía grabada en la memoria. En la última foto, el cuerpo había sido seccionado limpiamente a la altura del abdomen y la sangre fluía por el desagüe.

Ballard sintió náuscas, apoyó ambas manos en la mesa de trabajo y se inclinó.

—¿Estás bien? —preguntó Maddie.

Ballard no contestó. Cerró los ojos y esperó a que se le pasara la sensación.

Por fin encontró la voz.

—Ves cosas en este trabajo y no puedes entender cómo han podido ocurrir —dijo. Se enderezó y miró a Maddie—. ¿Las otras carpetas están ahí...?

—Sí —dijo Maddie—. No son tan horribles, pero son horribles.

—¿Cuántas hay?

—Siete.

—¿Quién demonios era este tipo?

—Un monstruo.

Ballard se sacudió la niebla del horror y puso cara de póquer.

—Muy bien, tenemos que llevar estos archivos a la Balsa —dijo—. Precintamos este sitio por ahora.

—De acuerdo —dijo Maddie.

—Vamos a hablar con el señor Waxman.

Maddie recogió las otras carpetas del archivador. Salieron del contenedor y Maddie le entregó a Ballard los archivos mientras cerraba la puerta. Ballard los hojeó a regañadientes y vio fotos de las otras mujeres vivas y muertas, todas ellas con finales agónicos. Seguía lidiando con la idea de que el asesinato más famoso y horrendo de la historia de Los Ángeles no era un crimen aislado. La Dalia Negra era solo una flor en un ramo negro de asesinatos.

Caminaron en silencio hasta el despacho, donde el hombre que Ballard había visto antes estaba sentado tras un escritorio lleno de papeles.

—Señor Waxman, ella es la detective Ballard —la presentó Maddie.

El hombre señaló con la cabeza los expedientes que sostenía Ballard.

—¿Son reales? —preguntó Waxman.

—¿Se refiere a las fotos? —preguntó Maddie.

—Aún no estamos seguras —dijo rápidamente Ballard—. Haremos que las analicen. Pero nos gustaría ver cualquier registro que tengan sobre la persona que alquiló ese trastero.

—Se llamaba Emmitt Thawyer —dijo Waxman—, pero está muerto.

—Tendrá un archivo con información de contacto, facturación, cosas así —dijo Ballard.

—Sí, pero él no pagaba —explicó Waxman—. Tenía un fondo fiduciario que lo hacía. Espero que sean cosas de Hollywood. Cosas falsas de las películas.

Ballard se dio cuenta de que podría no haber reconocido a la mujer del primer expediente como Elizabeth Short, la Dalia Negra.

—Posiblemente —dijo—. Ojalá. Pero debe de tener registros de los pagos del fondo fiduciario. ¿Podemos verlos?

—De acuerdo. Tengo que volver al almacén a por ellos —dijo Waxman.

—Podemos esperar —dijo Ballard.

Waxman se levantó y salió del despacho.

—¿Cómo has dicho que se llamaba la propietaria de esto? —preguntó Ballard.

—Nancy Porter —dijo Maddie.

—También necesitaremos su dirección.

—Ya la tengo.

—¿Te la dio Waxman?

—Sí, pensé que podría…, que podríamos necesitarla, así que se la pedí después de que me mostrara este trastero.

—Eso fue inteligente. Tal vez vayamos a verla después de esto. Si tienes tiempo.

—Me apunto. Esto es mucho más interesante que patrullar.

Por un momento, Ballard consideró la posibilidad de advertirle sobre el trauma vicario, pero decidió no entrar en eso por el momento.

Waxman regresó unos minutos más tarde con una carpeta; se la entregó a Ballard y volvió a su escritorio. La carpeta contenía varios documentos, empezando por una hoja de información amarillenta que aparentemente había rellenado Emmitt Thawyer y que estaba fechada el 1 de noviembre de 1966. En ella, figuraba la dirección de una casa en la Kellam Avenue.

—Kellam Avenue —dijo Maddie—. Eso está en Angeleno Heights. Recuerdo que, de niña, mi padre y yo dábamos alguna vuelta por allí para mirar casas antiguas. Me encanta ese barrio.

—Bueno, pues parece que un asesino en serie podría haber vivido en ese lugar —dijo Ballard.

—Probablemente estaba allí cuando pasamos por su casa.

—Tal vez.

La hoja de información también incluía el número del permiso de conducir de Thawyer y su fecha de nacimiento: el 7 de enero de 1924.

—El mes pasado fue su cumpleaños —dijo Ballard—. Hubiera cumplido cien años.

Ballard hizo cuentas y determinó que Thawyer tenía veintitrés años cuando Elizabeth Short fue secuestrada y asesinada; un poco joven para un asesino en serie, pero quizá ella fue su primera víctima.

—¿Crees que lo hizo a propósito? —dijo Maddie—. ¿Poner suficiente dinero en su fondo fiduciario para pagar un depósito hasta los cien años?

—Quién sabe —dijo Ballard—. Pero me gusta tu manera de pensar.

Ballard no sabía si decirle a Maddie que le recordaba a su padre lo vería como un cumplido o no. Se lo guardó para sí y volvió a los documentos que tenía entre manos.

El resto de las páginas del expediente eran facturas anuales con el sello de PAGADO y la fecha de pago escrita a mano. Todas las fechas eran de finales de octubre o del primero de noviembre, lo cual se correspondía con la primera vez que Thawyer alquiló el almacén.

—Señor Waxman, vamos a tener que quedarnos este archivo durante un tiempo —dijo Ballard.

—Es suyo —dijo Waxman—. Ya he terminado con él.

—¿Habla a menudo con la señora Porter?

—No, no hace falta que hablemos. Yo me encargo del negocio y ella está encantada de tener las manos libres.

—¿Cuántos años tiene?

—No lo sé. Es muy mayor. Heredó este negocio de su padre. Él hizo lo que yo hago, llevar el negocio. Ella también, pero luego se cansó y recurrió a mí.

—¿Le habló de esto, de lo que vio en la unidad?

—Se lo dije, sí.

—¿Recordaba al señor Thawyer?

—No estaba segura. Dijo que el nombre le sonaba familiar, pero que no recordaba al hombre.

—¿Y usted, señor Waxman? ¿Lo recuerda?

—No creo que nos viéramos nunca.

—¿Le contó a alguien lo que vio en el contenedor?

—Solo a la señora Porter.

—Por favor, no se lo diga a nadie más, señor Waxman.

—Créame, no es una historia que me apetezca compartir. Vi las fotos. Nunca las olvidaré. Son horribles.

Afuera, mientras caminaban hacia sus coches, Ballard llevaba los archivos. Sonó su teléfono. Era Olmstead, que por fin le devolvía la llamada.

—Necesito responder esta llamada en privado —le dijo a Maddie—. Vamos primero a Kellam. Nos vemos delante de la casa donde vivía Thawyer.

—Te veo allí —dijo Maddie.

Ballard atendió la llamada mientras se colocaba al volante del Defender y dejaba los expedientes en el asiento de al lado.

—Gordon, ¿dónde has estado?

—Lo siento, no he podido devolverte la llamada hasta ahora. ¿Has hablado con Bosch?

Ballard sabía que obtendría más información si actuaba como si no hubiera hablado con él.

—No, ¿qué pasa? —dijo.

—Estamos preparados para el sábado —dijo Olmstead.

—¿Dónde?

—En el mismo sitio donde Bosch vio a ese tipo.

—¿Lo tendrás todo listo?

—Totalmente. Ya tenemos un equipo táctico en Dehaven. Estaremos vigilando cada movimiento que haga hasta el intercambio.

—¿Y Harry?

—¿Qué pasa con él?

—Me preocupa que no sea un agente.

—¿Qué significa eso?

—No puede resultar herido, Gordon. No es prescindible.

—Debería ofenderme que digas eso, pero lo dejaré pasar. Sé que no es prescindible, Renée. Pero lo tenemos cubierto. Estará bien.

—No le harás llevar un micrófono, ¿verdad?

Era la parte más peligrosa del trabajo encubierto. Las cosas podían torcerse fácilmente con un micrófono.

—No encima. Lo pondremos en su coche. Tendrá las armas en la parte de atrás, y ahí es donde estará el micrófono. Si siente peligro, tiene una palabra de seguridad. Pero no le pasará nada.

—Te dije que no piensan pagar por las armas.

—Lo sabemos. Pero esto será en un estacionamiento concurrido. No querrán que la cosa se desmadre.

—¿Cómo puedes estar seguro? Esto no me gusta, Gordon. Tienes a Dehaven por asesinato y sedición. No necesitas más cargos.

—Mira, Renée, no se trata de los cargos contra él. No está solo en esto si necesita cuatro subfusiles. Dejamos que lleve las armas al grupo, luego cogemos al grupo. Ya sabes cómo funciona. Las armas son como cebo para hormigas. Él las lleva y envenena el nido. Lo atrapamos a él y a todos los demás implicados.

Ballard conocía la estrategia y sabía que era correcta, pero demasiadas cosas podían salir mal.

—Sigue sin gustarme —dijo.

—Bueno, a Bosch le parece bien —dijo Olmstead—. Está de acuerdo y listo para actuar. Quería hacerlo mañana, de hecho, pero necesitamos otro día para la preparación. Vamos a tener cámaras escondidas por todo el lugar. Tendremos francotiradores en el techo del condominio de enfrente. Bosch dice la palabra y fríen a Dehaven.

—¿Dónde estarán?

—Habrá un puesto de mando en Ocean. Una camioneta. Parece una furgoneta de reparto de Amazon.

—Yo también estaré allí.

—Renée, no puedes hacer eso.

—O estoy ahí, o estaciono en el aparcamiento donde puedo vigilar a Bosch. Tú eliges.

—Quieres que esto termine, ¿no? ¿Quieres recuperar tu placa?

—A la mierda mi placa. No quiero que Bosch resulte herido y no creo que a vosotros os preocupe mucho.

—¿Y qué, estando tú en el puesto de mando lo vas a mantener a salvo? No tiene sentido...

—Podré asegurarme de que no la cagáis.

Hubo un largo silencio; cuando Olmstead volvió a hablar, su voz era airada, pero tensa y controlada.

—Bien —dijo—. Te haremos un hueco en el puesto de mando.

—Gracias, Gordon —dijo Ballard—. ¿A qué hora?

—Hemos fijado la reunión para las ocho en punto. Antes de que el aparcamiento se llene demasiado de civiles, pero cuando ya haya suficiente movimiento para que entren nuestros coches y nuestra gente. Estaremos en el lugar a las seis.

—Entonces yo también. ¿Has localizado a Lionel Boden?

Olmstead había dicho que había que sacar de circulación a Boden para asegurarse de que no se pusiera en contacto con Dehaven y lo avisara. Después de utilizar el teléfono de Boden para organizar la reunión inicial entre Dehaven y Bosch, Ballard había borrado el contacto del móvil y había permitido que Boden regresara al Eldorado. Sabía que sería malo para el negocio y para su seguridad personal que avisara a Dehaven, ya que había sido Boden quien lo había delatado. Pero Olmstead había dicho que eso no era suficiente para la integridad operativa. Había que mantener a Boden bajo control.

—Sí, lo recogimos discretamente y lo trasladamos a nuestros lujosos alojamientos del centro —dijo Olmstead—. Lo mantendremos allí hasta que esto termine. Probablemente, más.

—Bien —dijo Ballard—. ¿Qué más?

—Lo has cubierto todo. Pero una cosa más.

—¿Qué?

—Gracias por pasarme esto. Después de que detengamos a estos tipos, ¿estás segura de que no quieres estar ahí cuando demos la conferencia de prensa? Estaremos felices de compartir el mérito.

—Te lo agradezco, Gordon, pero no, gracias. Te veré el sábado a las seis.

—Entendido.

Ballard colgó y arrancó el motor.

23

Desde el almacén, Ballard tomó Sunset Boulevard hacia Angeleno Heights. Los dos barrios estaban a cinco minutos en coche y a un siglo de distancia en cuanto a diseño. Angeleno Heights, situado en lo alto de una empinada colina en los límites del actual centro de la ciudad, era el barrio de Los Ángeles que llevaba más tiempo sin cambiar. Solo Bunker Hill era más antiguo, pero allí el futuro había enterrado al pasado y se habían impuesto el cristal y el hormigón.

Angeleno Heights seguía igual que siempre. Hacía tiempo que la ciudad lo había declarado zona histórica preservada, por lo que el barrio estaba congelado en el tiempo y en sus calles se sucedían prístinos ejemplos de la evolución arquitectónica de la primera época de Los Ángeles. Casas victorianas y estilo Reina Ana de ciento cincuenta años de antigüedad convivían con obras maestras del Craftsman y bungalós de principios del siglo xx. Ballard contaba con que nada hubiera cambiado, debido a las estrictas normas que regulaban cualquier modificación de las casas del barrio. Aparcó detrás del coche de Maddie Bosch, frente a la casa que correspondía a la dirección de Emmitt Thawyer en Kellam Avenue, una vivienda de una sola planta estilo Craftsman con un sendero de entrada que discurría por el lado izquierdo hasta un garaje en la parte de atrás.

Maddie estaba apoyada en su coche, consultando los mensajes de su teléfono. Guardó el móvil cuando Ballard salió.

—Ya has hecho un buen trabajo de detective —dijo Ballard—. Vamos a seguir. Llama tú a la puerta, enseña la placa y a ver si los convences para que nos dejen entrar.

—¿En serio? —dijo Maddie—. Pero tú eres la detective de verdad.

—Yo te respaldaré. Si es necesario.

—A ver, estamos buscando información sobre el hombre que vivía aquí, pero no estamos seguras de cuándo se mudó.

—Eso es un comienzo. Queremos entrar, echar un vistazo, ver si alguien conocía o recuerda a Thawyer. Y quiero entrar en el garaje de atrás.

—¿En el garaje? ¿Por qué?

—Para ver si hay un desagüe.

—Ah, claro.

Mientras subían los escalones hasta el amplio porche que recorría toda la fachada de la casa, Ballard sacó su teléfono y abrió la aplicación Zillow. Había utilizado la base de datos inmobiliaria cuando buscaba su casa en Malibú. Introdujo la dirección de la casa de Kellam Avenue y se desplazó hasta el historial de ventas. La casa no había cambiado de propietario desde 1996. La aplicación no proporcionaba la identidad de los propietarios actuales o anteriores.

Maddie llamó con fuerza al cristal de la puerta principal.

—El propietario la tiene desde el 96 —dijo Ballard, mostrándole su teléfono.

—Entendido —dijo ella.

A través del cristal vieron que una mujer se acercaba lentamente. Maddie levantó su placa. La mujer abrió la puerta con cautela. Tenía al menos ochenta años, pelo canoso y llevaba un vestido holgado.

—¿Sí?

—Hola, señora, somos investigadoras de la policía de Los Ángeles —dijo Maddie—. ¿Podemos hacerle unas preguntas?

—¿Ha ocurrido algo?

—Eh, no. Estamos investigando un caso antiguo, un crimen que pudo haberse cometido en este barrio. ¿Vive aquí desde hace mucho tiempo?

—Casi treinta años.

—Eso es mucho tiempo. ¿Compró usted esta casa?

—Mi marido. Murió.

—Lo lamento. ¿Por casualidad...?

—Fue hace mucho tiempo.

—Ya veo. ¿Por casualidad sabe quién era el propietario anterior?

—Eh... Lo sabía, pero no me acuerdo. Ha pasado mucho tiempo.

—¿Le suena el nombre de Emmitt Thawyer?

—Sí, así es. Lo recuerdo porque recibimos su correo durante mucho tiempo. Mi marido solía llevárselo.

—¿Adónde?

—A la residencia de ancianos.

—¿Recuerda cuál?

—No sé si lo supe alguna vez. Recuerdo que iba a Boyle Heights a entregar el correo.

—¿Me dice su nombre, señora?

—Sally Barnes. Mi marido se llamaba Bruce.

Ballard reconoció el nombre y pensó que Sally Barnes podría haber sido una actriz de nivel medio en algún momento. También pensó que Maddie lo estaba haciendo bien, pero aún no estaban dentro. Difícilmente conseguirían algo con ello, pero Ballard quería hacerse una idea del lugar y tal vez obtener alguna información sobre su anterior ocupante.

—¿Sabe si el señor Thawyer tenía familia cuando vivía aquí? —preguntó Maddie.

—No, vivía solo —dijo Sally—. Era fotógrafo y viajaba por trabajo. Eso no es bueno para una familia.

—¿Su marido dijo alguna vez algo sobre él después de dejar el correo?

—Solo que el señor Thawyer estaba agradecido, pero que decía que no hacía falta que lo hiciéramos. Decía que podíamos tirar su correo. Al final, lo hicimos. Necesito mi silla. Estar de pie no es bueno para mí. Me caigo.

—Bueno, déjeme ayudarla a llegar a su silla.

—No hace falta. Puedo sola. Podría mudarme a la residencia de los cineastas en el valle de San Fernando, pero hace demasiado calor allí. No iré hasta que sea necesario.

—Si no le importa, ¿podemos entrar? Nuestro capitán nos dice que, siempre que hacemos una visita a un domicilio, debemos ofrecernos a hacer un control de seguridad de la casa.

—Bueno..., sí, claro. Todas las precauciones son pocas hoy en día con todos los robos que se ven en las noticias.

—Exacto.

Sally dio un paso atrás y Ballard y Maddie entraron en la casa. A la derecha había un salón con una gran chimenea de piedra; a la izquierda, un comedor. Maddie puso la mano en el codo de la anciana y la condujo a una silla del salón.

—Bien, ahora echaremos un vistazo —dijo Maddie.

Ballard y Maddie se dividieron y revisaron las ventanas y las cerraduras de cada una de las habitaciones delanteras mientras Sally Barnes permanecía sentada mirando.

—¿Qué clase de crimen fue?

—Un homicidio —dijo Ballard.

—¿Aquí? ¿En esta casa? —preguntó Sally.

—No estamos seguras, pero probablemente no.

—Emmitt Thawyer está muerto, si es que es su hombre.

—Sí, lo sabemos. ¿Cómo lo sabe usted?

—Creo que me lo dijo el señor Mann, de la sociedad histórica, pero eso fue hace muchos años.

—No parece sorprendida de que Thawyer podría ser nuestro sospechoso. ¿Por qué?

—Oh, los vecinos. Cuando nos mudamos, nos dijeron que estaban felices de tener una pareja normal aquí. Nos contaron que el señor Thawyer era un hombre extraño, con sus cámaras y luces. Tenía horarios extraños, a veces trabajaba toda la noche. Veían los *flashes* de la cámara.

—¿Desde dentro de la casa?

—Bueno, claro. Voy a volver a la cocina, que tengo trabajo.

—¿Necesita ayuda?

—No, gracias.

—De acuerdo, terminaremos nuestra comprobación de seguridad. No tardaremos mucho.

Ballard y Maddie se movieron rápidamente por la casa, verificando puertas y ventanas, para acabar finalmente en la cocina, donde Sally Barnes estaba sentada a una mesa ante un despliegue de fotos en blanco y negro brillante de 20 × 25. Las estaba firmando con un rotulador. Ballard se acercó y reconoció a una Sally Barnes mucho más joven en las fotos. Eran viejas fotos publicitarias.

—Me ha parecido reconocerla —dijo—. ¿Trabajó en el cine?

—En televisión —dijo Barnes—. Estuve en *La mujer policía* en un papel de reparto. Salí en *Baretta, Los casos de Rockford, Barnaby Jones, McMillan y esposa,* en todas.

—*La mujer policía,* de ahí la reconocí. Volví a ver toda la serie hace poco. Angie Dickinson iba fuerte.

—En más de un sentido. Yo interpretaba a una prostituta y era su soplona. Me mató mi proxeneta cuando Angie pensó que estaba recibiendo demasiadas cartas de fans. Fuera.

—Vaya, eso no fue justo.

—Hollywood nunca fue justo. Bruce escribió para televisión, y cuando nos casamos, me retiré. Me convertí en ese lugar común sobre la rubia que se casó con el escritor. Pero a Bruce le fue bien en la televisión y cuidó bien de nosotros. Él compró este lugar con los derechos de autor. Aquí criamos a dos hijos.

Ballard asintió y señaló las fotos de la mesa.

—Bueno, es evidente que la gente la recuerda.

—Sí, y lo agradezco. Solo cobro los gastos de envío.

—Esos vecinos que decían que Emmitt Thawyer era raro, ¿sigue alguno por aquí?

—No, todos murieron o se mudaron.

Ballard volvió a asentir y Maddie se unió a ellas en la cocina. Negó con la cabeza para indicarle a Ballard que no había descubierto nada importante. Ballard volvió a mirar a Sally.

—Bueno, señora Barnes, su casa es bastante sólida —dijo Ballard—. Ha hecho un buen trabajo manteniéndola segura. ¿Le importa si miramos en su garaje? Luego la dejaremos en paz.

—Adelante —dijo Sally—. Ya no tengo coche. No tengo buena vista.

—¿El portón se abre automáticamente? —preguntó Maddie.

—Hay un botón junto a la puerta trasera —dijo Sally.

Ballard y Maddie encontraron el botón junto a la puerta y lo pulsaron. Salieron y cruzaron una pequeña extensión de césped quemado por el sol mientras la puerta del garaje de dos plazas se abría chirriando. El espacio estaba casi vacío. Ni coche ni banco de trabajo. Solo cajas de cartón con el texto NAVIDAD apiladas en medio de una de las plazas.

Ballard escudriñó el suelo de hormigón, pero no vio ningún desagüe. Se acercó a las cajas y apartó la pila para ver si tapaban alguno; no era así.

—Maldita sea —dijo Ballard—. Y esto también tenía muy buena pinta.

—Bueno, a lo mejor tenía una oficina o un laboratorio en alguna parte —sugirió Maddie.

—¿Con suelo de hormigón y desagüe con rejilla de hierro? Lo dudo.

—Bueno, mierda.

—Sí. Vuelve a entrar y dale las gracias a la señora. Recuérdale que mantenga las puertas cerradas. Te espero en la calle.

—De acuerdo.

Se separaron; Maddie fue a la puerta trasera mientras Ballard recorría el sendero de entrada en dirección a la calle. Sacó su teléfono para comprobar si había mensajes. No había ninguno. Mientras guardaba el teléfono, se fijó en los tres cubos de basura alineados entre la casa y el camino de entrada. Detrás de ellos vio una ventana abatible. Lo primero que pensó fue que los vecinos podrían haber visto un destello desde allí.

Ballard se volvió y trotó hasta la parte trasera de la casa. La puerta ya estaba cerrada, pero vio a Maddie en la cocina hablando con la señora Barnes. Llamó rápidamente al cristal. Maddie abrió la puerta.

—Hay un sótano —dijo Ballard—. Señora Barnes, ¿dónde están las escaleras del sótano?

Sally levantó la vista de las fotos que estaba firmando.

—Detrás de usted —dijo.

Ballard y Maddie se volvieron. La pared de detrás de ellas estaba compuesta de armarios del suelo al techo. Ballard alargó la mano y tiró del asidero de una de las puertas de los armarios. No era un armario. Todo el conjunto se abrió, de arriba abajo, revelando una puerta y unas escaleras que descendían hacia una oscuridad tenebrosa.

24

Ballard metió la mano y la movió arriba y abajo para encontrar un interruptor.

—Olvidé mencionar el sótano —dijo Sally—. La luz está a la izquierda.

Ballard cambió de lado y encontró el interruptor que le permitió iluminar la escalera.

—¿Ese armario lo pusieron usted y su marido? —preguntó Maddie.

—Ah, no, ya estaba en la casa —explicó Sally—. Lo construyó el señor Thawyer, y Bruce pensó que era bastante singular, así que lo conservamos. No hay muchas casas en Los Ángeles que tengan sótano, ¿sabe?

—Casi ninguna —coincidió Ballard.

—Ya no puedo subir la escalera —dijo Sally—. Cuidado con las telarañas ahí abajo.

—Tendremos cuidado —dijo Maddie.

Ballard clavó los ojos en Maddie y compartieron una mirada de emoción y temor. Entonces Ballard empezó a bajar los escalones con Maddie a la zaga.

Algunas de las bombillas fijadas a las vigas no funcionaban. Una luz tenue entraba en ángulos desde cuatro ventanas abatibles, dos en el lado de la entrada y dos en el lado opuesto. Había persianas bajadas que estaban enrolladas. El sótano era diáfano, sin tabiques ni trasteros. Cuatro gruesos pilares de roble sostenían las vigas transversales principales de la casa.

El suelo era de cemento, vertido y alisado en un ángulo descendente apenas perceptible hacia un desagüe de rejilla de hierro en el centro.

—Maddie, vuelve a mi coche y coge esos archivos —dijo Ballard—. Toma. —Le dio la llave con mando a distancia.

Maddie se volvió y empezó a subir sin decir palabra.

—Además, en el maletero hay un kit para la escena del crimen que tiene luminol en un frasco con dosificador. Lo pone en la etiqueta. Tráelo también.

—Entendido —dijo Maddie.

Al quedarse sola, Ballard se agachó junto al desagüe. Creía que habían ocurrido cosas terribles ahí. Había pasado mucho tiempo, pero había fantasmas esperando a que alguien los liberara, esperándola a ella.

Sentía un deber solemne hacia ellos. Al igual que con la biblioteca de las almas perdidas del Centro Ahmanson, Ballard llevaba esa carga.

Maddie no tardó en volver con las carpetas y el luminol. Ballard abrió el expediente de Betty y sostuvo las fotos bajo una bombilla para compararlas con la estancia en la que se hallaban. La rejilla del desagüe coincidía. La superficie rugosa del hormigón y los patrones de barrido dejados por una paleta coincidían.

—No cabe duda —dijo Maddie—. Las hicieron aquí abajo.

—¿Puedes subir la escalera y apagar las luces? —preguntó Ballard—. Y ten cuidado al volver a bajar a oscuras.

Mientras Maddie subía por la escalera, Ballard se acercó a una de las ventanas abatibles y tiró de la cuerda de una persiana de lamas enrollada. La cuerda se rompió; la persiana se desenrolló y cayó sobre el cristal mientras una nube de polvo descendía sobre Ballard. Ella sacudió la mano y tosió. Luego pasó a la siguiente persiana mientras se apagaban las luces del techo.

Cuando todas las persianas estuvieron bajadas, Ballard cogió el frasco de luminol que había traído Maddie e intentó romper el precinto de plástico con las uñas.

—¿Funcionará después de tantos años? —preguntó Maddie.

—No lo sé —dijo Ballard—. Una vez tuve un caso en el que salió a la luz sangre en hormigón veintitrés años después del asesinato. El técnico que hizo la prueba dijo que, cuanto más vieja era la sangre, más intensa era la reacción. Pero no creo que se refiriera a un caso de setenta y siete años.

Empezó a despegar el protector de plástico del frasco.

—El problema es la limpieza —dijo.

—¿La limpieza? —preguntó Maddie.

Ballard volvió a ponerse en cuclillas.

—El luminol reacciona con los fósforos de la sangre, con el hierro de la hemoglobina. Pero la lejía contiene algunas sustancias químicas que también se iluminan. Si a Elizabeth Short la cortaron por la mitad en este suelo, habría habido mucha sangre, y eso significaría mucha limpieza, seguramente con lejía.

Ballard empezó a usar el pulverizador, soltando una fina bruma del producto químico sobre el cemento, alrededor del desagüe del suelo.

—¿No necesitamos una luz ultravioleta? —preguntó Maddie.

—Solo en televisión —dijo Ballard.

Dejó de rociar y esperó, con los ojos clavados en el cemento. Un resplandor blanco azulado empezó a extenderse por el suelo. Oyó la respiración entrecortada de Maddie. Volvió a usar el pulverizador.

El resplandor alrededor del desagüe era demasiado extenso y uniforme para ser un rastro de sangre.

—Fregó con lejía —dijo Ballard.

—Espera, mira qué intenso se está poniendo —dijo Maddie—. ¿Estás diciendo que eso fue por fregar con lejía?

—Exacto. Probablemente.

—Bueno, mierda.

—No nos ayuda, pero tampoco nos hace daño. El luminol es solo un test que muestra indicios. En sí mismos, signos de que alguien limpió sangre del piso de cemento en un sótano son tan sospechosos como unas salpicaduras de sangre. Pero espera. A veces se tarda un poco.

Ballard movió el brazo en línea recta, echando otra capa de bruma de luminol, y luego empezó a cerrar la bomba.

—¿Y ese lado del desagüe? —Maddie señaló una zona que Ballard no había rociado.

—No quiero cubrir el suelo por si volvemos a por ADN —dijo Ballard.

—¿Hay ADN de la Dalia Negra disponible? —preguntó Maddie.

—No en las pruebas. Pero nunca se sabe. Si resulta importante, podríamos exhumar su cadáver para obtenerlo. Está enterrada en Oakland.

—¿Cómo sabes eso? Quiero decir, dónde está enterrada.

—Porque fue uno de los primeros casos que revisé cuando puse en marcha la unidad. Supongo que, igual que tú, estaba fascinada por el caso, por que nunca se hubiera resuelto. Como en 1947 no había pruebas de ADN (el ADN ni siquiera se había descubierto), investigué dónde estaba enterrada Elizabeth Short. En el cementerio de Mountain View. La gente todavía pone flores en su tumba.

—¿Fuiste allí?

—Sí. Tuve que ir para una reunión en el Departamento de Justicia en Sacramento. Tomé un avión a Oakland y me pasé antes de asistir al encuentro.

La reacción química en el cemento continuó, y un tono más profundo de azul se manifestó en el suelo. Era una forma larga y delgada que parecía un arroyo serpenteante en un mapa.

—Enciende la luz de tu teléfono —dijo Ballard.

Abrió el archivo de Betty. La última foto del cadáver estaba en lo alto de la pila. Maddie la iluminó, y Ballard comparó el flujo de sangre hacia el desagüe que se veía en la foto con el serpenteante arroyo de color azul oscuro en el suelo. Era casi una coincidencia exacta.

—Es lo mismo —dijo Maddie, emocionada.

—Muy parecido —dijo Ballard—. Dame los otros archivos y ve a encender las luces.

Ballard esperó mientras Maddie volvía a subir por la escalera y encendía las luces. Luego hojeó los expedientes hasta llegar al que llevaba el nombre de Cecily. Al igual que la cronología fotográfica del archivo de Betty, el archivo de Cecily contenía ocho fotografías de 20 × 25 que iban desde una imagen de una mujer completamente vestida, que supusieron que era Cecily, pasando por un par de desnudos poco reveladores y de buen gusto, hasta fotos de la degradación, tortura y muerte de la mujer. En la última foto, la víctima estaba sentada en un suelo de cemento, de espaldas a un poste cuadrado de madera. Al igual que la Dalia, tenía las mejillas rajadas desde la comisura de los labios. Era lo común en las fotos de todas las víctimas: la horrible sonrisa de payaso en la piel mutilada.

Cecily tenía los brazos atados detrás del poste y una cuerda con un nudo corredizo alrededor del cuello. La habían estrangulado lentamente con aquel improvisado garrote.

Maddie bajó y se reunió con Renée.

—Mira esto —dijo Ballard.

Pasó el dedo por el poste de madera de la foto.

—Lo han pintado, pero aún se ve la veta —dijo—. Hay un nudo en la madera.

—Lo veo —dijo Maddie—. Podemos encontrarlo.

Se separaron y cada una se dirigió a uno de los cuatro postes que sostenían las vigas principales de la casa. Usando las luces de sus teléfonos, estudiaron el veteado de la madera aproximadamente a un metro de altura, moviéndose alrededor de cada poste para comprobar los cuatro lados.

—Aquí está —dijo Maddie.

Ballard se acercó y confirmó por comparación con la foto que aquel era el lugar donde habían asesinado a Cecily.

—Fue aquí —dijo Maddie—. Las mató a todas aquí.

—Puede ser —dijo Ballard—. Revisemos los demás archivos.

Tardaron media hora en hacer la comparación de las fotos de los otros expedientes (Elyse, Sandy, Debra, Willa, Siobhan y Lorraine) con los marcadores físicos del sótano.

Estaban en el expediente de Lorraine cuando la señora Barnes habló desde lo alto de la escalera.

—¿Están bien las dos?

—Estamos bien, señora Barnes —dijo Ballard—. Estamos a punto de terminar. Gracias por su paciencia.

—No sé qué pueden estar haciendo ahí abajo —respondió la señora Barnes.

—Cuando subamos, se lo explicaremos todo —dijo Ballard.

En las fotos tomadas después del crimen, el cadáver de Lorraine estaba apoyado contra una pared de bloques de hormigón. Le habían cortado la garganta y el asesino había utilizado su sangre para pintarle las letras VDN en el abdomen. Trabajando juntas, Ballard y Maddie lograron identificar marcas en los bloques de hormigón y en la masilla que se veían en la foto con un punto por debajo de una de las ventanas abatibles.

—Con esta, tenemos a las ocho —dijo Ballard.

Su tono era sombrío; ya no parecía emocionada por lo que significaban los descubrimientos en el sótano. Era un descubrimiento desalentador de un trabajo desalentador. Ballard quería salir de casa y tomar el sol. Quería estar sobre su tabla en el agua, esperando la siguiente serie de olas.

—VDN —dijo Maddie—. ¿Qué crees que significa?

—Vengador de la Dalia Negra —dijo Ballard—. Así se llamó a sí mismo en una de las cartas que envió a los periódicos en su día. De hecho, es una pieza clave de la foto que nos dio.

—¿Cómo es eso?

—Significa que Lorraine, al menos, vino después de Betty. Yo habría dicho que la Dalia Negra ocupaba el último lugar, por la brutalidad, y que las otras muertes eran pasos hacia ese tipo de odio, mutilación, todo eso. Pero que escribiera VDN en el cuerpo de Lorraine indica otra cosa. Tal vez Elizabeth Short fue la primera y las otras vinieron después, cuando do él ya controlaba mejor su rabia.

—Elizabeth Short atrajo mucha atención —dijo Maddie—. Tal vez refinó sus patrones de asesinato porque temía que lo descubrieran.

Ballard asintió, impresionada por la forma de pensar de Maddie.

—Entonces, ¿llamamos a la DCF? —preguntó Maddie.

Ballard sabía que los técnicos de la División de Ciencias Forenses podrían procesar el sótano y llegar a confirmaciones de lo que indicaban el luminol y las fotos, pero se resistía a abrir la investigación.

—Todavía no. Aún queda trabajo por hacer. Los traeremos cuando sepamos más.

—Entonces, ¿qué hacemos? —preguntó Maddie.

—Averiguamos más sobre Emmitt Thawyer. Llevamos el expediente de Betty a alguien que pueda verificar que es Elizabeth Short. Y tratamos de poner nombres completos a las otras mujeres de los archivos.

—¿Y Nancy Porter?

—Sí. Vamos a verla.

Viernes, 9:21

25

Ballard llegó veintiún minutos tarde a la reunión del equipo que había convocado la noche anterior. Todos los demás ya estaban allí.

—Hola a todos, siento llegar tarde —dijo mientras dejaba el bolso en la mesa y permanecía de pie—. He tenido que ir al laboratorio esta mañana, y todo el mundo sabe que el tráfico desde allí hasta aquí es espantoso. Gracias a todos por venir. Hoy puede ser un gran día. Tenemos dos cosas en marcha. La mayoría de vosotros ya conocéis una de las dos, así que empecemos por ahí. Paul, ¿algo sobre el ADN del juez? ¿Es el padre biológico de Nick Purcell?

Masser se aclaró la garganta.

—He hablado con Darcy hace unos minutos y sigue a la espera de Sacramento —dijo.

Laffont gruñó.

—¿Departamento de Justicia? —dijo—. Se lo toman con calma. Deberían llamarlo Demoramiento de Justicia.

—Darcy dijo que llamaría a Sacramento si no tenía noticias a las diez —dijo Masser.

—Chicos, solo han pasado tres días —dijo Ballard—. Si se prolonga hasta el lunes, no pasa nada.

—El lunes es festivo —dijo Hatteras.

—Pues el martes —dijo Ballard—. Así que, hasta que tengamos noticias de Darcy, seguimos adelante. Tenemos otro caso en el que os necesito a todos. Pero, antes de discutirlo, quiero recalcar que lo que hablemos aquí no sale de esta sala hasta que tengamos todo bien atado y con un lazo. Ni siquiera le digáis a vuestra mujer o marido en qué estáis trabajando. ¿Lo habéis entendido?

Ballard barrió la sala con la mirada, asegurándose de ver un asentimiento de todos los miembros de la unidad.

—Maddie Bosch nos trajo este caso —dijo—. Así que voy a dejar que ella os informe.

Maddie se levantó y empezó por el principio, con el señor Waxman llamándola al almacén que había pertenecido a Emmitt Thawyer. Los demás escucharon con embelesada atención. No había nadie en las fuerzas del orden de Los Ángeles que no supiera quién había sido la Dalia Negra. Incluso entre la ciudadanía había muy pocas personas que no hubieran oído hablar de la mujer cortada en dos y encontrada en un aparcamiento vacío de Leimert Park.

Maddie terminó resumiendo sus hallazgos en el sótano de la casa de la Kellam Avenue. A continuación, devolvió la palabra a Ballard.

—También intentamos hablar con Nancy Porter, la propietaria del almacén —dijo Ballard—. Pero no había nadie en su casa cuando lo intentamos anoche. Haremos un seguimiento con ella cuando podamos.

Abrió el bolso que tenía sobre el escritorio y empezó a sacar los archivos que se había llevado del trastero de Thawyer.

—¿Podemos ver las fotos que encontraste de la Dalia Negra? —preguntó Laffont.

—Podréis, pero no ahora mismo —dijo Ballard—. He entregado la mayoría de ellas al equipo de análisis digital esta mañana para que puedan confirmar mi identificación visual de la víctima como Elizabeth Short. También he entregado un par de fotos al laboratorio fotográfico para ver si pueden determinar la antigüedad del papel Kodak en el que se imprimieron. A lo largo de los años ha habido bulos relacionados con la Dalia Negra: confesiones falsas y personas que afirmaban que su padre, su hijo, su hermano, su hermanastro o incluso su madre eran el asesino. No sacaremos esto hasta que aclaremos todos los detalles, y entonces Carol Plovc tomará la decisión final.

Plovc era ayudante del fiscal del distrito. Aunque John Lewin era el fiscal de distrito asignado a la unidad, él se ocupaba de los casos vivos, es decir, aquellos en los que había sospechosos que aún podían ser procesados, estuvieran encarcelados o no. Plovc se ocupaba de los casos muertos. Ella tenía la última palabra sobre el cierre y la resolución de esos en los que no podían presentarse cargos porque el presunto culpable había fallecido. La política de la policía de Los Ángeles era no cerrar un caso sin la aprobación de la oficina del fiscal del distrito.

—En cuanto me devuelvan las fotos, las compartiré —dijo Ballard—. Pero os advierto de que son muy explícitas y horribles. Se os quedarán grabadas.

—Si son reales —dijo Laffont.

—Si son reales —coincidió Ballard—. Así que, mientras tanto, tengo aquí los archivos con las fotos de las otras mujeres. Quiero que cada uno coja un expediente (una víctima) y lo trabaje. Empezad con un nombre y una foto, porque es lo único que tenemos. Tratad de averiguar quiénes eran, cuándo desaparecieron y si se encontraron los cadáveres.

—¿Hablas de retroceder más de setenta años? —dijo Laffont.

—Así es, y no habrá registros a los que acudir, a menos que estén aquí mismo, en nuestros archivos de homicidios —dijo Ballard—. Esta maña…

—Hum, no hay ninguno en nuestros archivos —la interrumpió Maddie.

—¿Cómo lo sabes? —preguntó Ballard.

—He venido temprano y he revisado todos los libros anteriores a 1960 —dijo Maddie—. He cotejado todas las víctimas femeninas con nuestra lista de nombres. Solo había una coincidencia, una víctima llamada Elyse, pero era negra, y nuestra foto es de una víctima blanca. Así que no, nada en los archivos.

—Buena iniciativa —dijo Ballard—. Eso apoya la teoría de que estas mujeres vinieron después de Elizabeth Short. Cambió su *modus operandi*. En lugar de dejar a las víctimas a la vista, las escondió.

—Para evitar la atención de los medios y la policía —dijo Masser.

—Probablemente estén enterradas en ese sótano —dijo Laffont—. Como hizo Gacy en Chicago.

—Cuando traigamos a los técnicos de la escena del crimen a esto, estoy seguro de que mirarán eso —dijo Ballard—, pero, como iba a decir, nuestros archivos de personas desaparecidas no se remontan tanto. ¿Qué nos deja eso?

—Archivos de periódicos —dijo Hatteras.

—Definitivamente —dijo Ballard—. Eso es un punto de partida. ¿Qué más?

—Hay muchos sitios en internet que rastrean a mujeres desaparecidas —dijo Persson—. La cuestión será ver hasta cuándo se remontan.

—Exacto —dijo Ballard—. Recuerdo haber visto algo en el *Times* sobre un sitio financiado con fondos privados que buscaba a personas desaparecidas en Los Ángeles. Olvidé el nombre.

—Lost Angels —dijo Aghzafi—. Lo usé en un caso de Las Vegas. Un cadáver no identificado que pensamos que podría ser un tipo de Los Ángeles. Fueron muy amables, pero nunca lo encontramos.

—¿Tienes idea de a cuándo se remontan con las personas desaparecidas? —preguntó Laffont.

—No lo recuerdo —dijo Aghzafi—. Lo financió un multi-millonario de la tecnología que buscaba a su madre, desaparecida cuando él era niño.

—Esa es la historia que recuerdo del *Times* —dijo Ballard—. Puede que sea un sitio útil.

Hatteras se levantó y rodeó la Balsa hasta Ballard.

—¿Colleen? —dijo Ballard.

—¿Puedo coger una? —dijo Hatteras.

Ballard le dio a Hatteras la pila de expedientes. Pero, en lugar de hojearlos para hacer su elección, Hatteras abrazó la pila contra su pecho. Cerró los ojos y permaneció inmóvil durante unos segundos.

—¿Colleen? —dijo Ballard—. Me dijiste que no harías esto.

—Sí, ya lo sé —dijo Hatteras—. Pero estas mujeres llevan tanto tiempo esperando justicia. Quiero conectar. Podría ayudarnos.

—Mira, ya hablamos de eso. Elige un expediente y pasa la pila. Ahora.

—Vale, este. Willa. —Separó el expediente de Willa de los demás y lo levantó como si tocara el cielo—. Dios bendiga a esta joven —dijo.

—Puede que sea un poco tarde para eso —dijo Laffont.

Aparentemente molesta por el sarcasmo de Laffont, Hatteras pasó junto a él sin detenerse y entregó los expedientes restantes a Masser.

—Para que todos lo sepáis, he editado los archivos —dijo Ballard—. Cada uno contiene dos fotos. Una en vida, otra en muerte. Por ahora, no hace falta que veáis lo que pasó entre medias. Otra cosa: los archivos no salen de la Balsa. Como he dicho antes, no se discute nada fuera de esta sala. ¿Todos de acuerdo?

Recibió una ronda de asentimientos. Los expedientes se repartieron por la Balsa, y uno volvió a Ballard. Miró la lengüeta y vio que le había tocado la carpeta de Cecily: la mujer que había sido estrangulada contra el poste del sótano. Ballard examinó las dos fotos de la ficha. La víctima tenía los ojos abiertos y miraba el suelo de cemento entre sus piernas. Ballard distinguió la hemorragia alrededor de los ojos. Cecily había muerto de una forma horrible, y Ballard sabía que no quedaba nadie vivo a quien castigar por ello. Sin embargo, sintió el deber de averiguar quién era Cecily y dar a conocer su historia.

26

Eran más de las dos cuando Darcy Troy los informó sobre el ADN del juez. Para entonces, el equipo de Casos Abiertos había logrado identificar a dos de las mujeres de los archivos de Thawyer. La desaparición de Willa Kenyon se denunció en 1950; su caso era uno de los más antiguos de la base de datos Lost-Angels.net. Y a Elyse Ford se la identificó mediante una búsqueda de palabras clave en la hemeroteca de la Biblioteca del Congreso. Al parecer, su desaparición en 1949 no tuvo repercusión en los periódicos de Los Ángeles, pero sí en los de su ciudad natal. Una búsqueda en la base de datos con los términos «Elyse», «desaparecida» y «Los Ángeles» dio como resultado tres artículos publicados en el *Wichita Eagle*. Era una historia repetida: «Una joven del Medio Oeste se fue a Hollywood en busca de fama y fortuna, y ahora ha desaparecido sin dejar ninguna pista. La policía de Los Ángeles no está muy interesada en otro caso así, pero sus padres, en Kechi, están muy preocupados». Aun así, incluso el periódico de Wichita abandonó la historia después de cuatro meses y tres artículos.

Tanto los relatos de los periódicos como el sitio web de Lost Angels proporcionaban fotos de las mujeres desaparecidas que coincidían claramente con dos de las víctimas de los archivos de Thawyer. Ballard estaba convencida por su propia comparación y creía que su equipo de investigadores voluntarios estaba cerca de recopilar pruebas suficientes para llevarlas a Carol Plovc, de la oficina del fiscal del distrito, y pedir el esclarecimiento y el cierre de esos dos casos.

Pero apartó esos pensamientos cuando vio el nombre de Darcy Troy en su móvil.

—Es ella —dijo Ballard.

Inmediatamente atrajo todas las miradas; Hatteras y Masser se levantaron y se acercaron a su mesa mientras ella contestaba.

—Hola, Darcy, dame la buena noticia.

—Bueno, no tengo buenas noticias. El padre de Purcell, el Violador de la Almohada, no es el juez. Lo siento.

Ballard estaba atónita.

—No... ¿Cómo puede ser?

—No sé qué decirte, aparte de que no coincide. La mujer tampoco coincide. No es la madre. Obviamente, fue una adopción.

—No. Sacamos el certificado de nacimiento. Se presentó demasiado rápido para que fuera una adopción.

—Pues no sé qué decirte, Renée. La ciencia es la ciencia.

—No puede ser un error del Departamento de Justicia, ¿verdad?

—No vayas por ahí. Es muy improbable.

—De acuerdo. Solo...

—Ya me dirás si puedo ayudarte en algo más.

—Claro. Lo haré.

Ballard colgó y levantó la vista. Todo el equipo estaba reunido alrededor de su extremo de la Balsa.

—No hay coincidencia —dijo—. Nick Purcell no tiene vínculo de sangre con el juez ni con su mujer.

—¡Joder! —gritó Persson.

Masser echó la cabeza hacia atrás y se apartó del grupo girando como una peonza, como si le hubieran disparado.

—Lo sabía —dijo Hatteras.

—¿Lo sabías? —dijo Laffont—. ¿Y por qué no lo dijiste?

—Lo dije y nadie me escuchó —insistió Hatteras—. Dije que el árbol genético que estaba construyendo no conectaba con el juez.

—Ya, claro —dijo Laffont.

—Es la verdad —dijo Hatteras—. Pero no importa. Lo que importa es qué hacemos ahora.

—Muy bien, vamos a calmarnos —dijo Ballard—. Sé que esto no es lo que esperábamos. Pero pensemos.

Ballard sabía que algo había ido mal en su construcción del caso contra el juez. Todo había empezado con el certificado de nacimiento que indicaba que no había habido adopción.

—Paul, ¿podemos echar otro vistazo al certificado de nacimiento? —preguntó.

—Lo tengo aquí —dijo Masser.

Cogió de su mesa una copia impresa de la partida de nacimiento y se la entregó a Ballard. Ella confirmó lo que ya sabía: el certificado de nacimiento se presentó en el condado dos días después del nacimiento. Entonces se fijó en un detalle que no había visto la primera vez.

—Nicholas Purcell nació en el County-USC —dijo Ballard—. Tal vez sus registros de nacimiento cuenten una historia diferente.

—No sin una orden judicial —dijo Masser—. Es un callejón sin salida.

—Pero espera —dijo Ballard—. El juez todavía no era juez cuando nació el niño, pero debía de irle bien, ¿no? Quiero decir, lo bastante bien como para ser nombrado o elegido juez.

—Yo diría que sí —dijo Masser—. Con éxito financiero o de reputación, o las dos cosas, para conseguir un puesto en el Tribunal Superior.

—El County-USC no era uno de sus hospitales de alto nivel, y ahora tampoco. Es un centro público. Hasta proporciona atención a los indigentes. ¿Es el tipo de hospital donde la esposa del prometedor abogado, pronto juez, Jonathan Purcell querría dar a luz a su hijo?

—Debería haber visto esto —dijo Masser. Parecía mortificado por no haber reparado antes en la incoherencia.

—Entonces, ¿qué hacemos? —preguntó Hatteras.

—Bueno, de momento, quiero que todos volváis a lo que estabais haciendo —dijo Ballard—. Vamos a investigar más nombres de los archivos Thawyer. Cuando se os necesite en Purcell, os avisaré. Maddie, ¿a qué hora empiezas esta noche?

—A las cinco.

—Vale, pues deberías dejarlo ya —dijo Ballard—. Prepárate para tu turno.

Maddie parecía cabizbaja, como si la estuvieran sacando de su propio caso, y Ballard lo leyó en su expresión.

—No te preocupes —dijo—. Sigues siendo la primera en esto. Es tu caso. No haremos ningún movimiento sin ti.

—Avisadme cuando me necesitéis —dijo Maddie.

Mientras la gente volvía a regañadientes a sus puestos en la Balsa, Ballard se levantó de su mesa.

—Paul, vamos a tomar un café —dijo.

Ballard se volvió y se dirigió hacia la salida antes de que ninguno de los demás pudiera reaccionar por haberse quedado fuera de la discusión que Ballard estaba a punto de mantener. No habló con Masser hasta que estuvieron en la cafetería y se sentaron a una mesa con las tazas de café delante. Antes de que Ballard pudiera empezar, Masser se disculpó.

—Lo siento mucho —dijo—. Si hubiera entendido la incongruencia del hospital, llevaríamos dos días en una nueva dirección.

—No necesariamente —dijo Ballard—. Y no te he invitado a un café para escuchar una disculpa.

—Entonces, ¿por qué hemos subido aquí? Los demás creen que me has llevado al patíbulo.

—No me importa lo que piensen. Tenemos que pensar en nuestro próximo movimiento. Ya me están presionando por haber puesto al juez bajo vigilancia. Ahora que no es él, esto podría ponerse feo para la unidad.

—Bueno, creo que es obvio. Tenemos que ir a ver al juez.

Ballard asintió.

—Es lo que estaba pensando. Pero podría hacernos saltar por los aires, sobre todo si le decimos que hemos recogido su ADN.

—El suyo y el de su mujer. Puede que explote, pero también puede que vea que no teníamos elección. Hicimos lo que teníamos que hacer.

—Esperemos. Pero ¿cómo vamos a conseguir que hable si estuvo involucrado en algún negocio turbio?

—¿Te refieres a la compra de un bebé?

—Tal vez. Todavía no entiendo que el nacimiento se registrara tan rápido. Eso significa que alguien en el hospital estuvo involucrado en esto.

—Aquí hay algo que no sabemos. Aunque pudiéramos acceder a los registros de adopción, tengo la sensación de que no habría ninguno para Nicholas Purcell.

—Entonces, ¿cuándo vamos a ver al juez?

—Es decisión tuya. Por eso tú cobras y nosotros no.

—Sí.

Ballard guardó silencio mientras reflexionaba. En sus pensamientos se entrometía el recordatorio de que el capitán Gandle le había ordenado directamente que lo mantuviera al corriente. Sabía que debía informarle de los resultados del Departamento de Justicia y del plan para ir a por el juez. Pero al hacerlo se arriesgaba a que Gandle le dijera que se retirase hasta que consiguiera el visto bueno de la décima planta. Ese paso podría tardar días e incluso semanas en completarse. Ballard no estaba interesada en que el caso se estancara mientras el personal de mando consideraba el beneficio político o las consecuencias de hacer preguntas al presidente del Tribunal Superior sobre la posible adopción ilegal de su hijo.

—¿En qué estás pensando? —preguntó finalmente Masser.

—Estoy pensando que, si salimos ahora, podríamos llegar al tribunal antes de que el juez se vaya de fin de semana —dijo Ballard.

—Entonces, ¿quieres hacerlo hoy?

—¿Por qué no?

—Porque si el juez se enfada y nos manda al calabozo, probablemente no salgamos hasta el lunes.

—El martes, que el lunes es fiesta.

—Sí, el martes.

—A la mierda. Vámonos.

—Yo conduzco. Tengo las llaves en el escritorio.

—No se lo contemos a los demás. No quiero que Colleen llame cada diez minutos.

—Lo hará, aunque no sepa lo que hacemos.

—Te veré en el aparcamiento. Ve a buscar tus llaves.

Mientras Ballard salía del edificio en dirección a la fila de plazas de aparcamiento asignadas a la unidad, sacó el teléfono para llamar al capitán Gandle. Luego se lo pensó mejor. Llamarle en ese momento, antes de la hora de viaje hasta el centro, era demasiado arriesgado. Podría echar por tierra su plan antes incluso de que empezara.

En lugar de eso, buscó en Google el número del secretario del Tribunal Superior. Cuando Masser llegó a su coche con las llaves, ya había llamado al juzgado y le habían puesto con el secretario de Purcell, que le confirmó que el juez seguía trabajando.

—Purcell sigue en su despacho —dijo Ballard.

—Bien —dijo Masser—. Creo.

27

Ballard y Masser aparcaron en el garaje del EAP y recorrieron una manzana de Spring Street hasta el juzgado. Por el camino, Ballard sacó su teléfono y llamó a Ashley Fellows, que era una de las últimas amigas que le quedaban en la División de Robos y Homicidios.

—Eh, chica, ¿cómo vas? —dijo Fellows.

—Esperando mi momento —dijo Ballard.

Era su saludo rutinario.

—¿Sigues en la misma mesa? —preguntó Ballard.

—Claro que sí —dijo Fellows—. ¿Qué pasa?

—Puedes ver el despacho del capitán, ¿verdad?

—Sí.

—¿Está ahí en este momento?

—No, pero está afuera hablando con Brunilda.

Así llamaban a la bravucona asistenta del capitán Gandle, que se sentaba a un escritorio fuera del despacho acristalado del capitán y lo vigilaba como si fuera el Checkpoint Charlie. En realidad, se llamaba Hildy McManus.

—Tengo que llamarlo, pero no quiero que conteste —dijo Ballard.

—Uno de esos —dijo Fellows—. Bueno, esta mañana me ha pedido que lo pusiera al día de un caso que estoy investigando. Le he dicho que me diera unas horas. Podría llamarle para que viera lo que tengo esparcido por todo mi escritorio. Pero todavía tendrías que preocuparte por Brunilda. Ella podría contestar.

—Me dio su línea directa. Creo que ella no puede atender esa línea desde su teléfono.

—Entonces dame tres minutos antes de llamar. Lo traeré aquí.

—Gracias, Ash. —Ballard colgó.

—¿De qué iba eso? —preguntó Masser.

—Si nos enfrentamos al juez sin la aprobación del capitán, podría arder Troya. Pero no quiero esperar a que lo lleve a los jefes. Así que voy a llamarlo y le dejaré un mensaje para cubrirme las espaldas.

Llegaron a Temple Street y Ballard hizo la llamada. Contuvo la respiración hasta que saltó el buzón de voz.

—Capitán, soy Renée. El análisis del ADN del juez ha dado negativo: ni el suyo ni el de su mujer están relacionados con el de Nick Purcell. Eso no nos deja otra alternativa que hablar con el juez sobre su hijo. Tengo que hacerlo antes de que empiece un fin de semana de tres días. Voy al tribunal ahora. Lo mantendré al corriente, como me pidió.

Colgó, esperando que su tono informal diera a entender que se trataba de una entrevista rutinaria, aunque sabía que no había nada de rutinario en hablar con el presidente del Tribunal Superior de Los Ángeles.

En el edificio del tribunal penal, subieron en el ascensor reservado a las fuerzas del orden para ahorrar tiempo. La sala de Purcell estaba en la sexta planta, en la División 101. El lugar estaba literalmente a oscuras cuando entraron Ballard y Masser. Había una luz encendida en el techo que iluminaba el espacio del secretario, donde estaba sentada una mujer de pelo castaño corto. Levantó la cabeza cuando los oyó entrar.

—Hoy estamos a oscuras —dijo—. ¿Puedo ayudarles?

—Somos de la Unidad de Casos Abiertos —dijo Ballard—. Nos gustaría hablar con el juez Purcell.

—Tiene que terminar de redactar órdenes antes del fin de semana —dijo la secretaria—. Necesitan una cita, y esta tarde no tiene espacio en su agenda. Si necesitan una orden de registro firmada, les sugiero que vayan a ver al juez Coen. Se ocupa de asuntos penales.

—Se trata de su hijo, Nicholas —dijo Ballard—. Creo que debería preguntarle si quiere vernos.

Sin responder a Ballard, la secretaria cogió un teléfono, pulsó un botón y luego susurró ahuecando una mano alrededor de la boca. Ballard distinguió la palabra «Nicholas», pero, por lo demás, no pudo captar la conversación. La secretaria colgó el teléfono y se levantó. Se dirigió a la portezuela que limitaba su espacio de trabajo y la abrió de un tirón.

—El juez los recibirá —dijo—. Pasen por aquí y luego por esa puerta y sigan por el pasillo. Su despacho es la primera puerta a la derecha.

Ballard fue delante. Las indicaciones de la secretaria no fueron necesarias, porque el juez estaba de pie delante de la puerta de su despacho. Llevaba camisa blanca y corbata, pero no chaqueta ni toga. Ballard observó sus ojos en busca de cualquier indicio de reconocimiento de Masser o de ella misma por la vigilancia del Parkway Grill.

No detectó nada.

Siguieron a Purcell hasta el despacho. Él se sentó detrás de un escritorio cubierto de documentos legales. Señaló las dos sillas que tenía delante, y Ballard y Masser se sentaron.

—Gracias por recibirnos, señoría —empezó Ballard.

—De nada —dijo Purcell—. ¿Qué ha hecho mi hijo esta vez?

—Nada, señoría. Que nosotros sepamos.

—Entonces, si es porque el fiscal retiró esos cargos contra él, yo no tuve nada que ver. Ni siquiera hice una llamada.

—No se trata de eso, señoría.

—Entonces, ¿por qué están aquí un viernes por la tarde antes de un fin de semana largo? ¿Qué es tan importante sobre mi hijo?

—Bueno, señoría, somos de la Unidad de Casos Abiertos y creemos que su hijo es clave para identificar y detener a un violador y asesino en serie.

Purcell echó la cabeza hacia atrás como si le hubieran abofeteado.

—¿De qué demonios está hablando? —dijo—. Nick ha tenido sus dificultades, pero nada que se acerque siquiera a una implicación en...

—No estamos insinuando que esté implicado en modo alguno, señoría —dijo Ballard rápidamente—. A quien buscamos es a su padre. A su verdadero padre. A su padre biológico.

El juez se quedó en silencio, anonadado. Ballard lo estudió en busca de algún indicio de que conociera la conexión entre el Violador de la Almohada y Nicholas Purcell. No vio ninguna.

Ballard sintió el zumbido de su teléfono en el bolsillo. Supuso que era el capitán Gandle, probablemente para decirle que no se acercara al juez sin la aprobación de la décima planta. Pero tenía una excusa perfecta para no contestar. No atendías llamadas cuando estabas hablando con el presidente del Tribunal Superior. Ni siquiera mirabas para ver quién llamaba.

—¿Cómo que su verdadero padre? —dijo Purcell.

Ballard asintió. Era el momento.

—Señoría, ¿recuerda el caso del Violador de la Almohada? —preguntó.

—Por supuesto —dijo Purcell—. Pero eso fue antes de que naciera mi hijo.

—No exactamente, pero ese es el caso en el que estamos trabajando. Y necesito que sepa que eso es lo único que nos interesa. No nos importa nada más, lo que haya hecho al adoptar a su hijo o…

—¿Está sugiriendo que Nicholas no es mi hijo?

—Señoría, sabemos que no es su hijo.

—Esto es increíble. ¿Cómo puede…?

Se detuvo a mitad de la frase cuando se le ocurrió algo.

—¿Ha hablado con mi mujer? —dijo—. ¿Ha hablado con Vivian?

—No, señoría —dijo Ballard—. Obtuvimos su ADN de una cuchara que dejó en la mesa de un restaurante.

En su visión periférica, Ballard vio que Masser se volvía hacia ella, cuestionando su decisión de revelar al juez que lo habían seguido en secreto. Ballard mantuvo la mirada fija en Purcell, que parecía incrédulo al atar cabos de lo que había ocurrido.

—Creían que era yo —dijo—. ¿Creían que yo era el Violador de la Almohada?

—Señoría, cuando detuvieron a su hijo el año pasado, se recogió su ADN y se envió a la base de datos del Departamento de Justicia del estado. Eso produjo una coincidencia familiar con el ADN recogido de varias escenas del crimen que implican al Violador de la Almohada. La ciencia nos dijo que el padre de Nicholas Purcell era el violador. Sacamos su certificado de nacimiento, y usted y su esposa figuran como los padres biológicos. Comprenderá por qué lo pusimos bajo vigilancia para poder hacernos con una muestra de ADN de forma subrepticia. Lo hicimos en el Parkway Grill el lunes por la noche. También obtuvimos ADN de su esposa y enviamos las muestras a través de nuestro laboratorio al Departamento de Justicia. Hoy hemos recibido los resultados que confirman que ninguno de los dos es progenitor biológico de Nicholas Purcell.

Ballard se detuvo ahí para dejar que Purcell digiriera lo que había ocurrido. La piel alrededor de los ojos del juez se oscureció, y Ballard supuso que le estaba subiendo la presión.

—¿Esas acciones fueron aprobadas por sus superiores? —preguntó Purcell controlando la tensión de su voz.

—Yo dirijo la unidad, señoría —dijo Ballard—. Nos gusta decir que los casos van adónde van. No necesitaba aprobación, aunque se lo hice saber a mi capitán.

—Debería encerrarlos a los dos por desacato al tribunal —dijo Purcell—. Que...

—Podría hacerlo, señoría, pero se armaría un buen escándalo —dijo Ballard—. No creo que quiera eso para su hijo ni para su familia. Hay una forma de que mantengamos a Nicholas al margen de esto, sobre todo cuando llegue a los medios. Pero eso requeriría que usted cooperara con nosotros y nos explicara cómo se convirtió en su hijo.

Entonces Purcell se dio cuenta de la amenaza de la exposición pública. Nicholas podría ser señalado como hijo de un violador y asesino.

Ballard esperó, echando una rápida mirada a Masser, cuyo rostro empezaba a recuperar el color después de que la amenaza de cárcel del juez lo hubiera dejado blanco como el papel. Se dio cuenta de que debería haberle contado cómo iba a actuar.

—Intentamos tener hijos propios —se explicó el juez—. Mi mujer no se quedaba embarazada. Entonces se presentó una oportunidad.

Se detuvo ahí. Ballard intuyó que necesitaba que lo espolearan a seguir revelando un secreto que había guardado durante casi veinticinco años.

—¿Les ofrecieron un bebé? —preguntó Ballard.

—No exactamente —dijo Purcell—. Había una chica en el barrio. Iba al instituto. Se quedó embarazada. Su familia era muy religiosa. Creían que debía tener el niño. Y sus padres nos conocían de la calle. Conocían nuestros problemas. Lo contábamos abiertamente. Vinieron y dijeron que había una manera de..., bueno, no querían que la vida de su hija cambiara para siempre. Tenían un niño no deseado en camino y nosotros deseábamos desesperadamente tener uno...

—Aceptó quedarse el niño.

Purcell asintió.

—¿Sabía quién era el verdadero padre? —preguntó Ballard.

Purcell negó con la cabeza.

—No, ella nunca se lo dijo a sus padres ni a nosotros —dijo—. Lo protegía. Yo quería saberlo para que pudiéramos protegernos nosotros mismos, ya me entiende. Yo quería la aprobación de todos..., pero ella no quiso contarlo.

—¿Cómo registraron el nacimiento tan rápido? —preguntó Ballard.

—Eso no fue un problema. Se encargó un antiguo cliente de un caso de divorcio que trabajaba en el Registro Civil. No quería que hubiera ningún tipo de estigma, ¿entiende? Que el niño creciera con eso, sabiendo que era adoptado, sin saber quién era su padre.

—Y la madre, ¿nunca estuvo involucrada?

—Después del nacimiento, no. La familia tenía una casa en el desierto. En Smoke Tree. Se mudaron allí. Mantuvieron la casa en Arroyo, pero toda la familia comenzó allí. Funcionó. Nadie sabía nada del bebé..., salvo nosotros. Hasta ahora.

—Tenemos que contactar con ella, señoría. ¿Cómo se llama?

—No pueden. Es demasiado tarde. Se suicidó un año después. Tomó un montón de pastillas, se sentó en un coche en el garaje y encendió el motor. Fue terriblemente triste. Pensamos que, habiendo perdido a su hija, los padres vendrían a pedirnos al niño. Estábamos preparados (legalmente) para luchar. Pero no fue así.

Ballard miró a Masser. La puerta del ADN que creían que se les había abierto se estaba cerrando. Vio su propia consternación en la cara de Masser.

Volvió a mirar al juez.

—Señoría, ¿y los padres? —preguntó—. ¿Siguen vivos?

—Robin sí —dijo Purcell—. Edward falleció, y ahora ella está vendiendo la casa de Arroyo.

Ballard pensó en la casa con el cartel de EN FIDEICOMISO ante la que había aparcado mientras seguía al juez el lunes por la noche.

—¿Cuál es el apellido de Robin?

—Richardson —dijo Purcell—. Robin Richardson.

—¿Tiene un número de teléfono o un correo electrónico de ella?

—Lo tiene Vivian. Puedo conseguirlo.

—Una última cosa. ¿Cuál era el nombre de la hija?

—Mallory. Era una gran chica. Un error cambió todo eso. Como le he dicho, fue triste. Muy triste.

Ballard asintió y se dio cuenta de que tenía una última pregunta.

—¿A qué colegio iba cuando vivía en Arroyo?

—A St. Vincent, en South Pasadena. También era su iglesia. Nosotros también enviamos a Nick a St. Vincent unos años.

—Gracias, señoría. Si puede conseguirnos los datos de contacto de Robin Richardson, le dejaremos volver al trabajo.

Purcell la miró con cara de preocupación.

—No meta a Nick en esto. Es un buen chico. Si supiera quién…, de dónde viene, no se lo tomaría bien.

—Lo entendemos, señor —dijo Ballard—. Haremos lo que podamos.

Sábado, 7:22

28

Ballard estaba sentada en la segunda fila de sillas plegables, detrás de Gordon Olmstead y otro agente, Spencer, que llevaba un uniforme de repartidor de Amazon como tapadera, porque era el conductor de la furgoneta del puesto de mando. La furgoneta estaba aparcada en Ocean Boulevard, a una manzana del aparcamiento que se veía en las cuatro pantallas fijadas en el interior de la chapa.

Olmstead estaba sentado frente a un micrófono y mantenía un contacto permanente con todos los agentes que participaban en la operación. Unos altavoces instalados debajo de las pantallas permitían a Ballard escuchar todo lo que se decía a través de los comunicadores. El único del equipo que no transmitía era Bosch. Anteriormente se había negado a llevar un auricular. Su coche tenía micrófonos instalados, pero él no quería hablar. Si un cómplice de Dehaven estaba vigilándolo, eso podría delatarle.

A las 7:25, los agentes que vigilaban el campamento en la PCH, donde Dehaven aparcaba su furgoneta durante la noche, informaron de que él y otro hombre estaban en el vehículo, incorporándose al tráfico. Iban en camino.

Olmstead negó con la cabeza y pulsó el micrófono.

—Ya se están saltando las reglas —dijo—. El sujeto debía llegar solo. Que todo el mundo esté atento. Estamos fuera de guion.

La tensión en la furgoneta subió un peldaño. Ballard observó las pantallas y vio que Bosch abría la puerta de su Cherokee.

—Está saliendo —dijo Ballard—. ¿Por qué sale?

—Forma parte del plan, Renée —dijo Olmstead—. Cálmate.

A Ballard le molestó el tono de Olmstead y el hecho de que la hubieran dejado al margen de la planificación, pero sabía que no era el momento de discutir por eso. Vio que Bosch se dirigía a la parte trasera del Cherokee y levantaba el portón. Llevaba una vieja chaqueta de camuflaje del ejército que parecía abultada.

—¿Lleva placas? —preguntó ella.

—No —dijo Spencer—. Se ha negado a llevar chaleco, placas, cualquier cosa que pudiera hacerle parecer policía.

Bosch se sentó en el parachoques trasero y cruzó los brazos sobre el pecho. A su lado, en el espacio de carga del Cherokee, había dos bolsas de playa con correas. Parecía que estaban llenas de toallas de rayas, pero Olmstead explicó que las toallas ocultaban los subfusiles, dos en cada bolsa, con percutores inutilizados.

—Queríamos dos bolsas para que Dehaven tuviera que usar las dos manos —dijo.

Ballard asintió, sabiendo que el hecho de cargar las bolsas con las dos manos dificultaría el intento de desenfundar un arma.

Se radiaron al puesto de mando actualizaciones minuto a minuto sobre el avance de Dehaven en la autopista de la costa.

—No tardará —dijo Olmstead—. Todos preparados.

—¿Hay alguna forma de hacer llegar ese mensaje a Bosch? —preguntó Ballard.

—No, a menos que rompamos la posición —dijo Olmstead—. No queremos hacerlo y Bosch sabe que tiene que estar preparado para cualquier cosa. Que llegue antes, que llegue tarde…, no importa.

Ballard asintió. Sabía que Bosch estaba preparado. Había hablado con él esa misma mañana y le había dado la oportunidad de no participar en la operación, pero él la había rechazado. Le dijo que la situación iba más allá de recuperar su placa. Quería formar parte del equipo que acabara con Dehaven.

A las 7:46, el equipo de seguimiento informó de que la furgoneta de Dehaven estaba en California Incline, a entre tres y cinco minutos del aparcamiento de la playa. Ballard notó que se incrementaba la tensión que estaba notando en el pecho. Empujó su silla hacia atrás y se levantó. Era la única forma de gestionar el subidón de adrenalina. Empezó a cambiar el peso del cuerpo de un pie a otro, con los ojos fijos en las pantallas.

—Renée, estás nerviosa —dijo Olmstead—. Tienes que relajarte. Todo está bajo control.

—No puedo relajarme —dijo Ballard—. No hasta que esto termine y él esté a salvo. Yo lo metí en esto.

Estudió las pantallas que mostraban cuatro imágenes de Bosch desde cuatro ángulos de cámara diferentes. Continuaba sentado en el parachoques trasero con los brazos cruzados. Parecía tranquilo, aunque ella no lo estuviera.

—Necesito estar ahí abajo con él —dijo.

—Sería demasiado peligroso —dijo Olmstead—. Ni siquiera puedes salir de la furgoneta en este momento. No sabemos si hay alguien más vigilando.

—Lo sé, lo sé. ¿Los encuadres son fijos? Tienen poco ángulo, no se puede ver lo que está pasando en el aparcamiento.

—Espera.

Olmstead contactó por radio con uno de los equipos de vigilancia del aparcamiento y pidió que abrieran el ángulo de la cámara. Era la cámara de la esquina suroeste del lote la que mostraba el lado derecho de la Cherokee y el hombro izquierdo de Bosch. El ángulo se abrió y Ballard pudo ver todo el aparcamiento, incluido el partido de hockey sobre patines que se estaba jugando en el extremo norte.

—¿Así te gusta más? —preguntó Olmstead.

—Está mejor —dijo Ballard—. ¿Cómo es que los dejáis jugar al hockey con todo esto?

—Juegan todos los sábados por la mañana. No sabemos si Dehaven lo sabe. Si lo cancelamos, podría alertarle y arruinar toda la operación. Aquí no va a pasar nada. Vamos a seguirlos hasta el nido, ¿recuerdas?

—Lo recuerdo. Pero los planes no siempre salen como se pretende.

Casi en cuanto lo dijo, vio que una furgoneta que reconoció como la de Dehaven bajaba por la rampa de Ocean hacia el aparcamiento. Como era muy temprano y el aparcamiento estaba casi vacío, la furgoneta atravesó las líneas pintadas de las filas de estacionamiento y se dirigió directamente hacia Bosch.

Ballard vio que Harry se levantaba para salir a su encuentro.

—Allá vamos —dijo Olmstead.

29

La furgoneta se acercó en ángulo hacia la parte posterior izquierda del Cherokee. En una de las pantallas, Ballard vio a Dehaven en el asiento del copiloto. Las posiciones de las cámaras y un ligero reflejo en el parabrisas le impidieron ver con claridad al conductor. Bosch fue directamente a la ventanilla del copiloto para confrontar a Dehaven. Estaba de espaldas al portón abierto del Cherokee y sus palabras quedaron parcialmente amortiguadas por su cuerpo y el alcance limitado de los micrófonos. Ballard se inclinó sobre el hombro de Olmstead para acercarse al altavoz.

—Tú... solo —dijo Bosch.

—Calma —dijo Dehaven—. Él es...

Bosch señaló al conductor de la furgoneta.

—Él..., la furgoneta —dijo.

—Mira, no... —dijo Dehaven—. Solo..., tranquilo.

Bosch se volvió hacia el Cherokee, esta vez con la voz dirigida al micrófono.

—Estaré tranquilo mientras se quede en la puta furgoneta —dijo.

Dehaven abrió la puerta y salió tras él. Bosch se situó bajo el portón donde sabía que sus palabras se oirían con claridad y podrían grabarse.

Ballard examinó todas las esquinas de las pantallas buscando un punto rojo o algún otro indicador.

—Lo estás grabando, ¿verdad?

Olmstead no respondió. Spencer tampoco dijo nada.

—¿Qué coño? —dijo Ballard—. ¿No lo estáis grabando?

Su voz oscureció algo que dijo Bosch.

—Ballard, cállate —ladró Olmstead—. Tenemos que oírlo. Sí, está grabado.

Ballard no lo creyó. Y sabía que solo había una razón para no grabar la operación.

—Si le pasa algo a Bosch, no me voy a callar —dijo.

Olmstead levantó la mano para pedir silencio.

En la pantalla estaba a punto de cerrarse el trato. Dehaven se encontraba en la parte trasera de la Cherokee junto a Bosch y sacaba toallas de una de las bolsas de playa. Sostenía las toallas bajo un brazo mientras miraba dentro de la bolsa. Se agachó para inspeccionar las armas sin sacarlas de la bolsa. Aparentemente satisfecho, Dehaven volvió a meter las toallas en la primera bolsa y pasó a la segunda. Esta vez, cuando sacó las toallas, las dejó caer junto a la bolsa, lo cual lo dejó con las dos manos libres.

—¿No hay cartucheras? —dijo—. Tío, te pedí cartucheras.

—Me avisaste con poco tiempo —dijo Bosch—. Puedo traértelas el martes o el miércoles.

—Eso será demasiado tarde.

—¿Para qué?

—¿Qué?

—¿Demasiado tarde para qué?

—Demasiado tarde para nada que te importe.

—Tienes razón. No me importa. Lo que me importa es lo nuestro. ¿Dónde está el dinero?

—En el bolsillo del tipo al que le dijiste que se quedara en la furgoneta. Él es el comprador. Yo solo soy el intermediario.

—Entonces puedes ir a buscar el dinero.

—Claro que sí.

Dehaven cogió las dos bolsas de playa por las correas, una en cada mano, y se apartó del Cherokee.

—No, se quedan aquí hasta que me traigas el dinero —dijo Bosch.

—Oh, venga, tío —dijo Dehaven—. Tendrás tu dinero.

Intentó pasar por delante de Bosch hacia la furgoneta, pero este puso la mano delante del pecho de Dehaven. Dehaven retrocedió.

—No me toques, tío —dijo.

—Quieres las armas, pagas por las armas —dijo Bosch.

Ballard notó el aumento de la tensión entre los dos hombres. Se quedaron mirándose unos segundos antes de que Dehaven dejara caer las bolsas al suelo.

—Bien, tipo duro —dijo—. Te traeré tu dinero.

Pasó junto a Bosch y se dirigió a la furgoneta. Metió la mano por la ventanilla abierta del pasajero, y a Ballard le pareció que le había cogido algo al conductor, aunque el movimiento se produjo por debajo de la línea de la ventanilla.

Dehaven se volvió hacia Bosch mientras sacaba la mano por la ventanilla. El movimiento fue suave y rápido. Mientras hacía el giro, dejó caer la mano a su lado, ocultándola de la vista de Bosch.

Los ojos de Ballard saltaron de una pantalla a otra mientras buscaba un ángulo de la mano izquierda de Dehaven. Olmstead se le adelantó.

—¡Arma! —gritó por el micrófono—. ¡Azul, azul, azul!

«Azul» era la palabra clave. En el puesto de mando, Ballard no oyó los disparos, pero, casi inmediatamente después de que Olmstead gritara la palabra en su micrófono, vio que el cuerpo de Dehaven se sacudía por los impactos de al menos dos disparos de francotirador. Se desplomó de rodillas y luego cayó de espaldas sobre el asfalto. Una pistola quedó junto a su mano izquierda.

Ballard vio a Bosch tirarse al suelo y arrastrarse hasta el lateral del Cherokee para ponerse a cubierto.

La furgoneta se puso en marcha y Ballard distinguió un destello de disparos desde el interior cuando el conductor abrió fuego contra Bosch a través de la ventanilla abierta del lado del pasajero. Pero Bosch se puso a salvo contra la rueda trasera del coche.

Entonces se oyó la explosión de cristales cuando los disparos de los francotiradores atravesaron el parabrisas de la furgoneta y acabaron con el conductor. La furgoneta siguió avanzando unos veinticinco metros y chocó con uno de los pedestales de hormigón de los postes de la luz del parking. El vehículo se detuvo y Ballard no vio ningún movimiento en el interior.

—¡Despejad la furgoneta! —gritó Olmstead—. ¡Despejad la furgoneta!

En la pantalla grande, Ballard vio los coches del FBI correr por el aparcamiento hacia la furgoneta. También vio que Bosch se arrastraba hacia Dehaven. Apartó el arma y puso una mano en el cuello del hombre para ver si tenía pulso. Se inclinó sobre el cuerpo y giró una oreja para escuchar la respiración.

Se enderezó y miró directamente a una de las cámaras.

—Dehaven está muerto —dijo.

Agentes vestidos con equipo de asalto de color negro se acercaban a pie a la furgoneta con las armas apuntando al conductor. Un agente llegó a la puerta y la abrió. El conductor cayó al suelo. Otro agente abrió la puerta lateral mientras un tercero le cubría. Apuntaron al interior con las armas y en un momento retrocedieron.

Ballard oyó la orden de todo despejado por radio.

—Spencer, llévanos allí —dijo Olmstead.

Spencer se levantó de un salto y abrió una cortina para pasar al asiento del conductor de la furgoneta. Olmstead lo siguió y se sentó a su derecha. El motor rugió y arrancó con tanta brusquedad que Ballard salió despedida hacia las puertas traseras. Estas se abrieron de golpe y Ballard cayó a la calle.

La furgoneta no se detuvo. Desde el suelo, Ballard vio cómo se alejaba.

30

Cuando Ballard llegó al aparcamiento, los agentes ya estaban colocando cinta amarilla alrededor del lugar donde se habían producido los disparos, utilizando los postes de la luz para definir las esquinas de una enorme zona restringida. La gente, incluidos muchos de los jugadores de hockey sobre patines, se congregó en el perímetro. Ballard intentaba levantar la cinta y pasar por debajo cuando un agente vestido de comando negro la detuvo. Ella se identificó, pero él no la dejó entrar en la escena del crimen sin permiso de sus superiores.

—Entonces llama a Olmstead —dijo—. Dile que Ballard quiere entrar.

Mientras el agente susurraba por un micrófono fino como un alambre conectado a su auricular, Ballard se masajeó el hombro con el que había aterrizado al caer de la furgoneta.

—Dice que viene —dijo el agente.

—¿Cuándo? —insistió Ballard.

—Ahora.

Vio que Olmstead se separaba de un grupo de agentes cerca del Cherokee y se dirigía hacia ella.

—¿Por qué has saltado de la furgoneta? —preguntó.

—No he saltado —dijo Ballard.

—¿Qué? Cuando hemos llegado aquí, no estabas.

—Da igual. ¿Puedes decirle a este tipo que me deje entrar?

—No querrás estar aquí, Renée. Esto se ha torcido y los medios van a estar por todas partes. Helicópteros, cámaras…, no querrás que te graben.

Ballard sabía que el agente del FBI tenía razón, pero no quería irse.

—Entonces quiero hablar con Bosch. Envíalo aquí.

—Lo están interrogando.

—No me importa. Hablarás con él durante horas. Solo necesito cinco minutos para asegurarme de que está bien.

—De acuerdo, cinco minutos y te largas. —Se giró para volver a la escena, pero luego pivotó y regresó a la cinta amarilla—. De momento, no hay placa —dijo—. Hemos registrado el cadáver. Todavía tenemos que revisar la furgoneta.

—Bien. Avísame.

—Lo haré.

Se alejó y Ballard vio que enseguida otro agente con un portapapeles en la mano interceptaba a Olmstead. Empezaron a discutir y Ballard pensó que iba a olvidarse de enviarle a Bosch. Pero, una vez que firmó algo en el portapapeles, fue directamente a la furgoneta del puesto de mando, abrió el portón trasero por el que había caído Ballard y le hizo señas a Bosch para que saliera. En cuanto Harry estuvo fuera de la furgoneta, Olmstead le señaló a Ballard.

—Harry, ¿estás bien? —preguntó Ballard mientras Bosch se acercaba.

—Estoy bien —dijo.

—¿Seguro? No hace falta que hables con ellos ahora si estás…

—Renée, estoy bien.

Ballard asintió.

—Joder, ha ido de poco.

—Sí, bueno…, estaban preparados.

—¿Cómo está tu coche?

—Con algunos disparos, creo. No lo he mirado bien.

—Tal vez sea hora de comprar otro.

—Acabo de comprarlo, después de que dispararan al último.

Ballard levantó la vista al oír el sonido de un helicóptero y vio un aparato azul que sobrevolaba la playa. En el lateral ponía Fox en letras blancas.

—Los medios ya están llegando —dijo.

—Es SkyFox —dijo Bosch—. Stu Mundel.

—¿En serio conoces a los pilotos de los helicópteros de noticias?

—Lo conozco a él. Es bueno. Me gusta ver esas persecuciones en directo por la autopista. Me ayuda a dormir por la noche.

—Con Harry Bosch nunca termina el misterio. De todos modos, yo no debería estar aquí, así que me voy a ir, pero me llamas en cuanto te suelten. A ver si podemos vernos.

—Te llamaré en cuanto me suelten —dijo Bosch.

Se acercó a la cinta amarilla y cruzó un brazo para abrazarla. A Ballard le sorprendió el movimiento del habitualmente poco expresivo Harry Bosch, pero dio un paso adelante y lo rodeó con los brazos. Le dio unas palmaditas en la espalda y sintió una punzada de dolor en el hombro.

—Me alegro de que estés bien, Harry —dijo ella.

—Yo también —dijo él.

Se separaron.

—Mira en tu bolsillo cuando llegues al coche —dijo Bosch.

—Eh…, vale —dijo Ballard.

Pero metió las manos en los bolsillos de la chaqueta sin esperar y su mano derecha se cerró en torno a lo que sabía que era su placa. Asintió con la cabeza.

—Cuando te has inclinado para ver si respiraba —dijo.

Bosch asintió.

—Estaba muerto —dijo—. Pero supe que llevaba la placa al cuello cuando no me dejó tocarle el pecho. Supongo que tienes suerte de que no te la hayan atravesado con una bala.

—Sí, mucha suerte —dijo Ballard—. Gracias, Harry.

Asintió y se volvió hacia la escena del crimen. Ballard se alejó manteniendo la cabeza baja mientras el helicóptero de las noticias sobrevolaba la zona.

Domingo, 13:00

31

El viaje hasta el desierto duró dos horas. Masser se puso al volante mientras Ballard escribía un resumen del caso en su portátil. Llevaba mucho retraso con el papeleo digital de la investigación del Violador de la Almohada y sabía que, si presentaba algo antes de que terminara el día, ganaría tiempo con el capitán Gandle. Cuando acabó, pararon a comer algo rápido en un In-N-Out de Cabazon; Ballard había vuelto a comer carne después de ser vegetariana durante algún tiempo. Comieron en el coche y, mientras daba cuenta de su hamburguesa, Renée consultó en su teléfono la página web del *L. A. Times* y las noticias sobre el tiroteo del día anterior en Santa Mónica.

La violenta eliminación de dos hombres, Thomas Dehaven y Frederic Standard, y la detención de cuatro de sus cómplices no tardaron en convertirse en noticia nacional cuando el FBI anunció el sábado que el grupo había estado planeando un tiroteo masivo el Día de los Presidentes en el muelle de Malibú. Hasta el momento, Ballard no había recibido ninguna pregunta de la prensa, por lo que Olmstead al parecer estaba cumpliendo su promesa. Contaba con un as en la manga: Olmstead sabía que, si filtraba alguna información y ella se veía arrastrada al frenesí mediático, podría revelar cosas que no concordaban con la versión que los federales estaban haciendo pública.

Echó un vistazo a las principales noticias del sitio web y vio que ya había dos artículos de seguimiento sobre los acontecimientos del día anterior. Uno era un perfil de Thomas Dehaven, el cabecilla del grupo que había llegado a un campamento de autocaravanas de Los Ángeles.

EL SOSPECHOSO DE TERRORISMO RECORRIÓ EL PAÍS EN BUSCA DE RECLUTAS

Por Scott Anderson, redactor del *Times*

El fugitivo que el sábado fue abatido por el FBI mientras presuntamente compraba subfusiles para cometer un atentado terrorista llevaba los tres últimos años vagando por el país, evitando ser detenido y reclutando a compañeros extremistas para su causa, según fuentes federales.

Thomas Dehaven, de 46 años y natural de Coeur d'Alene (Idaho), estaba en busca y captura por el asesinato de su exesposa y por cargos de sedición en relación con el asalto al Capitolio del 6 de enero de 2021. Según el FBI, Dehaven huyó de Idaho en marzo de 2021 después de que presuntamente disparara a su exmujer, Kimberly Boyle, cuando se enteró por el hijo de ambos de que ella había ayudado al FBI a identificarlo en vídeos grabados durante el violento asedio al Capitolio.

Dehaven inició entonces una odisea de meses que primero lo llevó por el sur, donde conoció y reclutó a Frederic Standard, de 31 años, en Mobile (Alabama), siguiendo un plan para hacer una declaración violenta en California. Los agentes del FBI están reconstruyendo el camino que siguió y se han puesto en contacto con ellos varias personas de Luisiana, Texas y Arizona que afirmaron haber recibido la propuesta de Dehaven, pero que no se unieron al plan.

«La mayoría de estas personas no se lo tomaron en serio —declaró el agente Gordon Olmstead en una entrevista—. Le dieron largas, pensaron que iba de farol. Pero sabemos que otros creyeron en su plan y se unieron a él o le proporcionaron dinero y material».

Una de las personas que se unieron fue Tracy Bell, de 39 años, de Shreveport (Luisiana), quien ofreció a Dehaven la furgoneta camperizada que este estaba utilizando el sábado cuando él y Standard se reunieron con un informante del FBI para comprar cuatro subfusiles. Las armas presuntamente iban a ser utilizadas por Dehaven y Standard para abrir fuego indiscriminadamente en el abarrotado muelle de Malibú durante la fiesta nacional del lunes.

Ballard dejó de leer.

—Presuntamente —dijo—. Siempre utilizan la palabra *presuntamente*.

—¿Hablas de lo de ayer en Santa Mónica? —dijo Masser.

Ballard se dio cuenta de que casi había revelado que sabía más del incidente de lo que debería.

—Sí —dijo—. Por lo que he leído, parece que no había nada presunto en su plan de tiroteo en el muelle.

—Sí, verdaderos creyentes —dijo Masser—. Ahora serán mártires de la causa, como aquella mujer a la que dispararon en el Capitolio.

Cuando terminaron de comer, bajaron del coche y cambiaron de asiento para que Ballard pudiera dar un descanso a Masser. Volvieron a la carretera para adentrarse en el valle de Coachella.

Smoke Tree Ranch era un pequeño enclave privado de casas vacías, en su mayoría históricas, legadas de generación en generación por familias adineradas de la Costa Este, el Medio Oeste o el sur de California. Su residente más conocido durante un siglo de existencia fue sin duda Walt Disney, que había sido propietario de una casa allí hasta que la vendió para conseguir fondos con los que construir un parque de atracciones que se llamaría Disneyland. Tras el éxito del parque, Disney volvió a Smoke Tree y construyó una nueva casa. Siguiendo una antigua tradición, los residentes de la urbanización se referían a sí mismos como colonos.

Ballard había localizado a Robin Richardson a través de los registros de Tráfico en una casa en San Jacinto Trail, en el perímetro posterior de la urbanización. La calle discurría junto al arroyo de Palm Canyon, bajo la imponente cordillera de San Jacinto. En la entrada de la urbanización había una verja, y Ballard se sirvió de la placa que había recuperado para convencer al vigilante uniformado de que los dejara pasar. Ballard no mencionó a Robin Richardson. Había cabañas para huéspedes en la propiedad y ella le dijo al guardia que tenían asuntos policiales en la oficina de administración.

Sin embargo, una vez cruzada la verja, la casa de los Richardson fue difícil de encontrar, porque no había nombres de calle ni números de casa en la urbanización. Los únicos indicadores eran números pintados en grandes rocas blancas en cada esquina. Ballard y Masser recurrieron a la ayuda de una mujer que paseaba a un perro para localizar la casa:

—La casa de Robin está en la roca diecisiete, es la cuarta a la derecha.

Con esas indicaciones encontraron la vivienda y entraron en el sendero de gravilla. Como casi todas las casas por las que habían pasado en el enclave privado, era una construcción amplia, rodeada de paisajes desérticos y cactus. Bajo el sol implacable, el revestimiento de madera de las paredes se había puesto gris con el paso de los años.

El aire del desierto era fresco, y Ballard y Masser se pusieron sus chaquetas al bajar del coche. Cuando Ballard llamó a la puerta principal, le respondió una mujer menuda de unos sesenta y cinco años. Se había recogido el cabello largo y gris en una trenza. Llevaba gafas sin montura y lucía el bronceado de una residente a tiempo completo en el desierto.

—¿Señora Richardson? —preguntó Ballard.

—Sí, soy yo —dijo ella—. ¿Cómo han entrado?

Ballard volvió a mostrar su placa.

—Somos agentes de policía, señora —dijo—. De Los Ángeles. Nos gustaría hacerle unas preguntas.

—¿Sobre qué?

—Bueno, preferiríamos no hablar de ello aquí en la puerta. ¿Podríamos entrar y sentarnos con usted?

—No hasta que me digan de qué se trata.

—Es sobre su hija, señora. Mallory.

Si el juez Purcell la había avisado de su inminente llegada, Richardson hizo un trabajo magistral para disimularlo y parecer primero sorprendida y luego aprensiva. Ballard interpretó la reacción como auténtica. Richardson abrió la puerta del todo y los invitó a pasar.

Los condujo a una sala de estar con mobiliario de mediados del siglo xx. Richardson se sentó en un sofá, y Ballard y Masser, en dos sillones acolchados frente a una mesa de cristal.

—Trabajamos en la Unidad de Casos Abiertos del Departamento de Policía de Los Ángeles —comenzó Ballard—. El juez Purcell, que era su vecino cuando vivía en Pasadena, nos dio su nombre.

—¿Por qué les dio mi nombre? —preguntó Richardson—. ¿De qué se trata?

—Se trata de un viejo caso de agresión sexual y asesinato. Acudimos al juez Purcell por su hijo, Nick. Una coincidencia de ADN en nuestro caso indicó que el padre de Nick es nuestro sospechoso. Solo que resulta que el juez Purcell no es el padre de Nick. Y su esposa no es la madre de Nick. Cuando descubrimos que el chico era adoptado, el juez nos dijo que su madre biológica era Mallory.

—¿Está diciendo que el hijo que mi hija entregó es un asesino?

—No, en absoluto. Creemos que el hombre que buscamos es el padre del niño. Hemos venido a preguntarle quién era.

—Tiene que haber un error. ¿Cómo puede ser?

—El análisis de ADN lo confirma. ¿Sabe quién era el padre, señora Richardson? ¿Su hija se lo dijo alguna vez?

—No me lo dijo porque tenía miedo.

—¿Miedo de qué?

—De lo que mi marido pudiera hacerle al chico.

—¿Por qué? ¿Alguien lastimó a su hija, señora Richardson?

—No me gusta hablar de esto. Está sacando a relucir la peor parte de mi vida.

—Lo entiendo y le pido disculpas, pero la persona que buscamos puede estar libre haciendo daño a mujeres. Tenemos que encontrarlo, y estoy segura de que quiere ayudarnos. ¿Recuerda algo de aquella época que pueda indicarnos quién era el padre?

—Tiene que entender que he bloqueado muchas cosas de esos años. Fueron los peores de nuestras vidas para mi marido y para mí. Y ahora de repente vienen aquí y… No sé nada que pueda ayudarles.

Ballard se inclinó hacia ella. Sabía que la siguiente parte de su interrogatorio sería especialmente difícil.

—Entendemos que su hija se quitó la vida, señora Richardson. Sentimos mucho su pérdida. ¿Dejó algo que pudiera ayudarnos a identificar al padre de su hijo?

Richardson tenía la mirada perdida. Estaba retrocediendo en el tiempo hasta aquellos años difíciles. Negó lentamente con la cabeza.

—Nunca volvió a ser la misma —dijo Richardson—. Después de entregar el bebé, ya no fue la misma. Usó mis pastillas. No dejó ninguna nota.

Ballard asintió. Era consciente de que había puesto patas arriba la frágil existencia de aquella mujer con unas pocas preguntas, y no creía que presionándola más fuera a aportar nada útil. Había sido un largo camino hasta otro callejón sin salida.

—¿Puedo hacer una pregunta? —dijo Masser—. Mallory fue a la escuela en St. Vincent, ¿verdad?

—Sí, también era nuestra iglesia —confirmó Richardson.

—¿Es posible que el padre fuera un chico, un alumno, del colegio? ¿Estaba saliendo con alguien en ese momento?

—No tenía novio. Ese año un chico la invitó al baile de graduación y ella fue, pero no estaban saliendo.

—¿Recuerda su nombre?

—Se llamaba Rodney.

—¿Recuerda el apellido?

Richardson negó con la cabeza.

—Está bien —dijo Masser—. El nombre de Rodney nos ayuda. ¿Era de último curso?

—Sí, tenía que serlo —dijo Richardson.

—¿Por casualidad su hija tenía algún anuario de St. Vincent?

—Hay uno. De cuando estaba en décimo curso. Lo guardé porque sale muy guapa en las fotos.

Ballard asintió. No dijo nada. Masser estaba conectando con ella y avanzando.

—¿Cree que podría prestarnos el anuario? —inquirió Masser—. Le garantizo que se lo devolveré personalmente.

—Puedo ir a ver si lo encuentro en la biblioteca —dijo Richardson.

—Gracias, eso sería de gran ayuda.

Richardson se levantó y salió de la habitación. Ballard miró a Masser y asintió.

—Buena la del anuario —dijo—. Espero que aún lo tenga.

32

Ballard pidió a Masser que condujera el tramo inicial del regreso a Los Ángeles para poder ser ella la primera en mirar el anuario. Era delgado, pero tenía unas tapas de cuero gruesas. En la portada ponía VERITAS 1999.

—*Veritas* —dijo Ballard.

—'La verdad' —dijo Masser.

—Sabes latín.

—Estudié en los jesuitas. Nos daban latín. Fue útil algunas veces en la Facultad de Derecho. *Ipse dixit* y todo eso.

—¿*Ipse dixit*? ¿Eso qué es?

—Significa 'Lo dijo él mismo'. Es un argumento que afirma que, si alguien con autoridad lo dijo, puede considerarse cierto. Se remonta a Cicerón y al Imperio romano.

—¿Y todavía lo usan en el tribunal?

—A veces. Sobre todo, en las sentencias del juez.

—¿Y *Mortui vivos docent*?

—Esa no me la conozco.

—'Que los muertos enseñen a los vivos'. Es el lema de la Asociación de Investigadores de Homicidios de California.

—Vale, muy buena.

—Solo lo conozco porque está en la insignia.

Ballard empezó a hojear el anuario. En el interior de las tapas no había autógrafos ni mensajes escritos a Mallory Richardson por otros estudiantes. Ballard supuso que eso se debía a que el anuario se había publicado después de que ella dejara la escuela y Pasadena. Probablemente se lo enviaron a Smoke Tree y nunca tuvo la oportunidad de que otros estudiantes se lo firmaran.

Ballard hojeó las secciones dedicadas a los deportes y a las excursiones. Cuando llegó a la dedicada a los mayores, miró las fotos de los chicos; había dos Rodney.

—Tenemos un Rodney McNamara y un Rodney van Ness en el último curso —dijo.

—Me pregunto si seguirán por aquí —dijo Masser.

—Lo averiguaremos en cuanto tenga mi ordenador. Hay un total de veintinueve chicos en el último curso. Los investigaremos a todos a ver qué sale.

—¿Qué opinas del suicidio?

Ballard estaba mirando por la ventanilla una granja de molinos de viento por la que pasaban.

—¿Qué quieres decir?

—Bueno, parece una contradicción —dijo Masser—. ¿Por qué estaba deprimida? ¿Por haber tenido que entregar el bebé? ¿La habían violado y seguía traumatizada? Pero, en ese caso, ¿por qué no se lo dijo a nadie, especialmente a sus padres? Era como si estuviera protegiendo al padre del niño, pero al mismo tiempo entra en una espiral que la lleva al suicidio. ¿Entiendes lo que digo?

—Sí, pero no se puede explicar por qué la gente hace lo que hace. Y la gente responde a una violación de muchas maneras. Si la violaron, claro. Tenemos que averiguar más, y esperemos que uno de estos Rodney nos ayude.

Ballard pasó las páginas hasta llegar a las fotos de décimo curso. Localizó a Mallory Richardson. Era una foto favorecedora; Ballard comprendió por qué le gustaba a su madre. El cabello rubio de la joven le caía sobre los hombros y se curvaba hacia el cuello, enmarcando el rostro en un elegante óvalo. Ballard pensó en las amigas que Robin Richardson había nombrado cuando les dio el anuario.

—Sus amigas eran Jacqueline Todd y... ¿era Emma? —preguntó.

—Emma Arciniega —dijo Masser—. Pero Robin dijo que no tuvieron contacto después de que se mudaron al desierto. Fue antes de las redes sociales. Hoy en día, la gente se mantiene en contacto para siempre. Mi hija tiene veintisiete años y sigue en contacto con compañeros de la guardería.

Ballard pasó las hojas en busca de las fotos de sus amigas. Jacqueline Todd era una de las pocas alumnas negras de la clase de Mallory, y Emma Arciniega era una de las pocas latinas.

—Las mejores amigas de una chica blanca de Pasadena eran una negra y una latina —dijo Ballard.

—Interesante —dijo Masser—. ¿Crees que sabrán algo que nos pueda ayudar?

—¿Quién sabe? Pero a veces las mejores amigas saben más que los padres.

Ballard cerró el anuario. La conversación le hizo pensar en su madre. Tenía que llamar a Dan Farley, a Maui, para que la pusiera al corriente de la búsqueda. Decidió que lo haría cuando regresaran a Los Ángeles y pudiera efectuar la llamada en privado.

—¿Estás pensando en tu madre? —preguntó Masser.

—Caray, Masser, no te pongas en plan Colleen —dijo Ballard—. ¿Cómo lo has adivinado?

—Por esa mirada como nostálgica. La he visto antes.

—Deberías mantener los ojos en la carretera.

—Sí, señora.

—Y no me llames señora.

—Sí, señora.

Antes de que Ballard pudiera responder, sonó su teléfono. No reconoció el número, pero contestó.

—Detective, soy Robin Richardson. Acaba de estar en mi casa y ha dejado su tarjeta de visita.

—Sí, señora Richardson, ¿pasa algo?

—Eh, no. Es solo que me he acordado del apellido de Rodney. Rodney van Ness.

—Gracias, eso es muy útil.

—¿Me contará lo que averigüe? Realmente, necesito saberlo.

—Por supuesto que lo haré. Gracias por llamar.

Ballard colgó y le dijo a Masser que la cita de Mallory en el baile de graduación fue Rodney van Ness. Abrió de nuevo el anuario y pasó las páginas hasta que estuvo ante su foto.

—¿Crees que es él? —preguntó Masser.

—Tal vez, pero eso sería demasiado fácil —dijo Ballard—. Y hasta ahora nada ha sido fácil en este caso.

Lunes, 9:54

33

Como era festivo y había trasladado la reunión semanal del equipo al martes, Ballard no esperaba encontrar a nadie en la Balsa cuando llegó al Centro Ahmanson con el anuario de Mallory Richardson bajo el brazo el lunes por la mañana. En cambio, encontró a Colleen Hatteras y Maddie Bosch sentadas una al lado de la otra delante de la gran pantalla del ordenador de Colleen.

—Sabéis que es fiesta, ¿verdad? —dijo Ballard.

—Pensaba que la lucha contra el crimen nunca se tomaba un día libre —dijo Hatteras.

—Hemos encontrado a la familia de Elyse Ford —dijo Maddie.

Había emoción en su voz. Ballard permaneció de pie ante su escritorio. Dejó lentamente el anuario encima de un sobre que le habían enviado del laboratorio fotográfico.

—¿Qué quieres decir con que habéis encontrado a la familia?

—Colleen empezó con el nombre de la madre de Elyse (salió en las noticias de los periódicos de entonces) —explicó Maddie—. Encontró a una nieta en internet, la hija de la hermana pequeña de Elyse.

—Es la sobrina de Elyse —dijo Hatteras—. Le envié un mensaje de texto y me respondió que su madre, la hermana de Elyse, está viva. Tiene más de ochenta años, pero sigue lúcida, según su hija, y accedió a hablar con nosotros, así que hemos preparado un Zoom.

—¿Cuándo vais a hacer el Zoom? —preguntó Ballard.

—Dentro de cinco minutos —dijo Hatteras.

—¿En serio? —dijo Ballard—. Que yo sepa, todavía dirijo esta unidad. ¿No se os ocurrió consultarlo antes conmigo?

—Eh, solo vamos a hablar con ella —dijo Maddie—. Le enseñaremos la foto de los archivos de Thawyer. La primera foto. A ver si podemos confirmar la identificación.

—¿Habéis hecho esto alguna vez, decirle a una familia que su ser querido ha sido asesinado? —preguntó Ballard—. ¿Alguna de las dos?

—Eh, no —dijo Hatteras.

Maddie negó tímidamente con la cabeza.

—Mi compañero sí —dijo—. Después de un AT. Yo estaba allí, pero habló él.

—Esto no fue un accidente de tráfico —dijo Ballard—. Da igual el tiempo que haya pasado. Si vas a decirle a alguien que su hermana fue asesinada hace setenta años o hace siete horas, más vale que estés preparada. Deberías haber hablado conmigo primero.

—Lo siento —dijo Maddie—. ¿Lo cancelamos?

—Es demasiado tarde —dijo Ballard—. Será peor dejarla en ascuas.

—Y ya es hora —dijo Bosch—. El Zoom está fijado para las diez. ¿Prefieres ocuparte tú?

Ballard negó con la cabeza.

—No, hazlo tú —dijo—. Te vendrá bien adquirir experiencia.

Ballard se sentó y apartó el anuario para coger el sobre del laboratorio. Lo abrió mientras oía cómo Bosch y Hatteras se preparaban para la llamada de Zoom. El sobre contenía un informe de una página enganchado con un clip a las fotos de

Thawyer de la mujer que creían que era Elizabeth Short. Sus ojos se dirigieron al recuadro de resumen al final de la página. Decía que el análisis digital de las fotografías entregadas y de las fotografías de Elizabeth Short disponibles en las pruebas y en internet indicaba una probabilidad del noventa y dos por ciento de que las fotos correspondieran a la misma mujer.

Ballard se irguió y miró a Hatteras y a Maddie por encima de la mampara. Habían establecido la conexión de Zoom y miraban fijamente la pantalla.

—Señora Fanning, me llamo Madeline Bosch, y ella es Colleen Hatteras. Somos investigadoras de la Unidad de Casos Abiertos del Departamento de Policía de Los Ángeles. Nos gustaría hablar con usted sobre su hermana Elyse.

—Sí, Martha me lo dijo. Ella es Martha. Quería que estuviera conmigo.

—Está bien, señora —dijo Maddie—. Denunciaron la desaparición de su hermana en Los Ángeles en 1950. ¿Recuerda esa época?

—Yo era una niña. Elyse era mi hermana mayor, ocho años mayor. Pero recuerdo bien esos días. Fue una época horrible para mi familia.

—Entiendo. ¿Fueron sus padres, en Wichita, quienes denunciaron la desaparición en Los Ángeles?

—Sí. Recuerdo que mi padre fue a buscarla porque no creía que la policía se estuviera esforzando mucho por encontrarla. Pero no averiguó nada y cuando volvió… ya no era el mismo. Se sentaba mucho a oscuras, solo. Recuerdo que nos sentíamos impotentes. No podíamos hacer otra cosa que esperar y rezar. Pensábamos que algún día volvería a casa o llamaría y diría que estaba bien. Esperamos…, pero eso nunca ocurrió. Mi madre dejó de salir de su habitación. Recuerdo que tenía que preparar la cena para mi padre y para mí.

—Martha nos dijo que tiene fotos de su hermana. ¿Las tiene ahí? ¿Podría enseñárnoslas?

—Tengo estas. Esta es de toda la familia. Ella es Elyse. Era muy guapa. Todo el mundo decía que debía dedicarse al cine.

Ballard no tuvo que ver la expresión de la cara de la anciana que sostenía las fotos para saber el dolor de la espera por el que habían pasado ella y su familia.

—Esta la hizo mi padre cuando Lysie (así la llamaba yo) iba a subirse al tren a Los Ángeles. Ella la llamaba la Ciudad de los Ángeles.

—Señora Fanning, vamos a hacer los preparativos para obtener copias de esas fotos. También nos gustaría enseñarle una foto para ver si puede confirmar que se trata de Elyse.

Ballard observó que Hatteras sostenía la que probablemente era la última foto tomada a Elyse Ford cuando estaba viva e ilesa.

—Sí —dijo la anciana—. Es Elyse.

—¿Está segura? —preguntó Bosch.

—Es mi hermana mayor. La reconocería en cualquier parte.

—Sí. Gracias por confirmárnoslo.

—¿La han encontrado?

—No, señora, no la hemos encontrado. Pero creemos que fue víctima de un hombre al que estamos investigando. Lo siento mucho.

—Supongo que nuestra espera ha terminado. ¿Ese hombre... la hizo sufrir?

—No lo sabemos, señora —dijo Maddie.

Ballard se dio cuenta, por las miradas de Bosch y Hatteras, de que las dos mujeres de la pantalla estaban llorando. Oyó a la hermana y a la sobrina de Elyse tratando de consolarse mutuamente. Por más décadas que pasaran, el dolor de los seres queridos de una víctima de asesinato nunca se aliviaba.

—¿Han detenido a alguien? —consiguió preguntar la anciana—. ¿Cómo ha encontrado su foto?

—No, no hay ninguna detención —dijo Maddie—. Creemos que el hombre ya está muerto. Encontramos las fotos de su hermana entre las cosas que guardaba en un trastero.

—¿Hay otras fotos? ¿Podemos verlas, por favor?

Ballard vio que Maddie inclinaba la cabeza hacia atrás al darse cuenta de su error.

—Eh, ahora mismo no podemos enseñárselas, señora —dijo.

—Si solo tienen fotos, ¿cómo pueden estar seguros de que ese hombre mató a mi hermana? —preguntó la anciana.

—Me temo que no puedo contarle todo lo que sabemos, señora Fanning. Pero estamos seguras de que ese hombre mató a su hermana. Sabemos que fue hace mucho tiempo, pero lo sentimos mucho.

—Nunca pensé que averiguaríamos qué pasó.

—Lamento darle unas noticias tan perturbadoras. Estaremos en contacto a través de Martha mientras la investigación continúa.

—Gracias.

Martha también les dio las gracias, luego todos se despidieron y la conexión por Zoom terminó. Ballard se levantó y se acercó a Maddie y Hatteras con el informe del fotoanálisis.

—Buen trabajo —dijo—. Nunca es fácil.

Maddie se limitó a asentir. Parecía un poco agitada. Ballard dejó el informe sobre el escritorio.

—El análisis del laboratorio dice que hay un noventa y dos por ciento de probabilidades de que la mujer de la foto sea Elizabeth Short.

—Eso está muy bien, ¿verdad? —preguntó Maddie, más animada.

—Eso lo decidirá la fiscalía —dijo Ballard.

—¿Cuándo vamos a verlos?

—Pronto.

34

Ballard pasó el resto de la mañana investigando los nombres del anuario con Hatteras y Maddie. Hatteras se ocupó de las redes sociales y de los sitios de genealogía, mientras que Ballard y Maddie buscaron en las bases de datos policiales y del Departamento de Tráfico.

Ballard se partió la lista con Maddie y le dijo que empezara por las dos chicas que Robin Richardson había identificado como las mejores amigas de su hija. Ballard comenzó con Rodney van Ness, pero no logró encontrar ningún permiso de conducir de California ni antecedentes penales en las bases de datos locales, estatales o nacionales. A partir de ahí, pasó a los nombres de otros chicos de la clase.

Al cabo de una hora, Hatteras se acercó a la mesa de Ballard.

—¿Puedo ver el anuario? —preguntó—. ¿Hay fotos del baile de graduación?

—Sí y sí —dijo Ballard—. Hay dos páginas de fotos del baile, pero ya lo he comprobado y Mallory no sale en ninguna. —Le tendió el libro a Hatteras—. ¿Es eso lo que buscas?

—En realidad, no —dijo Hatteras—. Solo quería…

—¿Percibir algo?

—Más o menos.

Ballard estaba cansada de intentar contener las percepciones de Colleen.

—Adelante —dijo.

—He hecho las cuentas —dijo Hatteras—. Es que creo que el baile es importante.

—¿Las cuentas?

—Nicholas Purcell nació el 29 de enero de 2000. Retrocedes nueve meses desde ahí y estás en abril o mayo de 1999. La mayoría de los bailes de graduación son cerca del final del año escolar.

—¿Crees que pasó algo el día de la fiesta de graduación?

—Sí.

Ballard se enfadó consigo misma por no haber pensado en hacer esos cálculos.

—Eso está bien, Colleen —dijo—. Sigue con el anuario. Cuando termines, mira a ver qué encuentras sobre la cita de Mallory, Rodney van Ness. No lo he encontrado, porque no tiene antecedentes. Su último permiso de conducir de California expiró en 2009. Creo que se marchó del estado.

—Estoy en ello —dijo Hatteras.

Hatteras volvió a su mesa y Ballard miró el reloj. Tendría que irse pronto. La doctora Elingburg le había enviado un mensaje de texto para decirle que había decidido mantener abierta su consulta en el día festivo porque muchos de sus pacientes habían expresado su preocupación por perderse sus sesiones semanales de terapia y no querían hacerlas por Zoom. Ballard no estaba entre los que se habían quejado, pero se sintió aliviada cuando leyó el mensaje.

Elingburg había trasladado su cita habitual de las doce a la una, así que Ballard aún tenía tiempo de buscar algunos nombres en el índice del NCIC. Hasta el momento solo había encontrado un chico de último curso con antecedentes penales, y era por delitos financieros.

Al cabo de unos minutos, Hatteras regresó con el anuario abierto por la doble página de fotos del baile de graduación.

—Mira —dijo—. Creo que fue en el Huntington.

El Huntington era un hotel de lujo en una zona residencial de Pasadena.

—No está nada mal para un baile de graduación —dijo Ballard—. ¿Qué te hace pensar que es el Huntington?

—He estado allí en varias bodas a lo largo de los años, y una fue hace un mes —dijo Hatteras—. Recuerdo estos arcos que daban al patio con la fuente.

Señaló unas puertas cristaleras situadas detrás de las parejas que bailaban un lento.

—Vale, así que fue en el Huntington —dijo Ballard—. ¿Eso qué nos aporta?

—Refuerza los cálculos —dijo Hatteras—. El baile de graduación fue en un hotel. ¿Fuiste a tu baile de graduación?

—Eh…, no, no fui.

—Yo tampoco. Pero sé que, cuando un baile de graduación es en un hotel, sobre todo los chicos reservan habitaciones, y ahí es donde se escabullen para tomar alcohol, drogas y para otras cosas.

—Como sexo.

—Exacto. Creo que algo le pasó a Mallory en el baile, consentido o no. Realmente, lo percibo.

Ballard asintió. Estaba impresionada por la forma en que Colleen estaba encajando las piezas.

—Pues está claro que tenemos que encontrar a Rodney van Ness —dijo.

—Ya lo he hecho —dijo Hatteras—. Está en LinkedIn. Vive en Las Vegas y es supervisor de seguridad en el casino Cleopatra.

—¿Lo has encontrado así de rápido?

—Casi toda esta gente tiene cuenta en LinkedIn. Están en sus cuarenta y pocos y en el mundo de los negocios. LinkedIn es un mejor punto de partida que Facebook o Instagram.

—¿Qué más dice de él?

—Lleva nueve años allí. Antes trabajó en el Caesar's.

—¿Algún domicilio?

—No lo pone. Pero hay un teléfono de trabajo y un segundo número que creo que podría ser un móvil. ¿Deberíamos llamarlo?

—No, todavía no. Tenemos que pensar en la mejor manera de acercarnos a él. Puede que solo contemos con una oportunidad. ¿Sabes si estuvo en la policía antes que en la seguridad del casino?

—Deja que me baje su currículum y lo compruebo.

—Si estás localizando a mucha de esta gente, ¿estás haciendo un gráfico?

—Ah, sí. Lo estoy anotando todo.

Ballard alzó la voz para que Maddie pudiera oírla desde el otro lado de la mampara.

—Maddie, ¿qué hay de las amigas de Mallory? ¿Las has encontrado?

—He encontrado a una: Jacqueline Todd —dijo Maddie—. No tiene antecedentes y aún vive aquí. Por cierto, mi baile de graduación fue en un hotel que estaba en el Galleria de Sherman Oaks. Mucha gente consiguió habitaciones, y lo único que diré es que había muchas drogas.

—Ahí era el baile de graduación en *La chica del valle* —dijo Hatteras.

—Me encanta esa película —dijo Maddie—. Nicolas Cage estaba increíble.

—Vale, entonces, sobre los nombres —dijo Ballard, reconduciendo la conversación—. Vamos a ver a la amiga de Mallory que se quedó aquí.

—¿Cuándo? —preguntó Maddie.

—Tengo una cita a la una. Tardaré una hora —dijo Ballard.

—Vamos después.

—¿Y si vamos a ver al fiscal por el caso de la Dalia? —preguntó Maddie.

—Hoy no están —dijo Ballard—. Ya lo pensaremos mañana.

Sonó el móvil de Ballard. Miró la pantalla y vio que era Harry Bosch.

—Tengo que contestar —dijo.

Cogió el teléfono y se dirigió a la sala de confinamiento, donde nadie la oiría.

—Hola —dijo de camino, sin decir su nombre, a propósito.

—¿Puedes hablar? —preguntó Bosch.

—Sí. Deja que vaya a… Espera.

Abrió la puerta, entró y cerró tras de sí.

—Lo siento, ya puedo hablar —dijo—. ¿Qué pasa?

—Déjame adivinar —dijo Bosch—. Colleen estaba escuchando.

—Bueno, tu hija también está aquí y no ha dicho nada de lo que pasó el sábado, así que supongo que no quieres que lo sepa.

—Puede que ahora no pueda evitarlo. Acabo de enterarme por un periodista del *L. A. Times.* Por eso te llamo, para avisarte de que alguien del FBI está filtrando información.

—Maldita sea. ¿Quién era el periodista?

—Scott Anderson. No lo confirmé ni lo negué.

—Vi que escribió un par de los artículos iniciales. Así que está conectado. ¿Qué te preguntó que no respondiste?

—De algún modo sabe que yo era el informante. Me preguntó cómo sabía que esos tipos querían comprar subfusiles.

—Uf. ¿Me mencionó?

—No, pero no le di la oportunidad de hacerlo. Le dije «sin comentarios» y colgué. Pero, aunque no sepa nada de ti, si publican un artículo sobre mí, hay gente en el departamento que sabe que tú y yo nos llevamos bien. Así que ese es el aviso.

—De acuerdo, entendido. Te lo agradezco.

—Avísame si sabes algo de él.

—Lo haré.

—¿Cómo está Maddie? Creía que los lunes trabajaba en Hollywood.

—Lo está haciendo muy bien. Trabaja los lunes por la tarde, pero ha venido hoy y ni siquiera le he preguntado por qué. Va a ser una buena detective, Harry. Vas a estar orgulloso.

—Ya lo estoy.

—Bien. Hablamos luego, entonces.

Ballard colgó y miró el reloj. Tenía que salir para su cita con la doctora Elingburg, pero antes hizo una llamada al agente Olmstead.

—Ballard, ¿cómo estás?

—Bien. ¿Sigues disfrutando del brillo de tu operación antiterrorista?

—Bueno, podría decirse que los que mandan son mis nuevos mejores amigos.

—Me alegro de oírlo. Pero de lo que no me alegro es de saber que el puto *L. A. Times* está llamando a Harry Bosch para preguntarle si era tu informante confidencial en la operación.

Hubo una pausa mientras Olmstead consideraba la noticia.

—¿Cuándo ha sido eso? —preguntó.

—Hoy —dijo Ballard.

—Espero que se haya negado a hacer comentarios.

—Por supuesto que se ha negado, pero la cuestión es que su nombre nunca debería haber llegado a la prensa. Es un informante confidencial, por Dios, Gordon. Si el *Times* publica un artículo, podría ponerlo en peligro. Quién sabe cuántos simpatizantes y paletos creen que lo que planeaba Dehaven era patriótico.

—Ya lo sé, ya lo sé. Lo único que puedo decirte es que no he sido yo y que me voy a poner manos a la obra para averiguar quién coño ha sido.

Ballard no sabía si creerlo. Le parecía que los federales siempre tenían segundas intenciones. Sus experiencias anteriores con Olmstead le hacían pensar que se podía confiar en él, pero, si se equivocaba en eso, no sería la primera vez.

—La otra cosa es que, si la filtración me delata a mí también, vas a tener un problema de relaciones públicas —dijo—. Porque, si me nombran, no me voy a contener. Le diré al *Times* que te lo serví en bandeja de plata después de hacer el trabajo preparatorio y de identificar a Dehaven y a su alegre banda de terroristas ambulantes. Los que mandan ya no creerán que caminas sobre las aguas cuando eso salga a la luz.

Hubo otro silencio antes de que Olmstead respondiera.

—Entendido —dijo por fin.

—Bien —dijo Ballard—. Avísame cuando lo hayas controlado.

Colgó sin despedirse para recalcar su enfado por la situación. Volvió a llamar a Harry Bosch.

—Acabo de leerle la cartilla a Olmstead. Puede que tú no le importes demasiado, pero sí le interesa que esto siga siendo una gran victoria del FBI y suya. Todo se irá al garete si tú y yo salimos en los medios.

—Sabía que sabrías cómo manejarlo.

—Bueno, espero que él se encargue.

—¿Crees que hay alguna posibilidad de que la filtración venga de él?

—Lo pensé, pero no tiene sentido. Ahora mismo es un héroe. Si toda la verdad sale a la luz, no quedará tan bien. Probablemente, sea alguien en esa oficina que está celoso de la atención que está recibiendo por esto.

—Yo también lo creo. Pero gracias por ponerlo en su sitio, Renée.

—Todo en un día de trabajo.

Después de colgar, Ballard miró su reloj. Tenía que ponerse en marcha. Se fijó en la maleta antigua que había en el suelo, junto al archivador que contenía lo que quedaba de los archivos de la Dalia Negra. La maleta, con la ropa de Elizabeth Short, se había encontrado en una taquilla de la estación de autobuses de Hollywood varias semanas después de su asesinato, en 1947. El período de alquiler de la taquilla había expirado y el conserje estaba limpiándola. Nadie sabía quién había guardado allí la maleta: podía haber sido Elizabeth o su asesino.

Los analistas forenses de la época no habían encontrado huellas dactilares ni otras pruebas en la maleta que pudieran conducir a un sospechoso. Nadie había robado la maleta ni su contenido en las décadas transcurridas, porque se guardaba en el almacén de pruebas protegido del departamento, mientras que el archivador que contenía los expedientes de la investigación se había guardado en los despachos de la unidad de homicidios, a la que tenía acceso mucha gente.

Al ver la maleta, Ballard tuvo una idea. Decidió que haría un seguimiento después de la cita con su terapeuta.

35

Ballard llegó cinco minutos tarde a su cita con la doctora Elingburg. Cuando entró en la sala de espera, la puerta del sanctasanctórum ya estaba abierta. La psicóloga ocupaba su sitio habitual, en uno de los sofás. En la mesita había dos vasos de agua.

—Siento llegar tarde —dijo Ballard.

—¿Un día ajetreado? —preguntó Elingburg.

Ballard se sentó en su sitio habitual, en el sofá de enfrente.

—No debería haberlo sido —dijo—, pero, sí, muy ajetreado.

—No hay vacaciones en la búsqueda de la justicia —dijo Elingburg.

—Algo así.

—Veo que llevas una placa en el cinturón. ¿Es la placa que desapareció o un reemplazo?

—Es la placa que se llevaron, sí. Un poco gastada, pero la recuperé.

—¿Sin que tus superiores se enteraran de que te la habían robado?

—Hasta ahora no se han enterado. Pero eso podría cambiar. Nunca se sabe.

—Esperemos que no. Antes de empezar, ¿hay algo de lo que te gustaría hablar hoy?

—Eh, la verdad es que no. Para ser sincera, no he tenido ni un día libre desde nuestra última sesión, así que no he tenido tiempo para pensar en la terapia. Pero aquí estoy.

Elingburg asintió y cogió el cuaderno que mantenía en la mesita durante las sesiones.

—Bueno, pasemos entonces a nuestra lista de temas que tratar —dijo—. ¿Cómo ha ido tu patrón de sueño?

—Eh, bien y mal —dijo Ballard—. Algunas noches tengo el insomnio habitual, y otras estoy tan cansada cuando pillo la cama que parece que me hayan noqueado. Pero al cabo de unas horas me despierto y no consigo volver a dormirme.

—Una vez me dijiste que oías el océano desde tu habitación. ¿Eso no ayuda?

—En invierno hace demasiado frío por la noche para dejar la ventana abierta. Así que últimamente no oigo el mar.

—Te voy a enviar un enlace a una máquina de ruido blanco que puedes conseguir en internet. Tiene varios ajustes: el océano, el viento, hojas que vuelan sobre el césped. Creo que podría ayudarte, pero la conclusión es que tus mecanismos de sueño no están funcionando.

—Ya lo sé. ¿No fue por eso por lo que vine aquí?

—Sí, y tenemos que seguir tratando de averiguar por qué. ¿Hay alguna novedad con tu madre?

Ballard negó con la cabeza.

—Que yo sepa, no, y es culpa mía. No he tenido tiempo de llamar a Farley desde la última vez que hablamos.

—Farley es...

—Dan Farley, del equipo de identificación. Es mi contacto y se ha interesado especialmente en mi caso, probablemente porque soy policía. O debería decir que ha tomado un interés especial en el caso de mi madre.

—Bueno, tal vez tengas novedades para nuestra próxima sesión. Podemos seguir adelante. Con esta semana tan ocupada, ¿has estado mucho en el agua?

—Nada de nada. No he subido a una tabla desde el día que me robaron la placa.

—Hace una semana.

Hablar de surf hizo que Ballard recordara que tenía el reloj de Seth Dawson y necesitaba devolvérselo.

—¿Renée?

—Perdona, ¿cuál era la pregunta?

—No sé si había una, pero parece que te has ido. ¿En qué estabas pensando?

—En nada, en realidad. Recuperé un reloj que le robaron a un surfista y tengo que devolvérselo, nada más.

—Parece que estás tan metida en el trabajo que no has tenido tiempo para lo único que me has dicho que mantiene tu cordura intacta: estar en el agua.

—No lo discuto. Me lo perdí.

—¿Qué es lo que me dijiste del agua?

—Que es mi salvación. Lo sé.

—Si lo sabes, ¿por qué no has podido salir?

—No he tenido tiempo. Veo el agua cuando conduzco al trabajo, pero no he tenido tiempo de meterme en el mar. Pero, si te hace feliz, prometo salir mañana por la mañana.

—Eso me haría muy feliz. Por ti.

—Lo haré.

—Quiero hablarte de algo que dije la semana pasada. Cuanto más lo pienso, más siento que me equivoqué. ¿Sobre qué?

—Bueno, escribí algo y me preguntaste qué era. Había escrito «trauma vicario», y te dije que creía que era la raíz de la agitación y el insomnio que sufres. Vine a decirte que comías pecados, que asimilabas todos los horrores que veías en tu trabajo y los guardabas dentro, y se revelaban en estos síntomas que estamos viendo: insomnio, agitación que lleva a un mal genio.

—¿Y ahora me vas a decir que no es eso?

—Es una parte. Pero quiero entrar en temas de abandono contigo. ¿Te parece bien?

—Supongo que sí.

—Déjame empezar con una pregunta que puede ser difícil de responder para ti.

—Justo lo que necesito.

—Dime lo que piensas de esto. Sé que tienes a este hombre Farley en Maui que te mantiene al tanto de la búsqueda de tu madre, y tienes un montón de trabajo aquí, pero...

—¿Por qué no he ido a buscarla yo misma?

Elingburg la señaló con el bolígrafo.

—Exacto. Parece que lo has pensado.

—Sí, lo he pensado.

—¿Y?

—Y no lo sé. A veces, creo que no voy allí porque ella no vino a buscarme. No sé, después de que mi padre... muriese, me quedé sola. Estaba sola y asustada, y ella debería haber venido a buscarme. Pero fue Tutu quien vino por mí. Ella me salvó. Y, no sé, es como que no puedo superarlo.

—Es una respuesta común. El resentimiento del abandono. ¿Qué es lo primero que te pasa cuando entiendes que es eso lo que está ocurriendo?

—Bueno, me hace sentir muy culpable. Como si debiera estar buscándola.

—Es un ciclo. Enjabonar, enjuagar, repetir.

—Supongo. ¿Por eso no puedo dormir?

—En parte, sí. No duermes porque tu mente no puede descansar. Este ciclo la mantiene activa. Necesitas romper el ciclo. No puedes seguir enjabonando, enjuagando y repitiendo eternamente. Tienes que encontrar los desencadenantes que inician el ciclo y tratarlos.

—No sé, veo los desencadenantes todo el tiempo. Trato con familias destrozadas por la pérdida repentina de una hija o un hijo, de una madre o un padre. No importa quién sea, veo la pérdida y nunca desaparece. Veo cómo se han quedado vacíos. Todos están esperando alguna forma de cierre que saben en sus corazones que no va a llegar. Y pienso: ¿por qué ella no fue así? ¿Por qué le pareció bien dejarme y que yo me enfrentara sola con lo que ocurrió?

Elingburg no dijo nada. Ballard sabía que era una forma de hacer que siguiera hablando y descubriéndose. Ella utilizaba la misma técnica con los sospechosos. Y funcionaba.

—Esta mañana hemos tenido una llamada de Zoom con una mujer. Su hermana desapareció hace casi setenta y cinco años. Le dijimos que creemos que probablemente fue secuestrada y asesinada antes de que se denunciara su desaparición. Esta mujer trató de mostrarse estoica, pero percibí el dolor en su voz. Nunca desaparece. Nunca... —No terminó—. Lo siento, solo estoy divagando.

—No estás divagando —dijo Elingburg—. Estás buscando el fondo del asunto.

Ballard hizo una mueca.

—¿Qué? —preguntó Elingburg.

—Tengo un cartel en mi mampara que dice ESCARBA —dijo Ballard—. Es de una canción que me gusta. Es lo que hacemos en los casos sin resolver. Escarbamos en el pasado.

—Y lo que hacemos aquí.

—Supongo que sí. Tal vez eso me convierte en un caso abierto. Un caso que se ha enfriado tanto que no puedo subir a un avión e ir a buscar a mi madre desaparecida. Espero a que otro lo haga, cuando en el fondo de mi corazón sé que debería ser yo.

Ballard observó que Elingburg lo anotaba.

36

Colleen y Maddie seguían trabajando cuando Ballard regresó al Centro Ahmanson. Le enseñaron el gráfico que habían preparado. Habían localizado a cincuenta y dos de los sesenta y seis alumnos de último curso que figuraban en el anuario del St. Vincent de 1999. De los catorce restantes, había cinco chicos y nueve chicas; ellas eran más difíciles de encontrar porque a veces cambiaban de apellido al casarse. Además, Maddie había verificado los antecedentes penales, pero solo había dos antiguos alumnos condenados por delitos, uno por fraude financiero y otro por exhibicionismo.

Pasaron la siguiente media hora confeccionando una lista de prioridades para los interrogatorios. El nombre que encabezaba la lista era el de Rodney van Ness, la pareja de Mallory en su baile de graduación. Aunque era el primero de la lista, se encontraba en Las Vegas y, por lo tanto, probablemente no iba a ser el primero con el que hablaran. Hacer un viaje por carretera requería planificación y aprobaciones.

La siguiente en la lista era Jacqueline Todd, una de las dos mejores amigas de Mallory. Según LinkedIn, seguía viviendo en Los Ángeles y trabajaba de guionista. La otra mejor amiga de Mallory, Emma, era la tercera en la lista de prioridades, pero no la habían localizado. Esperaban que Jacqueline Todd tuviera su información de contacto.

El cuarto de la lista era Nathan Hyatt, el antiguo alumno que había sido detenido por exhibicionismo un año después de graduarse. Vivía en Venice, según la información de Tráfico. No tenía antecedentes penales desde esa detención, pero era una opción obvia para el escrutinio, ya que el exhibicionismo podría haber sido un precursor de delitos más graves con motivación sexual. Ballard sabía que la mayoría de los violadores seguían una trayectoria ascendente de delitos sexuales. Su única duda sobre Hyatt era que probablemente había sido interrogado por el operativo original del Violador de la Almohada. Tendría que consultar los registros, pero sabía que el grupo de trabajo había lanzado una amplia red y había interrogado a casi todos los delincuentes sexuales conocidos que vivían entonces en el condado.

—Maddie, ¿cuánto tiempo tienes antes de entrar hoy? —preguntó Ballard.

—Unas horas —dijo Maddie—. Tengo que pasar lista a las seis.

—Vamos a hablar con Jacqueline Todd —dijo Ballard.

—Buena idea.

Cogieron dos coches para que Maddie pudiera marcharse a trabajar si el interrogatorio se alargaba o se retrasaba. Ballard tomó la delantera, se dirigió hacia la autovía 405 y luego hacia el norte, hacia el valle de San Fernando. Jacqueline Todd, según Tráfico, vivía en Sherman Oaks.

La aplicación de GPS de Ballard indicó que el trayecto duraría treinta y ocho minutos. Decidió aprovechar el tiempo para hacer llamadas telefónicas. La primera fue a Gordon Olmstead, del FBI, pero le saltó el buzón de voz. Supuso que la estaba evitando después de la llamada anterior y dejó un mensaje: «Soy Ballard. Quería saber si habías bloqueado la filtración. Llámame, por favor».

Sabía que no lo haría. Pensó en lo agresiva que había sido antes con él y en lo que había dicho la doctora Elingburg sobre su mal genio. Volvió a llamar a Olmstead y dejó otro mensaje: «Gordon, soy yo otra vez. Siento haber estado tan irritable la última vez que hablamos. Están pasando muchas cosas y exageré. Llámame cuando puedas».

Colgó y condujo un rato, pensando en la conversación que esperaba mantener con Jacqueline Todd. Conocía el complejo de apartamentos al que Maddie y ella se dirigían porque había estado allí en casos anteriores. Le hizo pensar en su madre, así que hizo su siguiente llamada a Dan Farley, en Maui. Era festivo, pero él le había dicho que los miembros de OINK no se tomaban vacaciones, salvo el día de Navidad, debido a la urgencia de identificar a los fallecidos en los incendios e informar a sus familias.

Farley atendió la llamada y Ballard se dio cuenta de que estaba en un coche.

—Hola, Renée.

—Dan, ¿te he pillado en mal momento? Pensé que estarías trabajando.

—Así es. Voy a Wailea a hacer una notificación. Los familiares se hospedan en el Four Seasons.

—Buf, eso es duro. No el Four Seasons, la notificación.

—Sí, pero creo que es mejor cara a cara que por teléfono. Lo he hecho muchas veces y me parece muy impersonal. Este es un hijo de veintidós años. Estaba recorriendo las islas y fue a Lahaina. El sitio equivocado en el momento equivocado.

—Sí.

Hubo un silencio antes de que Farley hablara.

—Si tuviera noticias para ti, te habría llamado, Renée.

—Lo sé. Hoy estaba pensando en ella. En mi madre. Cuando hablo contigo, me tranquilizo. No sé por qué.

—Entiendo. Sabes que puedes llamarme cuando quieras. Trato con muchas familias que esperan oír algo, sea bueno o malo. Pero hasta ahora no la hemos encontrado entre los muertos, y eso es buena señal, ¿no?

—Supongo que sí.

—Creo que, cuando encontremos a Makani, estará viva.

Con todos los casos en los que estaba trabajando y todas las familias con las que estaba tratando, el hecho de que Farley recordara el nombre de su madre reconfortó a Ballard.

—Eso espero —dijo ella—. Gracias, Dan.

—Llámame cuando quieras —volvió a decir Farley.

La autovía la llevó al otro lado de las montañas de Santa Mónica a través del paso Sepúlveda, y en la bajada Ballard pasó a la 101 para salir inmediatamente en Van Nuys Boulevard. Jacqueline Todd vivía en un complejo de apartamentos en Magnolia llamado Horace Heidt Estates. Ballard había estado allí en otros casos. Era un complejo muy grande con un aire característico de pueblo hawaiano, con bares *tiki* e instalaciones con nombres como Aloha Room. Horace Heidt, director de una banda que tocaba en la radio en las décadas de 1940 y 1950, había construido los apartamentos para que los músicos pudieran vivir y ensayar juntos. Había tres piscinas y un campo de golf corto. También había un pequeño museo de recuerdos de Hollywood que Ballard había visitado con el hijo de Heidt, que dirigía el lugar. Se trataba sobre todo de fotos, trajes y otros recuerdos que Horace Heidt había coleccionado durante su época de director de la banda.

Ballard condujo por el interior del complejo hasta que encontró el edificio donde vivía Jacqueline Todd. Cuando aparcó, Maddie se detuvo a su lado. Antes de salir, Ballard buscó a Jacqueline Todd en IMDb y encontró sus créditos como guionista. En los últimos diez años había escrito y producido varios episodios de diversas series de televisión. La mayoría eran series policíacas. Sus últimos créditos eran de una serie en *streaming* llamada *Apex,* sobre una brigada de detectives de la policía de Los Ángeles que perseguían a «los mayores depredadores que existen». La unidad tenía un logotipo que mostraba la boca abierta de un tiburón blanco de dibujos animados y dos filas de dientes. Ballard se fijó en que la guionista se hacía llamar Jackie Todd profesionalmente.

Salió con su bolsa de cuero para el portátil, aunque había dejado el ordenador en la oficina.

—Déjame hablar a mí —le dijo a Maddie—. Si te doy el visto bueno, tú sigues a partir de ahí.

Al llamar a la puerta del apartamento 241 respondió una mujer que vestía un pantalón de chándal holgado y una camiseta con el mismo logotipo de tiburón que Ballard acababa de ver en IMDb. Llevaba el pelo corto, como la actriz principal de una serie que le gustaba a Ballard, *Historial delictivo.*

—¿Jackie Todd? —preguntó Ballard.

—Sí —dijo la mujer—. ¿En qué puedo... ayudarles?

—Soy la detective Ballard, del Departamento de Policía de Los Ángeles, y ella es la agente Bosch. Nos gustaría entrar y preguntarle unas cuantas...

Ballard no terminó. Todd había levantado una mano para taparse la boca y ocultar una amplia sonrisa.

—¿Hay algo gracioso? —preguntó Ballard.

—Eh, no, lo siento —dijo Todd—. Por favor, pasen.

La mujer dio un paso atrás para que Ballard y Maddie pudieran entrar. Accedieron a un salón con un sofá viejo y mullido y tres sillas acolchadas colocadas alrededor de una mesa de centro de bambú y cristal. Desde el balcón del salón se veía una piscina. Era un día soleado pero frío de febrero, y las tumbonas que rodeaban el agua estaban vacías. Había un comedor contiguo con una mesa en la que Ballard vio un portátil abierto y varios guiones y cuadernos.

—¿Trabaja hoy? —preguntó Ballard.

—Soy guionista —dijo Todd—. Siempre estoy trabajando. ¿Me siento? ¿O cómo quieren hacerlo?

—Sí, podemos sentarnos —dijo Ballard—. ¿Qué tal ahí? —Señaló el sofá y las sillas.

—Claro —dijo Todd—. Pero le advierto que no se suba a la mesita. Está demasiado desvencijada.

—Eh, no pensábamos hacer eso —dijo Ballard, desconcertada.

Se acercaron a las sillas y Todd se sentó en el sofá.

—¿Ha traído la música ahí? —preguntó Todd. Señaló la bolsa del portátil de Ballard.

—¿Música? —preguntó Ballard—. No. Solo queremos hacerle unas preguntas.

—De acuerdo —dijo Todd. Volvió a sonreír y añadió una risita.

Ballard estaba completamente confundida, pero Maddie aparentemente no.

—¿Cree que somos falsas policías? —preguntó—. ¿Como *strippers* o algo así?

—Bueno, sí —dijo Todd—. ¿Como un rollo de madre e hija? Os ha enviado Bernardo, ¿verdad?

Ballard levantó la mano como para cortar de raíz esa idea.

—Lo siento —dijo —. No somos *strippers,* ni madre e hija. Y no sé quién es Bernardo. —Ballard se sacó la placa del cinturón al decirlo y la colocó sobre la mesita. Maddie hizo lo mismo.

—No son de atrezo —dijo Ballard—. Son de verdad.

Todd se enderezó en su asiento.

—¡Oh, Dios mío! —dijo—. Creí que era… Lo siento mucho. Hoy es mi cumpleaños y pensaba que las enviaban los guionistas. Como una broma. Me gastaron una broma el año pasado y pensaba que…, bueno…

—¿Habla de los guionistas de *Apex?* —preguntó Ballard.

—Exactamente —dijo Todd—. Me han dicho que espere una entrega hoy, aunque sea festivo. Me da mucha vergüenza.

—Bueno, me alegro de que lo hayamos aclarado.

—Pero no entiendo. ¿Por qué quieren hablar conmigo?

—Bueno, nos dijeron que, hace veinticinco años, tenía una amiga llamada Mallory Richardson. ¿Se acuerda de ella?

El rostro de Todd adoptó un semblante serio.

—¿Mallory? —preguntó—. ¿Por qué pregunta por Mallory?

—Ha surgido en una investigación que estamos llevando a cabo —dijo Ballard—. Lo que nos gustaría es preguntarle sobre el período en que ustedes dos fueron amigas. ¿Le parece bien?

—Bueno, sí. Pero saben que Mallory murió hace mucho tiempo, ¿verdad?

—Sí, lo sabemos.

—¿Están diciendo que fue asesinada o algo así?

—No, no es eso. Su muerte no es el motivo por el que estamos aquí. ¿Puede hablarnos un poco sobre su relación con ella? ¿Cómo la conoció y qué clase de chica era?

—Bueno, nos hicimos amigas porque fuimos juntas a la escuela.

—¿St. Vincent en Pasadena?

—Sí, St. V's, la llamábamos. Y no éramos parte del grupo popular. Nos sentábamos a la mesa de los raros en la cafetería y así nos conocimos.

—¿Qué era la mesa de los raros?

—Ya sabe, para los que no encajaban. Así la llamábamos. Solo había tres alumnos negros en la escuela, y los otros dos eran chicos y atletas. Yo escribía poesía, no practicaba deportes, así que no era como ellos. Los raros eran los empo-

llones y los marginados. Los que maduraban tarde, social-
mente.

—Creo que acaba de describir cómo era yo en el instituto.
Pero a nuestra mesa la llamaban el club de los perdedores
—dijo Ballard.

—Entonces lo entiende. Así es como conocí a Mallory.
Pero eso fue hace como veinticinco años. Se fue después del
décimo curso y nunca la volví a ver. Su familia se mudó al desierto y perdimos el contacto.

—Correcto. ¿Así que no tuvo ningún contacto con ella el
verano después de décimo curso o más tarde?

—No, fue un poco raro. Fue como si se hubiera ido del
planeta. Y luego, un año después, supimos que había tomado pastillas y se había suicidado.

—Cuando habla en plural, ¿a quién más se refiere?

—Había otra chica de la que éramos amigas.

—¿Era Emma Arciniega?

—Sí. Parece que ya saben muchas cosas.

—Bueno, escribe series policíacas, ya sabe cómo funciona.
¿Sigue en contacto con Emma?

—Alguna vez. Ella tiene su vida y yo la mía.

—¿Qué significa eso?

—Matrimonio, hijos, todo. Para ella, quiero decir. Yo no
estoy casada.

—¿Cuál es el apellido de Emma ahora? ¿Dónde vive?

—Emma Sepúlveda. Como la calle. Todavía está en
South Pas.

—¿Trabaja?

—Es taquígrafa en el tribunal de apelaciones.

—¿Y su esposo?

—Randy Sepúlveda. Es actor. O intenta serlo. Eso es lo
que suelo oír de ella, cuando quiere que le consiga un papel
en una serie en la que estoy trabajando.

—¿Alguna vez lo hace?

—Sabe que soy guionista, ¿verdad? Los guionistas no toman ese tipo de decisiones. He tenido que explicárselo a Emma muchas veces.

Ballard se volvió ligeramente hacia Maddie e inclinó una sola vez la cabeza. Su turno.

—¿Y Rodney van Ness? —preguntó Maddie—. ¿Era uno de los tipos raros?

Todd se detuvo un momento para buscar en su memoria.

—Rodney... no. Iba dos años por delante de nosotras, estaba en último curso —dijo Todd—. Los raros no cruzábamos líneas así. Te quedabas con los de tu curso.

—Llevó a Mallory a su baile de graduación.

—Si ya lo saben todo, ¿por qué han venido aquí?

—Necesitamos saber más. ¿Fue al baile de graduación cuando estaba en décimo curso?

—Nunca fui al baile de graduación, ni siquiera en el último año. Nunca me lo pidieron, y el patriarcado no permitía que las chicas se lo pidieran a los chicos.

Había un trasfondo de amargura en la respuesta que no podía pasar desapercibido, un resentimiento que no había desaparecido ni siquiera después de todos los años transcurridos.

—¿Cómo es que Rodney van Ness conocía a Mallory si se llevaban dos cursos? —preguntó Bosch.

—Los chicos mayores siempre se fijaban en las chicas más jóvenes —dijo Todd—. No creo que la conociera mucho cuando la invitó al baile.

—¿Estaba emocionada de que la invitara?

—Desde luego.

—¿Le habló del baile después?

—No, no quiso hablar de eso.

—¿Por qué?

—Porque, como estoy segura de que saben, porque ya saben cosas, algo pasó.

—¿Qué pasó?

—No lo sé. Acabo de decir que no hablaba de ello.

—¿Cambió su comportamiento? ¿Cuál fue la señal?

—¿La señal?

—De que había pasado algo en el baile.

—No sé si hubo una señal. No quiso hablar de eso, nada más. Emma y yo pensamos que solo había sido una cita desafortunada. Solo quedaban unas pocas semanas de escuela en ese momento. Y luego se fue y nunca volví a saber de ella.

—¿Y cuando murió? ¿Cómo se enteró?

Todd pensó un momento.

—Bueno, no me acuerdo —dijo finalmente—. Creo que tal vez Emma me lo dijera. Pero fue entonces cuando empezamos a pensar que había pasado algo muy malo. Tal vez en el baile de graduación.

—Pero ¿no tiene ni idea de lo que fue? —insistió Ballard.

—Bueno, lo evidente es que se había acostado con Rodney, que era su primera vez y que no fue bien. O la habían obligado a tener relaciones sexuales. O incluso peor. Pero, como dije, en ese momento solo pensé que había sido una mala cita. Mal no dio indicios de que hubiera sido otra cosa.

Ballard asintió sin decir nada, esperando que Todd continuara, pero no lo hizo.

—Vale —dijo finalmente Ballard—. Tenemos una copia del anuario de cuando estaban en décimo. He pensado que podría echarle un vistazo y decirme si recuerda quiénes son algunas de las personas que aparecen en las fotos.

—Puedo intentarlo —dijo Todd—. Pero de eso hace como veinticinco años.

—Lo sé —dijo Ballard—. Solo necesito que lo intente. Estamos interesadas en identificar a las personas que aparecen en las fotos del baile. Además, supongo que había más gente que ustedes tres en la mesa de los raros. Sería bueno que pudiéramos conseguir esos nombres también.

—¿Sabe?, no me han dicho exactamente de qué se trata —dijo Todd—. Quiero decir, si Mallory no fue asesinada, ¿entonces qué están investigando? ¿Fue una violación?

—Como le he dicho, no estamos investigando su muerte —dijo Ballard—. Pero aún no podemos dar más información. Cuando se resuelva, se lo haremos saber.

Ballard sacó el anuario de su bolso de cuero y lo abrió por la doble página de fotos tomadas en el baile de graduación. Había una foto central en la que aparecían el rey y la reina del baile en el escenario, con una leyenda que identificaba a la pareja, pero las otras cuatro imágenes no tenían ningún pie de foto.

—Estamos intentando averiguar quién estuvo en el baile de graduación, porque puede que necesitemos hablar con ellos —dijo Ballard—. ¿Recuerda a alguna de estas personas?

Todd miró las cinco fotos en blanco y negro.

—No creo que pueda..., bueno, ese de ahí es Rodney —dijo.

Tocó una foto de un grupo de chicos alrededor de una mesa en la que estaban sentadas algunas de las chicas con las que habían ido al baile.

El individuo de la foto que tocó Todd tenía barba.

—¿En serio? —dijo Ballard—. Creía que era un profesor.

—No, entonces tenía barba —dijo Todd—. Me acuerdo de eso. Le hacía parecer mayor.

Ballard volvió a mirar la foto del último curso de Rodney van Ness y luego pasó una y otra vez de esa foto a la del baile de graduación, haciendo una comparación entre el Rodney afeitado y bien peinado y el Rodney barbudo de la noche del baile.

—Creo que tiene razón —dijo Ballard.

—Sé que tengo razón —dijo Todd—. A finales de año ya tenía una buena barba. Creo que se retrasó un año en la escuela primaria. Era como un hombre adulto en la graduación.

Ballard contó seis chicos de pie detrás de la mesa y solo cuatro chicas sentadas.

—Entonces, si ese es Rodney, ¿dónde está Mallory? —preguntó.

—No está —dijo Todd—. Tal vez estaba en el baño o algo así.

—Y puede que no —dijo Ballard—. ¿Conoce el nombre de alguien más de los que aparecen en esta foto?

Todd dio un golpecito sobre el chico que estaba junto a Rodney.

—Él es Victor algo —dijo—. No recuerdo el apellido. Rodney y él eran muy amigos.

—Victor —dijo Ballard. Volvió a mirar las fotos de último curso buscando a un Victor. Solo había uno—. Victor Best.

—Eso es —dijo Todd—. Victor Best. Debería haber recordado un nombre así.

—¿Era amigo de Rodney? —preguntó Ballard.

—Sí —dijo Todd—. Rodney, él y unos cuantos chicos pasaban el rato en esos bancos que hay detrás de la escuela. Abajo, en el arroyo. Se rumoreaba que se colocaban allí a la hora de comer. A los de último curso los dejaban salir del campus.

—¿Recuerda los nombres de alguno de los otros chicos de las fotos? —preguntó Ballard.

—No. Eh, en realidad no estaban en mi radar —dijo Todd—. Eran de último curso.

—¿Y las chicas?

—Lo mismo. No conocía a ninguna de último año. De hecho, creo que Mallory fue la única de décimo curso que fue al baile ese año. Que yo recuerde.

Ballard señaló las ventanas en arco detrás de la foto de las parejas que bailaban un lento.

—¿Fue en el Huntington aquel año?

—No tengo ni idea —dijo Todd—. Yo no fui, ¿recuerda?

—Cierto —dijo Ballard—. Bueno, creo que por ahora es todo, Jackie. Gracias por su ayuda. Se lo agradecemos de verdad.

—Seguro —dijo Todd—. Quiero decir, supongo. Si les ha sido útil, genial.

—Lo ha sido —dijo Ballard.

—¿Podría darnos información de contacto de Emma Arciniega? —dijo Maddie—. Nos ahorraría algo de tiempo.

—Claro —dijo Todd—. Si me da su información de contacto.

Maddie parecía desconcertada, pero Ballard intuía lo que se avecinaba.

—Estoy cansada de trabajar en series de otros —dijo Todd—. Quiero crear la mía y necesito a alguien con quien probar ideas. Quizá también que me dé algunas ideas. Será una protagonista femenina.

—Ah —dijo Maddie—. Supongo que está bien.

Miró a Ballard para ver si se estaba equivocando. Esta se limitó a asentir.

Después de intercambiar datos de contacto, incluida una dirección de correo electrónico de Emma Sepúlveda, Ballard y Maddie dieron las gracias a Todd y salieron del apartamento. Cuando volvieron a sus coches, se quedaron de pie entre los dos vehículos para hablar.

—Victor Best —dijo Ballard—. ¿Tú y Colleen lo habéis buscado?

—Fue uno de los de último curso que no pudimos encontrar —dijo Maddie—. Pero Colleen seguía con eso cuando nos fuimos.

—Bueno, quiero encontrarlo y hablar con él. Y con Rodney van Ness.

—Es interesante que Mallory no estuviera en esa foto. ¿Qué crees que significa?

—De eso vamos a hablar con Rodney y Victor.

37

Hatteras seguía en su sitio cuando Ballard volvió al Centro Ahmanson.

—Colleen, ¿qué estás haciendo? Estás pasando demasiado tiempo aquí —dijo Ballard—. No quiero que te quemes.

—No me voy a quemar —dijo Hatteras—. Me gusta estar aquí y quería quedarme para saber cómo iba todo con Jacqueline Todd.

Ballard la puso brevemente al corriente de la entrevista con Jackie Todd y luego le preguntó si había podido localizar a un alumno de último curso que aparecía en el anuario llamado Victor Best.

—No, no hay nada en las redes sociales sobre el Victor Best de St. Vincent —dijo Hatteras—. Hay otros Victor Best por ahí, pero no me ha costado mucho darme cuenta de que no eran nuestro chico.

—Y no encontraste antecedentes cuando buscaste, ¿verdad?

—Eso es, sin antecedentes.

—Podría empezar una búsqueda de genealogía, si quieres.

—Está bien, pero tal vez espera hasta mañana. Hoy ya has hecho bastantes horas. ¿Has encontrado algo más que deba saber?

—Bueno, he vuelto un rato al caso de la Dalia Negra y he trabajado en Willa Kenyon.

—¿Alguna novedad?

—Sí. He contactado con la administradora de Lost Angels y me ha llamado. Estaba tan intrigada por lo que le dije que...

—Espera, ¿qué le dijiste, Colleen? Dije que nada de este caso debía salir de la Balsa. Estabas justo aquí cuando dije eso.

—Ya sé, ya lo sé. No tienes que preocuparte. No mencioné a Elizabeth Short ni a la Dalia Negra ni nada que la llevara a hacer una conexión. Simplemente dije que, mientras trabajábamos en la investigación de un caso sin resolver, el nombre de Willa Kenyon apareció en un árbol genealógico, y queríamos saber qué tenían sobre su desaparición. Nada más.

—De acuerdo, bien. Perdona que me haya echado encima de ti. ¿Qué tenía la administradora de la web?

—Bueno, le ha picado la curiosidad lo suficiente como para ir a la oficina, a pesar de que es festivo, porque ha dicho que tienen archivos físicos de muchos de los casos realmente antiguos. Lost Angels funcionaba antes de que existiera internet, así que hay archivos en papel. Sacó el expediente de Willa Kenyon y en él había algunos nombres de familiares (los padres, que denunciaron su desaparición) y también un novio. He confirmado que los padres fallecieron hace tiempo y que no tenía hermanos. El novio también está muerto, pero su nombre era bastante singular: Adolfo Gálvez. Lo introduje en Ancestry y encontré un hijo y un nieto que aún viven en Los Ángeles. Adolfo se casó mucho tiempo después de la desaparición de Willa, cuando quedó claro que no volvería, y creo que tal vez exista la posibilidad de que hablara de Willa con su hijo o su nieto. Pero no he llamado a nadie. Pensé que querrías intervenir, porque hoy nos precipitamos con lo de la hermana de Elyse Ford.

—Bien, envíame lo que tengas, pero me parece bien que sigas adelante y hables con ellos. Tú y Maddie habéis manejado muy bien a la familia de Elyse Ford. Así que... es tu pista, tú la sigues. Pero no hoy. Quiero que empieces con eso mañana.

—De acuerdo. Mañana.

Había excitación en su voz, aunque Ballard no sabía si se debía al cumplido o a la aprobación para que continuara con la pista.

—¿Había algo más en el expediente aparte de los nombres? —preguntó Ballard.

—Había una copia de la denuncia policial que presentó la familia cuando desapareció —dijo Hatteras—. La mujer la ha escaneado y me la ha mandado.

—¿Algo que llame la atención?

—En realidad, no. Pero, toma, lo abriré. Es bastante corto.

Hatteras se volvió hacia su pantalla y abrió un documento. Era una denuncia de persona desaparecida emitida por la policía de Los Ángeles fechada el 21 de junio de 1950. El escáner en color había captado los bordes amarillentos del documento de más de setenta años de antigüedad. La persona desaparecida se identificaba como Willa Kenyon, de veintidós años, y constaba su dirección: un apartamento en Selma, Hollywood. El documento decía que llevaba desaparecida dos días en el momento de la denuncia. En ocupación decía simplemente «cantante».

—Es interesante que fuera cantante —dijo Ballard—. Dependiendo de lo que eso signifique, puede ser que necesitara fotos para promocionarse.

—Podría haber contactado de algún modo con Thawyer y haber acudido a él —dijo Hatteras.

Ballard asintió, más para sus adentros que para Hatteras. Estaba viendo cómo encajaban posibles conexiones. Eso le recordó que tenía que entrar en la sala de confinamiento y abrir la maleta de Elizabeth Short. Tenía una corazonada que quería seguir.

—Envíame también ese informe —dijo—. Y ya está por hoy, Colleen. Te veré mañana en la reunión del equipo.

—¿Seguro que no me necesitas para nada más? —preguntó Hatteras.

—Hoy no. Se supone que es fiesta, ¿recuerdas? Yo también me iré en cuanto termine el papeleo.

Ballard sabía que, si iba directamente a la sala de confinamiento a coger la maleta, Hatteras no se iría nunca; se quedaría mirando por encima del hombro de Ballard. Así que, fue a su escritorio, abrió su terminal y empezó a escribir un resumen de la entrevista con Jackie Todd para enviárselo al capitán Gandle.

Era un juego de espera. Hatteras se estaba tomando su tiempo para terminar su trabajo y apagar el ordenador. Ballard escribió un resumen de dos páginas sobre la entrevista, y Hatteras seguía en su escritorio. Ballard podía oírla teclear al otro lado de la mampara.

Una vez que archivó el informe y envió una copia a Gandle, Ballard empezó a redactar un mensaje de correo electrónico al capitán solicitando su aprobación para viajar a Las Vegas para interrogar a Rodney van Ness. Esbozó cuidadosamente su conexión con el caso del Violador de la Almohada. Van Ness podía ser un testigo clave, pero también un potencial sospechoso, y explicó que había que hablar con él en persona para poder calibrar adecuadamente sus reacciones y respuestas. Ballard escribió que el viaje era crítico y que el dinero de la subvención del Instituto Nacional de Justicia serviría para que ella y la agente Bosch hicieran el viaje por carretera de dos días a Nevada, así como el de vuelta.

—¿Qué es eso?

Hatteras había rodeado la Balsa y se había acercado a ella por detrás sin que Ballard se diera cuenta mientras hacía una última lectura del correo electrónico. Inmediatamente, pulsó el botón de enviar. Se volvió para mirar a Hatteras, que tenía las llaves del coche en la mano. Por fin se iba.

—Un mensaje para el capitán —dijo Ballard—. ¿Te vas ya a casa?

—Sí —dijo Hatteras—. Pero ¿te vas a Las Vegas?

Obviamente, Colleen había espiado el asunto del correo electrónico antes de que Ballard lo enviara.

—Aún no lo sé, y no es algo de lo que tengas que preocuparte —dijo Ballard.

—Solo iba a decir que podría ir contigo —dijo Hatteras—. Para ayudar.

—Colleen, es trabajo de campo y ya hemos hablado de eso. Necesitas formación adicional si quieres hacer algo sobre el terreno.

—Entonces apúntame —dijo Hatteras—. Estoy cansada de ser una friqui de los ordenadores.

—Colleen, no eres ninguna friqui. Eres una parte muy importante de esta unidad. Mira todas las pistas que has encontrado solo en los últimos días. Pero esto es un equipo, y cada componente del equipo tiene que ocuparse de su parte para que podamos conseguir los mejores resultados en nuestros casos. Siento tener que seguir explicándote esto.

—Ya sé, ya sé. Es que me gustaría…

—Mira, has tenido un día largo y quiero que te vayas a casa y descanses. Necesito que trabajes bien cuando vengas mañana. ¿De acuerdo, Colleen?

Hatteras frunció el ceño y asintió.

—¿Te vas ya? Saldré contigo.

—No, aún tengo que ocuparme de más papeleo y del correo —dijo Ballard—. Y esto no hace más que retrasarlo. Quiero que te vayas a casa, Colleen.

—Vale, vale. Ya lo he entendido. Ya me voy.

—Gracias. Te veo mañana.

—¿A las nueve?

—Claro, aunque las dos sabemos que llegarás antes.

Hatteras sonrió levemente y volvió a asentir. Se volvió y finalmente se dirigió a la puerta.

Ballard aguardó, medio esperando ver a Colleen doblar la esquina junto a la primera fila de los archivos de asesinatos y volver a la Balsa. Por suerte, no lo hizo.

Cuando estuvo segura de que Hatteras se había ido, Ballard se levantó, abrió el cajón de su escritorio y cogió la llave de la sala de confinamiento. Recogió el archivo que contenía las fotos de Thawyer sobre Elizabeth Short y fue a abrir la maleta de la víctima.

Martes, 6:25

38

Ballard llamó a Seth Dawson con la esperanza de que estuviera levantado, tal vez incluso haciendo surf. Pero, cuando contestó, se dio cuenta de que estaba en un coche en marcha con las ventanillas abiertas. Ella también iba en un coche en marcha.

—Soy la detective Ballard —dijo—. ¿Va al agua?

—Lo ha adivinado.

—¿A qué playa? Yo también voy y tengo algo para usted.

—A Zuma. Sigo la aplicación.

Ballard también había consultado la aplicación Surf's Up y sabía que Zuma era la recomendación. Ya iba en dirección a Venice y tendría que dar la vuelta por la PCH para volver a Zuma. Intentó calcular cuánto tiempo le quedaría para estar en el agua si iba hasta ahí.

—Nos vemos allí —dijo.

Terminó la llamada e hizo un giro de ciento ochenta grados frente a Pepperdine. Al cabo de treinta minutos, estaba en su tabla esperando su primera ola. No había ni rastro de Dawson.

Hizo dos largas series de olas de metro y medio antes de ver a Dawson cruzando la playa con su tabla. Remó en paralelo a la orilla para encontrarse con él.

—Hola —dijo Dawson después de adentrarse remando—. ¿Qué tal?

—No está mal —dijo Ballard—. De metro y medio y de dos. De metro y medio sobre todo.

Ella se acercó remando y giró su tabla para que estuvieran uno al lado del otro.

—Tengo algo para usted —dijo.

Llevaba el reloj Breitling en el brazo, casi a la altura del codo del traje de neopreno. Lo deslizó hacia abajo y sobre su mano, y luego se lo tendió a Dawson.

—¡No puede ser! —exclamó él, cogiendo el reloj—. ¿Lo ha encontrado?

—Mire por detrás —dijo Ballard.

Dawson lo hizo, y luego sostuvo el reloj con la mano cerrada.

—Es el mío —dijo—. Le dije a mi padre que había desaparecido. No se lo va a creer. ¿Cómo lo ha recuperado?

—Bueno, no puedo contárselo todo —dijo Ballard—. Forma parte de una investigación en curso. Pero quien lo robó lo llevó a un perista que cooperó con nosotros. Así que lo encontramos.

—Muchas gracias.

—Me alegra devolvérselo. Sé que significa mucho. Ahora busco una ola más y luego tengo que ir a trabajar.

Ballard miró por encima del hombro. La siguiente serie estaba llegando. Parecía más de lo mismo: olas de metro y medio. Se inclinó hacia delante y empezó a remar. Habló a Dawson en voz alta.

—Es mi ola. Nos vemos.

Dawson empezó a remar también.

—¡Gracias! —gritó él a su espalda.

Ambos surfearon la ola, pero Dawson abandonó antes para volver a por más. Ballard había terminado por ese día.

La siguió hasta el final y se bajó de la tabla donde había poca profundidad. Se dio la vuelta y vio a Dawson levantando la mano, con los dedos bien abiertos, como en las despedidas de los surfistas. Ella le devolvió el gesto y sacó la tabla del agua.

39

El equipo al completo estaba presente para la reunión cuando Ballard entró a las nueve, con un café y la bolsa del ordenador. Dejó ambas cosas encima de su mesa e inmediatamente se dirigió a su lugar habitual frente a las pizarras.

—Bien, empecemos —dijo—. Tenemos muchas cosas en marcha.

—¿Qué tal el agua? —preguntó Masser.

Ballard lo miró, sorprendida, y luego se dio cuenta de que su pelo la delataba. Aún estaba húmedo.

—Ha estado bien —dijo—. Pero demasiado corto.

Esperó a ver si había alguna pregunta de los demás. No las hubo.

—Vale, vamos con los asuntos antiguos antes de ver en qué punto estamos con los casos del Violador de la Almohada y la Dalia Negra.

Ballard se volvió para mirar las pizarras blancas.

—Tom, ¿tienes novedades sobre Shaquilla Washington? —preguntó.

—Sí —dijo Laffont—. Tenemos una coincidencia genética con un hombre que lleva veintidós años cumpliendo una condena de veinticinco a cadena perpetua en Soledad. Gerald Grover, un pandillero de Inglewood.

—Bien hecho —dijo Ballard—. ¿Se lo llevaste a John Lewin?

—Lo hice y va a presentar cargos —dijo Laffont—. Probablemente, Grover contaba con un tercer grado en los próximos años, pero eso no ocurrirá ahora. Nunca va a salir.

—Hermoso —dijo Ballard—. ¿Hablaste con la familia de la víctima?

—Aún no —dijo Laffont—. Esperaré a John. No quiero hacer la llamada hasta que se presenten cargos.

Ballard asintió con la cabeza. Se acercó a lo que llamaban el marcador. Había formado parte de un cartel para llevar la cuenta de los días consecutivos sin accidentes laborales en la planta de fabricación de la empresa aeroespacial que ocupaba antes el centro. Lo habían rescatado de entre los escombros que quedaron cuando la empresa se mudó y la policía de Los Ángeles se instaló allí. Ballard dio la vuelta al número que indicaba los casos resueltos desde la creación de la unidad, de 41 a 42, y el equipo sentado detrás de ella aplaudió, como era habitual.

—De acuerdo —dijo Ballard mientras se volvía hacia el grupo—. ¿Alguien más? ¿Paul?

Masser informó de que el interrogatorio a la ahora cooperadora Maxine Russell seguía negociándose entre el abogado de esta y Lewin. Ballard decidió no dar la vuelta a otro número todavía.

Ballard pasó a nuevos asuntos e informó de que ella y Maddie Bosch se dirigían al centro después de la reunión para presentar las pruebas de la Dalia Negra a Carol Plovc en la oficina del fiscal del distrito. También explicó que estaba esperando la aprobación de los superiores para hacer un viaje a Las Vegas y localizar e interrogar a Rodney van Ness con la esperanza de acercarse al Violador de la Almohada.

—Todos habéis hecho un gran trabajo en estos casos —dijo—. Pero sigamos escarbando. Gracias.

En cuanto terminó la reunión, Colleen Hatteras se levantó en su espacio de trabajo y cruzó la Balsa en dirección a Ballard. Antes de que pudiera hablar, Ballard se le adelantó.

—Colleen, estaba pensando que quizá querrías venir al centro con Maddie y conmigo —dijo.

Hatteras se paró en seco por la sorpresa.

—¿Qué? ¿Estás de broma?

—No, creo que sería útil que estuvieras allí —dijo Ballard—. Para explicar cómo encontramos a la familia de Elyse Ford. ¿Te apuntas?

—Claro que sí.

—Bien. Coge tus archivos. Tenemos una cita a las once con Carol. Nos vamos dentro de cinco minutos.

Hatteras se apresuró a volver a su sitio, dejando a Ballard sonriendo a su paso.

40

La Sala de Justicia de Temple Street, en el centro de Los Ángeles, tenía noventa y nueve años. Durante la mayor parte de ese casi siglo, el edificio albergó en sus plantas superiores unos calabozos gestionados por el departamento del sheriff. Sin embargo, las necesidades de encarcelamiento lo superaron y se construyó un complejo carcelario del condado. Durante muchos años, las celdas quedaron vacías. Con el tiempo, las necesidades de la oficina del fiscal del distrito, que contaba con una plantilla cada vez mayor en consonancia con las cifras de delincuencia y encarcelamiento de la ciudad, propiciaron una renovación que situó a los fiscales en las celdas que antes albergaban a los procesados. El despacho de la ayudante del fiscal Carol Plovc, de la Unidad de Delitos Graves, se hallaba en una de las celdas reformadas de la decimocuarta planta. Ya no quedaban barrotes de acero, pero la pared del fondo recibía luz a través de una ventana de cristal grueso con un enrejado de hierro en cuadrados de 15×15 centímetros, a prueba de fugas.

En su uso anterior, la oficina había sido probablemente una celda para varios reclusos, porque era lo bastante espaciosa como para que cupiera una librería, un escritorio y varias sillas. Ballard, Maddie y Hatteras se sentaron cómodamente frente a Plovc mientras ella miraba las fotos esparcidas sobre su mesa. Le habían dado los archivos completos, los que contenían todas las fotos del trastero de Emmitt Thawyer. Plovc, que rondaba los cuarenta años y era una veterana de la oficina, hizo una mueca mientras miraba las fotos que mostraban la degradación, la tortura y el asesinato de ocho mujeres.

—Pedimos a la Unidad de Análisis Fotográfico que hiciera una comparación de las fotos de Betty con las conocidas de Elizabeth Short —informó Ballard—. La probabilidad de que sea ella es del noventa y dos por ciento.

Plovc habló sin levantar la vista de las fotos.

—Eso deja un ocho por ciento —dijo—. Ahí es donde habita la duda razonable.

Aunque Plovc daba el visto bueno a los casos en los que el sospechoso identificado estaba muerto, no se trataba de un mero trámite. Para evitar que los investigadores buscaran cerrar los casos con pruebas poco sólidas, Plovc seguía un protocolo. En la parte superior de esa lista de control estaba la probabilidad, o no, de una condena si un sospechoso hubiera sido acusado.

—Estábamos pensando que el caso Ford elimina en cierto modo la duda razonable —dijo Ballard—. Sus fotos estaban en el mismo archivador. Desapareció unos años después del asesinato de Short. Colleen localizó a su familia y la identificaron por las fotos. Nuestra teoría es que el asesinato de Elizabeth Short (todo el asunto de la Dalia Negra y la enorme atención que suscitó) hizo que Thawyer pasara a la clandestinidad. Siguió matando, pero dejó de exhibir a sus víctimas.

—¿Qué hacía con los cadáveres? —preguntó Plovc.

—Probablemente, los enterraba —dijo Ballard.

—Griffith Park no estaba tan lejos de la casa —dijo Hatteras.

Plovc levantó la vista de las fotos.

—En realidad, solo quiero oír a agentes jurados sobre este asunto —dijo.

—Claro, lo entiendo —dijo Hatteras, pareciendo un poco intimidada.

—La cuestión es que hemos identificado un patrón —dijo Ballard—. Fotos de varias mujeres encontradas en el mismo cajón. Nuestro sospechoso era fotógrafo. Es el truco más viejo del mundo: atraer a las mujeres con la promesa de hacerles fotos que las ayudarán a alcanzar sus sueños. Se ha hecho cientos de veces, pero tal vez comenzó con Thawyer.

—No estás entendiendo mi preocupación aquí —dijo Plovc—. No tengo ninguna duda de que estas fotos son auténticas ni de que estas mujeres fueron asesinadas de maneras verdaderamente horribles por este tal Thawyer. Pero el salto a Elizabeth Short tiene un agujero del ocho por ciento. Y con un caso de esta magnitud… Quiero decir, este caso forma parte de la historia de Los Ángeles. Se han hecho películas, programas de televisión, se han escrito libros: el de James Ellroy está ahí, el de un expolicía de Los Ángeles que dice que su padre fue el asesino está ahí, hay infinidad de teorías. Así que tenemos que estar seguros al ciento por ciento, no al noventa y dos.

Ballard se levantó.

—Está bien, he traído la maleta de Short y quiero enseñarte algo —dijo.

Ballard había dejado la maleta junto a la puerta al entrar en el despacho. Tenía los laterales de mezclilla con el asa y los bordes de cuero. Tenía dos cierres y una placa de identificación con el nombre de Elizabeth Short escrito a mano junto con una dirección de Boston.

—El tipo al que se le ocurrió ponerle ruedas a una maleta era un genio —dijo. Llevó la maleta por el asa hasta su asiento y se sentó con ella sobre las rodillas. Soltó los cierres y abrió la maleta—. Esta maleta se encontró en una taquilla de la terminal de autobuses unas dos semanas después del asesinato de Elizabeth Short. Eran taquillas temporales, así que las vaciaban cada dos semanas. El nombre de Short está en la identificación, por eso el conserje llamó a la policía en vez de ponerla en objetos perdidos. Entonces se buscaron huellas dactilares. Más tarde, en los años noventa, cuando aparecieron las pruebas de ADN, se comprobó si la ropa contenía ADN extraño, pero no se encontró nada. Pero, si se mira la primera foto del expediente, en la que Elizabeth posa en el taburete, se ve que su sujetador y sus bragas son a juego. Hay un patrón de punto de cruz en las caderas que se repite en las costuras del sujetador.

Ballard sacó de la maleta un conjunto de sujetador y bragas a juego. Estaban envueltos en fundas de plástico transparente. Cada prenda tenía el mismo patrón de punto de cruz que la ropa interior de la foto. Plovc miró de la imagen a las prendas que sostenía Ballard.

—¿Crees que son las mismas cosas que llevaba en esta foto? —preguntó Plovc.

—No lo sabemos —dijo Ballard—. Podría haber comprado varios conjuntos al mismo tiempo. Pero lo que está claro es que coinciden. Creo que eso eleva el noventa y dos por ciento al cien.

—Es ella —dijo Maddie—. Es evidente, en mi opinión.

Plovc miró a Maddie. Ballard se preparó para que le dijera que su opinión no tenía ningún peso en la decisión que iba a tomar, pero la fiscal volvió a centrar su atención en Ballard.

—Así que esta maleta se encontró dos semanas después del asesinato —preguntó—. ¿Cuánto tiempo estuvo allí?

—Sí, dos semanas después —dijo Ballard—. Muchos de los registros de entonces han desaparecido. Hay un registro de pruebas que menciona la maleta, pero no he podido encontrar nada que diga cuándo entró en la taquilla.

—Piense en ello —dijo Maddie—. Ella va a ver al tipo para que le haga fotos. Probablemente, le dijo que llevara ropa variada para diversas pruebas. Ella aspiraba a Hollywood. Pudo haberle dicho que le haría un álbum entero de diferentes *looks*. Luego la mata, mete toda la ropa, incluida la interior, en la maleta y la deja en la terminal de autobuses.

Plovc asintió.

—Tiene sentido —dijo—. Pero no tenemos pruebas, ¿verdad?

—Bueno, sabemos que la maleta era de Short —dijo Ballard—. Y la ropa interior coincide con la foto. La mujer de las fotos es Elizabeth Short y Thawyer es el asesino.

Plovc asintió, pero no para expresar acuerdo. Era más bien un reconocimiento de lo seguras que estaban Ballard y Maddie.

—Creo que voy a tener que llevarme esto al otro lado de la calle —dijo.

Las oficinas principales del fiscal del distrito, incluida la del fiscal superior, se encontraban al otro lado de Temple, en el edificio del tribunal penal. Probablemente, Plovc estaba trasladando la decisión a sus supervisores, quizá incluso al fiscal de distrito electo.

—¿Cuánto tardará? —preguntó Hatteras.

Plovc la miró bruscamente.

—Lo que tenga que tardar —dijo—. No hay prisa en esto. Han pasado setenta y cinco años.

—Estaba pensando en la familia Ford —dijo Hatteras—. Quieren respuestas. ¿Podemos hablar de ese caso?

—Todo el mundo quiere respuestas —dijo Plovc—. Y no, manejaremos esto en su conjunto. Lo llevaré todo al otro lado de la calle y os diré algo en cuanto se tome una decisión. Gracias a todas por venir hoy. Es apasionante.

Plovc empezó a apilar los expedientes a un lado de su mesa, señal inequívoca de que la reunión había terminado.

Miércoles, 10:22

41

El complejo de hotel y casino Cleopatra, en el Strip de Las
Vegas, era un lugar de belleza marchita. Construido en la década de 1980, había quedado empequeñecido por las opulen-
tas torres de cristal que lo rodeaban. Como todo y casi todos
en Las Vegas, estaba destinado a una reconstrucción completa. El casino, que había sido propiedad de mafiosos de Chicago, había pasado a manos de un conglomerado empresarial
que invertía en hoteles y parques de atracciones. Como se
acercaba su fin, los interiores del casino no estaban tan puli-
dos como lo habían estado. A Ballard le pareció de segunda
fila. El atrio acristalado que se extendía sobre la sala de juego
había sido un motivo de orgullo, pero el cristal estaba sucio
por la contaminación y los gases de escape de los coches, y
varios paneles que se habían agrietado (presumiblemente)
por la caída de botellas de licor de las habitaciones de la torre
habían sido sustituidos con madera contrachapada. El característico púlpito, una estructura de imitación de pan de oro
con el rostro de Cleopatra que se extendía hacia el cristal y
por encima de las mesas de juego, estaba apuntalado contra
el derrumbe por dos soportes industriales. Estaba claro que el
Cleo había vivido tiempos mejores, y eso se reflejaba en la
clientela que se reunía en sus mesas de *blackjack* de cinco dólares y sus ruletas de un dólar como mínimo.

Había sido un viaje de cuatro horas desde Los Ángeles, después de salir a las seis de la mañana del Centro Ahmanson. En el transcurso de esos kilómetros, Ballard y Maddie Bosch habían tratado los temas básicos de una conversación informal entre dos mujeres agentes de la ley, una con la mayor parte de sus años de servicio a sus espaldas y la otra al principio de su carrera.

Maddie había expresado su insatisfacción con el trabajo de patrulla y esperaba que su paso por la Unidad de Casos Abiertos le permitiera ascender rápidamente al rango de detective.

—Quiero decir, trabajaría en robos de coches —había dicho—. Cualquier cosa con tal de dejar el uniforme.

—A mí me pasaba lo mismo —respondió Ballard—. No veía la hora de trasladar mi placa al cinturón.

La conversación se interrumpió cuando Ballard recibió una llamada del capitán Gandle, quien le dijo que había recibido su solicitud para el viaje a Las Vegas y que la estaba aprobando. Poco sabía él que ya estaban pasando por Zzyzx y se acercaban a la frontera estatal con Nevada. Después de que Ballard colgara, Maddie se echó a reír.

—¿No teníamos permiso antes de salir?

—Bueno, supuse que nos lo darían. Se lo expuse todo en la solicitud. No quería esperar. Aprenderás esto: parte de ser una buena detective es conocer a tu jefe y cómo piensa.

—O a tu jefa.

—Correcto. Tu padre puede decirte mucho sobre todo esto.

—Creo que a mi padre no le fue demasiado bien con la psicología de sus superiores.

—Cierto.

—Una vez lanzó a un teniente por una ventana de vidrio en la oficina de guardia. Todavía hablan de eso en la División de Hollywood.

—Sí, seguro que sí.

Después de que aparcaran en el garaje del Cleopatra, Ballard le recordó a Maddie que le siguiera la corriente durante la conversación con Rodney van Ness. La estrategia que habían discutido mientras estaban en el coche era sencilla: hacerle preguntas que revelaran su nivel de franqueza. Si mentía, eso les daría ventaja.

En el vestíbulo del hotel había una cola que serpenteaba por un laberinto marcado con cuerdas de terciopelo. Todos esperaban para registrarse en sus habitaciones con descuento. Ballard examinó el lugar hasta que vio a un hombre vestido con una chaqueta azul que llevaba un cable de radio que iba del cuello de la camisa a la oreja. Le dio un golpecito a Maddie en el brazo y señaló con la cabeza al hombre.

Cuando se acercaron, Ballard se sacó la placa del cinturón, se la puso en la mano y se la enseñó discretamente al vigilante de seguridad.

—Venimos de la policía de Los Ángeles por un caso —dijo—. ¿Puede pedirle a Rodney van Ness que se reúna con nosotros en el vestíbulo?

—No sé quién es —dijo el hombre.

—La última vez que lo comprobamos era supervisor de seguridad aquí.

—No conozco a ningún Rodney van Ness.

Ballard asintió. No había ninguna ley que prohibiera mentir en LinkedIn. Empezó a preguntarse si el viaje había sido en balde y se culpó por no haber confirmado el empleo de Van Ness antes de salir de Los Ángeles. No era difícil imaginar cuál sería la respuesta del capitán Gandle.

—Entonces, ¿podría llamar a un supervisor para que hable con nosotros? —preguntó.

—Eso puedo hacerlo.

Acercó la muñeca a la boca y habló por un radiotransmisor. Pidió a alguien llamado Marty que viniera a hablar con dos detectives de la policía de Los Ángeles.

—Marty bajará dentro de cinco minutos —dijo después—. Quiere que esperen junto a la conserjería. —Señaló al otro lado del vestíbulo, hacia un mostrador que tenía su propia cola de gente esperando a ser atendida.

—Gracias —dijo Ballard.

—Oiga, ¿están contratando en la policía de Los Ángeles? —preguntó el vigilante de seguridad.

—Hoy en día, siempre están contratando —dijo Ballard.

Miró a Maddie un momento.

—Parece un poco joven para ser detective —dijo.

—Acaba de resolver el mayor caso de la historia de Los Ángeles —dijo Ballard.

—¿Sí? —dijo—. ¿El caso de O. J.? ¿Ha descubierto quién mató realmente a Nicole?

—Tiene gracia —dijo Ballard—, pero no es ese.

Lo dejaron allí y cruzaron el vestíbulo hasta la conserjería. Se colocaron a un lado para que la gente no pensara que intentaban saltarse la cola.

—Aún no está oficialmente resuelto, ¿sabes? —dijo Maddie.

—¿Qué quieres decir? —preguntó Ballard.

—La Dalia Negra. La fiscalía tiene que dar el visto bueno.

—Puede ser, pero yo lo considero resuelto y un caso cerrado.

—¿Cuánto tardarán en decidirse?

Antes de que Ballard pudiera contestar, se les acercó una mujer que también vestía una chaqueta azul y llevaba un cable rizado sobre la oreja, aunque el suyo estaba mejor camuflado por su larga melena.

—¿Son las detectives de Los Ángeles?

—Exacto —dijo Ballard—. Soy Renée Ballard, ella es Maddie Bosch.

—Marty Branch. Ballard, Bosch y Branch..., suena bien.

Se dieron la mano. Branch tenía cuarenta y tantos años. Era bajita y ancha de caderas, y miró a Maddie como lo había hecho el primer hombre de seguridad.

—Cariño, pareces un bebé —dijo—. ¿Cuántos años tienes?

—Veintiséis —dijo Maddie—. Y soy vol...

—Lo siento —interrumpió Ballard—. Estamos trabajando en un caso de última hora. Buscamos a un posible testigo llamado Rodney van Ness. Su página de LinkedIn dice que trabaja aquí como supervisor de seguridad. ¿Lo conoce?

—¿A Rodney? Sí, conozco a Rodney —dijo Branch—, pero hace mucho tiempo que no trabaja aquí.

—¿Cuánto tiempo es mucho tiempo?

—Ah, dos, tres años por lo menos.

—¿Sabe por qué se fue?

—Sé que le pidieron que se marchara y yo conseguí su trabajo.

—¿Por qué le pidieron que se fuera?

—Eso tendría que preguntarlo en Recursos Humanos, confidencialmente.

—¿Sabe adónde se fue?

—Oí que se fue al Nugget, pero no creo que durara mucho. Después de eso, no lo sé. No he oído nada.

—¿Tiene algún registro que nos dé una dirección?

—¿No tienen acceso a la base de datos de Tráfico? Estoy segura de que la gente de Vegas Metro las ayudaría con eso.

—Miramos en Tráfico. Esta es la dirección en su permiso. ¿Tiene una oficina donde podamos sentarnos y hablar? Estamos trabajando en un caso de múltiples violaciones y al menos un asesinato, y el señor Van Ness puede contar con información que nos ayude a identificar a un sospechoso.

Branch asintió mientras pensaba qué hacer.

—No habríamos conducido hasta aquí solo por un perfil de LinkedIn si no fuera importante —añadió Ballard.

Branch volvió a asentir.

—Vamos a la oficina de seguridad —dijo finalmente—. Pueden esperar en mi mesa mientras hablo de esto con Recursos Humanos. Pero no vayan a fisgar en mi libretita negra. Por aquí.

Las condujo a través de una puerta situada junto al mostrador de conserjería hasta un ascensor exclusivo para empleados, que tomaron hasta la tercera planta.

—¿Han venido esta mañana o anoche? —preguntó.

—Esta mañana —dijo Ballard—. Salimos a las seis.

—Eso es temprano. ¿Qué tal un café?

—Nos vendría bien.

—Puedo ocuparme de ello.

—Gracias.

42

Llegaron a la dirección de Rodney van Ness que figuraba en la libretita negra de Marty Branch. Correspondía a un edificio de apartamentos destartalado en el barrio de Fremont East, en el centro de la ciudad. En la libretita también había un número de teléfono móvil y números de trabajo que eran diferentes de los publicados en LinkedIn. Pero las anotaciones de esa libreta tenían al menos tres años, y Branch les había dicho que no podía responder de la exactitud de ninguno de los datos. Ballard estaba preocupada ante la perspectiva de perder el día y marcharse de Las Vegas sin encontrar a Van Ness ni hablar con él.

El edificio de apartamentos Fremont Crest tenía dos plantas, con pasillos exteriores que se ramificaban a derecha e izquierda desde una entrada central y una escalera. Era de estuco blanco con puertas y detalles de color aguamarina. El aparcamiento estaba delante del edificio, y no se había hecho ningún esfuerzo —al menos en los últimos años— por plantar flora del desierto en el suelo marrón cocido por el sol de las partes sin pavimentar.

Antes de llegar, Ballard y Bosch habían explorado el barrio en busca de un lugar al que llevar a Van Ness si accedía a hablar con ellos. El plan era sencillo. Querían sacarlo de la zona de confort de su propia casa. Basándose en una recomendación de Branch, buscaron y eligieron un restaurante cercano llamado Triple George, porque contaba con reservados y era frecuentado por la policía local.

La puerta de seguridad del edificio de apartamentos no se había cerrado después de su último uso, y eso permitió que Ballard y Maddie accedieran al segundo piso sin tener que utilizar el interfono. Ballard sabía que siempre era mejor llamar directamente a la puerta y mantener el factor sorpresa.

Se detuvieron delante del apartamento 202 y Ballard inclinó una oreja hacia la puerta. No oyó música, ni sonidos de televisión, ni gente hablando.

—Esto me recuerda al cartel que tu padre supuestamente tenía en su escritorio —le susurró a Maddie.

—«Mueve el culo y llama a las puertas» —dijo Maddie en una imitación no demasiado buena de su padre—. La biblia de un detective.

Ballard asintió y llamó bruscamente a la puerta. Al cabo de medio minuto hubo una respuesta verbal desde el interior de la vivienda. Era una voz femenina.

—¿Quién es?

Ballard miró a Maddie antes de responder.

—Buscamos a Rodney van Ness.

—Está durmiendo.

Ballard sacó su teléfono y miró la hora. Era mediodía.

—Bueno, señora, despiértelo —dijo—. Es un asunto policial.

No obtuvo respuesta, así que volvió a llamar a la puerta, esta vez con fuerza suficiente como para despertar a Van Ness.

—¿Hola? Abra la puerta, señora. Es la policía.

Finalmente, abrió la puerta una mujer joven que vestía una bata corta de seda y aparentemente nada debajo. Su ca-

bello despeinado y la pesadez de los párpados dejaban claro
que acababan de despertarla.

—Ya sale —dijo—. ¿A qué viene esto?

—¿Quién es usted, señora? —preguntó Ballard.

—Harmony.

—¿Harmony van Ness?

—Joder, no. No estamos casados. Trabajamos juntos.
Nada más.

—¿Dónde trabajan?

—En la Bibliotheca.

—¿Es bibliotecaria?

—Es un club.

Ballard empezaba a formarse una idea. Cuando estabas
quemado en el circuito de seguridad de los casinos de Las Vegas, el siguiente escalón eran los clubes de *striptease,* que
abundaban en la ciudad y abarcaban desde burdeles de mala
muerte hasta clubes de lujo para raperos y toda clase de ricos
y famosos. No hacía falta ser muy imaginativo para adivinar
a qué se dedicaba Harmony y qué lugar ocupaba Van Ness en
todo aquello.

—¿Cuánto tiempo lleva Rodney trabajando en la Bibliotheca?

Antes de que Harmony pudiera responder, una profunda
voz masculina se oyó detrás de ella:

—No respondas a eso.

Era una orden. Harmony dio un paso atrás y la puerta
quedó ocupada por un hombre que Ballard reconoció por la
foto del anuario como Rodney van Ness. Era más alto de lo
que había supuesto, pero muchos chicos crecían al final de la
adolescencia. Iba descalzo y llevaba pantalones cortos y una
camisa hawaiana mal abrochada con motivos de veleros en el
agua, con el azul del océano a juego con el marco de la puerta en el que se apoyaba. Tenía el mismo cabello y la misma

barba que el chico del anuario. Pero, en los veinticinco años transcurridos desde la graduación, había ganado peso hasta acercarse a los cien kilos.

—Ve a vestirte —le dijo a Harmony.

Se volvió y observó que se alejaba sin que el borde de su bata cubriera del todo las líneas de su trasero bronceado con aerosol. Se volvió hacia Ballard y Maddie.

—*Strippers* —dijo, poniendo los ojos en blanco—, ¿qué quieren?

Ballard no estaba segura de si aquello era una pregunta retórica sobre las *strippers* o una pregunta directa a ella y a Maddie. Pero su opinión rápida sobre Van Ness era que no era muy retórico.

—¿Es usted Rodney van Ness? —preguntó Ballard.

—Todo el día —dijo él—. ¿Qué es lo que quieren?

Esta vez el sentido de la pregunta estaba claro.

—Señor Van Ness, somos de la policía de Los Ángeles. Necesitamos hacerle unas preguntas en relación con una investigación que estamos llevando a cabo sobre crímenes en Los Ángeles.

Levantó las manos.

—Conmigo se equivocan —dijo—. No he vuelto a Los Ángeles desde el funeral de mi padre, y de eso hace ya seis años.

—No es sospechoso de nada, señor Van Ness —dijo Ballard—. Pero creemos que puede disponer de información que podría ayudarnos a identificar a un sospechoso. Por eso hemos cruzado el desierto para hablar con usted.

—Bueno, entonces, pregunte.

—En realidad, queremos que nos acompañe. Tenemos un reservado en el Triple George. Sería mejor hacer esto en un lugar tranquilo como ese. Lejos de distracciones.

—Eh... Pensaba que sería cosa de diez minutos. Ha dicho que no soy sospechoso, y tengo cosas que hacer hoy. Antes del trabajo, quiero decir.

—Está bien. No lo retendremos mucho y podrá comer gratis. ¿Por qué no se pone unos zapatos? Seguro que quiere colaborar con la policía, ¿no?

Van Ness no dijo nada por un momento. Ballard sabía que estaba midiendo la amenaza implícita en sus palabras, una simple afirmación que incluso un vigilante de seguridad con pretensiones como Van Ness entendería: quienes no cooperan con la policía podían convertirse rápidamente en sospechosos.

—Está bien, voy a por unos zapatos —dijo finalmente—. ¿Puede venir también Harm?

—¿Quiere decir Harmony? —preguntó Ballard.

—Sí, Harmony. Ha mencionado el almuerzo. No tenemos nada aquí.

—A ver qué le parece esto. Deja a Harmony en casa y puede pedir comida para llevar y traérsela. Por nuestra cuenta. Pero preferimos hablar solo con usted.

—Está bien. Voy a por mis zapatos.

Dio un paso atrás y cerró la puerta.

Por si acaso se quedaba al otro lado de la puerta, mirando por la mirilla y escuchando, Ballard comprobó la hora en su teléfono y dijo.

—Acabamos con esto a la una, lo dejamos aquí y nos ponemos en marcha —dijo—. Estaremos de vuelta en Los Ángeles a las cinco.

—Eso estaría bien —dijo Maddie, interpretando el guiño que Ballard le había hecho—. Esta noche tengo una cita.

43

Rodney van Ness le había hecho un favor a Ballard al ponerse solo unos pantalones cortos y una camisa antes, y no añadió más que unas sandalias para salir de su apartamento. En
el tiempo que tardaron en bajar por la escalera y entrar en el
aparcamiento, ella ya había determinado que no llevaba ningún arma. La camisa apenas le llegaba a la altura de los pantalones cortos, y habría sido imposible que llevara una pistola o un cuchillo metido en el cinturón sin que ella se diera
cuenta.

Ese era uno de los tres obstáculos. Los otros dos eran obtener su permiso para grabar la conversación e informarle de su
derecho a no hablar con la policía. Ballard confiaba en su capacidad para conseguir lo primero. El requisito de los derechos
era otra historia. Nada mejor para acabar con la cooperación
de alguien que estaba a caballo entre testigo y sospechoso
como que le dijeran que sus palabras podían ser utilizadas en
su contra ante un tribunal.

El Triple George Grill no era muy nuevo, pero estaba diseñado para parecer tan antiguo como el Tadich Grill de San
Francisco y el Musso and Frank's de Hollywood. Era todo
madera oscura y azulejos claros, con una larga barra que recorría el centro de la sala y reservados con divisiones de suelo
al techo y cortinas para garantizar la confidencialidad visual

y acústica de las conversaciones. El asador estaba situado cerca de un antiguo juzgado y en un principio estaba destinado a acoger a abogados y a sus clientes durante las pausas para comer. Sin embargo, ese juzgado había cerrado para convertirse en el Museo de la Mafia, dedicado a la historia del crimen organizado —más concretamente a su papel en el nacimiento y esplendor de la ciudad del pecado— y a los intentos de las fuerzas del orden por combatirlo.

Ocuparon uno de los reservados. Ballard y Maddie se sentaron frente a Van Ness. Llegó una camarera y Ballard pidió un café para empezar; Maddie pidió agua fría, y Van Ness, un bloody mary.

Ballard empezó en tono despreocupado.

—Van Ness —dijo—. Hay una avenida con ese nombre en Los Ángeles. ¿Es por algún familiar?

—Ojalá —dijo Van Ness—. ¿Cree que estaría encargándome de la seguridad de un club de *striptease* si fuera un familiar?

—Pero creció en Pasadena y fue a St. Vincent, ¿verdad? Eso suena a privilegio de la vieja escuela.

—Mi madre era una católica convencida. Tenía que ir ahí, pero técnicamente era del lado malo de las vías. South Pas. Esos chicos de Arroyo tenían todos los privilegios, yo no.

—Nunca hizo nada con esas webs de herencia genética: Twenty-Three and Me, ese tipo de cosas, para ver si tal vez...

—No, no me interesa. ¿De qué se trata todo esto y cómo saben que fui a St. Vincent?

—Estamos buscando a un compañero suyo. Pero, antes de empezar, ¿le parece bien que grabemos esto? —Ballard buscó en su bolsillo su minigrabadora.

—Si no soy sospechoso, como usted dice, ¿para qué necesitan grabarlo? —protestó Van Ness.

—Buena pregunta —dijo Ballard—. Nuevas normas. La policía de Los Ángeles se ha quemado tantas veces porque los testigos se retractaban de lo que decían que ahora hay una norma que nos obliga a grabar todos los interrogatorios. También nos ayuda a la hora de redactar los informes contar con la versión grabada como referencia.

Levantó la grabadora. Van Ness la miró fijamente, pero no dijo nada.

—Entonces, ¿de acuerdo? Le enviaré una copia para que la tenga.

—Como quiera —dijo Van Ness—. Adelante.

Ballard encendió la grabadora y comprobó su pequeña pantalla para asegurarse de que funcionaba y tenía batería suficiente.

—Bien, estamos grabando —dijo Ballard—. La hora es la una y catorce de la tarde del miércoles 21 de febrero. Esta es una conversación entre Rodney van Ness, la agente Madeline Bosch y yo misma, la detective Renée Ballard. Ahora, regla dos, necesitamos informarle de sus derechos constitucionales para…

—Espere un segundo, espere un segundo —dijo Van Ness—. ¿Dice que no soy sospechoso, pero ahora me habla de mis derechos? Eso no está bien. Me largo de aquí.

Ballard, que había ocupado el sitio exterior en su lado del reservado, se acercó al otro lado de la mesa y puso la mano en el brazo de Van Ness cuando este intentaba escabullirse.

—No, por favor, espere un momento —dijo—. Estas son las reglas con las que tenemos que jugar en la policía de Los Ángeles. Cada conversación se graba, a cada testigo se le leen sus derechos. Así todo el mundo está protegido. Sé que es una lata, pero es solo… burocracia, ¿vale? Le aseguro que no es sospechoso de ningún delito, y se lo digo en una grabación.

Señaló la grabadora que había sobre la mesa.

—Así que ahora hasta está grabado. No es sospechoso —dijo—, pero necesitamos hablar con usted porque puede ayudarnos. Por favor, acabemos con esto para que pueda irse a casa y nosotras podamos volver a Los Ángeles.

Van Ness dejó de empujar para salir del reservado. Se sentó y negó con la cabeza como si se lo estuviera pensando. En ese momento se acercó la camarera y le puso delante un bloody mary con una ramita alta de apio y una pajita.

Van Ness miró la bebida y luego a Ballard.

—¿Así que puedo terminar con este interrogatorio cuando quiera? —preguntó.

—Cuando quiera —dijo Ballard.

—Bueno, esto no me gusta. Es un poco furtivo, en mi opinión. Pero adelante. Acabemos con esto de una vez.

—Agente Bosch, ¿quiere hacer los honores?

Bosch recitó la advertencia Miranda, y Van Ness respondió que entendía sus derechos. Ballard se alegró de que hubieran conseguido superar el campo de minas previo al interrogatorio.

—Bien, entonces, empecemos —dijo—. Estamos en medio de una investigación activa de carácter confidencial. Así que no podemos compartir detalles, pero queremos preguntarle sobre algunas personas con las que se relacionó en St. Vincent.

—Eso fue hace como veinticinco años —dijo Van Ness.

—¿Recuerda a una chica de su clase llamada Gina Falwell? —preguntó Ballard.

Era un nombre cualquiera que Ballard había sacado del anuario. Gina Falwell no tenía nada que ver con el caso del Violador de la Almohada, pero Ballard quería que Van Ness pensara que estaba disparando a ciegas.

—No puedo decir que sí —respondió Van Ness.

—¿No recuerda nada de ella? —preguntó Ballard.

—No.

—Está bien. Hemos traído un anuario de St. Vincent. ¿Le parece bien si le enseño la foto de Gina a ver si le refresca la memoria?

—Puede hacerlo, pero no la recuerdo.

Ballard sacó el anuario de su bolso. Había marcado varias páginas con post-it como parte de su preparación para el interrogatorio, y abrió el volumen por la página en la que aparecía la foto del último curso de Gina Falwell; lo giró para que Van Ness pudiera verla y tocó la foto.

—Es ella. ¿La reconoce?

—Bueno, la reconozco, sí. Pero no la conocía. ¿Qué...? ¿Está muerta?

—No podemos entrar en eso. ¿Y Mallory Richardson? ¿La conocía?

Van Ness no contestó. Ballard se dio cuenta de que estaba pensando. Ganó tiempo dando un largo trago a su bloody mary a través de la pajita.

—Creo que recuerdo ese nombre —dijo por fin—. Pero no consigo situarla.

Ballard pasó las páginas hasta otro post-it y le mostró una foto de Mallory.

—¿La recuerda ahora? —preguntó.

Van Ness asintió.

—Sí, la recuerdo —dijo—. Pero no estábamos en la misma clase. Ella es la que... He oído que murió. Después de la graduación.

—¿Quién le dijo eso? —preguntó Ballard.

—No me acuerdo. Ocurrió muy poco después de la graduación, creo.

—¿Se refiere a su graduación o a la de ella?

—A la mía.

—¿La conocía bien?

—No mucho. No era un instituto muy grande, y ella era... La veía por ahí, ya sabe. En los partidos de fútbol y esas cosas.

Ballard asintió como si lo entendiera. Van Ness era cauteloso con sus respuestas, pero acababa de cruzar la línea que separaba el recurso a una neblina en la memoria como tapadera de una afirmación contraria al sentido común. ¿Cómo podía olvidar a la chica con la que había ido al baile de graduación? ¿Se lo creería un jurado? ¿Admitió saber que ella había muerto, pero no podía recordar que había sido su cita?

Al cruzar esa línea, Van Ness también había pasado de testigo a potencial sospechoso. Pero Ballard tenía que seguir manejando la conversación como algo rutinario. Pasó a otro post-it.

—Bien, aquí está el importante —dijo—. Victor Best.

Van Ness se inclinó para mirar la foto del anuario. Ballard dio un golpecito en la página.

—Sí, Victor, lo conocí —dijo.

—¿Eran amigos? —preguntó Ballard.

—Sí, éramos amigos. Salíamos juntos.

—¿Siguen en contacto?

—No, la verdad es que no. Tenemos una reunión de veinticinco años pronto, y él me envió un correo electrónico para ver si iba a ir. Ya sabe, cosas así.

—¿Va a ir?

—¿Qué?

—¿Irá a la reunión?

—No, no me gustan esas cosas. Le dije que no.

—Entonces, ¿dónde vive ahora?

Van Ness hizo una pausa y dio otro trago a la bebida.

—¿Es el tipo que están intentando encontrar?

—Queremos hablar con él, sí —dijo Ballard—. ¿Sabe dónde está?

—Lo último que supe es que vivía en Hawái.

—¿Dónde? ¿En qué isla?

—En Oahu... Creo.

—¿Qué hace en Hawái?

—Tiene un restaurante en uno de los hoteles de allí. Lo último que supe…

—¿Fue allí desde St. Vincent y nunca regresó?

—Bueno, no directamente. Fue a la universidad. Luego terminó allí como chef o algo así.

—¿Cuándo fue eso? ¿Cuándo se fue?

—No lo sé. ¿Hace veinte años? Apenas hemos estado en contacto desde la secundaria.

—¿Y usted? ¿Fue a la universidad después de la secundaria?

—¿Yo? Sí, CSUN.

La Universidad del Sur de California en Northridge, en el valle de San Fernando, donde habían ocurrido varios de los casos del Violador de la Almohada.

—¿Cuándo se licenció? —preguntó Ballard.

—No obtuve un título, si se refiere a eso —dijo Van Ness—. Dejé los estudios por un trabajo.

—¿Haciendo qué?

—Seguridad en la escuela.

—¿En CSUN?

—Sí, mi primer trabajo de seguridad.

Ballard asintió. Estaba segura de que tenían suficientes indicios sobre Van Ness para convertir la conversación en un interrogatorio formal. Solo era cuestión de cuánto tiempo podría mantenerlo hablando una vez que se enfrentara a él. Mientras pensaba en cómo empezar esa fase, la camarera se escabulló por la cortina para ver si estaban listos para pedir el almuerzo. Ballard le pidió que volviera dentro de quince minutos.

Antes de que la camarera se marchara, Van Ness extendió su vaso vacío de bloody mary y pidió otro. Ballard miró la pajita que aún quedaba en el vaso. La camarera lo cogió y se marchó. Era una oportunidad que Ballard no quería desaprovechar. Miró a Maddie, esperando que lo entendiera.

—Necesito ir al baño —dijo Maddie—. Ha sido un viaje largo, mucho café.

—Claro —dijo Ballard. Salió rápidamente del reservado, y Maddie se movió con la misma rapidez para seguir a la camarera.

Ballard no quería seguir haciendo preguntas significativas sin la presencia de Maddie, así que se desvió hacia preguntas sobre el traslado de Van Ness a Las Vegas y su trabajo para los casinos.

—Lo hemos encontrado a través de LinkedIn —dijo—. Pero no ha actualizado su currículum.

—Nunca me han llamado a través de LinkedIn —dijo—. Así que, bueno, para qué molestarse.

—¿Cuánto tiempo lleva en la Bibliotheca?

—Solo un par de años. Estoy esperando a que se vuelva a abrir algo en el Strip.

—¿Por qué se fue?

—Por un montón de mierda. No quiero hablar de eso.

—Está bien. Solo estaba conversando hasta que…

Como si nada, Maddy abrió la cortina. Ballard se deslizó para hacer sitio. Maddie hizo un leve gesto con la cabeza que Ballard interpretó como que ya había sacado la pajita del vaso de bloody mary.

Era hora de poner a Rodney van Ness contra las cuerdas.

44

Ballard miró a Van Ness directamente a los ojos.

—¿Sabe, Rodney?, tenemos un problema —dijo.

—Ya empezamos —dijo Van Ness, sacudiendo la cabeza—. Sabía que esto era un cuento. Dígamelo. ¿Qué problema?

—Bueno, para empezar, hay partes de su historia que no me cuadran. Y eso me preocupa porque hemos venido aquí con la esperanza de que nos proporcionara información que nos ayudara a encontrar a Victor Best. Pero tengo que ser sincera, tengo problemas con lo que nos ha estado contando.

Van Ness puso las manos sobre la mesa como si estuviera a punto de levantarse para marcharse. Ballard esperaba que Maddie se apresurara a extender un brazo para disuadirle.

—Mire, estoy intentando ayudar —dijo Van Ness—. Ya le he dicho todo lo que sé de Victor. Hace como veinte años que no veo al tipo. Recibí un *mail* de él, vaya cosa. La dirección de correo de todos estaba en el mensaje que el comité de la reunión envió. Eso es todo.

—Ha dicho que tiene un restaurante por allí —dijo Ballard—. ¿Cómo lo sabe?

—Lo dijo en el *mail*. Dijo que, si alguna vez iba allí, me invitaría a comer. Esperaba que yo lo compensara en Las Vegas. Nada más.

—Bien, pero ahí no está mi problema. Está aquí, Rodney.

Ballard volvió a abrir el anuario y lo deslizó por la mesa hasta que lo tuvo delante. Estaba abierto por la página con la foto de Mallory Richardson.

—Ella —dijo Ballard—. Dice que no la conocía.

—No, he dicho que no la conocía bien —protestó Van Ness—. Puede comprobarlo en su grabadora.

—Pero ¿olvidó algo?

—No. Es decir, sí, podría haberlo hecho. Fue hace mucho tiempo.

—¿Ha olvidado que la llevó a su baile de graduación?

Van Ness levantó la vista del anuario. Ballard sabía que, si era listo, se deslizaría fuera del reservado, pasaría al lado de Maddie, a través de las cortinas, y se largaría. Pero confiaba en que no tuviera el valor de hacerlo.

En vez de irse, puso cara de sorpresa.

—Oh, mierda, tiene razón —dijo—. Sí. Quiero decir que fuimos juntos. Pero fue una cita de una sola vez.

—¿Y no se acordaba de eso cuando le he enseñado por primera vez el anuario y su foto?

—Mire, para ser sincero, tomé muchas drogas en esa época. Estaba drogado esa noche y siempre he tenido un recuerdo borroso.

Respuesta equivocada. Había abierto una puerta.

—¿Le dio drogas? —preguntó Ballard.

—De ninguna manera —dijo—. No le di drogas a nadie.

Ballard se acercó y pasó las páginas hasta el post-it que marcaba las fotos del baile de graduación. Puso el dedo sobre Van Ness, que aparecía en la foto de grupo sin Mallory.

—¿Por qué no está en esta foto, Rodney? ¿Dónde estaba ella?

—No lo sé —dijo Van Ness—. Probablemente, en el baño. ¿Cómo voy a saberlo?

—¿Está diciendo que se escabulló de una foto de grupo para ir al baño?

—Le digo que no sé dónde estaba.

Ballard movió el dedo hacia la imagen de Victor Best.

—¿Y Victor? —preguntó—. ¿Dónde está su cita?

—No lo sé —dijo Van Ness—. No creo que tuviera ninguna. Muchos venían solos porque era el último baile.

Hacía tiempo que los tribunales habían dictaminado que la policía podía mentir a los sospechosos sobre las pruebas que tenían contra ellos, pensando que, si eran inocentes, sabrían que la policía mentía. Ballard siempre había utilizado ese privilegio con sensatez, porque era algo que nunca le había sentado bien a los miembros de un jurado. La lógica era turbia y, al fin y al cabo, a la gente no le gustaba que la policía mintiera.

Ballard y Maddie habían planeado el interrogatorio durante el trayecto desde Los Ángeles, y se les había ocurrido una mentira que Ballard podría colar en la entrevista si el momento lo requería.

Y el momento lo requería.

Ballard volvió a tocar la foto de grupo.

—Esta fue en el Huntington —dijo—. ¿Sabe qué es lo mejor del Huntington y lo más útil para la policía?

—No lo sé —dijo Van Ness—. ¿Cámaras?

—En aquella época, no. Pero lo que han hecho desde el primer día es mantener sus registros de reservas y banquetes.

—¿Y?

—Bueno, volvimos atrás y encontramos que el baile de graduación de St. Vincent se celebró el 22 de mayo de 1999. Luego miramos las reservas del hotel esa noche y encontramos una habitación a su nombre.

—Eso es mentira. Yo no tenía habitación.

Ballard lo miró fijamente. La había calado y la había dejado en una posición inestable.

—¿Está seguro? —dijo—. Si miente a la policía, sabe que puede meterse en un buen lío. Estoy intentando que vuelva a casa, pero esto...

—Mire, si pusieron mi nombre en la habitación, no me lo dijeron —dijo Van Ness—. Pero yo no alquilé la habitación y no pagué por ella. Mi nombre no debería haber estado ahí.

Ballard asintió mientras le subía la adrenalina. Había utilizado la mentira, el farol, para llegar a una verdad oculta, y su instinto le decía que eso iba a conducir a algo.

—¿A quién se refiere? —preguntó—. ¿Quién puso su nombre en la habitación?

—Bueno, teníamos una habitación para divertirnos —dijo Van Ness—. Muchos chicos lo hacían. Todos compartían habitación, y la mayoría estábamos en el mismo pasillo. Era el centro de la fiesta.

—Lo entiendo. ¿Con quién compartía habitación?

—Mire, yo entonces no tenía dinero. Era de South Pas, ¿recuerda? Así que algunos chicos me agregaron a su habitación.

—Claro. ¿Qué chicos? Enséñemelos.

Ballard abrió el anuario con las fotos del último año. Van Ness se inclinó hacia él.

—Uno era Victor —dijo—. Luego estaban Andy Bennett y Taylor Weeks.

Pasó las páginas y dio unos golpecitos en la foto de cada uno de los alumnos de último curso.

—Bien —dijo Ballard—. Ha dicho que Victor no tenía pareja. ¿Qué hay de Bennett y Weeks?

—Eh, Andy creo que vino solo. Taylor tenía una cita. Katie Randolph. Creo que era de undécimo curso y he oído que acabaron casándose.

Ballard asintió. Estaba surcando la ola, obteniendo información nueva y sólida con cada respuesta, consiguiendo nombres de personas que estaban en el centro del caso. Los interrogatorios no siempre iban así, pero, cuando eso ocurría, parecía que no había forma de detener su ímpetu.

—¿Qué pasó en esa habitación, Rodney?

—Lo de siempre, supongo —dijo Van Ness.

—No suponga. Dígamelo. ¿Qué fue lo de siempre?

—Bueno, nos fuimos de fiesta. Llegamos temprano y lo celebramos antes del baile.

—¿Los cuatro chicos y Mallory y Katie?

—Bueno, creo que Taylor y Katie llegaron tarde. Pero sí.

—¿Drogas, alcohol, las dos cosas?

—Había una botella de ginebra. Así que tomamos eso.

—¿Trajo usted la ginebra?

—No, creo que fue Andy.

—¿Mallory bebió ginebra?

—Sí, bebió. Nadie la obligó. Bebió mucho.

—¿Cuánto tiempo se quedaron en la habitación Andy y Victor de fiesta con usted?

—No lo sé. Fue un rato, luego se fueron por el pasillo a otras habitaciones y a conseguir más alcohol.

—¿Se les acabó la ginebra?

—Al final, sí.

—¿Y se quedó solo con Mallory?

—Solo un rato.

—¿Tuvo sexo con ella?

—Mire, no sé lo que está pasando aquí, pero no fue ninguna violación, ¿de acuerdo? Ella quería tener sexo, así que lo hicimos.

—¿Fue antes o después de que se desmayara?

Otro farol, pero basado en lo que había sido revelado, un farol informado.

—Yo no soy así —protestó Van Ness—. Ella quería hacerlo, así que lo hicimos. No hubo violación y no puede probar que la hubo. Joder, esto es absurdo.

—No estamos diciendo que fuera una violación —dijo Ballard—. No estábamos en la habitación. Solo quiero saber si ella estaba consciente cuando mantuvieron relaciones sexuales.

—Sí. Estaba despierta y dispuesta. ¡Sí, maldita sea!

—Bien, bajemos la voz.

—Vale, pero me está diciendo cosas que no son verdad.

—Mire, le creo, Rodney, pero necesitamos entender lo que pasó. Mallory se desmayó, ¿verdad? Por eso no estaba en la foto, ¿correcto?

Van Ness sacudió la cabeza como si estuviera mal desvelar secretos sobre los muertos.

—Le sentó mal la ginebra y vomitó, ¿vale? —dijo—. Luego volvió a meterse en una de las camas de la habitación y se quedó dormida. Y eso fue todo. Nunca llegó al baile. Tuve que despertarla para llevarla a casa.

—¿Así que fue al baile sin ella?

—Sí, fui. Era mi baile de graduación y no quería pasarlo en un cuarto de hotel cuidando a una chica que no podía aguantar el alcohol.

—¿Los cuatro chicos tenían llaves de esa habitación?

—Eh, sí. Quiero decir..., no. Había dos llaves, así que tuvimos que compartir.

—¿Tenía una llave?

—No, tomé prestada la de Andy o Victor cuando subí. Ellos tenían las llaves. Se lo he dicho, no era mi habitación. No tenía llave.

—¿Y Taylor? ¿Él tenía llave?

—No lo creo, pero no lo recuerdo.

—Entonces, quiero asegurarme de que lo tengo claro. Cuando Mallory estaba desmayada en esa habitación, cualquiera con llave podía acceder. ¿Es eso cierto?

—Sí, pero me gustaría que me dijera qué está pasando aquí. Está haciendo que parezca que hicimos algo malo, y no fue así.

Ballard no hizo caso de la súplica. Estaba demasiado enfocada en marcar casillas con sus preguntas.

—Cuando Mallory vomitó, ¿fue en la cama o fue al baño?

—En el baño. Se levantó de un salto y se metió corriendo en el baño. Al cabo de un rato fui y la vi apoyada en la bañera, desmayada. La levanté, la limpié un poco y luego la subí a la cama.

Ballard quiso decir sarcásticamente que había demostrado verdadera caballerosidad, pero se abstuvo de comentarios y se ciñó a las preguntas.

—Y eso fue después de que los dos mantuvieran relaciones sexuales consentidas, ¿correcto?

—Sí, definitivamente consentidas —dijo Van Ness.

—¿Qué llevaba puesto en ese momento? Cuando se levantó para ir al baño después de las relaciones sexuales y cuando la sacó.

—Eh, bueno, nada. Se había quitado la ropa.

—Cuando la llevó a la cama, ¿la cubrió con una manta o algo?

—Por supuesto. Le puse la cabeza en la almohada y la tapé con las sábanas. No soy gilipollas.

—Y luego bajó al baile.

—Sí.

—¿Y le devolvió la llave a la persona que se la prestó?

—Probablemente. No recuerdo si fue Andy o Victor.

—¿Podría habérsela dado a alguien más?

—Pues no lo sé. Lo dudo. Era su habitación, ellos tenían las llaves.

Mientras Ballard era capaz de contener sus emociones, Maddie aparentemente no podía.

—Así que dejó a una chica desnuda desmayada en una habitación a la que casi cualquier chico de ese baile tenía acceso —dijo Maddie en tono acalorado—. ¿Lo hemos entendido bien?

—Mire, se emborrachó —protestó Van Ness—. ¿Qué se supone que tenía que hacer?

—¿Protegerla? ¿Pensó alguna vez en lo vulnerable que era?

—La tapé y cerré la puerta. Estaba a salvo y no le pasó nada.

—¿Está seguro de eso?

Van Ness no respondió. Negó con la cabeza y luego desvió la mirada como si mirara fuera del reservado, a lo lejos. Pero la cortina estaba corrida.

—¿Están diciendo que le pasó algo? —preguntó en voz baja.

Ballard puso la mano en el brazo de Maddie para impedir que volviera a atacarle.

—Sí, le pasó algo —dijo—. Se quedó embarazada y nueve meses después tuvo un niño.

Van Ness se volvió hacia ellas. Ballard se dio cuenta de que era información nueva. Estaba estupefacto.

—¡Pues no fui yo! —dijo—. Usamos protección. Yo tenía un condón y lo usé.

—¿Está seguro?

—Estoy muy seguro. Ella me obligó a usarlo.

—Entonces buenas noticias, Rodney. Si está diciendo la verdad, está limpio. Porque el hombre al que buscamos es el padre de su bebé.

Van Ness se quedó boquiabierto. Eso no era ni remotamente lo que esperaba.

—Bueno, no fui yo —dijo finalmente.

—Entonces su salida más rápida de esto es darnos su ADN —dijo Ballard—. Si se ofreciera voluntario para que le hiciéramos un frotis, nos convencería de que no es el hombre que buscamos.

Ballard se contuvo al decirle que ya tenían la pajita con su ADN. Van Ness negó con la cabeza como si supiera que no tenía que acompañarlas.

—¿Por qué lo buscan?

—Por un asesinato —dijo Ballard—. Y varias violaciones.

Van Ness apoyó los codos en la mesa y se pasó las manos por el pelo.

—Oh, Dios mío, oh, Dios mío —dijo—. Ese no soy yo. No pueden creer...

No terminó.

—Entonces déjenos hacerle un frotis y tacharle de nuestra lista —dijo Ballard.

Van Ness asintió.

—¿Adónde vamos para eso? —preguntó.

—Lo hacemos aquí mismo —dijo Ballard—. La agente Bosch puede hacerlo.

Van Ness vaciló, pero volvió a asentir.

—Vale, hagámoslo —dijo—. No soy el hombre que buscan.

45

Dejaron a Van Ness en su edificio de apartamentos con la advertencia de que no se comunicara con nadie de St. Vincent, especialmente con los hombres con los que había compartido la habitación de hotel la noche del baile de graduación. Ballard le dijo que, si alertaba a alguien de la investigación, sería acusado de complicidad en asesinato y violación. Aquello pareció asustarle adecuadamente.

Después, Ballard y Maddie subieron al coche y se dirigieron a la autovía. No comentaron nada hasta que el resplandor de neón del Strip apareció en el retrovisor. Maddie fue la primera en hablar.

—Lo siento —dijo.

—¿Por qué? —dijo Ballard—. Lo has hecho bien. Lo hemos hecho bien.

—Lo sé, pero debería haber controlado la rabia. Fue poco profesional. Tú estuviste muy bien, conteniéndote todo el tiempo. Por eso ha seguido hablando.

—Puede ser, pero, cuando dijiste eso, funcionó. Mostró su culpa por cómo la había dejado esa noche, y eso me hace pensar que no es nuestro hombre. ¿Has sentido eso?

—Sí, la verdad es que sí. Definitivamente, es un perdedor y siempre lo será, pero tampoco creo que sea nuestro hombre. No nos habría dejado tomarle una muestra.

—De todos modos, la llevamos al laboratorio y lo confirmamos.

—Correcto.

—Pero ocultaba algo.

—¿Por qué lo dices?

—Mintió por omisión al principio, como si no recordara que Mallory era su cita. Eso nos dice que sabía que algo había pasado esa noche. En ese momento, pensé que era nuestro hombre. Pero luego no dudó sobre el frotis. Eso significa que mintió por alguna otra razón. Probablemente, les dijo a esos tipos que Mallory se había desmayado y que estaba en la habitación. La convirtió en un blanco fácil, se diera cuenta o no.

—¿No hay manera de que podamos acusarlo por eso?

—Tal vez, pero puede que lo necesitemos para algo más grande.

—¿Qué?

—A los fiscales no les gusta nada ir a juicio solo con ADN. Muchos jurados no confían en él o no lo entienden. Quieren una persona que cuente la historia, alguien que pueda dar sentido a las pruebas. Los fiscales quieren lo que llaman casos de ADN-plus. Así que lo más importante aquí es el Violador de Almohada y no lo que Rodney van Ness hiciera o dejara de hacer la noche del baile. Si acusamos a uno de estos otros tipos de ser el Violador de la Almohada, puede que lo necesitemos como testigo para que le cuente al jurado lo de la habitación y las llaves y quién tuvo acceso.

Maddie asintió.

—Piensas dos o tres movimientos por delante —dijo.

—Hay que hacerlo —repuso Ballard—. ¿Tienes el número de Colleen?

—Claro. Hoy ya me ha mandado tres mensajes para preguntar qué pasa.

—Mejor tú que yo. Mándale un mensaje y a ver si puede empezar a buscar a Victor Best en Hawái. ¿Supongo que ya encontrasteis a Andrew Bennett y a Taylor Weeks?

—No estoy segura con Weeks, pero recuerdo que encontramos a Bennett. Creo que está en el condado de Orange.

—No está mal. Mucho más cerca que Hawái.

Maddie sacó su teléfono para enviar un mensaje de texto.

—¿Y si le pides que también haga una búsqueda de medios en Oahu o donde encuentre a Best? —añadió Ballard—. A ver si allí han tenido algún violador en serie en los últimos quince o veinte años.

—Entendido —dijo Maddie.

Escribió el mensaje en su teléfono. Cuando terminó, tenía más preguntas.

—¿Crees que Taylor Weeks podría ser el culpable? Tuvo una cita esa noche, y ahora supuestamente están casados.

—Primero apostaría por uno de los otros dos, pero tenemos que ir a por todos. Nunca le des a un abogado defensor a alguien más a quien culpar.

—Y cualquiera de ellos pudo haberle dado las llaves a cualquier otro tipo en el baile. Podríamos estar buscando nombres durante semanas.

—No digas eso. Me muero de ganas de resolver esto.

—Lo siento. Eres como mi padre cuando estaba en un caso. Siempre motivado. Nada más importaba.

—Puede que no quieras oír esto, pero es un gran cumplido. Gracias.

—Sí, lo decía como un cumplido. Mi padre no siempre era el tipo más fácil con el que vivir, pero, cuando estaba comprometido con algo, lo estaba de verdad. Ojalá pueda ser yo así.

—Ya lo eres, Maddie. Y estoy encantada de que te hayas incorporado a la unidad.

El teléfono de Maddie sonó. Leyó un mensaje.

—Colleen está en ello —dijo—. Me pregunto si Mallory sabía lo que le había pasado.

—Creo que tuvo que saberlo —dijo Ballard—. Si no, habría dicho que Rodney era el padre. Pero ¿le has visto la cara cuando le hemos dicho que se había quedado embarazada? Eso era nuevo para él. No veo por qué Mallory iba a callárselo si pensaba que él era el padre.

—Es muy triste. Me cabrea.

—Sí.

Se quedaron en silencio. Estaban a punto de entrar de nuevo en el estado de California cuando vibró el teléfono de Ballard. Era Gandle.

—Capitán.

—Ballard, un par de cosas. Primero, ¿adivina qué acaba de llegar a mi escritorio?

—Ni idea, capitán.

—Bueno, te lo diré. Es el comprobante del coche que pediste anoche. Así que tengo que preguntarte si fuiste a Las Vegas antes de que te diera permiso para ir a Las Vegas.

—Eh, bueno, sabía que aprobaría la solicitud porque quiere que resolvamos este caso. Así que contaba con eso, sí, pero no conduje a Las Vegas anoche, si eso es lo que pregunta. He llegado a Las Vegas hoy. Después de que me diera permiso.

Ballard miró a Maddie, que la observaba, y le guiñó un ojo. Antes de que Gandle pudiera responder, ella continuó.

—Ya estamos volviendo. Y estamos investigando algunas pistas sólidas.

—¿Y el tipo con el que fuiste a hablar? ¿Es sospechoso?

—Podríamos contarlo como sospechoso, pero se ofreció voluntario para que le hiciéramos un frotis, así que estamos pensando que no es nuestro hombre.

—Entonces el viaje ha sido un fracaso.

—No, en absoluto, capitán. Nos dio algunos nombres, pistas que creo que podrían ser fructíferas.

—Eso espero, Ballard.

—Ya tengo al equipo investigándolas.

—Cuéntame qué sale de todo esto.

—Sí, señor. ¿Ha dicho que tenía algo más?

—Sí, la fiscalía acaba de rechazar el caso de Thawyer.

—¿Qué?

Ballard miró a Maddie con angustia en los ojos.

—Lo han rechazado. Pruebas insuficientes para la condena.

—Eso es increíble. ¿Quién ha rechazado el caso? ¿Plovc?

—No, esto viene de arriba. Ernesto lo firmó.

Eso lo explicaba. Ernest O'Fallon había sido elegido fiscal del distrito recientemente. El jefe de la policía de Los Ángeles había apoyado al oponente de O'Fallon en las elecciones y eso había provocado una disputa entre ambos. Ninguna de las partes estaba dispuesta a conceder un triunfo a la otra, lo cual había dado lugar a algunas aplicaciones cuestionables de la justicia en el condado. O'Fallon, apodado «Ernesto» por sus detractores debido a un intento mal planeado de reivindicar una herencia latina parcial durante las elecciones, nunca daría al departamento la medalla de relaciones públicas por resolver el emblemático caso de la Dalia Negra. Y Ballard estaba disgustada consigo misma por no haberlo previsto cuando llevó el caso a Plovc.

—Eso es absurdo —dijo—. Ese caso está resuelto.

—No importa —dijo Gandle—. Conoces el protocolo. Si el fiscal no lo firma, no está resuelto.

—Deberíamos acudir a los medios. A la prensa le encantará esta historia.

—Ballard, piensa en lo que dices. No cometas ninguna estupidez que haga que te degraden o algo peor. Ya has pasado por eso. Si das un paso en falso en esto, tendrás terapia de autopista, y eso solo para empezar. Te sacarán de la unidad en un santiamén.

—Sigue siendo absurdo. Tenemos las pruebas.

—Estás predicando al coro. Pero a veces el coro tiene que dejar de cantar.

—Ni siquiera sé qué significa eso.

—No importa. Retírate. Quédate en la investigación del Violador de la Almohada, y si tenemos suerte se la meteremos doblada al fiscal con una detención, una rueda de prensa y todo lo demás.

—Claro. Tengo que concentrarme en conducir.

—Entonces voy a colgar. Pero recuerda, Ballard, piensa antes de actuar. Hay consecuencias. Para cada acción, hay una reacción igual y opuesta. Las leyes de la política son iguales que las leyes de la física.

Ballard no dijo nada.

—¿Estás ahí, Ballard?

—Estoy aquí.

—Quiero asegurarme de que me oyes.

—Alto y claro, capitán.

—Bien. Vuelve a salvo y hablaremos mañana.

—Entendido.

Colgó y Maddie se le echó encima.

—¿Han rechazado Thawyer?

—Ha sido O'Fallon en persona, porque no quiere darle una gran victoria al departamento.

—Eso no tiene sentido. Es Thawyer, lo sé.

—No lo discuto.

—Entonces, ¿qué hacemos?

—Maddie, ¿cuánto tiempo llevas en el departamento? ¿Dos años?

—Casi tres.

—Bien, sé que sabes mucho por tu padre. Se enredó con asuntos políticos y burocráticos más de una vez. Pero incluso ahora, en el llamado nuevo departamento, aprenderás que la política policial está siempre presente, y aún más cuando entras en el departamento de detectives.

—Y entonces, ¿qué? ¿Nos rendimos porque un imbécil electo no cierra un caso que sabemos que resolvimos?

—Esa es la cuestión. Sabemos que está resuelto. Aún vamos a llamar a los Ford en Wichita para darles una respuesta definitiva. De acuerdo, el fiscal no firmará esto porque no quiere darle la victoria a nuestro jefe, pero eso no importa. Sabemos lo que sabemos.

—A mí me importa.

Ballard se dio cuenta de que a Maddie le importaba, en parte, porque el caso de la Dalia Negra podía propulsar su carrera y llevarla a las filas de los detectives más pronto que tarde. De repente, Ballard se sintió mal por intentar educarla en la política del departamento.

—Mira —dijo—, la gente del departamento sabrá lo que hiciste. El capitán Gandle ya lo sabe. Cuando volvamos, veremos lo que tenemos y qué más podríamos conseguir para blindar el caso de tal manera que el fiscal no tenga más remedio que firmarlo. Ya estamos cerca. Tiene que haber algo más. Algo que todavía no se nos ha ocurrido.

Maddie respondió con voz abatida.

—Ya les hemos dado bastante —dijo.

—Desde luego, desde nuestro punto de vista. Pero O'Fallon es un animal político. Hemos de pensarlo desde su perspectiva y aportar algo tan importante que el caso se convierta en una carga para él si no lo firma.

—¿No crees que, si existiera algo así, ya lo habríamos encontrado?

—Puede ser. Pero había fotos de otras víctimas. Confirmemos otra. O dos más, lo que haga falta. Luego volvemos a la fiscalía.

Pasaron junto a una señal de la autovía que anunciaba la salida a Zzyzx. Ballard abrió los contactos de su teléfono y llamó a Carol Plovc. Puso la llamada en altavoz para que Maddie pudiera oírla.

—Carol, ¿qué ha pasado?

—Renée, lo siento. Me lo quitaron de las manos. Se lo llevé a Nicki Gallant, y no tenía ni idea de que se lo iba a pasar a O'Fallon. En ese momento supe que lo rechazarían. Lo siento.

—¿Te devolvieron algo? ¿Deficiencias? ¿Qué podemos hacer?

—Nada, y no espero que haya ninguna respuesta. Es por el análisis fotográfico. Como te dije, hay dudas razonables en los números.

—Vale, Carol. Gracias por intentarlo.

—Si fuera por mí, habría firmado.

—Lo sé.

Ballard colgó.

—Si ella lo hubiera firmado, ¿por qué lo envió al otro lado de la calle? —preguntó Maddie.

—Política —dijo Ballard—. Estaba en un callejón sin salida. Si lo hubiera firmado, O'Fallon probablemente la habría degradado. Así que mandó el caso a morir al otro lado de la calle.

La frustración en el coche era palpable. Ballard y Maddie se quedaron en silencio. Tenían ciento cincuenta kilómetros por delante y nada más que decir.

Jueves, 9:12

46

Todos los componentes del equipo habían cumplido ya con sus horas semanales, pero Ballard llegó a Ahmanson y se encontró a Hatteras en su escritorio. Siempre se podía contar con que Hatteras estaría allí de tres a cinco veces por semana, pero ese día Ballard le había pedido que viniera. Sabía que Hatteras había trabajado hasta altas horas de la noche del miércoles para localizar a Victor Best, Andrew Bennett y Taylor Weeks. Ballard estaba demasiado cansada después de volver de Las Vegas, y en lugar de llevarse el informe convocó una reunión para la mañana.

—Colleen, siento llegar tarde —dijo Ballard—. Me he quedado bloqueada en el laboratorio.

—¿Has llevado la muestra de Van Ness? —preguntó Hatteras.

Ballard dejó el bolso en su escritorio.

—Sí —respondió—. Subo a por café y hablamos. ¿Quieres uno?

—No, gracias —dijo Hatteras.

Ballard abrió un cajón de su escritorio y sacó una taza de café. Era un recordatorio de sus días en la División de Robos y Homicidios con un eslogan que le resultaba familiar: HOMICIDIOS: NUESTRO DÍA EMPIEZA CUANDO EL SUYO ACABA.

Se dirigió a la sala de café de la segunda planta. Mientras se servía, recibió una llamada del capitán Gandle. La aceptó a regañadientes. Últimamente, cualquier llamada con el capitán suponía una confrontación.

Esa no fue una excepción.

—Ballard, pensaba que tendría un informe de tu visita a Las Vegas en mi correo electrónico.

—Lo siento, capitán. Volvimos tarde ayer y estaba cansada. Acabo de llegar a la oficina y lo escribiré esta mañana. Ahora estoy con un interrogatorio.

Esperaba que la mentira acortara la conversación.

—Bien —dijo Gandle—. Quiero ver lo que tienes.

—Lo tendrá antes de comer —prometió Ballard.

Hubo un silencio, pero Gandle no colgó. Ballard adivinó que estaba a punto de recibir otro golpe.

—¿Hay algo más, capitán? —preguntó.

—Sí, tengo que hablarte de algo —dijo Gandle—. Algo que no quiero que me estalle en la cara.

—¿Qué? ¿Algo en Las Vegas? ¿Van Ness presentó una queja?

—No, nada de Las Vegas. He recibido una llamada de un periodista del *Times* hoy a primera hora. El tiroteo del FBI en la playa. No lo dejarán pasar porque saben que Harry Bosch estuvo involucrado.

—Está bien. ¿Qué tiene eso...?

—El periodista también me envió un vídeo que uno de los transeúntes grabó con un iPhone, un chico que estaba jugando a hockey sobre patines. Quiere que identifique a la mujer con la que Bosch está hablando en la cinta de la escena del crimen. La abraza y le mete algo en el bolsillo. Esa mujer se parece mucho a ti, Ballard, y quiero saber qué coño está pasando.

Ballard se quedó en silencio, estupefacta.

—Cuéntamelo, Ballard —dijo Gandle—. Ahora mismo.

—Eh, en este momento no puedo, capitán —dijo Ballard—. Estoy en medio de un interrogatorio. Pero lo haré.

—¿Cuándo?

—Eh, pronto. Solo necesito terminar esto. ¿Qué tal si voy a verle al centro?

Estaba tratando de ganar tiempo para pensar en una explicación que el capitán pudiera aceptar.

—Lo único que puedo decir es que más vale que esto no sea algo que detone en mis manos, Ballard.

—No se preocupe, señor, no lo es —dijo Ballard—. Pero ¿podría enviarme el vídeo? Me gustaría verlo antes de hablar.

—Lo enviaré. Y te veré hoy, Ballard. Hoy.

—Sí, señor.

Ballard colgó. La cabeza le daba vueltas, se sentía un poco mareada. En la sala del café había una sola mesa con dos sillas. Se sentó, apoyó los codos en la mesa y se pasó las manos por el cabello. Tenía que inventar algo para explicar por qué estaba en el vídeo, pero no se le ocurría nada más que la verdad.

—Mierda, mierda, mierda —se dijo a sí misma.

Sintió que se le abría un agujero en el pecho. El agujero se ensanchó al darse cuenta de que podría haber recuperado su placa solo para volver a perderla… permanentemente.

47

Todavía sumida en un mar de dudas, Ballard regresó a la unidad y se encontró a Maddie Bosch hablando con Hatteras en su puesto. Ambas la vieron acercarse y se dieron cuenta de que algo iba mal.

—¿Estás bien? —preguntó Hatteras—. Creía que ibas a por café.

Ballard se dio cuenta de que se había dejado la taza en la mesa de la sala de café.

—Eh, sí —dijo—. Me lo he tomado allí mientras atendía una llamada.

—Bueno, si te has dejado la taza ahí, alguien te la va a robar —dijo Hatteras—. Yo te la traigo.

—Eh, vale. Gracias, Colleen.

Maddie esperó a que se alejara antes de hablar.

—Renée, ¿qué te pasa? —preguntó—. Parece que hubieras visto un fantasma.

—No pasa nada —dijo Ballard—. Bueno, nada que tenga que ver con lo que estamos haciendo. Pero creía que hoy te habías tomado el día libre.

—Hay algo que quiero enseñarte. Creo que es otra forma de investigar el caso de la Dalia Negra.

—Vale, enséñamelo.

Fueron al escritorio de Ballard y Maddie se sentó, abrió su terminal, esperó a que se conectara el wifi y luego fue a una web comercial de algo llamado Film Forensics Institute.

—¿Qué estamos mirando? —preguntó Ballard.

—Esta empresa asegura que tiene a los mejores expertos del mundo en verificación de películas y vídeos —dijo Maddie—. Pueden hacer una comparación para nosotros y confirmar que la víctima de las fotos de Thawyer es Elizabeth Short.

—O confirmar que no lo es.

—Sí.

—¿Cómo sabemos que saben lo que hacen? Parece algo de Hollywood.

—Hace poco los contrató la CNN para descubrir vídeos y fotos manipulados en las campañas presidenciales. Los llamé y les encantaría hacer este trabajo. El tipo me dijo que están cada vez más metidos en asuntos policiales. Podría darnos referencias en el cuerpo si queremos comprobarlo. Dijo que, localmente, han trabajado para la policía de Beverly Hills.

—¿Y están en la ciudad?

—Los mejores expertos en cine del mundo están aquí.

—¿Cuánto costaría?

—Intenté que el tipo lo hiciera gratis, pero dijo que al menos tendríamos que pagar la tarifa por hora de sus técnicos. Dos evalúan por separado las imágenes de las orejas y determinan si pertenecen a la misma persona, luego ven si ambos han llegado a la misma conclusión. Cien por hora cada uno. También tendríamos que citarlos en cualquier comunicado de prensa que se publique sobre el caso.

Ballard dudó.

—Estaba pensando que podríais utilizar mi paga de la subvención —se ofreció Maddie.

Ballard negó con la cabeza.

—No, no quiero echarme encima al sindicato —dijo.

Hatteras apareció y dejó la taza de café de Ballard sobre el escritorio. Estaba llena de café recién hecho, humeante.

Al parecer había oído el final de la conversación, porque miró a Maddie y dijo:

—¿Te pagan?

—Eh, bueno... —empezó Maddie.

—Recibe una compensación —dijo Ballard—. Tenía que hacerlo, o el sindicato lo bloquearía, y necesitábamos otra placa en el equipo.

—Oh —dijo Hatteras.

—Colleen, te agradecería que te guardaras eso para ti —dijo Ballard.

—Claro. Siempre he dicho que haría este trabajo gratis.

—Y la ciudad y yo te debemos nuestro agradecimiento —dijo Ballard—. Volvamos a lo nuestro. Maddie, ¿qué puede hacer esta empresa privada con las fotos que no haya hecho nuestro propio laboratorio?

—Me dijeron que los cuerpos de policía van por detrás en el uso de identificadores que ayudan en casos como este.

—¿Como qué? —preguntó Ballard—. Esto suena como un eslogan publicitario.

—Como las orejas —dijo Maddie—. Hay una serie de estudios publicados que dicen que las líneas del pabellón auricular (eh, el lóbulo, la hélice, algo llamado la concha, y otras formas varias) se combinan para crear un identificador tan único como una huella dactilar. Hay una cosa llamada método de identificación de la oreja de Cameriere que sirve para comparar y confirmar la identidad.

—Qué interesante —intervino Hatteras.

Ballard se dio cuenta de que Hatteras seguía detrás de ella, escuchando la conversación.

—Me enseñaste el archivo de fotos que entregaste a nuestro laboratorio —dijo Maddie—. Tenía fotos de la víctima de

Thawyer llamada Betty que mostraban su oreja derecha, pero todas las fotos conocidas de Elizabeth Short que presentaste eran retratos de la cabeza que no mostraban mucho ninguna de las dos orejas. Así que no creo que el laboratorio hiciera este tipo de comparación.

—Creo que me habría enterado si lo hubieran hecho —dijo Ballard.

—He buscado en internet. Ni siquiera la foto de Short de su detención en 1943 en Santa Bárbara la tenía. El pelo le cubría la oreja.

—¿Así que no tenemos nada con lo que comparar? —preguntó Ballard.

—Sí que lo tenemos —dijo Maddie con entusiasmo—. De hecho, he encontrado varias. Son todas de la escena del crimen de Norton Avenue, donde el asesino dejó el cadáver. En esas fotos, tiene la cara vuelta hacia un lado, en la hierba, y se le ve la oreja derecha completa. Pero no incluiste ninguna de esas fotos en el paquete del laboratorio.

—Porque tenía la cara ensangrentada y las mejillas cortadas como el Joker en esa película de Batman —dijo Ballard—. Horrible. Y no creí que fueran buenas fotos para comparar.

—No lo eran para una comparación facial normal —dijo Maddie—. Pero ahora tenemos imágenes claras de su oreja derecha para comparar. Creo que de verdad vale la pena intentarlo, y el tipo dijo que lo harían de inmediato.

—Yo también creo que merece la pena intentarlo —dijo Hatteras.

Ballard volvió a mirar a Hatteras.

—Colleen —dijo—, ¿por qué no vas a tu sitio y te preparas para explicarnos lo que encontraste ayer?

—No hace falta —dijo Hatteras—. Ya estoy preparada. Te estaba esperando.

—Bueno, vete a tu sitio; nos reuniremos contigo dentro de un minuto, ¿de acuerdo?

—De acuerdo.

Lo dijo como una niña a la que mandan a su cuarto y se alejó con la cabeza gacha. Ballard volvió a centrar su atención en Maddie.

—Vale, adelante con esto —dijo—. En voz baja. Y quiero que redactes un acuerdo de confidencialidad y hagas que Camerero, o como se llame, lo firme. No quiero que se corra la voz.

—No, Cameriere es el tipo que inventó el índice de comparación. El tipo con el que hablé en FFI se llama Ortiz; nombre de pila, Lucas.

—Muy bien, pues puedes decirle al señor Lucas Ortiz que se dé prisa y que le pagaremos a su gente por hora.

—Genial. Estoy entusiasmada. Creo que va a funcionar.

—Eso solo va a ser la mitad de la batalla. Incluso si lo llaman una coincidencia completa, todavía tendremos que convencer al fiscal del distrito —dijo Ballard.

—Si esto es tan bueno como las huellas dactilares, tendrá que aceptarlo.

—Tal vez. Pero, bueno, está muy bien que se te haya ocurrido, Maddie. Ponlo en marcha.

—Allá voy.

48

El capitán no le había enviado ningún vídeo del jugador de hockey sobre patines. Ballard trató de apartar de su mente el problema que tenía con él mientras rodeaba la Balsa empujando su silla y se sentaba junto a Hatteras.

—Por fin —dijo—. Colleen, enséñame lo que tienes sobre nuestros chicos del Saint Vincent.

—Eh, buenas y malas noticias —dijo Hatteras—. Estoy casi segura de haber localizado a los tres. La mala noticia es que Weeks está en Hollywood Forever.

—¿Está muerto?

—Falleció en un accidente de coche hace tres años.

—¿Dónde?

—Chocó contra un árbol en Los Feliz Boulevard volviendo a casa después de un concierto en el Teatro Griego. Encontré un artículo en el *Pasadena Star-News*. Supongo que, como creció allí y no le fue mal en Hollywood, publicaron la noticia.

—¿Qué hacía en Hollywood?

—Era productor de películas independientes. Ninguna que hubiera oído nombrar antes, pero eran pelis que iban a los circuitos de festivales.

—¿Puedes conseguir el artículo? Me gustaría leerlo.

—He impreso una copia.

Hatteras abrió una carpeta y sacó una hoja de papel. Ballard examinó el artículo y observó que había una pasajera en el coche que había sobrevivido, aunque había sufrido heridas muy graves. En el artículo no constaba su nombre. En aquel momento, el accidente estaba siendo investigado por la división de tráfico de la policía de Los Ángeles.

—Luego está esto —dijo Hatteras.

Entregó a Ballard otro documento de la carpeta, una copia impresa de una demanda de cuatro páginas contra los herederos de Taylor Weeks presentada por Amanda Sheridan, la pasajera del accidente. Según la demanda, Weeks conducía bajo los efectos del alcohol y el éxtasis en el momento del accidente y había rechazado las reiteradas peticiones de Sheridan de que se detuviera y la dejara conducir. Según la demanda, un enfadado Weeks gritó: «¿Qué tal si paro aquí?», y chocó intencionadamente contra un roble a tres metros de la carretera, matándose e hiriendo gravemente a Sheridan.

—Muy buen material, Colleen —dijo Ballard—. Le extraerían sangre durante la autopsia, y aún debería estar en la oficina del forense si esta demanda sigue activa.

Pasó a la primera página de la demanda para comprobar el sello del juzgado.

—Presentada en septiembre del 22 —dijo—. Probablemente, aún esté dando vueltas por los tribunales. Estoy convencida de que podremos obtener su ADN.

—Tenía esa esperanza —dijo Hatteras.

—Tengo que ir al centro dentro de un rato. Me pasaré por la oficina del forense a ver qué tienen.

—¿Tienes que ver al capitán?

—Por desgracia.

—¿Algo va mal? Tengo esa sensación.

—Todo está bien, Colleen. Nada de lo que debas preocuparte.

Hatteras era la última persona a la que Ballard quería confiar su situación. Cambió de tema.

—¿Y Bennett y Best? ¿Los has encontrado?

—Sí. Van Ness se equivocó de isla: Victor Best ahora es jefe de cocina de un restaurante de Kona, en la Isla Grande. No tengo la dirección de su casa, pero sí la del restaurante.

Empezó a teclear en su ordenador.

—Bien —dijo Ballard—. ¿Buscaste alguna noticia sobre violadores en serie por allí?

—Sí, pero no encontré nada. Aquí está el restaurante.

En la pantalla apareció la página web de un restaurante llamado Olu Olu. Se veían asientos al aire libre con unas impresionantes vistas al mar. Hatteras abrió un menú desplegable y pulsó en el apartado «Quiénes somos». Aparecieron una foto y una biografía del director del restaurante. Se desplazó hasta la siguiente foto, y Ballard se encontró mirando a un hombre con chaqueta blanca de chef que sonreía afectuosamente a la cámara.

—Es Victor Best —dijo Hatteras—. Chef y jefe de cocina.

Ballard se inclinó para leer la biografía de dos párrafos de Best.

—«Casi veinte años de experiencia en restaurantes de Hawái» —leyó en voz alta—. Si eso es cierto, estaría en Hawái cuando ocurrió la última violación aquí. Van Ness dijo lo mismo.

—¿Entonces lo tachamos de la lista? —preguntó Hatteras.

—Aún no. Todavía tenemos que confirmarlo. Este tipo de biografías son exageradas. Y Van Ness se equivocó con la isla, así que también podría equivocarse con las fechas.

—Entendido.

Ballard miró la foto de Best. Tenía la cabeza afeitada, una amplia sonrisa y un bronceado intenso. Vio cómo el chico de la foto del anuario se había convertido en el hombre de la pantalla. Los ojos eran iguales, de un castaño tan oscuro que apenas distinguía el anillo alrededor de cada iris. Se preguntó si estaría mirando los ojos de un violador y asesino.

Hatteras interrumpió sus pensamientos.

—¿Has vivido alguna vez en Kona?

—Eh, no, nunca viví en la Isla Grande. Viví en Maui y fui a la Facultad de Periodismo en Oahu.

—¿Periodismo?

—Sí, fui periodista un tiempo antes de ser policía.

—Interesante. No lo sabía.

La mención de su pasado dio de pronto a Ballard una idea de cómo podría enterarse de que Best se había marchado de California a Hawái.

—Colleen, ¿cómo lo encontraste? —preguntó.

—Fue fácil —dijo Hatteras—. Simplemente, busqué en Google «Victor Best Hawái» y apareció esta página del restaurante. Ojalá fuera siempre así de fácil.

Ballard se guardó su plan para Best y siguió con el informe de Hatteras.

—Bien, ¿qué encontraste sobre Andrew Bennett?

—No fue tan fácil con él. Como te imaginarás, hay muchos Andrew Bennett por ahí. Basándome otra vez en lo que Maddie me contó que Van Ness te dijo, hice del condado de Orange uno de mis parámetros y encontré cuatro Andrew Bennett. Los revisé y me fijé en uno en Laguna Beach. Trabaja para una empresa inmobiliaria que tiene biografías de sus representantes de ventas en su sitio web. Su biografía dice que nació en California, y luego hice una comparación con el anuario. Echa un vistazo.

Sacó una foto de un sonriente Andrew Bennett en la página web de una inmobiliaria y, a continuación, puso junto a ella una foto ampliada que había escaneado del Andy Bennett del anuario. No cabía duda de que el agente era el Andy

Bennett que se había graduado en 1999 en el St. Vincent's de Pasadena. Victor Best había perdido pelo y le habían salido arrugas por el sol alrededor de los ojos; Bennett, en cambio, parecía haber encontrado la fuente de la eterna juventud o un buen cirujano plástico. No tenía arrugas y seguía luciendo una cabellera abundante. Ballard se dio cuenta de que el estilo tampoco había cambiado. Seguía llevando el pelo negro azabache con la raya a la izquierda. Sonreía de oreja a oreja y estaba de pie delante de una casa junto a un cartel de VENDIDO.

—Me pregunto cuántos años tendrá esta foto —dijo Ballard—. Aparenta unos treinta.

—Lo sé —dijo Hatteras—. He intentado encontrar más fotos, pero sin éxito. La base de datos del Departamento de Bienes Raíces de California no tiene constancia de quejas contra él, y tiene licencia desde 2007.

—Investigaré en Tráfico y con suerte daremos con la dirección de su casa. Pero envíame la dirección de su oficina en un mensaje.

—Ya busqué sus registros de Tráfico y conseguí la dirección. Te la enviaré.

—¿Cómo accediste a Tráfico?

—Usé tu contraseña.

—Colleen, ¿cómo tienes mi contraseña?

—Anders me la dio.

—¿Qué?

—Creo que es tuya. Eso es lo que él dijo.

—Esto no puede estar pasando. Mira, lo que sea que te haya dado, no lo vuelvas a usar, ¿entiendes? Eso podría acabar con toda la unidad. Hablaré con Anders, pero no la uses más.

—Vale, lo siento. No sabía que era para tanto. El otro día me hiciste comprobar tu pantalla porque aún estabas conectada. No vi la diferencia. Pensé que se la habías dado.

—No, no lo hice. La pirateó y me encargaré de eso con él. Lo que necesitas saber es que el departamento se toma muy en serio a los usuarios no autorizados que buscan información en Tráfico.

—¿Como lo que me pediste que hiciera el otro día?

Ballard se estaba exasperando.

—Mira, eso fue diferente —dijo—. Y no voy a discutirlo contigo. Simplemente, no lo hagas más. En realidad, es ilegal. Podría meternos en problemas tanto a ti como a mí.

—Vale, de acuerdo —dijo Hatteras—. Nunca más.

—Envíame la dirección de Bennett y así al menos parecerá legítimo.

—Lo haré. ¿Vas a ir a Laguna a verlo?

—En algún momento. Probablemente. A ver si puedes averiguar si enseña alguna casa este fin de semana.

—Eso sería genial. Lo observas haciéndote pasar por una posible compradora. Antes de que sepa que eres policía.

—Tal vez.

Ballard sabía lo que venía a continuación y no se equivocó.

—Si vas, ¿puedo acompañarte? —preguntó Hatteras—. Espera, no contestes. Sé que es un no. No importa.

Ballard se sintió aliviada por no tener que pararle los pies una vez más. Hatteras se autocorregía.

—Colleen, deberías pensar en tomarte un descanso e irte a casa —dijo—. Has estado aquí todos los días de esta semana. De verdad que no quiero que te quemes. Eres demasiado valiosa para el equipo.

Ballard dejó a Hatteras con eso para que se lo pensara y empujó su silla hasta su sitio, donde vio que la esperaba su café, ya frío. Ya eran dos las tazas que se habían quedado por el camino. Antes de subir a por otra, que tal vez sí se tomaría, abrió el correo electrónico.

En lo alto de la lista estaba el mensaje que acababa de mandarle Hatteras con el registro de Tráfico de Andrew Bennett. Aunque vendía casas en la prohibitiva Laguna Beach, vivía en Laguna Hills, un barrio al oeste de Laguna Beach donde el coste de la vivienda era más bajo por la distancia al Pacífico. El permiso de conducir se había expedido hacía tres años y la foto coincidía con la que Hatteras había sacado de Bennett delante del cartel de VENDIDO. Bennett todavía parecía más joven de lo que era.

Tras anotar la información pertinente en una libreta que tenía sobre la mesa, Ballard se conectó a la base de datos del Departamento de Tráfico de California. A través del portal interinstitucional, pudo consultar los registros del permiso de conducir hawaiano de Victor Best. Esos registros mostraban que Best no había obtenido el carnet en el estado hasta 2008, con una dirección primero en Oahu y luego en la Isla Grande en las renovaciones posteriores. Pero el hecho de que Best no obtuviera su permiso de conducir hawaiano hasta después de que el Violador de la Almohada dejara de actuar en Los Ángeles no significaba necesariamente nada. Podía haberse mudado allí años antes y simplemente esperar a que caducara su permiso de California para obtener el de Hawái. La información era útil, pero no apartaba la aguja que señalaba a Best. Ballard necesitaba saber con más precisión cuándo se había marchado de California a Hawái. También era consciente de que, con independencia de cuándo se hubiera trasladado Best a Hawái, no era una coartada sólida. Podía haber ido y venido entre Hawái y California y haber cometido las violaciones.

Para ayudar a acotar su historial de localizaciones, consultó la página web del *Pasadena Star-News* y se desplazó por sus páginas hasta que vio la firma de una periodista llamada Claudia Gimble. No necesitó anotar el nombre.

Ballard se enderezó para mirar por encima de la mampara y vio que Hatteras seguía en su mesa. No quería hacer su próxima llamada con Colleen escuchando a escondidas, así que se levantó con la taza de café en la mano.

—Sigues aquí —dijo.

—Me voy —dijo Hatteras—. Estoy terminando unas cosas.

Ballard levantó la taza.

—Voy a subir a rellenarla y luego me iré al centro. Así que te veré mañana o puede que incluso el lunes.

—¿Y Laguna Beach?

—No me he decidido por Laguna Beach. Ir y volver me llevaría un día entero y aún no estoy segura de querer invertir tanto tiempo. Todavía hay mucho que hacer aquí. Te avisaré cuando vaya.

—De acuerdo, vale.

—Nos vemos, Colleen.

—Nos vemos.

Ballard subió a la sala de café y encontró la jarra vacía. Tuvo que preparar otra. Cuando volvió a la unidad, no había rastro de Hatteras. Por fin estaba sola. Se sentó a su escritorio, bloqueó el identificador de su teléfono y llamó a Olu Olu, en Kona. Había una diferencia de tres horas con Hawái, pero Ballard mantenía la esperanza de que, como jefe de cocina de un restaurante abierto para almorzar y cenar, Best estuviera allí.

La llamada fue atendida por una mujer que dijo que Victor estaba en su despacho y que le pasaría la llamada. Best contestó enseguida.

—Habla Victor.

Ballard puso rápidamente el teléfono en altavoz y sacó su minigrabadora. Mientras hablaba, empezó una nueva grabación.

—Hola, señor Best. Soy Claudia Gimble, del *Pasadena Star-News* de California. Me preguntaba si tendría unos minutos para una entrevista.

—¿Una entrevista? ¿Sobre qué?

—Como probablemente recuerde por haber crecido aquí en Pasadena, somos un pequeño periódico de la comunidad y estamos haciendo un reportaje sobre la reunión de veinticinco años de la promoción del 99 de St. Vincent. ¿Sería un buen momento para hacerle unas preguntas?

—¿Eso es un artículo? ¿O me está gastando una broma?

—No, señor, no es ninguna broma. Es un reportaje, una historia de dónde están ahora, que a la gente le encanta leer. Y quería hablar con usted porque el hecho de que viva en Hawái lo convierte en uno de los miembros más alejados y exóticos de la promoción del 99. Mi primera pregunta es: ¿qué le hizo mudarse a Hawái?

—Mire, no estoy seguro de querer involucrarme en este... reportaje. ¿Con quién más has hablado de la clase?

Ballard recitó tres nombres de compañeras del anuario. Sabía que era una maniobra arriesgada; Best podría estar en contacto con una de las mujeres elegidas al azar. Pero la respuesta de Best no indicaba que lo estuviera.

—Está bien, supongo —dijo—. ¿Qué quiere saber?

—Bueno, veamos —dijo Ballard—. ¿Cuándo se mudó a Hawái y por qué?

—Eh, eso sería... en 2003 y, para ser sincero, lo hice por un trabajo. Fui al CIA (el Culinary Institute of America, no la agencia de espionaje), y el trabajo aquí fue una recomendación de la escuela. Era un trabajo de *sous-chef* en Oahu y pensé: ¿por qué no? Es una aventura, ¿no? Y aquí sigo desde entonces. Hace unos nueve años me mudé de Oahu a la Isla Grande para trabajar en un nuevo restaurante, y me va muy bien. Y puedo decirle esto: nunca me iré de Hawái. De hecho, estoy buscando inversores para poder abrir mi propio restaurante.

—Eso es genial. ¿Vuelve a Pasadena muy a menudo?

—Lamento decirlo, pero no. Mis padres me siguieron hasta aquí cuando mi padre se jubiló, así que no hay una gran razón para volver.

—¿Y para la reunión de los veinticinco años?

—Eh, estoy pensando en eso, sí. No sé si podré ir. Estamos muy ocupados.

De repente, Ballard oyó un tecleo y se dio cuenta de que no procedía del lado de Best.

—Señor Best, ¿puedo ponerle en espera un momento? —dijo rápidamente—. No tardaré.

—Ah, claro —dijo Best.

Ballard puso el teléfono en silencio y detuvo la grabadora. Se levantó y miró por encima de la mampara. Hatteras estaba en su puesto de trabajo, tecleando algo en el ordenador.

—Colleen, creía que te habías ido —dijo, incapaz de ocultar su irritación.

—No, solo estaba volviendo a colocar las carpetas de los casos en las estanterías —dijo Hatteras—. Es genial cómo has conseguido que hable. Como si estuvieras de incógnito. Me encanta.

—Mira, tienes que irte a casa. Me desconcentras, Colleen, y no quiero que escuches esta conversación porque podría ser un problema.

—¿En serio? ¿De verdad? ¿Por qué? Solo estoy escuchando y aprendiendo.

—No quiero entrar en eso, pero, si este tipo termina siendo el culpable, podrías ser llamada como testigo de la conversación. No quiero eso, ¿entiendes?

—Vale, lo siento. Terminaré este mensaje y lo enviaré y luego me iré.

—Eso estaría bien.

Hatteras volvió a fijar la vista en la pantalla y en su rostro volvió a aparecer la ya familiar expresión de puchero. Ballard volvió a sentarse, encendió de nuevo la grabadora y retomó la llamada.

—Lo siento, señor Best —dijo—. ¿Por dónde íbamos?

49

La primera parada de Ballard después de dejar la zona oeste fue la casa de Harry Bosch en lo alto de las colinas. No había llamado, ni tampoco le había enviado ningún mensaje de correo electrónico o de texto antes de llegar. Cualquiera de esas opciones habría dejado un rastro. Había pensado en llamar a Maddie Bosch para que comprobara si su padre estaba en casa, pero eso también habría dejado un rastro. Además, involucraría a Maddie en el asunto y le daría un conocimiento del plan de recuperación de la placa que no le convenía poseer. Así que Ballard apagó el teléfono y se dirigió sin avisar a la casa de Bosch en Woodrow Wilson. Sabía que habría cámaras de seguridad en el barrio y otras formas de documentar su visita, pero contaba con que Asuntos Internos solo haría un perezoso esfuerzo desde la comisaría para investigar la posible connivencia entre ella y Bosch. Comprobarían los registros telefónicos y de correo electrónico, pero probablemente no saldrían a llamar a las puertas.

Tuvo suerte. Bosch estaba en casa y la recibió.

—¿Qué pasa? —preguntó mientras cerraba la puerta principal—. Podrías haber llamado en lugar de venir hasta aquí.

—No, no quería llamar —dijo Ballard—. Y lo entenderás cuando sepas por qué.

Pasaron la siguiente media hora elaborando una historia. Luego Bosch desapareció en su dormitorio para sacar algo de un cajón que, según él, convencería al capitán Gandle. Ballard lo esperaba en la puerta cuando se lo puso en la mano.

—Gracias, Harry —dijo—. No puedo creer que todo esto haya ocurrido solo porque no quise denunciar el robo de una placa.

—Me alegro de que no lo hicieras —dijo Bosch—. Recuerda que esos tipos no necesitaban tu placa para hacer lo que iban a hacer. La placa era solo parte de un posible plan de fuga. Pero nunca se llegó a ese punto, y hoy hay gente viva porque no quisiste denunciar el robo de una placa.

—Supongo que sí. Me quedo con eso.

—Nadie más lo sabrá, pero yo sí.

—Y espero que se mantenga así.

—Ya me contarás cómo te va con tu capitán.

—No, no podré.

—Bien. Pero, si me llaman para verificar, te avisaré de algún modo.

—Bien. Cuídate.

—Tú también.

Cuarenta minutos después, Ballard estaba sentada frente a Gandle en su despacho del EAP. El capitán no le había enviado el vídeo grabado por el jugador de hockey sobre patines. Aseguró que se le había olvidado, pero Ballard sabía que probablemente había sido intencionado. No quería que ella lo viera con antelación y tuviera tiempo de inventar una explicación plausible.

Se lo puso ahora, girando la pantalla del ordenador para que pudieran verlo juntos. Aunque el vídeo estaba grabado desde lejos, se veía claramente a Ballard esperando junto a la cinta policial cuando la cámara seguía a Bosch caminando desde el centro de la escena del crimen. Luego vino una breve conversación, el abrazo y la mano que se introducía en el bolsillo de su abrigo. Ballard agradeció dos cosas. Primero, que no estaba claro qué había metido Bosch en el bolsillo, si es que había metido algo. Y segundo, que el jugador de hockey no hubiera empezado a grabar vídeos con su teléfono mientras ella y el agente Olmstead estaban hablando en la cinta de la escena del crimen. Sin nada que la conectara con el agente a cargo de la operación, Ballard vio la luz.

—Esa eres tú, ¿verdad? —dijo Gandle—. Estabas allí.

—Sí, soy yo —dijo Ballard—. Estaba allí.

—Cielo santo, ¿y no me lo comunicaste?

—Estaba fuera de servicio. Estaba allí porque Harry Bosch me lo pidió.

—¿Por qué? ¿Por qué iba a hacer eso?

—Me contó que conoció a Harry. Así que sabe que tiene algo contra los federales. No confiaba en ellos cuando era policía, y ahora aún menos. Quería algún tipo de apoyo. Alguien que no fuera agente del FBI que pudiera ser testigo si las cosas se torcían y trataban de echarle la culpa a él.

—Así que solo eras una observadora. No parte de la operación.

—Eso se ve en el vídeo. Estoy fuera de la cinta. Si fuera parte de lo que pasó, ¿no cree que estaría dentro del perímetro?

Gandle no dijo nada mientras sopesaba la información. Su siguiente pregunta reveló a Ballard que su historia le parecía plausible.

—¿Qué te metió en el bolsillo?

Ballard metió la mano en el bolsillo y sacó la medalla y la cadena que Bosch le había dado en la puerta de su casa. Se la tendió al capitán y este la cogió. En una cara de la medalla estaba representado san Miguel, el patrón de los policías. La otra cara estaba personalizada. Mostraba una insignia de la policía de Los Ángeles con un seis debajo. Muchos agentes de policía tenían otras actividades. Vendían seguros, propiedades inmobiliarias o daban clases de defensa personal. Un oficial de la División de Hollywood —la Sexta División del Departamento de Policía de Los Ángeles— vendía las medallas, y Bosch tenía una de sus días en Homicidios de Hollywood.

—La tengo de cuando trabajaba en la sesión nocturna de Hollywood —dijo—. Se la di para que la llevara consigo, porque supongo que no confiaba tanto en que el FBI fuera a velar por él si todo se iba a la mierda.

Gandle colgó la cadena y la medalla se balanceó ante sus ojos.

—San Miguel —dijo—. Nunca me has parecido religiosa, Ballard.

—Cuando estás en la calle en plena noche, aprovechas cualquier ventaja que puedas conseguir —dijo Ballard—. Si esto se convierte en una investigación interna, quiero asegurarme de recuperarla.

Gandle la miró durante unos segundos, intentando saber si decía la verdad.

—Entonces, si traigo a Bosch, ¿va a contar la misma historia?

—Es la historia, así que, sí, lo hará.

—Una última pregunta. En el vídeo, tu chaqueta está toda sucia. ¿Cómo es eso? ¿Qué pasó ahí?

Era la única parte de la historia que Bosch y ella no habían repasado.

Aunque todavía le dolía el hombro, se olvidó de decirle a Bosch que se había caído de la furgoneta del FBI y había aterrizado violentamente. Su mente se apresuró en dar con una respuesta que no echara por tierra ninguna de las explicaciones anteriores.

—Oh…, sí, me caí.

—¿Te caíste? ¿Dónde?

—Estaba en Ocean Avenue, en un banco, viendo el encuentro entre Bosch y esos tipos que querían las armas. Ocean Avenue está sobre el estacionamiento, así que era un buen punto de observación. Cuando empezó el tiroteo, quise llegar hasta Bosch. Tendría que haber bajado por las escaleras, pero estaban como a treinta metros a mi izquierda. Intenté bajar corriendo por el terraplén, resbalé y me caí. Me ensucié.

—¿Entonces por qué no fuiste a Bosch? ¿Por qué esperaste a que grabaran la escena del crimen?

—Bueno, me hice daño. Todavía necesito que me revisen el hombro. No puedo dormir. Pero la razón principal es que había francotiradores del FBI y ellos no sabían quién era. Solo Bosch lo sabía. De repente, me di cuenta de que, si salía corriendo al aparcamiento, podrían dispararme. Así que esperé hasta que la cinta estuviera puesta y fuera seguro.

Ballard no estaba del todo satisfecha con su rápida respuesta, pero pensó que cubría la pregunta. Gandle vaciló, luego se inclinó sobre el escritorio y le tendió la cadena, que aún colgaba de sus dedos. Ella abrió la palma y él dejó caer la medalla en su mano.

—No lo sé, Ballard —dijo—. Todo el asunto suena muy raro.

—Es lo que pasó —dijo Ballard—. ¿Qué le va a decir al *Times*?

—Al diablo con el *Times*. No les diré nada. Y, si Anderson te llama a ti o a Bosch, será mejor que hagáis lo mismo. Ahora vete de aquí. Tengo trabajo que hacer y tú también.

Ballard se levantó. Sentía que se había salvado.

—Espera un momento —dijo de pronto Gandle—. Vuelve a sentarte. ¿Qué está pasando con el caso? Dijiste que en Las Vegas fue bien, pero aún no tengo tu informe.

Ballard volvió a sentarse y resumió lo que ella y Maddie Bosch habían obtenido de Van Ness y le habló del seguimiento que se estaba haciendo de los tres nombres que él les había dado. Dijo que comprobaría con la oficina del forense si aún tenían sangre del difunto Taylor Weeks.

—Esperemos que no coincida —dijo Gandle.

—¿Por qué? —preguntó Ballard.

—Porque un sospechoso muerto no tiene repercusión mediática. Por una vez nos vendría bien uno vivo. Alguien esposado en una comparecencia o conducido a prisión. Un sospechoso muerto solo da respuestas. Uno vivo nos da la oportunidad de que se haga justicia. Eso es lo que quiere la gente y nos hace quedar bien.

Ballard asintió con la cabeza. El capitán tenía razón.

—Entonces espero que Weeks no coincida y encontremos a uno vivo —dijo—. Sea como sea, cerraré este caso.

Volvió a ponerse en pie.

—Una cosa más —dijo Gandle—. Ahora estoy pensando que traer a Madeline Bosch a la unidad fue un error.

—Usted lo aprobó —dijo Ballard.

—Sí, lo sé. Pero ahora quiero que se vaya.

Por tercera vez, Ballard se sentó.

—¿De qué está hablando? Es estupenda. La resolución del caso de la Dalia Negra se debe a ella. Y ella fue la que en Las Vegas consiguió que Van Ness por fin se abriera y hablara. Además, es la única en la unidad, aparte de mí, que tiene placa, y hace meses que le digo que necesito una segunda placa en la unidad.

—No tiene buena pinta —dijo Gandle—. Tú y su padre y todo ese lío en la playa, y luego te das la vuelta y traes a la hija. No da buena imagen, Ballard. Prescinde de ella.

—Solo es malo si sale en el *Times*, y ha dicho que no iba a hablar con ellos.

—No, pero nunca se sabe. Esto podría explotar. Así que prescinde de ella.

—Señor...

—Es una orden, Ballard.

Ballard hizo una pausa antes de responder. Intentaba pensar dos movimientos por delante del capitán.

—Entendido —dijo finalmente—. ¿Puedo irme ya?

—No te lo voy a impedir —dijo Gandle—. A resolver casos.

—De acuerdo.

—Que tengas un buen día.

Ballard se levantó. La sensación de vacío en el pecho no había desaparecido. La preocupación por la investigación del *Times* acababa de ser sustituida por la orden de Gandle de apartar a Maddie Bosch de la unidad. Sabía que había cambiado un problema por otro. Tenía que encontrar la manera de que el capitán revocara la orden y quedarse con Maddie.

50

Ballard dejó en el laboratorio una muestra de sangre que se le había extraído a Taylor Weeks durante la autopsia y acababa de incorporarse a la autovía 10 cuando su teléfono zumbó y vio el nombre de Dan Farley en la pantalla. Se preparó. Él nunca se había puesto en contacto con ella, excepto en la primera llamada, cuando se presentó y le dijo que su consulta había llegado a su mesa en el OINK. El resto de las veces había sido Ballard quien le había llamado para comprobar si había habido algún avance.

Le hubiera gustado detenerse para atender la llamada, pero era peligroso pararse en el arcén de la autovía de ocho carriles, por no hablar de la dificultad de volver a incorporarse al tráfico congestionado.

Atendió la llamada e intentó concentrarse en la conducción mientras hablaba.

—¿Dan? ¿Qué ocurre?

—He encontrado a tu madre, Renée. Y está viva.

Ballard no respondió de inmediato. Se había preparado para una llamada que confirmara la noticia contraria. Durante meses había asumido que la mujer que la había dado a luz, pero que poco más había hecho como madre, estaría entre las víctimas de los incendios de Maui. Se había preparado para perderla sin posibilidad de confrontación o reconciliación. En un momento, eso había cambiado, y Ballard no estaba preparada.

—¿Renée?

—Sí, estoy aquí. Es solo que... no me lo esperaba. ¿Dónde está?

—Ahora mismo está en el centro penitenciario comunitario de Maui en Wailuku. Pero la van a poner en libertad hoy.

—¿La detuvieron?

—Sí, tenía órdenes de detención. Multas de tráfico sin pagar, supongo que muchas. No conozco los detalles. Pero puse una orden de búsqueda en el sistema después de que denunciaste la desaparición. Me avisaron hace un rato y sabía que querrías saberlo.

Ballard volvió a guardar silencio.

—¿Sigues ahí?

—Sí, estoy pensando. ¿Dio alguna dirección?

—Tendría que haber dado alguna, y puedo conseguírtela. Estoy aquí, en lo que queda de Lahaina, y Wailuku está al otro lado de la isla. No podré ir hoy.

—Claro, lo entiendo.

Ballard estaba aturdida. No se le ocurría qué más decir. Pensó en que Farley había puesto la orden de búsqueda en el sistema. Decía mucho de su relación con su madre. Había pasado su infancia buscándola, esperándola.

—Voy a cerrar este expediente —dijo Farley—. Pero, si vienes a verla, tienes mi número. No sé, podría enseñarte esto, enseñarte lo que hacemos aquí. Bueno, si te interesa.

—Eh, claro, Dan —dijo Ballard—. Ya te llamaré.

Ballard salió de su ensueño y se dio cuenta de que aquel hombre había hecho mucho por ella.

—Y Dan, gracias —dijo ella—. Te desviviste por ella. Por mí. Puede que ella no lo mereciera, pero, de policía a policía, te lo agradezco.

—Por supuesto —dijo Farley—. Eso es lo que hacemos aquí. Y este es uno de los mejores finales, créeme. Cuídate, Renée, y espero que saber que tu madre sigue viva conduzca a algo bueno entre vosotras dos.

—Sí, yo también. Gracias.

Siguió conduciendo hacia el oeste, pero pasó de largo el desvío a la 405 sur que la habría llevado de regreso a Ahmanson. Decidió continuar hacia el oeste y tomar la curva a través del túnel donde la autovía se convertía en la autopista de la costa del Pacífico.

Se dirigió hacia el agua.

Viernes, 9:00

51

Con el cabello todavía húmedo después de una mañana de surf en Trancas, Ballard entró en la unidad de Ahmanson con una taza de Starbucks en la mano. Esperaba ver a Colleen Hatteras en su lugar de la Balsa, pero a la que vio fue a Maddie Bosch.

—Maddie, ¿qué haces aquí? —dijo—. Es viernes. Esta noche tienes turno.

Maddie levantó la vista de su pantalla.

—Lo sé, pero tenía que venir —dijo—. Ya tenemos los resultados de FFI y coincide. Sin calificativos ni porcentajes. Es una coincidencia confirmada. La mujer de las fotos de Thawyer es Elizabeth Short.

Ballard dejó la taza y la bolsa del ordenador en la mesa y se dirigió al espacio de Maddie.

—Muéstrame lo que tienes —dijo.

Bosch alejó su pantalla para que Ballard, que estaba de pie, tuviera un buen ángulo de visión. En la pantalla había un documento con membrete del Film Forensics Institute. Estaba dirigido a la agente Madeline Bosch. Decía que el análisis de Cameriere de la oreja confirmaba una coincidencia entre las fotos presentadas. Las dos fotos eran de la misma mujer. La carta aseguraba que dos técnicos, Paul Buckley y James Camp, habían llevado a cabo análisis independientes de las fotos y llegaron a la misma conclusión, y que ambos técnicos eran expertos cualificados que estarían disponibles para testificar sobre sus hallazgos en un tribunal.

—Bien, esto es bueno —dijo Ballard.

—¿A quién lo presentamos? —preguntó Maddie—. ¿A Plovc, o vamos directamente al fiscal?

—Empezamos con Carol. Tenemos que seguir el protocolo. Si va de nuevo a la fiscalía, tiene que pasar por ella.

—De acuerdo.

—Envíame eso y yo se lo enviaré y la llamaré. Quiero que lo tengan hoy mismo.

Ballard miró a su alrededor para examinar la Balsa una vez más. Todavía no había llegado nadie más, ni siquiera Hatteras.

—No has visto a Colleen, ¿verdad? —preguntó.

—Desde ayer, no —dijo Bosch—. ¿Necesitas que haga algo?

—No, es solo que suele estar aquí.

—Probablemente esté en casa enfurruñada por lo mala que eres con ella.

—¿De verdad? ¿Crees que soy mala con ella?

Maddie sonrió.

—Es broma —dijo—. Es que está demasiado encima, ¿me entiendes?

—Claro que sí —dijo Ballard—. Por eso soy tan mala con ella.

Maddie se rio, pero enseguida se puso seria.

—¿Me contarás cómo responde Plovc o el que sea de la fiscalía a la coincidencia de las orejas?

—En cuanto sepa algo.

—Entonces creo que me voy. Tengo que hacer algunas cosas y quiero ir al gimnasio antes de entrar.

—Pues vete ya. Y gracias por seguir con esto. Veremos qué pasa.

—Será mejor que lo aprueben. Lo hemos resuelto.

—Sí. Tú lo has resuelto. Pero veremos si pueden ver la luz. Llamaré en cuanto lo sepa.

—Gracias.

Ballard se dirigió a su escritorio. Abrió su correo electrónico para recuperar la carta de FFI que Maddie acababa de enviarle. Luego redactó un nuevo mensaje dirigido a Carol Plovc.

Maddie pasó por su escritorio al salir.

—Se me olvidó decírtelo —dijo—. Anoche estuve hablando con mi padre y me dijo que el capitán Gandle le había llamado de improviso.

—¿En serio? —dijo Ballard—. ¿Por qué?

—Creo que para ver qué opinaba de que fuera voluntaria en la unidad. Pero luego Gandle preguntó por ti.

—¿Por mí? ¿Por qué?

—Supongo que para ver si estabas de acuerdo, bueno, con las presiones del trabajo. En fin, me dijo que te dijera que Gandle llamó, pero que todo está bien.

—Bueno, pues supongo que está bien. Gracias.

—Entonces, me voy.

—Vale, te llamaré en cuanto sepa algo.

Ballard observó su salida. Sabía cuál era el verdadero mensaje de Harry: había respaldado la historia de Ballard cuando Gandle llamó. Su única decepción era que el capitán había llamado a Bosch para verificar su versión, lo que significaba que no lo había convencido del todo. Al menos había dejado atrás el asunto de la placa y podía concentrarse en los casos que tenía sobre la mesa.

Terminó el mensaje de correo electrónico a Carol Plovc explicando el nuevo análisis. Lo envió con la carta de FFI adjunta.

Ballard tenía otra razón para querer esclarecer oficialmente el caso de la Dalia Negra. Sabía que, si resolvían el mayor misterio de Los Ángeles, el mérito sería de Maddie Bosch y eso haría políticamente difícil, por no decir imposible, que Gandle la apartara de la Unidad de Casos Abiertos. Ballard quería que se hiciera a través de los canales oficiales y que el capitán Gandle aceptara revocar su orden y mantener a Maddie en su puesto. También sabía que, si la fiscalía volvía a negarse a dar el caso por resuelto, había otras formas de mantener a Bosch en el equipo.

Ballard subió con su taza para servirse un segundo café. Cuando volvió, otra vez esperaba ver a Hatteras en su pantalla, pero la Balsa estaba vacía. Caminó por el pasillo contiguo a los archivos y miró en cada fila de las estanterías que contenían los expedientes de asesinatos. No vio a Colleen.

Por mucho que le molestara la presencia casi constante de Hatteras en la oficina, Ballard se dio cuenta de que la sala no parecía la misma sin ella. Le había dicho explícitamente a Colleen que se tomara un tiempo libre y, ahora que lo había hecho, tenía que reconocer que echaba de menos su incesante insistencia y sus preguntas. Se sentó, dejó el café a un lado y envió un mensaje a Hatteras preguntándole si había averiguado si Andrew Bennett iba a enseñar alguna casa en Laguna Beach durante el fin de semana. Terminó el mensaje con la sugerencia de que ambas podrían ir a verlo. Tal vez tendrían suerte y podrían conseguir subrepticiamente una muestra de ADN. Mientras lo escribía, no estaba segura de si la oferta era simplemente un cebo para que Hatteras respondiera o una oferta real para llevarla a la acción.

Envió el mensaje, convencida de que obtendría una respuesta rápida. Mientras esperaba, abrió un documento de Word y por fin empezó a redactar el informe del viaje a Las Vegas. Tardó más de una hora porque la distrajeron llamadas de Masser y Laffont, que querían saber qué ocurría con los casos de la Dalia Negra y el Violador de la Almohada, y se ofrecían a ir a la unidad antes de que empezara el fin de semana. Después de ponerlos al día, Ballard les dijo que no tenían que presentarse hasta la reunión habitual del equipo, el lunes.

Era casi mediodía cuando Ballard envió el informe al capitán Gandle. Hatteras todavía no había llamado ni respondido al correo electrónico, y Ballard se preguntó si aún se sentía herida por la forma en que la había mandado a casa el día anterior.

Decidió tender una rama de olivo si ese era el caso y llamó al móvil de Colleen. De inmediato, saltó el buzón de voz. Ballard dudó, pero dejó un mensaje.

—Colleen, soy Renée. Hoy estoy en la oficina y quería saber si te interesa ir a Laguna para echar un vistazo a Andrew Bennett. De incógnito, por supuesto. Si tiene una jornada de puertas abiertas, podríamos ir, y, si no, podríamos buscar una de las casas que enseña y concertar una cita para verla. Así que llámame y veremos qué podemos hacer.

Colgó, sabiendo que la expresión «de incógnito» era un aliciente al que Hatteras no podría resistirse.

Ballard se había saltado el desayuno para hacer surf y tenía hambre. Salió de la oficina y se dirigió al Melody de Sepúlveda. Sabía que una de sus hamburguesas le daría energía para todo el día y hasta bien entrada la noche. Desde que había vuelto a comer carne roja, iba al Melody a menudo. El local existía desde 1952 y había sufrido muchas transformaciones a medida que el aeropuerto cercano se ampliaba y sus pistas se acercaban cada vez más. Los aviones ya pasaban atronando justo por encima, pero, con su buena comida y bebida y su música en directo por la noche, el Melody conservaba una clientela fiel.

Ballard se comió la hamburguesa en la barra que recorría el centro del local. Tenía el teléfono boca arriba junto al plato para no perderse una llamada de Hatteras mientras pasaba un avión.

Cuando terminó de comer, aún no había recibido ninguna llamada y su preocupación iba en aumento. Se preguntó si había elegido inconscientemente el Melody porque estaba justo al otro lado del aeropuerto de El Segundo, donde sabía que vivía Hatteras.

Ballard salió por la puerta de atrás hacia su coche. Una vez en el Defender, abrió el ordenador portátil y cargó el archivo que contenía todas las solicitudes presentadas por los miembros de la Unidad de Casos Abiertos. Introdujo en el GPS del coche la dirección que Hatteras había indicado en el formulario.

Tardó quince minutos en cruzar el aeropuerto por Sepúlveda y llegar a Mariposa Avenue, en El Segundo. Se detuvo en el sendero de entrada de una casita con paredes de color amarillo pálido y contraventanas de color teja. Nunca había estado en la casa de Colleen; había algo intrigante en ver cómo vivía una de las componentes de su unidad.

Había un garaje de dos plazas con la puerta levantada. El Prius de Colleen estaba allí. El otro espacio estaba lleno de cajas de almacenaje, bicicletas y un cortacésped. Ballard vio que la puerta que conducía del garaje a la casa estaba entreabierta. Su curiosidad se convirtió en alarma.

Bajó del coche y se acercó al garaje. Cogió el teléfono y volvió a llamar a Colleen. No oyó ningún tono de llamada procedente del interior de la casa. La llamada saltó inmediatamente al buzón de voz.

Entró en el garaje y, al acercarse a la puerta de la casa, la llamó en voz alta.

—¿Colleen? Soy Renée. ¿Estás en casa?

No hubo respuesta.

Ballard abrió la puerta del todo. Vio que daba a la cocina. Llamó una vez más:

—Colleen Hatteras, ¿estás en casa?

Ballard entró. La cocina estaba ordenada, las encimeras despejadas, había un único plato y un tenedor enjuagados en el fregadero. A la izquierda de Ballard, una puerta daba a un comedor, y más delante, más allá de la nevera, había otra que conducía a lo que parecía una sala de televisión. Ballard fue en esa dirección, metiendo la mano derecha bajo la chaqueta y desabrochando la correa de seguridad de la cartuchera. Agarró la pistola sin sacarla.

Entró en la sala de estar y también la encontró limpia y ordenada. La pantalla plana de la pared estaba apagada. En la mesa de centro había dos mandos a distancia uno al lado del otro. Al fondo de la sala había puertas a derecha e izquierda. Ballard miró por la de la izquierda y vio un salón vacío que se conectaba con el comedor a través de un arco. La puerta de la derecha daba a un pasillo.

—¿Colleen? Soy Renée.

No hubo respuesta. Había una puerta cerrada a su izquierda, y a la derecha varias puertas abiertas que daban a lo que presumiblemente eran dormitorios, armarios y cuartos de baño. Primero examinó la habitación de su izquierda, abrió la puerta y encontró lo que había sido un dormitorio convertido en despacho.

Entró y vio una gran pantalla de ordenador igual a la que Hatteras tenía en Ahmanson. Estaba colocada sobre un escritorio que formaba parte de un conjunto de estanterías y armarios que cubría por completo dos paredes. Ballard reconoció la habitación, aunque nunca había estado en la casa. Había visto el espacio de trabajo en vídeos de Facebook cuando examinaba la solicitud de Hatteras para formar parte de la unidad. Colleen se había dedicado a la investigación en línea mucho antes de ser voluntaria de la Unidad de Casos Abiertos. Incluso había formado parte de un grupo que identificó a un asesino en serie desconocido hasta entonces conectando aspectos de asesinatos cometidos en siete estados diferentes. Su trabajo en ese caso había sido determinante para que Ballard le ofreciera un puesto como experta voluntaria en GGI.

En la parte inferior del mueble había armarios con puertas cerradas, y en la parte superior, estanterías. Las estanterías estaban repletas de libros, manuales, DVD, fotos enmarcadas de sus hijas y otros recuerdos familiares y adornos. En una tercera pared, junto a la única ventana, había un cartel enmarcado de una película de Matt Damon titulada *Más allá de la vida*. La cuarta pared estaba dominada por las puertas de láminas de un armario.

Ballard se acercó a la estación de trabajo y vio un contorno de polvo que delimitaba el espacio donde había estado un ordenador de sobremesa.

Se volvió hacia el armario. Ballard estaba en alerta máxima y miró los tiradores empotrados de las puertas correderas. Quiso abrir el armario, pero pensó en las huellas dactilares. Se volvió hacia el escritorio y sacó un lápiz de una taza de arcilla obviamente hecha por un niño o una niña. En letra infantil se leía «La mejor mamá del mundo». Ballard se volvió de nuevo hacia el armario, colocó el lápiz entre dos de las láminas y abrió la puerta.

El cuerpo de Colleen Hatteras estaba desplomado en el suelo del armario. Llevaba atado al cuello un cable que terminaba en un ratón de ordenador. Colleen tenía los ojos abiertos y saltones. Llevaba un camisón con un dibujo descolorido. Ballard se dio cuenta por la lividez de las piernas de que llevaba horas muerta.

Ballard se dejó caer de rodillas.

—Colleen, no, no, no —susurró.

Intentó serenarse. Sabía que tenía que verificar que no había nadie en el resto de la casa. Se levantó, desenfundó el arma, salió de la habitación y avanzó con rapidez por el pasillo, puerta por puerta, hasta confirmar que la casa estaba vacía y que quienquiera que hubiera matado a Colleen se había marchado.

En el pasillo, Ballard enfundó su arma, sacó su teléfono y llamó al centro de comunicaciones del Departamento de Policía de Los Ángeles; se identificó y pidió que un equipo de homicidios del West Bureau se reuniera con ella en la dirección de El Segundo. A continuación, colgó y abrió su aplicación de mensajes de texto. Escribió al grupo de todos los miembros del equipo de investigación.

Siento comunicároslo con un mensaje, pero Colleen ha sido asesinada.
Tomad todas las medidas de seguridad para vosotros y vuestras familias.

Guardó el teléfono, sacó un par de guantes de látex del bolsillo y volvió a entrar en el despacho. De espaldas al armario, empezó a buscar cualquier cosa que pudiera indicarle qué había llevado la muerte hasta la puerta de Colleen Hatteras.

52

Los dos detectives del West Bureau asignados al asesinato de Colleen Hatteras eran Charlotte Goring y Winston Dubose. Ballard conocía ligeramente a Goring de un grupo no demasiado unido de mujeres detectives de homicidios del departamento que se reunían irregularmente en Barney's Beanery, en West Hollywood; por lo general, cuando alguna acababa de tener un importante encuentro misógino con el patriarcado y necesitaba una sesión de confidencias terapéuticas o asesoramiento legal. Ballard y Goring habían compartido ese espacio, pero nunca habían trabajado juntas en un caso. El hecho era que Renée no tenía ni idea de si Goring o Dubose, a quien no conocía de nada, eran buenos en su trabajo.

Ballard se sentó en su Defender mientras los detectives realizaban un primer reconocimiento de la escena del crimen con los criminalistas y los investigadores del forense. Mientras esperaba, recibió llamadas de cada uno de los miembros de su unidad, todos ellos estupefactos por la noticia y planteando preguntas que Ballard aún no podía responder. ¿Quién había matado a Colleen y por qué? La mayoría de ellos dijeron que querían ir al lugar de los hechos, pero Ballard los disuadió, asegurándoles que eso solo complicaría las cosas. También les dijo que esperaran una llamada de los investigadores, que probablemente estarían buscando cualquier posible razón para el asesinato de Colleen y seguramente querrían interrogar a sus colegas.

La última en llamar fue Maddie Bosch. Tras esa conversación, Ballard se quedó esperando bajo un aluvión de oscuros pensamientos sobre su propia posible culpabilidad. Hatteras había sido una voluntaria que lo había dado todo por la unidad. ¿No la había preparado lo suficiente? ¿Había cometido Colleen un error que Ballard pasó por alto y que le había costado la vida? ¿Había sido ella, con sus acciones, la causante?

Ballard sabía que la muerte de una voluntaria en Casos Abiertos garantizaba una revisión interna de toda la unidad y de la decisión que había tomado el departamento dos años antes de seguir la tendencia de otros cuerpos policiales de utilizar voluntarios en las brigadas de casos sin resolver. La conclusión, evidentemente, sería que había sido un error. Ballard sabía que toda la unidad podría desmantelarse por ese motivo. Pero esos pensamientos eran secundarios ante la horrible imagen de Colleen desplomada en el armario. No podía quitársela de la cabeza.

Su teléfono sonó y vio que la llamada era del capitán Gandle.

—Capitán.

—Renée, acabo de recibir tu mensaje. Estoy en el coche y voy a salir.

—De acuerdo.

—Por ahora se está ocupando el West Bureau, pero quiero estar ahí. Va a salpicar mierda. Lo sabes, ¿verdad?

—Sí.

—¿Ya has hablado con los detectives?

—Solo un momento cuando han llegado. Están en la casa. Me dijeron que esperara en mi coche.

—Bien. Eso está bien. He informado al subdirector. No me han contestado. Pero esto va a salpicar mierda. Te lo garantizo.

—Sí, ya lo ha dicho.

—¿Alguna idea de lo que estaba haciendo?

Ballard dudó un momento. La pregunta volvió a suscitar oscuros pensamientos.

—Bueno, sí —dijo Ballard—. Trabajaba para mí.

—Eso ya lo sé, Ballard —dijo Gandle—. Pero ¿en qué trabajaba exactamente?

—Estaba en el caso del Violador de la Almohada. Todos lo estábamos. Ya se lo dije. Estamos buscando a cuatro potenciales sospechosos. Pero ninguno de ellos lo sabía, excepto tal vez el tipo de Las Vegas, y él no habría hecho esto. No después de que nosotras estuviéramos allí.

—¿Podría haber sido otra cosa? ¿Algo que no tenía nada que ver con la unidad o los casos?

—Cualquier cosa es posible en este momento, supongo. Pero no sé qué más podría ser.

—Me dijiste cuando la quisiste para la unidad que ya estaba trabajando en casos en internet.

—Sí.

—Bueno, tal vez fue uno de esos.

Ballard podía ver cómo se formaba la línea oficial: Hatteras fue asesinada por algún error que había cometido antes de ofrecerse voluntaria para la policía de Los Ángeles. Eso dejaría al departamento a resguardo.

—Lo dudo —dijo Ballard—. Piso una mina en alguna parte mientras trabajaba para mí.

—Eso no lo sabemos —dijo Gandle—. No con seguridad.

Ballard vio que Goring salía de la casa para dirigirse a grandes zancadas hacia el Defender.

—Eh, capitán, creo que tengo que colgar —dijo Ballard—. La detective Goring viene hacia mí. Creo que ahora querrá interrogarme.

—De acuerdo, ya te dejo —dijo Gandle—. Todavía tardaré una hora. El tráfico es horrible.

—Le diré a los detectives que viene.

—Recibido.

Ballard colgó y vio que Goring pasaba por delante del coche y abría la puerta del copiloto. El escalón automático se desplegó y ella subió.

—Renée, ¿cómo estás?

—No muy bien. Una mujer con la que he trabajado estrechamente los dos últimos años está ahí dentro muerta. Asesinada.

—Sí, es horrible. Voy a grabar esta conversación, ¿de acuerdo?

—Claro.

Goring puso su móvil en el compartimento de almacenaje de la consola central. Abrió una aplicación de grabación y pulsó el botón rojo. Dio la fecha y la hora, nombró a los presentes en el vehículo y fue al grano.

—Empecemos con Colleen. Dime quién era.

—Es... Era una madre divorciada con dos hijas que están en la universidad. No estoy segura de en cuál. Hace unos tres o cuatro años, cuando sus hijas estaban en el instituto, tomó algunos cursos en línea en GGI, ¿sabes lo que es?

—Lo del rastreo genético.

—Sí, genealogía genética de investigación. Tomó clases y luego comenzó a ser básicamente una sabuesa en línea. Lo suyo era ayudar a identificar víctimas anónimas de asesinatos. Mujeres sobre todo. Hay toda una red de gente, en su mayoría mujeres, que son expertas en esto. Entró a formar parte de esa red y fue entonces cuando la conocí. Estaba formando un equipo voluntario para Casos Abiertos y empecé a buscar en internet a algunas de esas personas. Me puse en contacto con ella cuando supe que era de aquí. Vino, la aprobé y le di el puesto. Hizo un trabajo realmente bueno para nosotros. Hasta el final.

Goring había sacado un cuaderno y estaba anotando un par de cosas, aunque seguía grabando todo lo que decía.

—Bien —dijo—. ¿Cómo que «hasta el final»? ¿En qué estaba trabajando?

—Todos estábamos trabajando en un caso —dijo Ballard—. Probablemente eres demasiado joven y no estabas en el departamento en aquella época, pero ¿recuerdas al Violador de la Almohada?

—Oh, sí, yo iba al Pierce College en el valle de San Fernando cuando eso estaba sucediendo. Cometió un montón de violaciones y luego desapareció, ¿verdad?

—Sí. El último caso fue una violación que acabó en asesinato. Estábamos en eso porque habíamos conseguido una pista genética sólida. Nos concentramos en cuatro hombres que eran compañeros de secundaria en Pasadena. De la promoción del 99.

Ballard vio cómo se agudizaba la mirada de Goring.

—Estos cuatro hombres —dijo—, ¿sabían que los estabas investigando?

—Es posible —dijo Ballard—. Interrogamos a uno en Las Vegas el miércoles y nos dejó tomarle una muestra de ADN. Me pareció que lo asustamos lo suficiente como para convencerlo de que no avisara a los demás.

Goring hizo un sonido que Ballard interpretó como un cuestionamiento de sus acciones.

—Accedió a que le hiciéramos un frotis —dijo Ballard—. No lo habría hecho si fuera él. No veo por qué tendría interés en avisar a los demás, aunque supiera que uno de ellos era probablemente el sospechoso que buscábamos.

A Ballard no le gustó su propio tono de protesta y esa actitud a la defensiva.

—Nunca se sabe —dijo Goring—. Has hablado en plural. ¿Fue Hatteras contigo hasta allí?

—Ah, no, fui con Maddie Bosch, la otra agente con placa de la unidad. No habría llevado a Colleen a algo así. Trabajaba exclusivamente en la oficina, aunque no le hacía mucha gracia.

—¿En qué sentido?

—Ella... quería hacer trabajo de calle y seguir algunas de las pistas que había conseguido a través de la GGI. Le dije muchas veces que no la había traído a la unidad para eso.

—¿Y cómo se lo tomó?

El teléfono de Ballard sonó y vio que la llamada era de Carol Plovc. Mandó la llamada al buzón de voz.

—Lo siento —dijo—. Para responder a tu pregunta, Colleen estaba frustrada por no poder trabajar en la calle. Le dije más de una vez que necesitaría más formación si alguna vez iba a salir a investigar.

Goring esperó más explicaciones, pero eso fue todo lo que Ballard ofreció.

—Vale —dijo por fin—. Volvamos a lo que puso a estos cuatro tipos en tu radar. ¿Has dicho que era un vínculo genético?

Ballard se pasó los diez minutos siguientes explicando la conexión genética entre un hombre detenido recientemente por violencia de género y las acciones del Violador de la Almohada. Le habló a Goring del baile de graduación de 1999 en el Huntington, de la posición vulnerable de Mallory Richardson en una habitación de hotel y del hecho de que al menos cuatro chicos, y puede que más, tuvieran acceso a la habitación. Explicó que la hipótesis de trabajo era que alguien utilizó ese acceso para entrar en el cuarto y mantener relaciones sexuales con Mallory, lo que llevó al nacimiento del hombre que había sido detenido veinticuatro años después.

Goring se limitó a escuchar y a tomar notas hasta que Ballard terminó.

—Así que tienes una muestra del tipo de Las Vegas… ¿Qué hay de los otros tres sospechosos? —preguntó Goring—. ¿Habéis tenido algún contacto con ellos?

—En realidad, no los llamábamos sospechosos —dijo Ballard—. Todavía no. Más bien potenciales sospechosos en este momento.

—Vale, pero ¿habéis contactado con alguno de ellos?

—Bueno, uno está muerto. Colleen lo descubrió. Murió en un accidente de coche hace un par de años. Pero la oficina del forense extrajo una muestra en ese momento y todavía la tiene debido a un caso judicial que surgió del incidente. Recogí una muestra y ahora está en el laboratorio para análisis de ADN. Creemos que el tercer tipo ha estado viviendo en Hawái desde antes de que las violaciones pararan aquí. Y el cuarto…

—¿Por qué crees eso?

—Bueno, hablé con él ayer —dijo Ballard—. Lo enredé por teléfono y me dijo que se mudó a Hawái en 2003. La última violación y asesinato del Violador de la Almohada fue a finales de 2005.

—¿Lo enredaste? ¿Qué significa eso?

—Bueno, se acerca la reunión de veinticinco años de su clase en St. Vincent. Le dije al tipo de Hawái que trabajaba en el periódico de Pasadena y que estaba haciendo un reportaje sobre dónde estaba cada miembro de la promoción. Se lo creyó y le hice la entrevista. Hizo un relato muy detallado de su historia desde St. Vincent. Fue a una escuela de cocina y se mudó a Hawái justo después por un trabajo.

—¿Y le creíste?

—Bueno, no hemos confirmado nada de forma independiente todavía, pero, sí, mi sensación es que estaba diciendo la verdad. Lo llamé sin que se lo esperara, y para que me diera los detalles que me dio… Creo que no pudo haberlo inventado en el acto.

—¿Y el cuarto tipo?

—Aún no nos hemos acercado a él. Vende casas en Laguna Beach. Lo último que le dije a Colleen fue que comprobara si tenía alguna casa abierta este fin de semana. Pensé que podríamos ir y echarle un vistazo, tal vez tener la oportunidad de recoger algo de ADN.

—¿Te refieres a ti y a la agente Bosch otra vez?

—No, en realidad, se lo dije a Colleen. Espera, no. Quiero decir, le hice la oferta cuando le dejé un mensaje telefónico hoy, pero no creo que lo haya recibido.

—¿Por qué crees eso?

—Porque vi el cuerpo. Vi la lividez. Creo que estaba muerta mucho antes de que dejara ese mensaje.

Goring asintió y luego repasó las notas que había escrito. A través del parabrisas, Ballard vio que los dos investigadores de la oficina del forense pasaban por la puerta principal con la bolsa que contenía el cadáver de Colleen Hatteras. Bajó la mirada hacia el volante.

—Voy a necesitar los nombres de estos cuatro potenciales sospechosos —dijo Goring—. Y cualquier informe que hayas redactado.

—Claro —dijo Ballard—. No tengo muchos. Se suponía que hoy era mi día de papeleo. Sí he escrito un resumen del viaje a Las Vegas que puedo darte.

—Me lo quedaré. Déjame hacerte una pregunta. Cuando enredaste al tipo de Hawái, ¿estaba Hatteras allí?

Ballard dudó antes de contestar.

—Uh, estuvo allí durante una parte —dijo—. Pero se marchó mientras yo estaba en medio de la conversación.

Goring escribió una nota. Ballard observó cómo los hombres del depósito de cadáveres metían la bolsa en la parte trasera de su furgoneta.

—Bien —dijo Goring—. Solo un par de cosas más. ¿Qué te hizo venir hoy a ver si estaba bien?

—Me pareció raro que no hubiera venido a la unidad esta mañana —explicó Ballard—. Su marido la abandonó en septiembre, y, con sus hijas en la universidad, no tenía mucho que hacer. Estaba en la brigada al menos tres días a la semana, muchas veces cuatro o cinco. Así que le envié *mails* y le dejé mensajes en el móvil, y cuando no respondió empecé a pensar que algo podía ir mal. Nada como esto, pero pensaba que podría estar enfadada conmigo o algo así. Almorcé cerca del aeropuerto, en el Melody, y pensé en pasarme. No esperaba nada, pero cuando llegué vi que la puerta del garaje estaba abierta y la de la casa también.

—Eso te puso alerta.

—Se podría decir que sí.

—¿Viste algo en la casa que pudiera ayudarnos?

—La verdad es que no. Parece que se llevaron su ordenador. No debería tener nada del trabajo. La gente de la unidad usa los ordenadores del departamento. Es una regla.

—El asesino podría no saberlo.

—Cierto.

—Hay un patrón de polvo en el escritorio que indica que también se llevó un disco duro externo.

—No vi su teléfono por ningún lado, y cuando llamé, no sonó en la casa.

—No está. Ya estamos trabajando en conseguir sus registros. Pero eso llevará algún tiempo.

Ballard asintió mientras pensaba en algo que no quería compartir con Goring.

—Entonces —dijo—. ¿Qué más puedo contarte?

—Su ex, ¿alguna vez habló de él? —preguntó Goring—. ¿Debemos buscar por ese lado?

—No hablaba mucho del divorcio. No la pilló por sorpresa, eso lo sé. Y nunca insinuó que le tuviera miedo. Él le dejó la casa y paga la universidad de las hijas y todo eso. Para lo que era, parecía amigable.

—¿Sabes si ella tenía un arma?

—¿Un arma? No. Quiero decir, que yo sepa. ¿Por qué lo preguntas?

—Solo trato de determinar si le dispararon con su propia arma. Comprobaremos con la ATF…

—Espera, ¿le dispararon? No vi eso.

—Una vez detrás de la oreja izquierda. A quemarropa. No había mucha sangre, y su cabello cubrió la herida.

—Vi el cable alrededor del cuello.

—Pensamos que podría haber sido algún tipo de control o coerción antes del asesinato. Encontramos el casquillo. Lo tenía en el pelo. Una Federal Premium de nueve milímetros. El criminalista dice que la marca del percutor se parece a la de una Glock. Lo confirmaremos con la unidad de armas.

Ballard se limitó a asentir. Le consumían los pensamientos sobre los últimos momentos de Colleen. La habían torturado, y Ballard tuvo que preguntarse qué le habría dicho a su asesino.

—Creo que eso es todo por ahora —dijo Goring—. Seguro que luego tendremos más. ¿Vas a volver a la oficina?

—En cuanto me den permiso, sí. Se supone que viene mi capitán.

—¿Quién es? ¿Gandle? ¿Cree que Robos y Homicidios se va a quedar esto?

—No lo dijo.

—Bien, porque eso está decidido. Sería un conflicto de intereses, porque tu unidad depende de Robos y Homicidios. Mi teniente dice que nos lo vamos a quedar.

—No lo voy a discutir.

—Bien. Querremos echar un vistazo al espacio de trabajo de la víctima y entrar en su ordenador.

—Necesitarás la unidad técnica para entrar. Está protegido por contraseña.

—No hay problema.

—¿Cuándo irás?

—En cuanto terminemos aquí, iremos para allá.

—Me aseguraré de que nadie lo toque. ¿Puedo irme ya?

—Puedes irte. Déjame darte mi tarjeta por si se te ocurre algo más. —Goring sacó una tarjeta de la funda de su teléfono móvil y se la entregó a Ballard.

—Gracias —dijo Ballard—. Cuando aparezca el capitán Gandle, dile que he vuelto a Ahmanson para proteger posibles pruebas.

Goring apagó la aplicación de grabación.

—Lo haré —dijo ella—. Y Renée, parece que cargues con esto tú sola. No es culpa tuya, ¿vale?

—Ya veremos —dijo Ballard—. Pero gracias por decirlo.

—¿Sabes?, no te he visto en las últimas sesiones en el Beanery.

—Ah, sí, bueno, he estado muy ocupada. Pero volveré.

—Bien. Las chicas necesitamos estar unidas.

—Tienes razón.

Goring abrió la puerta y salió. Ballard la vio subir por el sendero y entrar en la casa.

Sacó el teléfono y llamó a Anders Persson.

—¿Renée? Por favor, dime que han detenido a alguien.

—No, todavía no. Acaban de empezar. ¿Qué estás haciendo ahora, Anders?

—¿Ahora? No mucho. Quiero decir, no puedo creérmelo, ¿sabes? Colleen me llamó anoche y me dijo que estabas enfadada por la contraseña.

—No importa eso ahora. Conoces el número del móvil de Colleen, ¿verdad?

—Claro, pero...

—Quiero que veas si puedes entrar en su cuenta. Quiero saber qué llamadas recibió y qué llamadas hizo en las últimas cuarenta y ocho horas.

—Eh..., no es ese el tipo de cosas que tú...

—Sé que te dije que nada de hackear, pero los dos sabemos que no escuchaste. Y esto es diferente, Anders. Se trata de Colleen. Su teléfono ha desaparecido y los investigadores del caso tardarán una semana en conseguir una orden de registro y en que la compañía les dé los registros de la cuenta. No quiero perder tanto tiempo. ¿Puedes hacerlo?

—Claro, puedo hacerlo, pero... ya sabes...

—Si no quieres hacerlo, solo dímelo, Anders. Tú y Colleen os llevabais muy bien. Pensaba que querrías ayudar a atrapar al cabrón que hizo esto.

—No, quiero. Claro que quiero. Puedo hacerlo. Estoy en ello. No te preocupes.

—De acuerdo, Anders, gracias. Habla solo conmigo y no dejes rastro. ¿Lo entiendes? Sin rastro.

—Entendido.

Ballard colgó y encendió el motor. Sabía que estaba cruzando una línea con la petición a Persson. Tenía la sensación de que iba a haber que cruzar otras líneas. Pero se dijo a sí misma lo mismo que acababa de decirle a Anders: «Se trata de Colleen. Una de las nuestras. Y cruzaremos todas las líneas que tengamos que cruzar».

53

La regla inquebrantable que el personal de mando había establecido durante la formación de la brigada voluntaria de casos sin resolver era que los voluntarios no podían llevarse expedientes de asesinatos, informes policiales ni ninguna prueba o documentación oficial a casa, ni siquiera sacarlos de la Unidad de Casos Abiertos. Para asegurarse de que esta norma no se infringía por medios digitales, todos los voluntarios disponían de ordenadores de sobremesa. Todo el trabajo debía realizarse en los ordenadores internos, protegidos por contraseña, que serían controlados y auditados aleatoriamente por la unidad técnica del departamento para confirmar que no se había infringido la norma. Todo esto había surgido porque al personal de mando le preocupaba que los voluntarios de la brigada pudieran tener motivos ocultos tras su voluntariado. Por ejemplo, podrían ser guionistas o productores de televisión camuflados en busca de contenidos que presentar en la próxima reunión de un estudio. El contenido era el rey en Hollywood, y quienes lo proporcionaban hacían todo lo posible por conseguir lo que nadie más tenía.

Aunque Ballard no había descubierto ningún plan de este tipo al investigar a ninguno de sus voluntarios, la norma era una de las razones por las que Colleen Hatteras había pasado tanto tiempo en la oficina de Ahmanson. Su trabajo para la unidad era totalmente en línea. No podía transferir su trabajo de GGI al ordenador de su casa sin correr el riesgo de ser descubierta y expulsada de la unidad que tanto amaba. Por ese motivo pasaba muchas más horas que cualquier otro voluntario de su puesto en la oficina.

Todavía sumida en una neblina de confusión, dolor y culpabilidad, Ballard entró en la sala vacía de la Unidad de Casos Abiertos y fue directamente a la estación de trabajo y al escritorio de Colleen. Seis meses antes, Hatteras se había tomado una semana libre para llevar a una de sus hijas a la universidad. Mientras estaba fuera, Ballard había necesitado imprimir un árbol genealógico que formaba parte de un paquete de pruebas que iba a presentar a Carol Plovc en la fiscalía. La única forma de conseguir el documento era entrar en el ordenador de Hatteras. Ballard había llamado a Colleen, que le había revelado su contraseña sin vacilar: los nombres de sus dos hijas deletreados al revés.

Ahora Ballard tenía que esperar que Hatteras no hubiera cambiado la contraseña a su regreso o en los meses posteriores. Abrió el portal de contraseñas de su escritorio y tecleó *eiggaMeitaK,* esperando recordarla correctamente.

La contraseña fue aceptada, y Ballard estaba dentro.

Lo último que Colleen le había dicho antes de salir de la oficina el día anterior era que terminaría un correo electrónico, lo enviaría y se iría. Ballard quería saber cuál había sido ese correo y si había algún otro mensaje para ella o de ella que pudiera tener relación con su asesinato.

Una vez en la cuenta de correo electrónico de Hatteras, Ballard abrió la carpeta de enviados y vio que el último mensaje iba dirigido a la cuenta de correo electrónico personal de Colleen. Abrió el mensaje y encontró una transcripción casi palabra por palabra del comienzo de la conversación telefónica que ella había mantenido con Victor Best en Hawái. Se dio cuenta de que, cuando había oído teclear durante la llamada telefónica, era Colleen escribiendo lo que escuchaba.

Ballard se echó hacia atrás en la silla y pensó en ello, y casi de inmediato volvió a inclinarse hacia delante y comprobó los mensajes entrantes y salientes de la cuenta. Sabía que Goring y Dubose no tardarían en llegar.

Ninguna otra cosa en la cuenta de correo electrónico despertó las sospechas de Ballard ni captó su interés. Luego pasó a los archivos que Hatteras había guardado en el escritorio. La mayoría tenían los nombres de las víctimas que estaban en la lista de investigaciones activas de la unidad y contenían árboles genealógicos genéticos que había ido rellenando con el tiempo a medida que los miembros de las familias respondían a sus intentos de ponerse en contacto con ellos. Abrió la carpeta ALMOHADA24, pero no vio nada que no supiera ya. Dentro de esa carpeta había un archivo llamado PS, que Ballard interpretó que se refería a potenciales sospechosos. Lo abrió y encontró una lista de los cuatro antiguos alumnos de St. Vincent (Best, Bennett, Weeks y Van Ness) a los que la unidad había estado siguiendo la pista.

Hatteras había añadido detalles sobre los cuatro hombres a medida que se obtenía la información. Fechas de nacimiento, direcciones, números de teléfono, cuentas en redes sociales, estado civil y laboral: todo lo que ella y los demás miembros del equipo habían reunido estaba ahí, en un archivo ordenado. Había incluido la foto de Andrew Bennett delante del cartel de VENDIDO. Ballard examinó los ojos de Bennett y, de repente, comprendió qué había hecho Colleen Hatteras para que la mataran.

Su teléfono móvil sonó y vio que era Carol Plovc otra vez. Había olvidado devolver la llamada.

—Lo siento, Carol, iba a devolverte la llamada.

—Hoy salgo temprano y quería asegurarme de que sabías que O'Fallon ha vuelto a rechazarlo.

—¿Qué coño?

—Lo sé, lo sé. Yo lo habría aprobado, pero él no lo hará. A tu identificación del pabellón auditivo lo llamó ciencia basura.

—Él sí que es ciencia basura. Esto es politiquería.

—No te lo niego.

—¿Hay algo más que podamos hacer?

—Aparte de encontrar una confesión firmada por Thawyer en sus archivos, probablemente no.

—Sí, claro.

—Por favor, dile a la agente Bosch que lo siento. Creo que lo teníais. Pero tengo las manos atadas.

—Entiendo.

La voz de Plovc bajó hasta convertirse en un susurro.

—Sabes que se está iniciando una campaña de destitución, ¿verdad? —dijo.

—Sí, lo he oído —dijo Ballard.

—Bueno, si funciona y conseguimos un nuevo fiscal, me traes esto otra vez.

—Pero ¿cuándo será eso? ¿Dentro de un año? La hermana de Elyse Ford tiene más de ochenta años. Ha esperado toda su vida para saber quién le arrebató a su hermana. Y ahora, gracias a la política de esta ciudad, puede morir esperando.

—Lo siento. Espero que tú o la agente Bosch podáis decirle que quizá no esté oficialmente cerrado, pero que consideráis el caso resuelto.

Ballard guardó silencio al recordar que había sido Hatteras quien había tratado directamente con la familia Ford. Miró una foto pegada en el interior de la mampara de separación de su espacio de trabajo. Se veía a Colleen y a dos hijas adolescentes sentadas a una mesa detrás de una tarta de cumpleaños con velas encendidas. Ballard sabía que aquellas chicas acababan de recibir o estaban a punto de recibir una noticia que alteraría sus vidas para siempre.

—Muy bien, bueno, estoy ocupada ahora, Carol —dijo—. Gracias por dar batalla en esto.

—De nada —dijo Plovc—. Estoy aquí cuando me necesites.

Colgaron. Ballard se acercó y descolgó la foto de Colleen y sus hijas. Se levantó y fue a su puesto de trabajo, clavó la instantánea en la parte interior de su propia mampara y se quedó mirándola un buen rato.

Sabía que tenía que llamar a Maddie Bosch y contarle las malas noticias sobre el caso Thawyer, pero eso podía esperar. Abrió el *mail* que Hatteras le había enviado con los datos del registro de tráfico de Andrew Bennett. Tecleó la dirección de Laguna Hills en el GPS de su teléfono y vio que el tiempo estimado del trayecto era de noventa y tres minutos.

Si esperaba hasta la hora punta, ese tiempo se dispararía y posiblemente incluso se duplicaría.

Quería ponerse en marcha, pero tenía que esperar. Se preguntó si el capitán Gandle habría retenido a Goring y Dubose en la escena del crimen. Aunque solo hacía una hora que había puesto a Persson con los registros telefónicos de Hatteras, lo llamó.

—Anders, ¿tienes algo ya?

—Acabo de conseguir los registros de llamadas, sí.

—Bien, dime cuáles fueron las últimas llamadas. Dame la hora y la duración.

—Las dos últimas fueron a sus hijas. ¿Las quieres?

—¿Cómo sabes que eran llamadas a sus hijas?

—Están en su plan familiar.

—Entendido. ¿A qué hora hizo esas llamadas y cuánto duraron?

—Llamó al primer número anoche a las siete. La llamada solo duró un minuto. Probablemente, dejó un mensaje. La última llamada fue un minuto más tarde, y habló durante nueve minutos.

Ballard anotó la información en una nueva página de su cuaderno.

—¿Cuál fue la llamada anterior?

—Me llamó a mí —dijo—. Dijo que estabas enfadada por lo de la contraseña. Estoy muy...

—Podemos saltarnos eso por ahora. Ve a la anterior.

Persson le dio un número con prefijo 714 y le dijo que la llamada había durado veintinueve minutos.

—¿A qué hora fue?

—Empezó a las cuatro y treinta y tres, y duró hasta las cinco y dos.

Ballard lo anotó todo y luego volvió a sus notas anteriores. Encontró la página donde había apuntado la información que le había dado Hatteras sobre Andrew Bennett. El número que Persson acababa de proporcionarle coincidía con el que Bennett había anotado debajo de su biografía en la página web de la inmobiliaria.

—¿Dice si era una llamada saliente o entrante? —preguntó.

—Saliente —dijo Persson—. Son todas llamadas salientes.

Hatteras había llamado a Bennett y habían hablado durante casi media hora.

—Bien, ¿antes de eso? —dijo Ballard—. ¿Alguna otra llamada ayer?

—Hizo una llamada ayer por la mañana a las nueve y veinte —dijo Persson—. También fue a mí.

—¿Y de qué hablasteis?

Ballard oyó que se abría la puerta del otro lado de las estanterías del archivo que contenía los expedientes y luego un par de zapatos que caminaban sobre el linóleo.

—Uno de los dos llamaba al otro cada día —dijo Persson—. Bueno, para ver qué pasaba. Ayer ella me lla…

—Eh, Anders, tengo que colgar —lo interrumpió Ballard—. Te volveré a llamar si es necesario, pero por ahora puedes dejarlo.

—¿Quieres que te envíe esto?

Ballard vio salir a Goring del pasillo que recorría la biblioteca.

—No, ya está bien —dijo Ballard—. Estaré en contacto.

Colgó y saludó a Goring.

—¿Dónde está tu compañero?

—Lo dejé en el barrio. Estaba llamando a las puertas y recogiendo vídeos.

Ballard asintió. La recopilación de vídeos de las cámaras de seguridad del barrio era a menudo más importante que encontrar testigos. Las cámaras no tenían problemas de memoria ni prejuicios.

—¿Has conseguido algo bueno ya? —inquirió Ballard.

—El tipo entró en el barrio a pie —dijo Goring—. Con la cabeza gacha. Llevaba una sudadera con capucha. De momento, no tenemos ningún ángulo que nos permita identificarlo. Era bueno. ¿Te suena a alguno de tus potenciales sospechosos?

—Me suena que podría ser cualquiera. ¿Entró por la fuerza? ¿A qué hora?

—Estamos juntando vídeos, por eso Winston sigue ahí y yo tengo que volver. Pero tenemos al tipo entrando en la casa a las doce y media de la mañana y saliendo justo antes de la una. Fue rápido y parecía que tenía una herramienta para abrir la puerta.

—¿Qué tipo de herramienta?

—¿Sabes lo que es un amigo de bombero?

—No.

—Puedes buscarlo en Google. Es como una pala en forma de T que se coloca en la jamba de la puerta y revienta la cerradura. Supuestamente, lo inventó un bombero de Los Ángeles para entrar en casas en llamas, de ahí el nombre.

—Caray.

—Cuando el asesino se marchó, llevaba su ordenador y el disco duro externo bajo el brazo. —Goring miró los escritorios de la Balsa—. ¿Cuál era el de la víctima?

Oír que se referían a Colleen como «la víctima» fue como un golpe en el corazón para Ballard. Se levantó y acompañó a Goring hasta el puesto de trabajo de Hatteras.

—Este es el suyo —dijo—. Era.

Goring se sentó y pulsó la barra espaciadora del teclado. La pantalla se iluminó y apareció el portal de contraseñas.

—¿Crees que alguien de la brigada conocería su contraseña?

—Probablemente no —dijo Ballard—. Pero podría comprobarlo.

—No te molestes. Lo llevaré a la unidad técnica.

—El tipo de allí que nos instaló todo esto se llama Chuck Pell.

—De acuerdo, se lo llevaré.

Goring trató de abrir el archivador de la mesa de trabajo. Estaba cerrado con llave.

—¿Qué tal una llave para esto? —preguntó.

—Tengo una.

Ballard se acercó a su escritorio y abrió el cajón del medio. Había un aro de llaves que abría los cajones de archivos de todos los puestos de la Balsa. Estaban marcados con un número. Le entregó el aro a Goring.

—Número nueve —dijo.

Ballard observó cómo Goring abría el cajón, lamentando que no se le hubiera ocurrido a ella mirar antes. El cajón contenía varias carpetas con los nombres de las víctimas escritos en las pestañas. Ballard se agachó para poder leer algunas de ellas.

—Parecen casos cerrados —dijo Ballard—. Creo que cuando cerrábamos un caso, ella imprimía todo el material de GGI y lo guardaba en una carpeta. El material activo estaba en el ordenador. Había estado trabajando en lo que ella llamaba patrones de herencia en varios casos activos.

—¿Patrones de herencia?

—Como un árbol genealógico genético.

—Entiendo.

Goring cerró el cajón.

—Debería volver —dijo—. Voy a llevarme el ordenador y lo dejaré en el servicio técnico.

—Por mí está bien —dijo Ballard—. En algún momento, necesitaré recuperar ese material. Tenemos a otro chico en la brigada que puede continuar el trabajo de Colleen.

—Te lo devolveré en cuanto hayamos terminado con él.

Goring metió la mano bajo el escritorio para desenchufar la CPU y separarla del monitor de gran tamaño de Colleen.

Persson heredaría aquella pantalla, pensó Ballard, a menos que encontrara a otro especialista en GGI que ocupara el lugar de Colleen. Ese pensamiento la llevó a otro.

—¿Se lo has dicho a las hijas de Colleen?

—Aún no —dijo Goring—. He estado demasiado ocupada con el caso.

Ballard asintió.

—¿Quieres que haga la notificación? —preguntó—. Las conocí una vez cuando las trajo aquí.

—Nada me gustaría más que esquivar ese trabajo —dijo Goring—. Pero necesito hablar con ellas, saber cuándo hablaron por última vez y todo eso. Así que lo haré yo.

—Deberían saberlo pronto.

—No te preocupes, hoy mismo contactaré con ellas.

Ballard asintió.

Goring desconectó la CPU y la sacó de debajo de la estación de trabajo. La levantó, probando el peso.

—¿Quieres que coja un carrito para llevártela al coche? —preguntó Ballard.

—No, soy fuerte —dijo Goring.

Inclinó el ordenador para poder meter las manos debajo y se volvió hacia el pasillo.

—En más de un sentido —añadió.

Ballard lo tomó como una referencia a las experiencias que la habían llevado a las reuniones de Beanery.

—Recuerda, si se te ocurre algo, llámame —dijo Goring.

—Lo haré.

Goring se dirigió a la salida. Pareció frenar el paso y concentrarse en el archivo de expedientes de asesinatos.

—Todos estos crímenes —dijo—. Esperando a ser resueltos.

Ballard se limitó a asentir y a verla marchar.

Sábado, 8:42

54

La puerta del garaje de la casa de Andrew Bennett en Linda Vista Drive empezó a levantarse. Ballard tenía un buen ángulo y estaba observando con unos pequeños prismáticos. Había aparcado frente a una casa de El Conejo Lane, a media manzana de distancia. La casa de Bennett se hallaba en la parte superior de la T donde se unían las dos calles. Podía ver directamente el garaje y vio a un hombre, que estaba segura de que era Bennett, abrir el maletero de un Mercedes sedán. A lo largo de la pared izquierda del garaje había varios carteles inmobiliarios de todos los tamaños. Bennett eligió los que necesitaba y los cargó en el maletero. Ballard vio que todos llevaban el nombre y el número de teléfono del vendedor. Al menos en unos cuantos ponía PUERTAS ABIERTAS.

Bennett cerró el maletero, cogió el maletín y la taza de Yeti que había dejado en el techo del coche y se subió al asiento del conductor. Cuando vio que se encendían las luces de freno, Ballard dejó los prismáticos, pulsó el botón de arranque del Defender y se dispuso a seguirlo.

Bennett tomó una ruta serpenteante hacia la casa que iba a enseñar, conduciendo primero hacia la playa y luego tomando la autopista de la costa en dirección norte hasta Crystal Cove. Se detuvo en un centro comercial de lujo con vistas al océano y entró en un Starbucks. El centro comercial estaba abarrotado y Ballard lo siguió al interior, sabiendo que los demás clientes le servirían de camuflaje. Lo estudió mientras llenaba la taza de Yeti de café de tueste oscuro, buscando cualquier indicio de que fuera el hombre que había estrangulado y luego disparado a una mujer poco más de veinticuatro horas antes. Ballard había visto de cerca a muchos asesinos a lo largo de sus años de trabajo. No podía encontrar nada en común en ellos, salvo cierta inexpresividad en la mirada. Pero en el Starbucks no quería acercarse tanto y poner sobre aviso a Bennett de que lo estaba observando.

Después de la parada del café, Bennett volvió hacia el sur, a Laguna Beach, y se detuvo en varias esquinas para colocar carteles de PUERTAS ABIERTAS que indicaban una dirección en una calle llamada Sunset Ridge y flechas que señalaban el camino. Los carteles decían que la casa estaría abierta desde las doce del mediodía hasta las cuatro. Eran solo las diez de la mañana, así que Ballard decidió no separarse para ir directamente a Sunset Ridge. A Bennett le sobraban dos horas y Ballard sospechaba que no iría inmediatamente a la casa que estaba vendiendo.

Después de colocar el último cartel en la última esquina del barrio de la ladera, Bennett tomó la carretera de la costa hacia el sur a través del pueblo costero antes de meterse en el aparcamiento situado detrás del centro comercial de dos plantas donde se encontraba Destination Realty. Entró por una puerta trasera, y Ballard supuso que se quedaría en su despacho hasta que llegara la hora de ir a Sunset Ridge y organizar la jornada de puertas abiertas.

Renée bajó las ventanillas y apagó el motor del Defender, preparándose para una posible espera de noventa minutos. Pero cuando solo habían transcurrido veinte minutos, Bennett salió por la puerta trasera del despacho y se dirigió a su coche. Condujo de nuevo hacia el norte y Ballard lo siguió desde cierta distancia. El tráfico era más denso a medida que atravesaban el pueblo y, en un momento dado, Bennett detuvo su coche en un carril y encendió los intermitentes. Esto provocó un airado coro de cláxones de los coches que se quedaron bloqueados detrás de él. Ballard pensó que se había detenido porque la había calado: había detectado la vigilancia de un solo coche. Rápidamente cambió de carril y adelantó al Mercedes justo cuando Bennett abría la puerta. Volvió al carril derecho y miró por el retrovisor. Vio que Bennett rodeaba la parte delantera de su coche, cruzaba la acera y entraba en una tienda que no pudo identificar. Respiró un poco más tranquila. No parecía saber que lo estaba siguiendo.

Ballard vio un hueco en la hilera de coches aparcados y metió hábilmente el Defender. Se dio cuenta de que el espacio estaba libre un sábado por la mañana en un pueblo de playa solo porque estaba prohibido aparcar: el bordillo estaba pintado de rojo delante de una boca de incendios. No obstante, se quedó allí, encendió los intermitentes y miró por los retrovisores. Al cabo de unos instantes, Bennett reapareció en la acera cargado con una caja rosa de panadería y volvió corriendo por delante de su Mercedes. Se metió en el coche entre un nuevo estruendo de cláxones de los conductores que arremetían contra él por su egoísta movimiento.

El incidente le sirvió a Ballard para marcar una casilla. Demostró narcisismo, un rasgo clave de los psicópatas. Apagó las luces intermitentes y volvió a meter el coche en el carril. Iba por delante de Bennett en la autopista, pero no importaba, porque sabía adónde se dirigía él.

Sunset Ridge estaba en la parte más alta de un barrio de casas multimillonarias con impresionantes vistas al océano Pacífico. Ballard situó el Defender a una manzana de la casa que Bennett esperaba vender. Disponía de un ángulo de visión entre dos casas que le permitía distinguir la espuma blanca que coronaba las olas oscuras que se acercaban a la orilla. Eran el tipo de olas que esperaba cada vez que estaba en el agua.

Bajó el respaldo del asiento para que Bennett no se fijara en ella al pasar y miró la hora en el salpicadero. Eran las 11:11, faltaba casi una hora para que comenzara la jornada de puertas abiertas: era una oportunidad para hablar con Bennett mientras estaba solo.

Volvió a arrancar el coche.

55

La puerta delantera estaba abierta. Ballard estacionó en la entrada, sin preocuparse de anunciar su llegada. Ya había guardado su pistola enfundada y su placa en la guantera. Salió y cerró el coche.

La casa no encajaba con la arquitectura del barrio. Era una construcción de adobe con tejado plano y paredes de ladrillo redondeadas en las esquinas. Parecía más una casa del desierto que una de playa. La detective entró por la puerta abierta a un pasillo que se extendía recto por la casa hasta una terraza trasera con vistas al Pacífico.

—¿Hola? —dijo en voz alta.

Se adentró un poco más. El pasillo de baldosas se bifurcaba a la derecha para bajar unos peldaños que conducían a un salón con una chimenea de adobe y un techo abierto con vigas de madera. No había esquina, solo ángulos romos.

El mobiliario de la sala no encajaba con el estilo arquitectónico. El sofá y las sillas tenían un grueso tapizado en azules, amarillos y blancos brillantes. La mesa de centro era de cristal con patas cromadas, y junto al sofá había una lámpara de pie también cromada. Los tapices de la pared eran imitaciones modernas de Rothko, no de O'Keeffe. Ballard supuso que los propietarios o inquilinos anteriores se habían mudado y que Bennett había montado la casa con muebles que no terminaban de encajar. Seguramente no había mucha demanda para montar casas de adobe en Laguna, y él se las había arreglado con lo que tenía.

Ballard siguió avanzando por el pasillo.

—¿Hay alguien aquí para la jornada de puertas abiertas?

El pasillo conducía a una escalera que bajaba, y Ballard comprendió que era lo que ella llamaba una casa invertida. La habían construido en la ladera, y los espacios comunes ocupaban la planta de entrada, arriba, mientras que los dormitorios estaban abajo.

Llegó al final del pasillo, que daba a un amplio salón con un estudio a la derecha y la cocina y el comedor a la izquierda. Al fondo, unas puertas correderas de cristal daban acceso a una terraza que se extendía a lo ancho de la casa. Ballard vio una barbacoa y mucho espacio para muebles y mesas de exterior. Cada casa tenía un lugar especial, y esa terraza con su vista despejada del océano sería lo que haría que se vendiera.

Sobre la encimera de la cocina había una pila de folletos sobre la propiedad y un registro de entrada en un portapapeles con un bolígrafo sujeto con un cordel. La caja que había visto coger antes a Bennett estaba abierta en la encimera de enfrente. Junto a las pastas había platos de papel y servilletas. El maletín de Bennett y la taza de Yeti estaban en una isleta de la cocina, pero no había ni rastro de Bennett.

—¿Hola? —dijo Ballard en voz alta—. Vengo a la jornada de puertas abiertas.

No hubo respuesta. Ballard miró a su alrededor y se dio cuenta de la oportunidad que tenía. Rápidamente se dirigió al maletín y abrió la cremallera para mirar el contenido. Lo que vio cambió la trayectoria de su plan. Al meter la mano, la casa empezó a vibrar y supo que alguien, Bennett, estaba abriendo la puerta del garaje. Terminó rápidamente con el maletín, cerró la cremallera y se dirigió a la terraza.

Ballard desbloqueó una de las puertas y la abrió. Al salir, oyó un portazo y supuso que la brisa marina que había dejado entrar en la casa había cerrado la puerta principal. Sabía que eso llamaría la atención de Bennett, estuviera donde estuviera.

No apartó la mirada del océano mientras se acercaba a la barandilla de la terraza. Luego miró hacia abajo y vio otra terraza más pequeña con vistas similares que se extendía desde los dormitorios.

—Eh, todavía no hemos abierto.

La voz procedía de detrás de ella. Ballard se volvió y vio a Andrew Bennett en el umbral.

—Todos los carteles dicen de doce a cuatro —dijo—. Aún faltan cuarenta minutos para que abramos.

—Lo sé, lo siento —dijo Ballard—. Estaba por el barrio y se me ocurrió colarme para echar un vistazo rápido. Quiero decir, si no le importa.

—Bueno, ya que está aquí…, ¿podría firmar primero?

—Sí, claro.

Lo siguió al interior de la casa.

—¿Viene de Los Ángeles? —preguntó él.

—¿Cómo lo sabe? —preguntó Ballard.

—Estaba en el garaje ordenando y me pareció oír que llegaba un coche. Cuando abrí la puerta, vi que tenía un marco de Galpin en la matrícula. Es el concesionario de Van Nuys, ¿no?

—Ah, sí.

—Soy de allí. Recuerdo ver los anuncios de Galpin en la tele cuando era niño.

Entraron en la cocina y Ballard cogió el bolígrafo que había junto a la hoja de registro sobre el mostrador.

—¿Cuánto tiempo lleva por aquí? —preguntó. Escribió «Ronnie Mars» en el portapapeles, un guiño a uno de sus héroes detectivescos de ficción.

—Mucho tiempo —dijo Bennett.

Añadió el número de un teléfono que utilizaba en ocasiones por motivos personales y policiales.

—¿Ha vuelto alguna vez?

—No, la verdad es que no —dijo Bennett—. A menos que tenga que volar desde el aeropuerto de Los Ángeles, pero eso es una pesadilla que intento evitar.

—Lo entiendo.

—Bueno, soy Andrew.

—Ronnie.

Ballard se apartó de la encimera para mirarlo. El hombre estaba al otro lado de la isleta de la cocina, con el maletín sobre la encimera entre los dos. Sonrió, y ella reconoció la expresión de la foto de la página web: la sonrisa amplia, practicada y poco sincera de un vendedor.

—Entonces, Ronnie, dígame —dijo—. ¿Busca una primera residencia o un lugar para una escapada?

—Eh, estoy indecisa —dijo Ballard—. Yo trabajo desde casa, así que podría vivir aquí y la escapada podría ser en Los Ángeles.

—Eso sería perfecto. ¿A qué se dedica?

—Soy guionista. De televisión, sobre todo.

—¿Algo que pueda haber visto?

—Probablemente, no. Sobre todo es *soft crime*.

—¿Qué significa eso?

—Orientado a mujeres. Mujeres en peligro. Maridos infieles. Más romance que misterio.

—Interesante. Pero no creíble.

—Sí, tiene razón.

—No, me refiero a usted, Ronnie. No es creíble.

Metió la mano en su maletín y sacó una pistola. Era una Glock de acero azul.

—Su amiga me advirtió que habría otros —dijo.

—Eh, espere un momento —dijo Ballard—. No sé de qué me está hablando. He...

—Colleen Hatteras. Son amas de casa que se creen Nancy Drew, y mire lo que consiguen: una cita con el diablo.

—Yo no...

—Ahórreselo, Ronnie. Si es que es su verdadero nombre.

Ballard levantó las manos mientras pensaba en Colleen. Al final, al parecer, no se lo había revelado todo a Bennett. Por mucho que le hubiera hecho daño o asustado, había sido capaz de contenerse y dejar a Bennett pensando que la amenaza a su existencia provenía de las filas de aficionados de internet.

—Tú mataste a Colleen —dijo ella.

—No, ella se suicidó —dijo él—. Se acercó demasiado al fuego y no hubo más remedio. Cúlpala a ella, no a mí. Y ahora necesito saber a quién más le has hablado de mí.

—A nadie. Lo juro.

Bennett volvió a meter la mano en el maletín. Sacó una bolsa de plástico que contenía bridas enrolladas.

—¿Esperas que me crea que has venido aquí sin decírselo a nadie?

—Tenía que hacerlo.

Bennett se rio.

—¿Tenías que hacerlo? ¿Por qué tenías que hacerlo?

—Porque he venido a matarte. Por Colleen.

La risa de Bennett aumentó bruscamente.

—¿Y qué tal te está yendo?

—Bastante bien, la verdad..., excepto que, de repente, he cambiado de opinión. No te quiero muerto, Bennett. Quiero que te pudras en el infierno de la prisión. Por Colleen y por todas las mujeres a las que has matado y violado.

—Bueno, hay un problema con ese plan.

Agitó la pistola que sostenía y sonrió. Ballard vio entonces la mirada vacía. Pensó en él llamándose a sí mismo el diablo unos minutos antes. Si el diablo era un psicópata que no sentía empatía ni otras emociones, entonces Bennett había dado en el clavo.

—No, el problema es tuyo —dijo—. Porque...

Mientras hablaba, acercó la mano a la pernera izquierda, sacó la Ruger de la funda del tobillo y se enderezó con ella apuntando al pecho de Bennett.

—Mi pistola tiene balas —continuó—. Y la tuya no.

Bennett apretó inmediatamente el gatillo de la Glock. El percutor impactó en la recámara vacía. Bennet abrió los ojos de par en par y apretó el gatillo tres veces más, todas con el mismo resultado. Ballard leyó su expresión al darse cuenta del error que había cometido al dejar el maletín desatendido en la cocina mientras preparaba la casa para mostrarla. Bennett se centró en la Ruger y Ballard volvió a leerle el pensamiento.

—Es pequeña, pero lleva siete balas y sé manejarla —dijo—. Como hagas un movimiento, te saco los dos ojos.

Bennett emitió un sonido extraño, como si diera voz al impulso de lucha o huida que se apoderaba de su cerebro. Luego se calmó y esbozó una media sonrisa de rendición.

—Quiero que dejes la pistola en la encimera y la deslices hacia mí —dijo Ballard.

Bennett obedeció, empujando la pistola con tanta fuerza que habría salido volando de la encimera si Ballard no hubiera estirado la mano que tenía libre para cogerla.

—Ahora arrodíllate, y las palmas de las manos en la encimera —ordenó.

—Esto nunca funcionará —dijo Bennett—. Nadie va a...

—Hazlo, Bennett, o volvemos al plan A. ¿Es eso lo que quieres?

—Vale, vale, lo voy a hacer.

Empezó a doblar las rodillas, sujetando el borde de la encimera para mantener el equilibrio. Ballard se movió con rapidez a su izquierda, más allá de la isleta, y cogió la bolsa de bridas.

—Bien, las manos en la nuca —ordenó— . Ahora.

Bennett obedeció. Ballard abrió la bolsita y cogió varias bridas, lamentando su decisión de dejar las esposas en el Defender. Se colocó detrás de Bennett y le pegó el cañón de la Ruger en la oreja derecha.

—No te muevas o tendrás una bala de plomo rebotando dentro del cráneo. Si no te mata, te hará papilla el cerebro. Necesitarás a alguien que te limpie el culo el resto de tu vida.

—No me muevo. Haz lo que tengas que hacer.

Lo dijo en un tono que sugería que estaba aburrido. Algunas de las bridas de plástico ya estaban anudadas para que Bennett las utilizara rápidamente. Ballard las empleó de la misma manera.

—Levanta la mano izquierda. Despacio.

Bennett obedeció y Ballard hizo un aro con una brida y lo apretó en la muñeca. Siguió el mismo procedimiento con la mano derecha, luego dio un paso atrás y ordenó a Bennett que se pusiera boca abajo en el suelo con las manos a la espalda. En cuanto obedeció, ella pasó rápidamente una de las bridas a través de los lazos de sus muñecas y luego tiró del extremo libre para cerrarla.

Bennett ya estaba sujeto.

—No te muevas —dijo—. Si te mueves, usaré el resto para atarte de pies y manos como hiciste con todas las mujeres a las que violaste.

Bennett giró la cabeza en el suelo para poder mirarla.

—¿Quién coño eres tú?

—Policía de Los Ángeles. Y estás detenido por el asesinato de Colleen Hatteras, con muchos más cargos por venir.

—No cuela.

—¿Ah, no, Bennett? Estás acabado. ¿Y sabes qué? Ella me llevó directo a ti. Colleen te atrapó.

Ballard dio un paso atrás y sacó su teléfono. Llamó al móvil de Charlotte Goring y la detective contestó con una acusación.

—Me has mentido, Ballard.

—No te preocupes. Solo...

—Sí que estoy preocupada. Acabo de recibir una llamada de Chuck Pell y me ha dicho que se accedió al ordenador de Hatteras ayer a las tres y cincuenta y cinco de la tarde —murmuró—. Estabas en la puta oficina entonces, Ballard, y me dijiste que no sabías la contraseña.

—Charlotte, escúchame. Acabo de detener a Andrew Bennett. Tengo la Glock y literalmente acaba de confesar. Necesito transportarlo de Laguna a Los Ángeles. ¿Quieres venir a buscarlo o prefieres preocuparte por lo que hice o dije ayer?

Al principio, no hubo respuesta. Ballard se dio cuenta de que Goring había tapado el teléfono y estaba hablando con alguien, muy probablemente con su compañero, Dubose. Luego, por fin, volvió a la llamada.

—¿Dónde estás exactamente?

—Te enviaré la dirección en un mensaje —dijo Ballard.

Bennett levantó la cabeza del suelo.

—¡Ha dicho que va a matarme! —gritó.

Ballard se agachó y tiró hacia arriba de la brida de plástico que Bennett tenía entre las muñecas. El dolor y la tensión en los hombros que eso le produjo hicieron que el hombre volviera a bajar la cabeza hacia el suelo.

—Cállate la puta boca, Bennett, o te quito los calcetines y te los meto por la garganta. ¿Entendido?

Bennett no contestó. Ella volvió a tirar de sus brazos.

—Sí, entendido —dijo.

Ballard se incorporó de nuevo y habló por teléfono.

—Charlotte, ¿estás ahí?

—Ballard, vamos para allá. Más vale que esté vivo cuando lleguemos.

—Entonces no tardes mucho.

Ballard colgó.

—Parece que esto no te va a ir demasiado bien —dijo Bennett.

—Puede que no —dijo Ballard—. Pero va a ser mucho peor para ti. ¿Oyes esas olas de ahí fuera? Pues ya está. Nunca volverás a oír, ver o saborear la libertad.

—Ya lo veremos.

—Sí, lo veremos.

Bennett se quedó en silencio. Ballard envió un mensaje de texto con la dirección a Goring. Mientras lo hacía, oyó que alguien entraba por la puerta principal. Era hora de que empezara la jornada de puertas abiertas. Rápidamente cogió más bridas y las utilizó para atar a Bennett por los tobillos, luego le subió los pies para atárselos a las muñecas.

—Ayuda —gritó Bennett—. ¡Que alguien llame a la policía!

Ballard se levantó de un salto y se volvió hacia el pasillo. Un par de posibles compradores estaban allí, con los ojos como platos por la sorpresa. El hombre, con las mangas de un jersey atadas al cuello, levantó las manos.

—No queremos problemas —dijo.

—No se preocupen, soy policía —dijo Ballard—. Este hombre está detenido; se acabó la jornada de puertas abiertas.

Domingo, 12:00

56

La conferencia de prensa en la décima planta del EAP empezó puntualmente. Siguiendo la coreografía que había preparado el capitán de la Unidad de Relaciones con los Medios, Ballard condujo a todo su equipo de la Unidad de Casos Abiertos a la sala de prensa sin ventanas. Los siguieron Goring y Dubose, y luego el capitán Gandle y el propio jefe de policía, Carl Detry.

Detry llevaba solo dos años en el cargo, tras haber sido nombrado por el alcalde y aprobado por la Comisión de Policía del Ayuntamiento de Los Ángeles después de la jubilación inesperada del jefe anterior. El mandato de Detry había empezado de forma difícil, con el enfrentamiento político provocado por su apoyo al contrincante de Ernest O'Fallon para fiscal del distrito. No había apostado al caballo ganador y O'Fallon nunca perdía la oportunidad de acusar al jefe y al departamento de policía de cualquier mala acción. Pero Detry había ascendido desde abajo y conocía la importancia de los medios de comunicación. Sabía que una rueda de prensa en la que se anunciara la detención de un depredador en serie podía inclinar la balanza de la aprobación hacia su departamento y hacia su persona. Según la ley municipal, un jefe de policía era nombrado para un mandato de cinco años, con la posibilidad de un segundo mandato si contaba con la aprobación de la Comisión Policial. Hasta la fecha, ningún jefe de la era moderna había permanecido diez años en el cargo. Si Detry quería romper la tendencia, tenía que ganarse a los medios de comunicación y mantenerlos de su lado.

Detry se acercó al micrófono. Era un domingo de pocas noticias. Eso significaba que todos los asientos frente a él estaban ocupados y que el escenario elevado del fondo de la sala estaba abarrotado de trípodes con cámaras de televisión y sus operadores.

Detry era alto y atractivo. En lugar de traje llevaba su uniforme, con cuatro estrellas en el cuello; era la imagen del orgullo y el carácter progresista de la policía de Los Ángeles. Era negro y del sur de la ciudad. Había explicado que, siendo adolescente, vio arder su comunidad durante los disturbios de 1992, y decidió unirse a la policía de Los Ángeles en lugar de a una banda. Y allí estaba, treinta años después de obtener la placa, dirigiendo el departamento que muchos creían que había avanzado poco tras aquellos días de discordia.

—Hoy estoy aquí con buenas y malas noticias —comenzó Detry—. Hemos detenido a un depredador que sembró el miedo en nuestra comunidad durante muchos años, pero hemos perdido a una buena persona durante la investigación. Su muerte es un recordatorio de que, para proteger y servir a esta comunidad, siempre hay peligros y debemos permanecer siempre vigilantes.

Fue al grano e identificó a Andrew Bennett como el Violador de la Almohada y el asesino de Colleen Hatteras, voluntaria de la Unidad de Casos Abiertos. Detry afirmó que se relacionaba a Bennett con el asesinato de Hatteras por los resultados balísticos y preliminares de ADN. Explicó cómo se habían establecido esas conexiones y terminó con la noticia de que los detectives Goring y Dubose presentarían el caso a la oficina del fiscal del distrito por la mañana.

Detry dijo que contestaría algunas preguntas, pero la respuesta abrumadora de los periodistas fue pedirle que alguien hablara de la voluntaria que había perdido la vida. Detry miró a su izquierda y luego a su derecha e indicó a Ballard que tomara la palabra.

Ballard se adelantó y bajó el micrófono.

—Colleen Hatteras estuvo con nosotros en la unidad desde que empezamos, hace dos años —dijo—. Desempeñó un papel importante en todos los casos en los que trabajamos, en todos los casos que resolvimos, incluido este. El trabajo de Colleen llevó a la identificación de Andrew Bennett como nuestro sospechoso y...

—¿Qué salió mal? —interrumpió un periodista.

Ballard bajó la mirada mientras componía una respuesta.

—Colleen no hizo nada mal —dijo—. No se merecía lo que le ha pasado. Ella no se lo buscó.

—Entonces, ¿por qué la mataron? —insistió el periodista.

—Asumo la responsabilidad —dijo Ballard—. Es mi unidad y no hice lo suficiente para salvaguardar a mi equipo. Quiero decir, son voluntarios y debería haber sido mejor líder.

—Pero ¿cómo llegó este tipo hasta ella? —preguntó el periodista, insistente—. ¿Ella...?

—No lo sabemos —dijo Ballard, cortándole enérgicamente—. Todavía no lo sabemos.

Ballard sintió que una mano le tocaba el brazo y vio que el jefe acudía en su auxilio. La apartó suavemente del micrófono y tomó el relevo.

—Esos detalles, así como el resto de las pruebas, se harán públicos cuando vayamos a juicio —explicó Detry—. Por ahora, hemos dicho lo que podemos decir en este momento. Con gran sacrificio y gracias a los diligentes esfuerzos de este departamento de policía, se ha eliminado una grave amenaza para la comunidad. Gracias por estar aquí; eso es todo por hoy.

Mientras los periodistas gritaban preguntas, el jefe empezó a acompañar a los que estaban en el estrado hacia la puerta de la sala de reuniones. Una vez que estuvieron todos allí y los gritos quedaron amortiguados al otro lado de la puerta, Detry se volvió hacia Ballard.

—Dígame que este caso no se va a resquebrajar —dijo.

—Jefe, es sólido —dijo Ballard—. Es el culpable. Confesó. Y cuando recibamos el ADN del Departamento de Justicia, estará blindado.

Gandle se abrió paso entre Laffont y Maddie Bosch para acercarse.

—Lo tenemos, jefe —dijo.

—Lo voy a tener en cuenta, capitán —dijo Detry—. Y detective.

El jefe se volvió y se dirigió a la puerta que daba a su *suite* de oficinas.

—Ballard, estaré en mi oficina —dijo Gandle—. Pásate por ahí.

Lo dijo en un tono que daba a entender que la invitación no era una sugerencia, sino una orden.

Ballard asintió. Se volvió para buscar a Goring y Dubose. Los mandos habían decidido que los detectives de West Bureau presentaran el caso en la fiscalía por la mañana. Eso les permitiría adaptar la presentación de pruebas en torno a las acciones cuestionables de Ballard. Ballard no se opuso a la decisión. No era su caso. Ella sería una testigo clave para la acusación, al declarar ante un juez y un jurado sobre lo que se dijo y se hizo en la cocina de la casa de Sunset Ridge. Bennett y sus abogados cuestionarían con saña su credibilidad, pero ella estaría preparada.

Sin embargo, Goring y Dubose se habían escabullido, y, cuando Gandle se marchó, Ballard se quedó sola con su equipo. Se volvió y miró a cada uno a la cara. Todos tenían la mirada baja. La victoria era vacía.

—Vamos —dijo Ballard—, abrazo de grupo.

Todos se reunieron alrededor y entrelazaron los brazos. Al principio, permanecieron en silencio, con las cabezas inclinadas. Entonces habló Laffont.

—Por Colleen —dijo—. Que descanse en paz.

Epílogo: El Kula Lodge

El teléfono de Ballard comenzó a sonar antes del amanecer. Estaba oscuro en su habitación, pero el resplandor de la pantalla del móvil la ayudó a recordar las líneas de la cabaña. Había dormido profundamente tras un largo viaje. Cinco horas de avión y tres más dando tumbos por carreteras oscuras en un todoterreno alquilado.

Cogió el teléfono de la mesilla, miró la pantalla y aceptó la llamada. Era Maddie Bosch.

—¿Has visto el *Times?* —preguntó.

—Eh, no, todavía no —dijo Ballard—. Estaba durmiendo.

—Oh, mierda. Se me olvidaba que ahí vais tres por detrás.

—Antes decíamos tres horas, tres mil millas y tres décadas de retraso. ¿Qué hay en el *Times?*

—Han publicado un artículo sobre el caso de la Dalia Negra. Explicaron todo. Va a desbordar la mierda.

—¿Qué dice?

—Te enviaré el enlace. Cuenta que el fiscal no presentó nuestro paquete de pruebas.

—Bueno, eso está bien, ¿no? Tal vez cambie la decisión de Ernesto.

—Me nombra. Van a pensar que yo lo filtré.

—¿Lo hiciste?

—De ninguna manera.

—Entonces no tienes nada de que preocuparte. No pueden probar que sucedió si no sucedió.

—¿Fuiste tú? No, espera, no importa, no quiero saberlo.

Ballard sonrió; Maddie comprendió que lo mejor para ella era no tener más conocimiento de la filtración. Ballard levantó las piernas y se sentó al borde de la cama. El trato que había hecho con Scott Anderson era que su artículo tenía que mencionar de forma destacada que la agente Madeline Bosch era la responsable de resolver el caso de la Dalia Negra. Ballard había confiado en él y parecía que el periodista había cumplido su promesa.

—¿Quién lo firma? —preguntó, fingiendo que no lo sabía.

—Es ese Scott Anderson —dijo Maddie—. Es el que hacía todas las preguntas en la rueda de prensa.

—Claro. Que tú sepas, ¿hay algún error en la noticia?

Maddie se rio.

—No, da en el clavo. Hace que el fiscal de distrito parezca un imbécil petulante que se resiste al jefe porque no lo apoyó.

—Suena bastante exacto, pues. ¿Qué dice sobre...?

Ballard recibió un zumbido de llamada en espera y comprobó su pantalla. Era el capitán Gandle, que probablemente llamaba por lo mismo.

—Tengo que atender otra llamada —dijo—. Envíame el enlace cuando puedas.

—Lo haré —dijo Bosch—. Y Renée, gracias.

Ballard no respondió antes de pasar a la otra llamada.

—¿Capitán?

—Ballard, ¿has visto el *Times*? —Su voz era casi un chillido.

—Eh, no, capitán, estoy en Hawái y no he visto ninguna noticia.

—¿En Hawái? ¿Qué haces en Hawái cuando aquí se está armando la de Dios?

—Le dije que me tomaría la semana. También di una semana libre a toda la unidad. ¿Qué está pasando?

—Alguien filtró el caso de la Dalia Negra al *Times*. Está en portada, en la página principal del sitio web, en todas partes. Ahora tenemos gente de televisión en el patio esperando que el jefe haga una declaración.

—¿Qué dice el *Times*?

—Dice que resolvimos el caso de la Dalia Negra, pero que el fiscal no quiere cerrar el caso. En realidad, dice que Bosch lo resolvió, y eso nos pone en un gran aprieto. ¿Ya la despediste?

—No. Iba a esperar hasta la semana que viene.

—Gracias a Dios.

Ballard percibió el alivio en la voz del capitán.

—¿Así que ahora no quiere que la despida?

—Claro que no. Que se quede. Quedaremos como una mierda si despedimos a la agente que resolvió el caso.

«Quieres decir que quedarás como una mierda», pensó Ballard.

—Por mí está bien —dijo Ballard—. Necesitamos la segunda placa, y es obvio que ella hace un buen trabajo.

—Ahora, Ballard, voy a preguntarte algo —dijo Gandle—. Y no mientas, joder, porque en la décima planta me van a preguntar lo mismo.

—Adelante, pregunte.

—¿Les diste esta historia? Cita fuentes anónimas y será mejor que no seas una de ellas.

—¿Lo ha escrito Scott Anderson?

—Desde luego.

—Bueno, me llamó y todo lo que dije fue «sin comentarios». Incluso encendí mi grabadora, porque sabía que alguien le estaba dando información sobre el caso y no quería que me culparan. ¿Quiere que le envíe la grabación?

—Sí, quiero. Podría ser útil cuando el jefe venga a preguntarme qué coño pasa.

—El artículo, ¿nos deja en mal lugar?

—No, nos hace quedar bien, y eso puede ser malo, ¿entiendes? O'Fallon va a pasarlo mal y sabrá que vino de nosotros.

—Le diré una cosa, capitán. Si nos hace quedar bien, y a él, mal, creo que la filtración está en la oficina del fiscal. El caso subió por la cadena y todos querían cerrarlo, pero O'Fallon lo rechazó. La mitad de la gente en esa oficina está trabajando en una destitución.

—No lo sé. Puede que tengas razón.

Ballard asintió mientras se hacía el silencio, y pensó que iba a salir bien parada.

—¿En qué parte de Hawái estás, Ballard? —preguntó Gandle—. Espero que estés en una playa.

—Estoy en Maui, en el interior, cerca de un pueblo llamado Kaupo.

—Eso no suena a vacaciones. ¿Qué estás haciendo?

—Viví aquí de pequeña. Y hoy voy a ver a alguien a quien no he visto desde hace mucho mucho tiempo.

—Bueno, buena suerte con eso, Ballard. Te veré cuando vuelvas. Si te localizan, no hables con ningún periodista. ¿Entendido?

—Sí, señor. Entendido.

Colgó y cambió a su cuenta de correo electrónico. Maddie Bosch había enviado el enlace, como había prometido. Ballard abrió la noticia del *Times* en la diminuta pantalla.

POLICÍA: RESUELTO EL CASO DE LA DALIA NEGRA
FISCAL DEL DISTRITO: NO TAN DEPRISA
Por Scott Anderson, de la redacción del *Times*

El Departamento de Policía de Los Ángeles está listo para dar por resuelto el infame caso de la Dalia Negra, pero la oficina del fiscal del distrito se ha negado en dos ocasiones a aceptar las nuevas pruebas y considerar cerrado el caso más truculento de la ciudad, según ha sabido el *Times*.

El equipo de casos sin resolver de la policía de Los Ángeles utilizó nuevas pruebas y tecnología para demostrar que un fotógrafo recientemente fallecido fue el asesino de Elizabeth Short, conocida como la Dalia Negra, cuyo cadáver se encontró limpiamente cortado por la mitad en un descampado del sur de la ciudad en 1947.

El asesinato de Short se convirtió en noticia de primera plana en todo el país y ha permanecido sin resolver a pesar de los esfuerzos que durante décadas llevaron a cabo tanto la policía como detectives aficionados. Ha sido objeto de numerosos libros, documentales, películas y programas de televisión.

Short, de 22 años, fue descrita como una aspirante a actriz que frecuentaba bares y clubes de baile en Hollywood y en el centro de la ciudad. El 15 de enero de 1947 se encontró su cuerpo descuartizado en Norton Avenue, en la zona de Leimert Park. Durante la investigación inicial, los detectives interrogaron a varios sospechosos, sin que llegaran a acusar a nadie. Un desconocido que afirmaba ser el asesino envió a los periódicos locales y a la policía cartas en las que se burlaba.

No está claro si Emmitt Thawyer fue alguna vez uno de esos sospechosos. En el caso presentado a la fiscalía la semana pasada, se argumenta que Thawyer fue el asesino. Aunque murió hace seis años, la política de la policía de Los Ángeles es que la Unidad de Casos Abiertos presente todos los casos de asesinato que implican a un sospechoso fallecido a los fiscales para su revisión y el acuerdo de cierre.

Sin embargo, el *Times* ha sabido que el proceso de revisión relativo a Thawyer fue rechazado dos veces por falta de pruebas, incluso después de que los investigadores utilizaran una nueva tecnología para fundamentar aún más la acusación contra Thawyer.

El último giro en el que puede ser el caso sin resolver más famoso de la ciudad comenzó cuando la agente Madeline Bosch tuvo acceso a una serie de fotos de un trastero abandonado de Thawyer en Echo Park. Bosch, que está asignada a patrullar en la División de Hollywood y también es voluntaria un día a la semana en el equipo de Casos Abiertos, tenía un trastero alquilado en el almacén donde Thawyer guardaba sus pertenencias. Cuando los operarios del negocio estaban limpiando la unidad de Thawyer, se encontraron con un archivo que contenía fotos horripilantes de varias mujeres que parecían haber sido torturadas y asesinadas; se las entregaron a Bosch. Entre ellas, la agente reconoció fotos de Elizabeth Short, tanto antes como después de ser vilmente agredida y asesinada.

Según las fuentes, la unidad fotográfica de la policía de Los Ángeles confirmó que el papel en el que estaban impresas las fotos era de la misma época que el asesinato y que las imágenes no eran atrezo para una película de Hollywood. Los técnicos de la unidad concluyeron que había «más del 90 % de probabilidades» de que la víctima de las fotos fuera Elizabeth Short.

Los investigadores de casos abiertos también identificaron a otra mujer que aparecía en las fotos tanto en vida como muerta. Se trata de una actriz cuya desaparición se denunció en 1950. Los investigadores también confirmaron que todas las fotos se tomaron en el sótano de una casa de Angeleno Heights donde Thawyer vivió en las décadas de 1940 y 1950.

Thawyer era un fotógrafo comercial que principalmente tomaba fotos para catálogos de equipos. Sin embargo, algunas fuentes afirman que también se dedicaba a hacer retratos y otro tipo de fotos a aspirantes a actrices de Hollywood. Fue este trabajo el que atrajo a Short y a otras jóvenes a su órbita.

Hace una semana, el equipo de investigación presentó a la fiscalía un pliego de cargos. El fiscal del distrito, Ernest O'Fallon, lo rechazó por considerar que las pruebas no serían suficientes para condenar a un sospechoso en el caso de que estuviera vivo. El principal escollo era confirmar más allá de toda duda que la mujer que aparecía en las fotos halladas en el trastero de Thawyer era Elizabeth Short.

Los investigadores trataron entonces de reforzar el caso utilizando una tecnología nueva para la policía que consiste en una comparación del pabellón auditivo. Se compararon fotos anteriores de Elizabeth Short en las que se veían sus orejas con las fotos de Thawyer. Paul Buckley, analista del Film Forensics Institute que realizó una de las comparaciones, dijo que las pruebas demostraban que Short y la mujer de las fotos de Thawyer eran la misma persona. «No cabe duda —dijo Buckley—. Elizabeth Short es la mujer de las fotos que encontró la policía. La identificación del pabellón auditivo es tan fiable como las huellas dactilares, y algún día los tribunales la aceptarán.»

Sin embargo, cuando se presentaron esas pruebas a la fiscalía, O'Fallon volvió a rechazar el caso, alegando que la comparación del pabellón auditivo era una técnica no contrastada.

Al ser contactado el lunes, O'Fallon declinó hacer comentarios sobre los motivos por los que había rechazado el caso. Eso sí, negó que su decisión estuviera relacionada con las actuales fricciones entre él y el jefe de la policía de Los Ángeles, Carl Detry, que apoyó al oponente de O'Fallon en las elecciones de 2022. «Tomamos nuestras decisiones basándonos en la ley —dijo O'Fallon—. Nada más.»

En cambio, Jaqueline Gaither, que gestiona un blog llamado *LAPDwatch,* manifestó que el fiscal y el jefe de policía están enzarzados en una batalla política que va en detrimento de la causa de la justicia en la ciudad. «Estos tipos no se llevan bien, y este caso de la Dalia Negra es un ejemplo perfecto de cómo sus problemas afectan a la comunidad —dijo Gaither—. Por fortuna, el sospechoso de este caso no está vivo y no puede hacer daño a nadie más. Pero no cabe duda de que O'Fallon rechazó este caso porque no quiere dar buenos titulares a la policía de Los Ángeles y a su jefe. Es mezquino e indigno del cargo que ocupa.»

Gaither, residente de Los Ángeles de toda la vida, dijo que se sentía decepcionada de que el caso criminal más notorio de la ciudad siga abierto. «Algunos dicen que es un misterio que forma parte del tejido de la ciudad y que nunca debería resolverse —dijo—. Yo no lo creo así. Esta ciudad lleva mucho tiempo esperando respuestas. Creo que todos necesitamos respuestas.»

El jefe Detry no devolvió las múltiples llamadas en busca de comentarios sobre el caso y su rechazo por parte de la fiscalía.

Ballard dejó el teléfono a un lado. Anderson había hecho un buen trabajo con el artículo y ella estaba satisfecha. Había servido para mantener a Maddie Bosch en el equipo de Casos Abiertos.

La luz matinal empezaba a filtrarse entre las persianas. Ballard buscó en la mesa el mapa que había comprado en el aeropuerto la noche anterior. Hacía mucho tiempo que no iba al interior de la isla y no estaba segura de la ruta. No podía confiar en su aplicación GPS porque ahí el servicio de telefonía móvil era siempre irregular. Tenía que hacerlo a la antigua usanza, con un mapa. Lo desplegó sobre la cama y alisó las arrugas con la mano.

Encontró Kaupo y, con un dedo, trazó la autopista de Hana hasta la bahía de Keawa. La dirección que Makani proporcionó cuando la detuvieron por impago de multas de tráfico estaba allí, en Haou Road. Parecía un trayecto de una hora, dependiendo del terreno. Ballard sabía que allí había sobre todo cultivos, unos legales, otros no. Algunos surfistas. Pocos turistas. Vio que pasaría por los establos donde había estado Kaupo Boy treinta años atrás.

Se levantó para vestirse para el punto final del viaje. Decidió salir antes de que cambiara de opinión. Iría a buscar a la mujer que la había traído al mundo y que luego la había abandonado.

Agradecimientos

Quiero dar las gracias a todos los que en mayor o menor medida han contribuido a este libro, entre ellos Asya Muchnick, Emad Akhtar, Bill Massey, Jane Davis, Heather Rizzo, Betsy Uhrig, Tracy Roe, Callie Connelly, Linda Connelly, John H. Welborne, Dennis Wojciechowski, Shannon Byrne, Tracy Conrad, Sean Harrington y Terrill Lee Lankford. Y muchas gracias también a Mitzi Roberts por inspirarme a Renée Ballard, y a Rick Jackson, Tim Marcia y David Lambkin.

El autor también desea dar las gracias a Michael Pietsch, Craig Young, Terry Adams y Mario Pulice por su apoyo durante muchos muchos años.